LAZ

DE SA

LAT

LA ISLA DEL TIEMPO

LAZOS DE SANGRE
LATIDO

Amanda Hocking

Traducción de Isabel Murillo

DESTINO INFANTIL Y JUVENIL, 2012
infoinfantilyjuvenil@planeta.es
www.planetadelibrosinfantilyjuvenil.com
www.planetadelibros.com
Editado por Editorial Planeta, S. A.

Título original: *Flutter*
© del texto: Amanda Hocking, 2010
© de la traducción: Isabel Murillo, 2011

© Editorial Planeta S. A., 2012
Avda. Diagonal, 662-664, 08034 Barcelona
Primera edición: marzo de 2012
ISBN: 978-84-08-11148-1
Depósito legal: M. 2.197-2012
Impreso por Huertas Industrias Gráficas, S. A.
Impreso en España – Printed in Spain

El papel utilizado para la impresión de este libro es cien por cien
libre de cloro y está calificado como **papel ecológico**.

1

Jack me sonrió por encima del tablero de ajedrez de cristal y cualquier pensamiento que pudiera tener relacionado con el juego se esfumó por completo. Desde que tres semanas atrás hiciera la transformación y pasara de ser una chica normal y corriente de diecisiete años a una vampira con todas las de la ley, me costaba mucho más concentrarme en cualquier cosa.

Gracias a mis nuevos sentidos, Jack me parecía aún más fabuloso que antes. Cuando en aquel momento movió la mano para tocar un peón, su aroma suave y penetrante y su sangre me hicieron la boca agua. Lo encontraba mucho más atractivo que nunca y me pasaba las horas contemplándolo embobada.

—Ejem. —Milo tosió con más fuerza de la necesaria teniendo en cuenta que para llamar mi atención le hubiera bastado con un simple cambio en su respiración.

Los sonidos se habían magnificado. Y a pesar de que no alcanzaba a oír el batir de alas de una mariposa, mi oído había mejorado de manera tremenda. Y era especialmente sensible a los latidos del corazón y a la sangre.

—Creía que querías aprender a jugar al ajedrez —dijo Milo.

Se sentó en el mullido sillón, detrás de nosotros, y dejó caer una pierna por encima del brazo. En años humanos yo era un año y medio mayor que él, pero lo cierto es que él llevaba más tiempo como vampiro. Sus grandes ojos oscuros le otorgaban ahora una mirada profunda y misteriosa, distinta al aspecto inocente e ingenuo que había reflejado siempre mientras era humano. El cambio le sentaba la mar de bien.

—Lo sé, lo sé —dije, y a Jack le hizo gracia verme tan apabullada—. Repasemos una vez más lo de la torre.

—Ni siquiera estás intentándolo —dijo Milo con un suspiro.

—Tienes que tomártelo en serio —añadió Jack, con un tono muy respetuoso.

De hecho, nuestra relación lindaba la obsesión enfermiza, aunque ello tenía que ver tanto con mi cambio como con nuestra reciente vinculación. Todo el mundo nos decía que con el tiempo aquello iría apaciguándose hasta situarse en un nivel aceptable.

Sin el menor esfuerzo por mi parte, mi cuerpo se inclinó automáticamente hacia él. Por debajo de la mesa, Jack había empezado a acariciarme la pierna con el pie para conseguir que le prestara atención. El contacto con mi pantorrilla, incluso con el calcetín de por medio, me volvía loca. El corazón me latía con insolencia pero además, a diferencia de antes, ahora también podía oír el suyo.

—Muy bien, sé perfectamente lo que estáis haciendo —dijo Milo, asqueado.

—¡Lo siento! —Retiré la pierna.

—Eso no ha tenido ninguna gracia —refunfuñó Jack, pero no hizo más intentos de reanudar el contacto.

Ezra, el hermano de Jack, insistía en que durante un tiempo

mantuviéramos las distancias. Mis emociones solían acabar con lo mejor de mí. Cualquier cosa que conllevara pasión, como la sensación de hambre o el deseo, me obnubilaba por completo y, si nos poníamos juguetones, cabía la posibilidad de que incluso acabara matando a Jack. De modo que estábamos vigilados constantemente, para lo cual se turnaban Milo, Ezra y Mae, la esposa de Ezra.

Jack llegó por fin a la conclusión de que no era un buen maestro de ajedrez y dejó que Milo ocupara su lugar. Mi hermano volvió a explicarme las reglas mientras Jack se acomodaba en el sofá.

Su gigantesco perro pastor de los Pirineos blanco, *Matilda*, le acercó la correa para que saliera a jugar con ella. A pesar de que se había alejado de nosotros, mi atención continuaba centrada en él.

—¡Alice! —Milo chasqueó los dedos delante de mi cara, en un intento de apartar mi mirada de Jack—. Si no paras de una vez, pienso obligarlo a que se vaya del salón.

—¡Lo siento! —me disculpé.

Jack rió a carcajadas, un hecho que no ayudó en absoluto a solventar la situación. Con su pelo rubio despeinado, sus alegres ojos azules y su piel bronceada e impoluta, Jack era atractivo de por sí, pero lo que siempre había podido conmigo era su asombrosa risa. Era el sonido más nítido y perfecto que jamás había escuchado.

Milo se levantó dispuesto a cumplir su amenaza, pero Ezra hizo su entrada en aquel preciso momento.

La apariencia de Ezra era extraordinaria: guapo como sólo podía serlo un vampiro, con aquel pelo rubio cayéndole sobre la frente, y aquellos cálidos ojos, de un tono marrón rojizo tan especial, que reflejaban una ansiedad poco habitual.

Mae apareció tras él; su habitual aspecto risueño había desaparecido por completo. Al entrar en la sala se retorcía las manos con preocupación.

—Ha surgido un problema —dijo Ezra con su voz profunda, matizada por un leve acento británico—. Debo partir para ocuparme de unos asuntos.

—¿Qué problema? ¿A qué te refieres? —preguntó Milo, y su voz se elevó una octava como siempre que se ponía nervioso. Después de que hiciera el cambio, temí durante un tiempo que mi hermano perdiera sus rasgos humanos, pero seguían en su mayoría intactos.

Ezra intercambió una mirada con Mae, pero ella negó con la cabeza. Jack había soltado la correa y *Matilda* la empujaba de nuevo contra su mano para que siguiera jugando con ella. Jack la ignoró.

—Peter —respondió por fin Ezra.

Al oír el nombre de su hermano, el cuerpo de Jack se puso tan tenso que *Matilda* se asustó y se alejó de él.

Seguía sorprendiéndome mi propia indiferencia cuando el tema de Peter salía a relucir. El doloroso vínculo que había tenido con él ya no existía, pero dudaba que consiguiera hacer desaparecer por completo mis sentimientos hacia él.

—¿Va a volver? —Milo se acercó a mí, como si yo continuara necesitando protección.

Jack bajó la vista y trató de controlar su rabia. Él jamás perdonaría que Peter hubiera estado a punto de matarme cuando yo era todavía mortal. Pero, por alguna razón que no acertaba a comprender, yo nunca había llegado a echárselo en cara a Peter.

—No, no va a volver —aclaró Ezra, con un gesto negativo y sin apartar los ojos de Jack para calibrar su reacción ante la noticia—. Creo que no volverá nunca.

—No lo hará si sabe lo que le conviene —gruñó Jack con un tono de voz tan grave que casi no parecía él.

—Sigue siendo tu hermano, Jack —le recordó Mae, en su amable tono de voz, para tratar de sosegarlo.

—¡Nunca ha sido mi hermano! —Jack se recostó en la silla con los ojos en blanco.

Peter era ciento cincuenta años mayor que Jack, por lo que podría decirse que no estaban emparentados en el sentido humano del término. Pero Peter había sido el artífice del cambio de Jack, su sangre se había fusionado con la de él y con ello se había creado un vínculo que era mucho más fuerte que cualquier relación familiar normal. Anteriormente, Ezra había convertido a Peter, lo que establecía un vínculo directo entre los tres. Hasta que aparecí yo.

—Me da lo mismo lo que sientas hacia él —le dijo Ezra a Jack; sin embargo, me di cuenta de que estaba dolido—. En estos momentos se encuentra en una situación de peligro real y tengo que ayudarlo.

—¿Qué tipo de peligro? —pregunté, y noté que los ojos de Jack se posaban sobre mí. Me negué a devolverle la mirada.

—Está... —Ezra frunció el ceño—. Está matando vampiros.

—Claro, típico de Peter —murmuró Jack.

—Creía que había decidido ir solo por la vida —dije, y Jack se mofó de mis palabras.

Hacía ya tres semanas que Jack me había convertido en vampira y que Peter se había ido. Peter solía marcharse con frecuencia, pero normalmente Ezra conocía la manera de contactar con él. Sin embargo, esta vez había desaparecido y, por más que Ezra había intentado localizarlo, no lo había logrado.

—Y así es. Pero corren rumores sobre Peter —continuó Ezra—. Acaban de decirme por teléfono que algunos vampiros quieren vengarse de él. Así que he decidido tratar de localizarlo y ver si puedo hacerlo entrar en razón.

—Puede apañarse solito —dijo desdeñosamente Jack al ver a todo el mundo tan preocupado—. No es la primera vez que Peter mata vampiros, y además ha combatido en guerras. Si algo sabe hacer Peter, es pelear.

—Esto es distinto —dijo Ezra, con los ojos inundados de tristeza—. Hay motivos para creer que ha emprendido una misión suicida.

—Bien —masculló Jack.

—Iré contigo. —Me levanté de repente y tiré el tablero de ajedrez con el movimiento. Mi cabeza no conseguía coordinar aún lo que mi cuerpo era capaz de hacer.

—¿Qué? —Jack levantó una ceja pero me miró sin alterarse. No habíamos hablado de Peter desde que me había convertido en vampira y, por lo visto, daba por sentado, equivocadamente, que mis sentimientos eran iguales que los suyos.

—Iré con él —repetí.

2

Me agaché para recoger las piezas del ajedrez, pero Milo me apartó las manos.

—Ya las recojo yo —dijo, quitándome de las manos los peones—. Tú ocúpate de que sigan diciendo tonterías sobre ti.

—Alice. —La expresión de Jack era básicamente de perplejidad, pero su respiración se había vuelto trabajosa.

Una parte de mí seguía preocupándose por Peter, y no porque fuera algo arraigado en mi ser. Peter no había hecho nada malo, pero su familia lo había condenado al ostracismo y él se sentía angustiado debido a ello... por mi causa.

—No es necesario que vayas, Alice —dijo Mae, moviendo la cabeza de un lado a otro.

—Sé que en una pelea mi presencia no serviría de nada, pero tal vez podría hacerlo entrar en razón. Tal vez pueda convencerlo de que no era necesario llegar a este punto —dije.

Mae se volvió hacia Ezra, a la espera de que éste rebatiera mis argumentos, y creo que ése era el único motivo por el que Jack no había perdido todavía los papeles. Todos esperaban que Ezra agradeciera mi ofrecimiento y me dijese que lo mejor era que me quedase en casa.

—Algo de razón tiene —dijo Ezra con cautela, y fue entonces cuando todos decidieron enfadarse.

Mae le acarició el brazo e intentó alegar que yo era aún demasiado joven para ir a ningún lado, y mucho menos a una cruzada para salvar a Peter de una misión suicida. Jack se levantó de un brinco, pero parecía incapaz de decidir si estaba enfadado conmigo, con Ezra, o quizá con Peter. Milo terminó de ordenar las piezas del ajedrez y me arreó una manotada en el brazo.

—¡Ay! —refunfuñé, frotándome el brazo—. ¿Por qué has hecho eso?

—¡Porque eres una idiota y porque puedo hacerlo! —Siempre había sido un hermano menor sobreprotector, pero por otro lado era también el maduro, el sensato.

Yo sabía que aquello era una estupidez, pero mi corazón se había vuelto loco en el momento en que Ezra había explicado que Peter corría peligro. Si algo malo le sucediese, sería por mi culpa. De haber dejado a su familia en paz, tal y como me había suplicado repetidas veces, él no habría tenido que largarse de su casa ni se habría metido en aquel lío.

—Ezra, no puedes estar planteándote en serio lo de llevarla contigo —dijo Jack.

Tenía las manos cerradas en un puño y sus brazos colgaban a ambos lados de su cuerpo; el miedo se reflejaba en su mirada. Le mataba saber que Peter me importaba, aunque fuera sólo un poco, y si algo me sucediera, moriría de verdad.

—No dejaré que le pase nada, pero tiene razón: tal vez sea ella quien mejor pueda convencer a Peter. —Ezra extendió los brazos con las manos abiertas en dirección a Jack, tratando de calmarlo—. Tengo que intentarlo.

—¡Estoy harto de todo esto! —gritó Jack—. ¡Tendría que haberlo matado cuando tuve oportunidad de hacerlo!

—¡Jack! —chilló Mae—. ¡No hables así! ¡No digas eso!

—Me encantaría quedarme y mantener esta discusión contigo, pero tenemos que marcharnos de aquí pitando —retumbó la voz de Ezra por encima de las nuestras—. Alice, si piensas acompañarme, prepara ropa de abrigo. Voy a reservar el vuelo y a preparar los pasaportes. —Dio media vuelta para salir al pasillo y encerrarse en su estudio, dando por terminada la conversación.

—¡Ezra! —Jack dio un paso hacia él, pero Mae le impidió seguir.

—Yo hablaré con él. Tú ocúpate de ella —dijo Mae, haciendo un ademán en dirección a mí.

Echó a correr tras Ezra y Jack se volvió hacia mí. Se quedó mirándome un instante, intentando pensar las palabras exactas que decirme, y respiró hondo antes de iniciar su sermón.

—No me quitarás la idea de la cabeza, Jack.

Pasé por su lado rozándolo para subir corriendo a mi habitación, a nuestra habitación, pero me siguieron tanto él como Milo. Avancé con pasos rápidos y torpes, y fue increíble que no cayera de bruces por la escalera, aunque lo cierto es que, de haberlo hecho, no habría pasado nada.

Desde mi transformación, Jack dormía en el estudio de Ezra, pero sus cosas seguían en el cuarto. El vestidor estaba lleno de ropa de los dos y mi guardarropa había aumentado últimamente. Hacía unas semanas, Ezra y Mae me habían proporcionado una cuenta para mis gastos y varias tarjetas de crédito y, además, mi nuevo y esbelto cuerpo de vampira exigía un vestuario renovado.

Entré en el gigantesco vestidor y busqué una bolsa de viaje. Sabía que Jack tenía un juego de maletas de un tono rosa chillón, pero no tenía tiempo de preguntarle al respecto. Jack se había quedado en la puerta, y Milo estaba a su espalda; ambos me miraban fijamente.

—¿De verdad has decidido hacer la maleta? —preguntó Milo—. No puedo creer que estés planteándote en serio irte con Ezra.

—Milo tiene razón. Es una estupidez —añadió Jack—. Es ridículo y peligroso, y ni siquiera sabes adónde vais a ir. ¿Cómo puedes hacer la maleta sin saberlo?

—Ezra me ha dicho que cogiera ropa de abrigo —les recordé.

Metí en la bolsa varios jerséis, un par de vaqueros y calcetines. Los vampiros no tenemos frío y, de hecho, lo preferimos al calor. Pero si nos paseáramos en camiseta en plena tormenta de nieve, los humanos se extrañarían; de ahí que acostumbremos a vestirnos según las circunstancias.

—¡Jack, prohíbele que vaya, o haz lo que sea! —dijo Milo.

—No puedo prohibirle nada —replicó Jack cansinamente, aunque era evidente que le hubiera gustado poder hacerlo—. Y lo único que conseguiría en caso de intentarlo sería que tu hermana aún tuviera más ganas de irse.

Metí un par de botas en la bolsa e intenté cerrarla. Evidentemente, yo era mucho más fuerte que aquella estúpida cremallera metálica, pero el caso era que no había aprendido todavía a emplear bien mi fuerza.

—Trae. —Jack se arrodilló en el suelo a mi lado para ayudarme a cerrarla.

—Gracias.

—¿Por qué te empeñas en marcharte? —preguntó Jack.

—Peter no hizo nada malo —le dije en voz baja, y él puso los ojos en blanco, exasperado.

—¡Intentó matarte, Alice! —gritó Jack.

—Pero no quería hacerlo —insistí, con una mentira a medias.

La verdad era que Peter nunca había querido hacerme daño, pero estaba perdido y no sabía cómo actuar. Cuando le pedí que acabara con mi vida, se negó a ello, por lo que decidí morderme el labio con fuerza hasta hacerlo sangrar, sabiendo que entonces no podría negarse a morderme. Lo había obligado a hacerlo y Jack había intervenido para impedirle terminar su trabajo.

—Pero ¡lo hizo, Alice! ¡Lo único que ha hecho siempre ha sido rechazarte y tratarte como una mierda, y lo peor es que casi te mata! ¿Dónde está su atractivo?

—¡Él no quiso que sucediera todo eso, Jack! ¡Nunca pidió sentir por mí lo que sentía, y sólo quería acabar con aquello! ¡Y ahora está solo y quiere suicidarse por mi culpa! ¡No puedo dejarlo morir!

Mi intensidad sólo sirvió para aumentar la perplejidad de Jack y su dolor. Se recostó en un estante lleno a rebosar de zapatillas deportivas. Sus facciones habían perdido la tensión y comprendí que se había resignado a dejarme marchar, aunque eso no significaba que estuviera de acuerdo.

—Escúchame, Jack. —Le cogí la mano y sus ojos azules me miraron con tristeza—. Ezra no permitirá que me pase nada malo. Y te quiero, ¿entendido?

—No quiero que te vayas, Alice —dijo Jack simplemente—. Por favor, si me quieres, no te marches.

Verlo de aquella manera, deseando con tanta desesperación que me quedase, me partió el corazón. Jamás quise hacerle daño. Si Ezra me hubiese rechazado, no habría luchado por convencerlo, pero su reacción me había dado a entender que también él creía que podía serle útil. Si salvar la vida de Peter significaba que Jack tenía que pasar unos momentos de suplicio, pues que así fuera.

—Lo siento, Jack.

Ezra me llamó desde abajo y anunció que teníamos que irnos ya. Hice un gesto en dirección a Jack. Una parte de mí esperaba que Jack empezara a gritar pidiéndome que me quedara, pero su estilo nunca había sido ése. Bajó la vista y me acarició el dorso de la mano con el pulgar. El simple contacto me hizo temblar.

—Os llevo en coche —susurró Jack, y se incorporó.

—¿Qué? —dijo Milo con incredulidad—. ¿Vas a permitir que se marche?

Jack seguía sin soltarme la mano y me ayudó a levantarme. Se agachó para coger la bolsa, y se dispuso a bajarla hasta la entrada.

—¿Y qué quieres que haga? —le dijo a Milo al pasar por su lado con un gesto de indiferencia.

—¡Ya te lo he dicho! ¡Prohibirle que vaya! —Milo estaba nervioso e inquieto, lo que cada vez resultaba más extraño y chocaba con la novedosa confianza que demostraba como vampiro.

—Sí, pues intenta prohibírselo tú —murmuró Jack.

Bajamos sin que me soltara la mano. Ezra, con su equipaje, estaba esperándonos junto a Mae. Sobre la mesa vi un petate de lona cargado de paquetitos especiales.

Sobrevivíamos básicamente gracias a las donaciones de sangre que obteníamos de un grupo de clínicas que dirigían, algo parecido a la Cruz Roja. La gente donaba sangre pensando que se destinaría a transfusiones, cuando lo que en realidad hacían era alimentar a prácticamente toda la especie de vampiros.

Cuando viajábamos con sangre utilizábamos un material

especial. Los servicios de seguridad de los aeropuertos podían encontrar sospechoso que alguien subiera a un avión cargado con bolsas de sangre. Así que llevábamos unos recipientes metálicos que parecían botes de espuma de afeitar y que iban forrados de tal manera que los perros no consiguieran detectar su olor. Sólo podíamos embarcar un bote cada uno, pero aquello bastaría para el tiempo que durase el vuelo. En cuanto aterrizáramos conseguiríamos más.

Ezra estaba repasando la documentación para asegurarse de que todo estaba en orden. En cuanto hice el cambio, puso en marcha en seguida el papeleo necesario para que pudiera vivir con ellos sin levantar sospechas.

El hecho de que hubiese insistido en conservar mi apellido, Bonham, en lugar de cambiarlo a Townsend, como todos ellos, había suscitado cierta controversia. A todo el mundo le daba igual excepto a Jack, que no comprendía por qué yo no quería adoptar su apellido, sobre todo teniendo en cuenta que ahora era también el apellido de Milo.

Estaba segura de que algún día lo cambiaría, pero por ahora no quería hacerlo. Deseaba aferrarme a mí el máximo posible, aunque fuera tan sólo a mi apellido.

Como aspecto positivo, tengo que decir que Ezra me había cambiado la edad a dieciocho, para que me resultara más fácil hacer según qué cosas para las que tendría problemas si fuese una menor. Con Milo habían hecho lo mismo, pues aunque tuviera tan sólo dieciséis años, ahora aparentaba más bien diecinueve.

En la documentación de Ezra constaba que tenía veintinueve años, aunque en realidad tenía veintiséis en el momento de realizar el cambio. En todos los casos sucedía lo mismo. Jack tenía en realidad veinticuatro años, pero en su documentación constaba que tenía veintisiete, mientras que la de Mae indicaba treinta y uno cuando en realidad era tres años menor cuando realizó su cambio.

Llevaban ya cuatro años viviendo en esa casa con aquel apellido. No podrían estar mucho más tiempo fingiendo tener esa edad, lo que significaba que no faltaba mucho para que tuvieran que mudarse. Con su aspecto, Jack no aparentaba veintisiete años, y nunca lograría aparentar los treinta.

—¿Cuándo ha sido la última vez que comiste? —me preguntó Ezra sin levantar la vista de mi pasaporte. Era completamente nuevo y lo examinó en busca de posibles errores. En el momento de mi cambio, Ezra había arreglado toda la documentación que pudiera necesitar: carnet de conducir, partida de nacimiento y pasaporte.

—Hummm... ayer —dije.

La sed era constante, aunque la sensación era distinta a la que percibía cuando era humana. No tenía la boca seca, ni tampoco notaba el estómago vacío como cuando antaño estaba hambrienta. Simplemente sentía una necesidad interior, que procedía de todas partes y de ninguna a la vez.

La sensación más parecida era cuando iba al gimnasio, corría demasiado y los músculos empezaban a dolerme por falta de oxígeno. Después me invadía poco a poco un agarrotamiento que acababa apoderándose por completo de mí. Con la diferencia de que ahora encontraba consuelo en la sangre, un consuelo que además iba acompañado por un frenesí de lujuria.

A estas alturas había conseguido un control bastante razonable sobre mi deseo de sangre. Tanto Milo como yo habíamos conseguido dominar ese aspecto mejor que la mayoría de los vampiros, un hecho que tenía maravillados a Ezra y a Mae. Nuestra relación con los vampiros los sorprendía constantemente, y Ezra lo achacaba a algo más profundo que mi simple vínculo con Peter y Jack.

—Hum... —dijo Ezra, mirándome—. No quiero que te canses todavía. Tendremos que esperar hasta que hayamos subido al avión. ¿Serás capaz de aguantar entre tanta gente con el estómago vacío?

—Creo que sí —dije asintiendo, aun sin estar tan segura como quería dar a entender.

Al haberme convertido en vampira tan recientemente, la ingesta de sangre tenía en mí un efecto muy potente. Comer era fabuloso, pero después me quedaba amodorrada y traspuesta. Normalmente, perdía el conocimiento y dormía durante un buen rato. Con el tiempo, beber sangre acabaría dándome energía en vez de dejarme fuera de combate, pero aún faltaba un poco para llegar a esa fase.

Además, tenía poca experiencia en lo de encontrarme rodeada de gente. Me atraía la sangre de Jack y su pulso era mucho más débil que el de los humanos. La sangre humana tenía un olor más intenso, latía con más fuerza y me resultaría mucho más seductora. Hasta el momento había demostrado un gran control de mí misma, aunque, para ser sincera, la tentación había sido mínima.

—Bien —dijo Ezra, y miró entonces a Mae—. ¿Lo tenemos ya todo?

—Sí. —Mae se mordió el labio al mirarlo a los ojos. No quería que Ezra se marchase, igual que Jack no quería que me marchase yo.

—Estupendo, pues. —Ezra me sonrió casi sin ganas—. ¿Estás lista?

—Sí —dije, asintiendo de nuevo.

Guardó todos los documentos en el bolsillo frontal de su maletín y cogió las bolsas. Creo que, hasta aquel preciso momento, Milo había esperado que Ezra me dijese que tenía que quedarme en casa, pero cuando vio que la cosa iba en serio, gritó sus reparos a viva voz:

—¡No podéis marcharos! —Milo ardía de excitación y Mae le acarició la nuca para tranquilizarlo antes de que perdiera los estribos—. ¡Es la cosa más estúpida que he oído en mi vida! ¡La vas a matar!

—Milo, ya basta —le rogó Mae.

—Pero... pero... —tartamudeó Milo, y se volvió hacia Mae en busca de ayuda—. ¡Sabes que es una estupidez!

—Milo —dijo Ezra, cortándolo con determinación, y el rostro de Milo se contorsionó—, despídete de tu hermana antes de que nos marchemos.

Milo lloró al despedirse de mí con un abrazo, lo que no facilitó precisamente las cosas. No quería que me marchase, como tampoco quería quedarse solo, sin mí, pero no había otra alternativa. La única ocasión en la que mi hermano había coincidido con Peter no había ido muy bien, por lo que Milo no podía colaborar de ningún modo en su rescate.

Mae besó a Ezra con lágrimas en los ojos y le preguntó una vez más si había alguna manera de convencerlo para que se quedara. Él no dijo nada, aunque ella tampoco esperaba que lo hiciera. Gimoteando, me abrazó y me hizo prometerle que iría con mucho cuidado, que echaría a correr a la menor señal de problemas y que la llamaría a menudo, tanto si las cosas iban mal como si iban bien.

Mae y Milo nos despidieron abrazados desde el umbral de la puerta; parecían desamparados. Jack no había pronunciado una sola palabra durante aquel rato y continuó en silencio todo el trayecto en coche hasta el aeropuerto. Habíamos cogido el Lexus de Ezra, que parecía perdido en sus pensamientos, cavilando cómo abordar el problema.

El aeropuerto de Minneapolis era un hervidero de actividad humana. Mi piel agradeció el fresco aire de octubre durante el recorrido desde el aparcamiento hasta la terminal. El aroma cálido y seductor de la sangre, no obstante, inundaba el ambiente.

Noté que se me aceleraba el corazón y Jack me dio la mano, apretándomela para tranquilizarme. Una vez dentro, la sensación fue a peor e intenté pensar en algo triste para mantener la compostura, y me imaginé un montón de conejitos muertos. No era el lugar ideal para la primera salida de una vampira reciente, y todos éramos conscientes de ello.

Jack me soltó la mano, pero no dejé de mirarlo a los ojos mientras Ezra me alejaba de él y me guiaba con cuidado entre la multitud para superar la primera barrera de detectores de metales. Jack se quedó en medio del gentío, mirándome, como en un videoclip musical trágico, y me pregunté dónde me había metido al convertirme en vampira.

3

Mi transformación de ser humano a vampira había sido tan brutal que no existen palabras para describir el proceso.

Mi cuerpo murió y se devoró a sí mismo. Mis órganos se revolvieron, y tuve la sensación de que decenas de serpientes se retorcían en mi interior para ocupar el lugar de mis intestinos. Pasé horas y horas vomitando. Quedé inmersa en un permanente estado de delirio febril. Me dolían todas las células del cuerpo. Incluso tocarme el pelo me provocaba un dolor mortificante.

No fue hasta que bebí sangre por primera vez, sangre fría del interior de una bolsa, que todo empezó a mejorar. El dolor amainó entonces y el placer ocupó su lugar.

Mis sentidos se intensificaron y todo me parecía increíblemente maravilloso. Percibía más colores, sabores y texturas de los que jamás habría imaginado.

Advertía la presencia de Jack en cuanto entraba en la habitación, pero no era como antes. Mi corazón detectaba la distancia exacta a la que se encontraba. E igual que las plantas se tensan en busca del sol, yo me tensaba buscándolo a él.

Mi aspecto había cambiado. Tenía la piel más suave, los ojos más brillantes. Y a pesar de que antes no estaba gorda, una nueva esbeltez y elegancia adornaban mi porte.

El cambio no era tan drástico como lo había sido en el caso de Milo, sino que daba más bien la sensación de que me hubiese sometido a una buena sesión de maquillaje; el caso es que, definitivamente, estaba más guapa. Y había crecido de mi metro sesenta a un excitante metro sesenta y cinco.

En cuanto recuperé del todo la conciencia, sacié mi hambre y el dolor desapareció, quise comprender qué había sucedido durante aquel tiempo. Lo último que recordaba antes de rendirme a la transformación era que había bebido sangre de Jack y que él estaba a punto de pelearse con Peter.

Pero allí estábamos los dos, en la habitación de Jack: él estaba a mi lado y ambos parecíamos estar en perfecto estado.

—¿Qué ha pasado? —le pregunté, a la vez que me esforzaba por sentarme en la cama.

—¿Cuándo? —dijo Jack haciéndose el tonto. Estaba sentado a los pies de la cama, mirándome.

—¿Cómo es que los dos estamos vivos? —le pregunté, y él se echó a reír, lo que me distrajo por completo.

Su risa, que siempre había tenido un gran poder sobre mí, me inundó en una oleada. Era tan milagrosa que me costaba incluso captar su sonido.

—En estos momentos estás sobrecogida —dijo Jack con una sonrisa socarrona.

—Lo estoy... pero no cambies de tema. —Pestañeé en un intento de concentrarme—. ¿Cómo es que estamos vivos? ¿Y Peter? ¿Está...?

Los labios de Jack se redujeron a una fina línea en cuanto me oyó mencionarlo. Tal vez no fuera el nombre en sí, sino mi tono de preocupación, pero dejó a un lado sus sentimientos y decidió que me merecía una explicación.

—No. Está vivo. —Dejó sus palabras flotando en el aire, por lo que esperé a que se explicara un poco más, pero no lo hizo.

—¿Qué? ¿Estás diciendo que estáis vivos los dos? —le pregunté.

—Rompí el vínculo. —El brillo regresó a sus ojos y una sonrisa sencilla embargó sus facciones, cautivándome—. Cuando bebiste mi sangre, se cortó todo lazo que pudieras tener con Peter. —Debería haberme dado cuenta. Al pensar en Peter, no había sentido aquel dolor físico que solía provocarme ni había notado aquel característico latido en mi corazón. Pese a que su bienestar me preocupaba, lo único que sentía físicamente era una amortiguada ansia de sangre y una irresistible atracción hacia Jack.

—¿Así que ahora... tú y yo estamos vinculados? —pregunté con cautela, temerosa de que fuera demasiado bueno para ser verdad.

Después de todo aquel tiempo intentando encontrar una solución, intentando solventar el tema de Peter, me parecía casi imposible que todo se hubiera arreglado mientras yo permanecía dormida.

—¿Qué piensas? —me preguntó Jack con una sonrisa torcida. Me bastó aspirar su aroma, notar como mi cuerpo se sentía atraído como un imán hacia el suyo, para comprender que estábamos unidos.

Y la primera pista se remontaba al momento en el que Jack se había abierto las venas en el estudio y yo había sido incapaz de resistirme al olor de su sangre. Su sabor era maravilloso y se me hacía la boca agua sólo con pensar en ello. La sangre de los vampiros no suele ser tan atractiva para los humanos. El ser humano no tiene por qué sentir ese deseo de sangre, pero yo lo sentía por la de Jack.

—Y entonces ¿qué pasó? —continué, ignorando aquella delirante sensación de felicidad que me embargaba. Mis pensamientos se aceleraban y mi sed era cada vez más intensa, pero antes de atender aquella apremiante necesidad, quería satisfacer mi curiosidad.

—No lo sé —dijo Jack con el ceño fruncido, aunque su gesto se debiera sobre todo a que no le gustaba hablar del tema—. Yo estaba en el estudio contigo y Peter se volvió loco en la otra habitación. Temía que pudiera hacerte daño, de modo que salí corriendo a ver qué pasaba. Estaba destruyendo la casa y ni siquiera Ezra era capaz de contenerlo. Cuando salí, no me hizo ni caso.

—Pero ¿por qué? Si se empeñaba en ignorarte, ¿por qué estaba tan furioso?

—Se dio cuenta de que se rompía. —Dejó de mirarme a los ojos—. El vínculo. Y si tú hubieras estado consciente, también lo habrías percibido. Es más, si no existiera el vínculo que te une a mí, aún seguirías padeciéndolo. Por lo que se ve... es increíblemente doloroso.

—¿Por qué? —pregunté.

—No lo sé. —Estaba inquieto y noté que dudaba antes de continuar hablando—. Físicamente, supongo, es algo similar al cambio, pero a menor escala. Lo que pasa es que... tiene además una vertiente emocional. Y Peter estaba furioso por todo lo que había sucedido.

A Jack no le gustaba hablar del hecho de que Peter hubiera estado interesado por mí. No podía creerlo porque comparaba el modo en que Peter me había tratado con lo mucho que él me amaba. Si reconocía que cabía la posibilidad de que Peter me hubiera querido de verdad, lo que él había hecho pasaba a ser una traición, y Jack no deseaba considerarlo desde aquel punto de vista.

—¿Y dónde está ahora? —le pregunté.

—Nadie lo sabe. Se ha ido, para siempre esta vez. —Jack se encogió de hombros, como si le diera lo mismo.

—Mejor —mentí, confiando en que Jack no se diera cuenta. Y acto seguido le di un manotazo en el brazo, y por su mueca de dolor, seguramente fue más fuerte de lo que pretendía.

—¿Así me das las gracias?

—¡Eso es por ser el idiota más grande del mundo! ¡¿Cómo es posible que estuvieras a punto de cometer aquella estupidez?! —le grité, y me costó un gran esfuerzo no volver a pegarle—. ¡Aquello era un suicidio! ¡Si no se hubiese roto el vínculo, te habría asesinado!

—No tenía otra elección —dijo Jack, y contuvo la risa ante mi miniestallido de rabia—. Tenía muchísimos números para acabar muriendo de todas maneras hiciera lo que hiciese. Por si no te habías dado cuenta, soy un ser sensible, no un luchador.

—Eso no es excusa —dije, aunque no pude evitar sonreír.

—Sólo necesitaba saber que estabas a salvo. Era lo único que me importaba —dijo muy serio, y puso la mano sobre la mía.

El calor me invadió al instante y mi corazón empezó a latir con fuerza. Me incliné hacia delante y le besé, a la vez que presionaba mi cuerpo contra el suyo. Jack claudicó por un momento, pero el hambre amenazaba con tomar un control absoluto sobre mis actos. Justo cuando estaba a punto de ceder, Jack me empujó para apartarme de él y fue entonces cuando recibí mi primer sermón sobre sexo.

Después de unos días de mantener bajo control el ansia de sangre, Ezra pensó que sería bueno que acabara de hacer limpieza de lo que pudiera quedarme de vida humana. Y eso significaba hacer cosas divertidas, como ir con Jack a casa de mi madre para que pudiéramos mantener una pelea increíblemente intensa cuando le dije que me iba a vivir con él. Mi madre intentó convencerme de que me quedara en casa, después lloró un montón, me llamó de todo y al final me dijo que me quería.

Una vez acabada la escena, mi madre salió de juerga, como siempre. Recogí mis cosas y, como tenía un sentimiento de culpa terrible, le pedí «prestado» dinero a Jack para dejárselo a mi madre. Tal vez así no tendría que trabajar tanto y, como mínimo, podría disfrutarlo.

Milo la llamó unos días después, como hacía muy de vez en cuando desde que, también él, se había ido de casa. Se inventaba todo tipo de historias divertidas sobre un supuesto internado de Nueva York donde estaba estudiando y la animaba un poco.

Abandoné formalmente el instituto, y me alegré por ello. Milo insistía en que algún día ambos debíamos realizar el curso para obtener el título de secundaria y poder de ese modo ir a la universidad si nos apetecía, y yo le daba la razón, aunque en realidad no tenía ni la más mínima intención de seguir estudiando. Para mis adentros, me encantaba la posibilidad de pasar el resto de mi vida en plan esposa florero.

Luego estaba el tema de Jane, mi «mejor amiga», que no sabía cómo solucionar. En cuanto me vio el día que fui al instituto, se imaginó lo que había pasado. Seguía siendo yo, pero estaba estupendísima, quizá incluso más estupenda que ella.

Era de día, y yo estaba increíblemente cansada, claro está. Tuvimos una acalorada conversación que ella dio por terminada con un frívolo «Te deseo una buena muerte».

Entretanto, mi vida como vampira era fabulosa. Daba los típicos pasos en falso en cuanto a caminar, moverme, respirar, comer... las habilidades básicas que en mi anterior vida se daban por supuestas. Pero estaba absolutamente enamorada de Jack, y tan sólo acababa de empezar a pasar el resto de la eternidad a su lado.

¿Cómo iba a sentirme mal en mis nuevas circunstancias?

4

Cuando el avión inició su despegue pensé que iba a vomitar. Apretujé con tanta fuerza los brazos del asiento que los habría roto de no haber tenido cuidado. Nunca había subido a un avión y estaba muerta de miedo.

Ezra se rió de mí hasta la saciedad. Sonrió cariñosamente cuando vio mi congoja al percibir que los motores se ponían en marcha y empezaban a emitir todo tipo de chirridos letales y ruidos metálicos. Contemplé por la ventanilla la oscuridad de la noche y me imaginé el avión accidentándose en la pista y envuelto en llamas.

—¿Es la primera vez? —preguntó una mujer que estaba sentada al otro lado del pasillo.

—Todo irá bien —me consoló Ezra, cortando la conversación, y yo estaba tan ocupada con mi sesión de terror que ni siquiera me tomé la molestia de comentar su descortesía. Ezra me sonrió.

—Podrías tratar de tranquilizarme —le sugerí con una vocecita ansiosa.

—¿Por qué? Esto te viene bien para distraerte de otras cosas que suceden a tu alrededor —replicó Ezra—. El vuelo a Nueva York dura menos de tres horas y me gustaría que esperases para comer hasta el siguiente vuelo.

Por «otras cosas» se refería a los demás pasajeros, que inundaban el vuelo nocturno con el olor de su sangre, y eso que el avión no iba lleno. Había comido el día anterior, lo que significaba que en teoría no necesitaba comer hasta pasados cinco o seis días, pero mi escasa experiencia me impedía controlar aún el hambre debidamente.

—Hum, eso suena estupendo —murmuré. Pero por desgracia, tenía razón. El miedo que me embargaba en aquel momento hacía casi imposible que pudiera prestar atención a mi sed.

—La verdad es que deberías disfrutarlo —dijo con una sonrisa irónica—. Tendrás poquísimas oportunidades de sentir miedo como el que sientes ahora.

—Oh, sí, esto es maravilloso.

—Permíteme que te cuente un secretillo. —Se inclinó hacia mí y bajó la voz para que nadie pudiera oírnos—. Aun en el caso de que el avión sufriese un accidente, sobrevivirías. Ahora eres inmortal.

Seguía sin hacerme a la idea. Era una vampira y no podía morir en accidente de avión.

Mis dedos se relajaron y dejé de apretar el brazo del asiento de aquella manera. Pero aun así, cada vez que pasábamos por una turbulencia me abrazaba a Ezra. Él reía entre dientes.

Intenté disfrutar del resto del vuelo, pero estaba oscuro, e incluso con mi visión mejorada, poco había que ver por la ventanilla. Ezra había traído algunos libros y estuvo hojeándolos, aunque estoy segura de que ya los había leído antes. Lo más probable era que hubiera leído todo lo que se había publicado.

—¿Adónde vamos? —le pregunté en voz baja. La mayoría de los pasajeros dormían y no deseaba despertar a nadie.

—A Nueva York —respondió Ezra sin levantar la vista del libro—. Y después a Finlandia.

—¿Finlandia? —Levanté una ceja. Su respuesta me había pillado desprevenida—. ¿O sea que Peter está en Finlandia?

—Eso creo. —Pasó la página—. Escandinavia siempre ha sido su escondite predilecto, sobre todo en invierno. Apenas hay luz durante meses y las temperaturas suelen estar bajo cero.

—¿De modo que vamos allí porque es adonde normalmente suele ir? —No me hacía todavía a la idea de que Peter pudiera estar en Finlandia—. ¿No te parece... demasiado exótico?

—No. Peter se ha visto envuelto en una pelea en Finlandia. No sé exactamente dónde está, pero estoy seguro de que está allí —dijo Ezra.

—¿Una pelea? ¿Qué ha pasado?

—No estoy del todo seguro —dijo por fin—. Y preferiría no especular.

—¿Que preferirías no especular? —repetí—. ¿Estoy a bordo de un avión con destino al otro lado del mundo, y no sólo no sabes adónde vamos sino que ni siquiera quieres especular acerca de por qué vamos allí?

—Finlandia no está al otro lado del mundo —replicó Ezra, corrigiéndome.

—Da igual. —Me hundí en el asiento y me crucé de brazos—. No sé hablar finés.

—No lo necesitarás. Yo hablaré. —Pasó otra página y suspiré.

—Va a ser un coñazo viajar contigo si te pasas todo el rato así —murmuré, y Ezra rió para sus adentros.

Tomé prestado uno de los libros de Ezra para tener algo que hacer durante el resto del vuelo. Después de un par de horas leyendo sobre la fauna salvaje finlandesa, decidí comprarme todas las revistas y libros que pudiera en cuanto aterrizásemos en el JFK. Y ése siguió siendo mi plan hasta que nada más desembarcar del avión Ezra me cogió la mano.

—Es una escala corta —me dijo en voz baja mientras echábamos a andar—. Teniendo en cuenta cómo te pones cuando comes, no podrás hacerlo hasta que subamos al siguiente avión. Pase lo que pase, tienes que permanecer a mi lado y no soltarte de mi mano en ningún momento. ¿Ha quedado claro?

—Por supuesto, pero... —Pensé en preguntarle el motivo, pero en cuanto dejamos el avión atrás, el olor me golpeó por primera vez.

En el aeropuerto de Minneapolis no había tanta gente como allí. De hecho, en comparación, podría incluso afirmar que en el aeropuerto de Minneapolis no había nadie. El aeropuerto JFK es una ciudad en sí mismo, lleno a rebosar de gente acalorada y sudorosa apretujándote por todos lados.

Mi sed emergió de inmediato con ánimos de venganza.

La espera en el aeropuerto se convirtió en una tortura. Me pasé el rato apretándole la mano a Ezra con tanta fuerza que no sé cómo no acabé partiéndole algún hueso. Permanecí sentada muy rígida, con la vista clavada en mis zapatos.

Y Ezra no se apartó de mi lado, con una pierna cruzada sobre la otra, una revista abierta en la falda y leyéndome recetas de cocina para Halloween. Se esforzó para que mantuviera la calma y la concentración, pero escuchar métodos para teñir de naranja los cereales del desayuno me provocó ganas de vomitar.

Superar todas las barreras de seguridad fue complicado. Ezra me aconsejó que empleara el truco de recitar sin pausa el alfabeto para mis adentros, pero la verdad es que no me sirvió para aplacar la sensación de sed que me invadía y me costó un montón apartar la mirada de la vena hinchada del cuello del guardia de seguridad. Aun así, no me abalancé sobre él para morderlo. Lo contabilicé como un éxito a mi favor.

Ezra me cedió el asiento junto a la ventanilla y cuando me abrochó el cinturón, los dos nos sentimos mejor. Cerré los ojos e intenté no pensar en Jack. Su imagen me acechaba dolorosamente y mi ansia de sangre no hacía más que aumentar al pensar en él. Fui consciente de que mi situación era muy precaria y empecé a plantearme si no me había precipitado y aún no estaba preparada para realizar aquel viaje.

Cuando los motores del avión empezaron a subir de revoluciones, Ezra se inclinó hacia mí y me susurró:

—Si el avión sufre un accidente, caeremos al océano, y el océano está lleno de tiburones que podrían matarnos. Esta vez sí que tienes algo que temer.

—¿Se supone que eso debería servirme de consuelo? —le pregunté, apretando los dientes.

—No, en absoluto. Tan sólo pretendía asustarte, para que así dejes de pensar en... cosas. —Volvió a apretarme la mano, y eso sí que me reconfortó—. Pero no deja de ser cierto. Los tiburones son brutales.

En el instante en que se encendió la luz verde y pudimos levantarnos de nuestros asientos, Ezra cogió las latas de sangre del compartimento superior y me acompañó a los lavabos de la parte trasera. Los demás pasajeros y la tripulación nos miraron con cara de extrañeza, pero nadie nos impidió entrar juntos. Me resultaba impensable que algún humano se atreviera jamás a impedirle algo a Ezra. Era demasiado atractivo y rezumaba confianza en sí mismo.

En el lavabo apenas si cabía una sola persona, y mucho menos dos, de modo que Ezra me levantó en brazos para sentarme sobre el lavamanos. Dejó las latas en mi falda. Me imaginé que era capaz de olerlas y empecé a temblar de hambre.

—Estás muy pálida —murmuró. Me retiró un mechón de pelo que me caía sobre la cara y me miró a los ojos, examinándolos para evaluar mi nivel de hambre—. Voy a darte dos latas, ¿de acuerdo?

—Sí, lo que sea, de acuerdo —dije rápidamente. Me daba lo mismo lo que me dijera mientras consiguiera la sangre.

—Escúchame: te va a pegar fuerte, pero necesito que regreses caminando como es debido hasta tu asiento, ¿entendido? —dijo Ezra—. Ya tendrás tiempo de dormir en cuanto te sientes.

—¡Entendido! —repliqué con brusquedad.

Puso mala cara pero me abrió la lata. El pequeño compartimento se inundó al instante de olor a sangre. Le arranqué la lata de la mano y la engullí. En cuanto el líquido se deslizó por mi garganta, mis músculos se relajaron. Y a pesar de que la sangre estaba muy fría, sentí una oleada de calor.

Ezra abrió la segunda lata antes de que terminara de beberme la primera. Quería que las consumiera lo más rápidamente posible para poder regresar al asiento sin problemas antes de que me quedara grogui.

Cuando hube apurado las dos latas, Ezra las tiró a la papelera. Me sequé los labios y él comprobó que no quedaran rastros de sangre en mi cara. El mundo empezaba a tener aquel resplandor vaporoso, y una maravillosa y relajante sensación se apoderaba ya de mí.

Tenía a Ezra tan cerca que experimenté una extraña necesidad de besarlo. Pero no era más que la sangre lo que me provocaba aquello, de modo que bajé la cabeza antes de meter la pata.

Regresamos a nuestros asientos. Él me rodeaba con el brazo para ayudarme a mantener el equilibrio. Tuve que reunir todas mis fuerzas para no tropezar ni hacer el ridículo. Veía los colores más intensos. Mi jersey verde parecía hierba y me apetecía acariciarlo, pero Ezra me empujó para que me sentase.

—¿Cómo te encuentras? —susurró mientras me abrochaba de nuevo el cinturón.

—Soñolienta —murmuré con una sonrisa de aturdimiento dibujada en los labios.

Y me quedé inconsciente antes incluso de que Ezra volviera a guardar la bolsa de viaje en el compartimento superior. Incluso a pesar de sus nuevas amenazas sobre posibles tiburones y de lo mucho que añoraba a Jack, dormí como un tronco durante el resto del trayecto hasta llegar a Finlandia.

Ezra tuvo que zarandearme para despertarme, y descubrí que mientras dormía me había conseguido una almohada y una manta. Él tenía su manta doblada sobre el regazo y me pregunté si habría dormido también.

—Estamos a punto de aterrizar en Helsinki —me informó.

—¿De verdad? —Bostecé y me desperecé antes de mirar por la ventanilla. Fuera estaba oscuro, pero la ciudad bullía con el resplandor de miles de luces parpadeantes—. ¿Qué hora es?

—Las diez, miércoles —dijo.

—¡Oh! —Mi cerebro se esforzó por recordar cuándo habíamos partido, pero no entendía nada—. Espera un momento. ¿No salimos a las diez del jueves?

—Es por la diferencia horaria. Tal vez notes un poco de *jet lag* —dijo.

—Espero que no. —Ni siquiera sabía lo que era el *jet lag*, pero no sonaba precisamente a algo que me apeteciera sufrir.

Una azafata recogió las mantas y sonó por megafonía la voz

del capitán, comentando cosas sobre el aterrizaje en Helsinki. Repitió el mensaje en finés, o al menos eso fue lo que di por sentado, pues no entendí una sola palabra de lo que dijo.

De cerca, la ciudad resultaba mucho más impresionante de lo que me esperaba. Me la había imaginado como un lugar frío y desolado, pero en realidad se percibía llena de encanto e historia, tal y como pensaba que serían París o Londres. Aunque en realidad no conocía ninguna de aquellas ciudades y no podía comparar.

—¿Es aquí donde Peter ha decidido buscarse la vida? —pregunté, admirando la arquitectura.

—No, no está aquí —dijo Ezra, negando con la cabeza—. Aún nos queda otro vuelo.

—¿En serio? —Arrugué la nariz. Notaba los músculos agarrotados a pesar de que había dormido todo el trayecto.

—Hasta el norte de Finlandia, a Laponia —dijo Ezra, como si el nombre fuera a sonarme familiar—. Te contaré más detalles en cuanto aterricemos. Tenemos una nueva escala.

—Fantástico —dije con un suspiro.

Bajamos del avión y Ezra lo dispuso todo para el siguiente vuelo. Busqué un ventanal, pues estaba decidida a admirar Helsinki. Tampoco era que desde el aeropuerto se disfrutara de unas vistas estupendas: básicamente se veían aviones, pistas de aterrizaje y tráfico. Pero al menos ya era algo más que en Nueva York.

—La verdad es que es una ciudad preciosa —dijo Ezra, mientras se situaba a mi lado.

Nos quedamos observando un taxi que circulaba por la autopista. Ezra sabía que estaba intentando ver de pasada algo que me perdería por completo. Suspiré, negándome a abandonar mi puesto junto al ventanal.

—¿Has estado antes aquí? —le pregunté.

—Muchas veces, la mayor parte de ellas antes de conocer a Mae —dijo, asintiendo—. He conseguido arrastrarla hasta aquí en unas cuantas ocasiones, pero no le gusta mucho salir de Minnesota. Sin embargo, a Peter le encanta.

—¿Y eso?

—Por el frío, la oscuridad, la naturaleza, el aislamiento. Siempre va más hacia el norte. Allí hay varios parques nacionales y estaciones de esquí. Y Helsinki, Estocolmo y Copenhague no quedan muy lejos en caso de que le apetezca disfrutar un poco de la vida ajetreada de la ciudad.

Cuando pronunció la palabra «ciudad», comprendí que se refería a algo más que una cena y un espectáculo. De hecho, se refería solamente a la cena. Por mucho que a Peter le gustara vivir aislado, necesitaba de una población para alimentarse, a poder ser, en la que hubiera tanto vampiros como humanos. Los bares de vampiros y los bancos de sangre facilitaban mucho el tema de la alimentación y cuanta menos gente, menos opciones.

—¿Así que es ahí adonde vamos? ¿Al norte? —pregunté, volviéndome para mirar a Ezra—. ¿Cómo lo has llamado? ¿Laponia?

—Sí. Es el territorio situado más al norte de Finlandia. —Respiró hondo y continuó casi a regañadientes—. Pero hay algo que aún no te he contado.

—Hay muchas cosas que no me has contado.

—Ésta es importante. —Se pasó la lengua por los labios y desvió la vista—. Habrás oído alguna vez historias sobre hombres lobo, ¿no?

El estómago me dio un vuelco. Me había convertido en vampira, era evidente, pero había cosas que no colaban. Por ejemplo, que unos monstruos que formaban parte del folclore existiesen realmente. ¿Qué sería lo siguiente?, ¿dar una vuelta con el hombre de las nieves, nadar junto al monstruo del lago Ness o salir de fiesta con un duende?

Tenía que haber un punto a partir del cual la ficción siguiera siendo ficción, y había decidido que ese punto se encontraba inmediatamente después de los vampiros.

—No, ni hablar —dije, negando con la cabeza—. Jack me dijo que no había hombres lobo. Que no existen.

—No, no existen —concedió Ezra—. Cambiar de forma es imposible. Al menos que yo sepa.

—Y entonces... —Mi corazón se desaceleró un poco, pero estaba claro que Ezra seguía escondiéndome alguna cosa—. ¿Por qué sacarlos a relucir?

—Habrás oído alguna vez historias sobre hombres lobo, ¿no? —repitió, sin dejar de mirarme fijamente con sus ojos castaños.

—Sí —respondí con incertidumbre.

Mi conocimiento de los hombres lobo era muy limitado y se basaba principalmente en la interpretación de Michael J. Fox en *De pelo en pecho*. Nunca me había planteado que esa película pudiera estar basada en hechos reales, porque no lograba imaginarme que, hombre lobo o no, alguien fuera capaz de practicar surf encima de una furgoneta. La única conclusión que saqué de la película fue que los hombres lobo jugaban muy bien al baloncesto. Pero ésa era una información que no consideraba pertinente mencionarle a Ezra.

—¿Que salen las noches de luna llena y que atacan sin miramientos? —prosiguió Ezra—. ¿Que se convierten en animales feroces y no hay lógica ni remordimiento que pueda con ellos?

—Sí, eso mismo —dije asintiendo, ansiosa por que se apresurara a llegar a donde quería llegar.

—¿Recuerdas lo que te expliqué acerca de los vampiros que conocí cuando realicé mi transformación? —Y habló entonces con solemnidad—: Eran... animales rabiosos.

—No serás... No serán... —dije, tartamudeando—. ¿Qué es lo que pretendes decirme exactamente?

—Que a veces, algunos vampiros, bien porque así lo deciden o bien porque ésa es su naturaleza, no llegan jamás a ser seres civilizados —me explicó con cautela—. Los que son completamente primitivos acaban muriendo en seguida. Ni siquiera los vampiros toleran a monstruos espeluznantes como ésos. Pero los hay que buscan voluntariamente un tipo de vida distinto, alejados de la gente y de toda humanidad.

»Creemos que las primeras historias de hombres lobo se basan en vampiros que llevaban ese tipo de vida. —Respiró hondo y miró al cielo nocturno—. Cazan juntos en pequeñas manadas, viven más como animales que como personas. Las circunstancias los obligan a no matar a todas sus presas, pero su mayor deseo es cazar y asesinar. Cazan piezas grandes, como osos y alces, incluso lobos. Pero no para comérselos, sino por diversión.

—Eso también lo hace la gente —dije cortándolo, aunque no estoy segura de qué pretendía con mi comentario.

—Los llamamos licanos, una abreviatura de licántropo, que significa hombre lobo. Es un chiste común entre vampiros. —Ezra me sonrió, pero yo no le encontré la gracia—. Creo que licano significa lobo, en griego.

—¿Es esto una forma alternativa de darme una lección de griego? —le pregunté secamente.

—En la Laponia finesa vive una manada de licanos —dijo,

ignorando mi comentario—. Ya me he tropezado con ellos otras veces, pero es un grupo que cambia constantemente, en el que lo único que se mantiene inamovible es su líder. Es un sádico, y la esperanza de vida de los miembros de su manada no se acerca ni de lejos a la de los vampiros, ni siquiera a la de otros licanos. Son famosos por su brutalidad, y matan a vampiros y a personas indiscriminadamente.

Tragué saliva y me concentré en el destello de las luces al otro lado del ventanal. A aquellas alturas ya me había imaginado cómo proseguiría la historia de nuestro viaje hasta allí: estábamos esperando un avión que nos conduciría hasta el hogar de los licanos. Nuestro destino estaba muy conectado con el de ellos.

—La semana pasada, Peter mató a un miembro de esa manada. Quieren venganza y no pararán hasta dar con él. Y Peter, en su estado actual, parece encantado de ofrecerse a ellos en bandeja —dijo Ezra muy despacio—. Tenemos que encontrarlo antes de que lo hagan ellos.

Me costaba controlar mi ansia de sangre, pero acababa de entender que estábamos allí para adentrarnos en el bosque y localizar una manada de hombres lobo, que en realidad no eran hombres lobo sino vampiros, con la intención de salvar a un vampiro que anteriormente había intentado matarme. Todo tenía sentido...

—¿Alice? —dijo Ezra viendo que yo seguía mirando por el ventanal—. ¿Tienes alguna pregunta?

—No. —Negué con la cabeza—. Pero Jack se cabreará cuando se entere de lo que estamos a punto de hacer.

5

El hotel era un cruce entre un establecimiento de la cadena Holiday Inn y una cabaña de caza, con chimeneas y cornamentas colgadas de la pared, pero con todo y con eso, el escenario me sorprendió agradablemente. Tras el último vuelo, alquilamos un coche, realizamos un breve trayecto en el transcurso del cual nos detuvimos en un banco de sangre local para recoger provisiones, y llegamos al hotel.

La habitación tenía suelos de madera y el aspecto agradable y genérico de cualquier hotel. Había acceso a Internet y televisión y, a tenor de la cantidad de coches que vi en el aparcamiento, estaba relativamente concurrido.

Ezra se dedicó a deshacer su maleta y yo me limité a dejar la bolsa sobre una de las camas. Me pedí la de matrimonio, junto a la ventana.

—Voy a ducharme —dijo Ezra. Cogió una muda y su neceser—. Después descansaremos un poco y mañana saldremos en busca de Peter.

—¿De verdad podemos perder tanto tiempo? —intenté preguntar, sin la mínima intención de acusar a Ezra de nada. Habíamos partido con tantas prisas que no estaba del todo segura de hasta qué punto era inminente el peligro al que nos disponíamos a enfrentarnos.

—Tenemos que descansar, si no, no podré ayudar a Peter.

—Se encogió de hombros, como si no hubiera otra alternativa.

En cuanto entró en el baño y oí correr el agua de la ducha, me puse el pijama. La sensación fue estupenda después de haber pasado cerca de veinte horas embutida en unos vaqueros y un jersey.

Aunque lo cierto era que, dadas las circunstancias, no me sentía demasiado dispuesta a quedarme dormida. Había dormido mientras atravesábamos el océano y, por la diferencia horaria, acabaría de levantarme en Minneapolis. Además, Ezra me había puesto como una moto al darme la noticia de que en realidad íbamos en busca de unos vampiros que se comportaban como lobos.

Saqué el teléfono móvil y me sorprendió ver que tenía cobertura (supongo que subconscientemente había pensado que Finlandia estaba en la Edad de Piedra).

Crucé los dedos, me senté en la cama y confié en que Jack estuviese despierto. Nunca habíamos pasado tanto tiempo separados desde que me convirtiera en vampira y la situación me resultaba muy rara. Era como si los elementos químicos de mi organismo estuvieran descompensados sin su presencia.

—¿Hola? —Jack respondió al teléfono muy alterado—. ¿Alice? ¿Estás bien? ¿Va todo bien?

—Sí, sí, estoy bien. —Los ojos se me llenaron de lágrimas completamente irracionales. Lo echaba de menos de una forma estúpida—. Acabamos de llegar al hotel. Te llamaba para decirte que hemos llegado bien.

—Estupendo. Estupendo. —Sonaba sinceramente aliviado, pero me di cuenta de que no se relajaba—. ¿Qué tal el vuelo?

—Me he pasado la mayor parte del tiempo durmiendo —dije—. Es la primera vez que abandono el Medio Oeste y me fastidia. He estado en Nueva York y no he visto nada. Y apenas he podido siquiera ver Helsinki cuando hemos hecho escala allí.

—¡¿Estáis en Finlandia?! —vociferó Jack, y comprendí que tal vez había hablado demasiado—. ¿Es allí donde tiene Peter tantos problemas con los vampiros?

—Hum... —Me agité en la cama, tratando de encontrar qué podía decirle.

—En realidad no son vampiros, ¿verdad? Se trata de licanos. —Suspiró al ver que yo no respondía y apartó el teléfono para gritar—: ¡Mae! ¡Mae!

—¿Por qué llamas a Mae?

—Porque..., porque si supiera lo que estáis haciendo...

—¿Qué? —dije, interrumpiéndolo—. ¿Qué haría?

Murmuró algo casi para sus adentros y no continuó. En el caso de que Mae hubiera estado al corriente de aquello antes de nuestra partida, habría intentado quitarle a Ezra la idea de la cabeza. Ése era el motivo por el que Ezra no le había contado a nadie adónde íbamos. Había tomado una decisión y no quería perder tiempo peleando por ello.

—Cojo un avión ahora mismo —dijo Jack.

—No seas tonto. Ezra no permitirá que me pase nada. Estoy aquí simplemente para intentar convencer a Peter de que regrese, no para pelearme con unos vampiros estúpidos —dije.

—Peter no tiene ninguna necesidad de regresar —murmuró Jack.

—¿Has estado en Finlandia? —dije, cambiando rápidamente de tema. No conseguiría que se sintiese cómodo sabiéndome allí, pero tal vez lograra distraerlo para que estuviese menos preocupado.

—Sí, en una ocasión, hace unos años —dijo en tono desdeñoso—. Fuimos a esquiar, y fue horrible. Partí en dos una de esas tablas de *snowboard* y caí rodando ladera abajo. No fue demasiado divertido. Finlandia no es un lugar fabuloso precisamente. Tendrías que volver a casa.

—Jack. —Sonreí al imaginármelo cayendo ladera abajo, pero la sonrisa se esfumó en cuanto volvió a intentar convencerme de que regresara—. Estás desperdiciando la llamada. Estoy a punto de quedarme sin batería y me olvidé de coger el cargador. ¿De verdad te apetece perder el tiempo discutiendo conmigo cuando sabes perfectamente que no cambiaré de idea?

—Sí, supongo que sí —respondió—. Además, estoy seguro de que Ezra tiene un cargador que funciona ahí donde estás, y que puede dejártelo.

Jack me había comprado un iPhone hacía unas semanas, un teléfono exactamente igual al que tenían tanto Ezra como él, de modo que si Ezra llevaba consigo su cargador, también serviría para mi teléfono.

—Ezra habla finés —dije, manteniendo la conversación alejada de Peter o del tema de la vuelta a casa—. Suena bien, aunque no consigo entender ni una palabra.

—Ezra habla casi cualquier idioma conocido, incluso las lenguas muertas. Se creyó muy guay por ver *La pasión de Cristo* sin subtítulos para demostrar que habla arameo, pero estoy seguro de que es la única vez que le ha resultado de utilidad. —Jack se regocijó como un niño pequeño, lo que me obligó a sonreír.

—¿Y tú también hablas otros idiomas? —le pregunté.

—Español y alemán —me informó con orgullo—. Aprendí español en el instituto y alemán en la universidad, pero no hablo ninguno de los dos con fluidez. Eso sí, soy capaz de preguntarte si hablas inglés en los dos idiomas, y creo que, en realidad, es lo único que necesito saber decir.

—Sí, parece útil —dije entre risas, pero la felicidad me llenó de nuevo los ojos de lágrimas—. Te echo de menos.

—Yo también te echo de menos. Vuelve a casa, Alice, cuando quieras. No tengo intención de presionarte.

—Lo sé. Pero tengo que ayudar. No nos llevará mucho tiempo, o al menos eso es lo que creo. Encontraremos a Peter y volveremos directamente a casa.

Jack empezó a hablar entonces sobre lo laberínticos que eran los bosques finlandeses, pero en aquel momento Ezra salió del baño y distrajo mi atención. Se había puesto un pantalón de pijama de franela y una camiseta, se pasaba la mano por el pelo mojado, alborotándolo para secarlo, y había clavado en mí una mirada inquisitiva.

—No es más que Jack —le dije, apartando un poco el teléfono de mi boca.

—¿Está Ezra ahí? ¡Deja que hable con él! —me pidió Jack.

—No es necesario que hables con él —dije con un suspiro.

—¿Entiendo, entonces, que ya sabe que estamos en Finlandia? —me preguntó Ezra, y asentí abochornada—. Bueno... Lo habría descubierto tarde o temprano.

—Mira, Jack, tengo que dormir un poco. Te llamaré muy pronto y te tendré al corriente de cómo nos va todo —dije. Ezra bajó la colcha de color verde azulado, dándome a entender con aquel gesto que estaba preparándose para acostarse y que yo debía seguir su ejemplo.

—Alice... —dijo Jack, a punto de gimotear, aunque se dio cuenta y se detuvo—. Llámame pronto, muy pronto. Y cuídate, ¿entendido?

—Lo haré —le prometí.

Cuando colgué el teléfono tuve que reprimir una necesidad apremiante de romper a llorar. Oír su voz sólo había servido para empeorar las cosas. Me dolía el corazón y mi cuerpo estaba como si hubiera acabado de recibir una paliza. No me gustaba en absoluto saber que me costaba tanto sobrevivir lejos de Jack.

—No era necesario que colgases por mí —dijo Ezra.

Reprimí las lágrimas y me quedé mirando el teléfono mientras oía el murmullo de las sábanas que me indicaba que Ezra acababa de meterse en la cama. No había hecho más que colgar y ya estaba pensando en volver a llamar a Jack. Aun así, comprendiendo que hacerlo no me ayudaría a sentirme mejor, decidí abandonar la idea.

—Lo sé —dije. Dejé el teléfono sobre la mesita de noche y me sumergí bajo las sábanas—. ¿Piensas llamar a Mae?

—No hasta que averigüe algo concreto. Ya se encargará Jack de ponerla al corriente. —Se tumbó boca bajo y descansó la cabeza sobre la almohada—. ¿Te sientes bien con todo esto?

—Sí, no te preocupes —dije, aun sin estar del todo segura de si estaba mintiéndole.

Me volví en la cama para darle la espalda y dejé aflorar por fin unas lágrimas silenciosas que resbalaron por mis mejillas. Ezra no dijo nada más y poco a poco su respiración adquirió el ritmo regular que acompaña al sueño. Por desgracia, yo no lo iba a tener tan fácil para dormirme.

Cuando, al cabo de unas horas, Ezra abrió las cortinas, aún era de día. Entrecerré los ojos y me tapé la cabeza con la manta. Mis escasas experiencias con el sol me habían dejado cansada e irritable, y no me apetecía nada revivirlas. Ezra, ya vestido y silbando un viejo tema de Neil Young, daba vueltas por la habitación, lo que me hizo sospechar que tocaba levantarse.

—¿Qué hora es? —murmuré, enterrada todavía bajo el fino edredón del hotel.

—Algo más de la una, pero tenemos que ir tirando. Estamos desperdiciando la luz del día —dijo, y rió por el chiste que acababa de hacer. Empezaba a pensar que su sentido del humor y el mío no tenían demasiado en común.

—¿De verdad pretendes que me levante ahora? —Asomé la cabeza y desafié la luz cegadora que inundaba la habitación.

—Es hora de ponernos en marcha. —Comprobó algo en su teléfono y volvió a mirar a través de la ventana—. Puedo correr las cortinas, si te sirve de algo.

—Ya sabes que sí —dije en medio de un bostezo.

Ezra obedeció, sin dejar de juguetear con el teléfono, y confié en que eso significara que tenía algún tipo de pista. Su mitad de la habitación estaba completamente ordenada, incluso la cama hecha, y me pregunté a qué hora se habría levantado.

—Me encantaría poder tomarme un café o una bebida energética —dije. Salí de la cama y me dirigí al baño. (Algo gracioso: los vampiros hacemos pis. La sangre es un líquido, al fin y al cabo.)

—Prueba a darte una ducha fría. Eso te espabilará —dijo.

Seguí su consejo y me di una rápida ducha fría que me ayudó a sentirme un poco mejor. Después de vestirme, me sequé el pelo para que no se me congelara al salir al exterior.

El hotel estaba infestado de gente, así que me tapé la boca y la nariz con la bufanda para amortiguar la sensación. Cuando salimos me di cuenta de que en la decoración del hotel predominaba decididamente el color verde. Había macetas con plantas por todas partes, seguramente para contrarrestar los largos inviernos y las vistas blancas que se veían de soslayo a través de las ventanas. Me gustaba el invierno, pero me resultaría extraño vivir en un lugar que permanecía nevado ocho meses al año.

En realidad, en el exterior no hacía tanto frío. La temperatura estaba justo bajo cero, pero me abrigué con una chaqueta de invierno y botas, como hubiera hecho cualquier persona normal. Aún no había mucha nieve, pero sí la suficiente para que crujiera bajo mis pies.

—¿Cuál es el plan? —pregunté mientras salíamos del edificio y nos dirigíamos hacia el Range Rover plateado que habíamos alquilado el día anterior.

—Nos vamos a dar una vuelta —respondió con vaguedad Ezra, y me pregunté si estaba exasperado por algo en concreto o por mera costumbre. Entró en el coche, y seguí su ejemplo.

Sin mirar, dio marcha atrás con el Rover y salimos zumbando del hotel. Normalmente era un conductor moderado, pero en aquel momento entendí de dónde provenía la habilidad de Jack al volante. Me cubrí la cabeza con la capucha y me hundí en el asiento para tratar de esconderme lo máximo posible de los rayos del sol.

—¿Crees que esto funcionará? —dije tras un bostezo cuando ya llevábamos diez minutos circulando. Estaba soñolienta y sabía que, a medida que fuera avanzando el día, aquella sensación iría a peor.

—Estaremos la mayor parte del tiempo a la sombra de los árboles —dijo, indicando con un gesto el denso bosque de pinos que nos rodeaba—. Llevas una capucha y gafas de sol y por la mañana, cuando regresemos, comeremos los dos. Todo irá bien.

Viajamos una media hora hasta que nos desviamos de la carretera y aparcamos en un pequeño claro. Me había adormilado un poco, pero me enderecé rápidamente en el asiento en cuanto el vehículo se detuvo. Me incliné para examinar el GPS del salpicadero con la esperanza de que me diera una pista de dónde nos encontrábamos. Pero las palabras y los nombres finlandeses parecían un jeroglífico y no conseguí esclarecer nada.

—Muy bien. ¿Ahora qué? —pregunté, pero la respuesta de Ezra se limitó a apagar el motor y salir del coche—. Gracias.

Me las apañé para salir corriendo tras él y resbalé en el hielo que cubría el suelo. Lo único que conseguí cuando intenté recuperar el equilibrio sujetándome al coche fue abollarlo. Me desconcertaba no poder controlar mi cuerpo. Me moría de ganas de que mi elegancia y mi fuerza funcionaran a la perfección.

—¿Vienes? —Ezra se detuvo el tiempo suficiente para que me diera tiempo a serenarme y echar a corretear tras él.

—Claro. ¿Adónde vamos? —le pregunté en cuanto llegué a su lado.

—Al bosque. —Estábamos ya caminando entre una tupida arboleda, por lo que su respuesta no hizo sino confirmar lo evidente.

—Creo que debes saber que estás convirtiéndote en mi persona menos favorita —murmuré después de esquivar un leño caído con el que estuve a punto de tropezar.

—La verdad es que no sé adónde nos dirigimos exactamente —reconoció a regañadientes—. Sólo sé hacia dónde debemos encaminarnos supuestamente, y es por aquí.

La sombra de los árboles nos permitía permanecer en la penumbra, y eso al menos era de agradecer. Pero mirando a nuestro alrededor, todo era igual. La zona estaba cubierta por árboles de hoja perenne y más arriba se oía el canturreo de un riachuelo.

Aparte de eso, no tenía ni idea de cómo Ezra era capaz de distinguir un árbol de otro, o de cómo podía saber dónde estábamos. Desde luego, él conocía la zona mucho mejor que yo, que era incapaz de saber qué distinguía unos árboles de otros.

—¿Dónde estamos? —Dejé de andar y levanté la vista hacia el pedacito de cielo que se vislumbraba entre los árboles.

—Los licanos viven por aquí.

Me habría gustado presionarlo un poco más para sonsacarle información, pero intuí que no le apetecía hablar. Ezra ni siquiera ralentizó el paso por mí, de modo que aprendí en seguida la lección: no podía detenerme sin motivo justificado. Nos pasamos la tarde caminando por el bosque y, pese a que el sol no me daba de lleno, sentí una oleada de energía cuando por fin se puso.

En cuanto fue noche cerrada, Ezra empezó a tomarse la molestia de esperarme e insistía constantemente en que me mantuviera pegada a él. Durante el día había menos probabilidades de que los vampiros salieran; de ahí que hubiera querido comprobar de antemano la situación.

Lo más emocionante de la noche fue cuando vimos varios renos justo delante de nosotros. Ezra me explicó que muchos europeos dicen que es allí donde vive Santa Claus, y no en el Polo Norte, y su argumento se sostiene en parte por la gran población de renos de la zona. La verdad es que no estábamos demasiado al sur del Polo Norte, por lo que aquella suposición no era ni mucho menos descabellada.

Cuando empezó a amanecer me encontraba exhausta. Existe el mito de que los vampiros jamás se cansan ni agotan su energía, y Ezra parecía ser el ejemplo de ello. Tal vez sea una miedica, la verdad es que no lo sé. Pero lo cierto es que cuando llegamos de nuevo al Range Rover después de aquella larga caminata, me sentí increíblemente aliviada al acomodarme por fin en el asiento.

Hacía ya unas horas que había empezado a notar una hambre insistente. El pulso de Ezra era más perceptible y mis manos mostraban un leve temblor. La luz de primera hora de la mañana que se filtraba por las ventanillas no hacía más que empeorar la situación.

Cuando llegamos al hotel, debía de notárseme tanto lo débil que me encontraba que Ezra incluso me rodeó con el brazo para entrar. Eran más de las siete de la mañana y el comedor estaba lleno de gente desayunando. El olor a huevos y salchichas de ciervo me provocó náuseas. Pero por encima de aquello me llegaba el tentador aroma de la sangre, por lo que agradecí que el fuerte brazo de Ezra tirara de mí para conducirme a la habitación.

Una vez dentro, me quité la chaqueta y las botas.

—Ha sido un día perdido por completo —dije, sin dejar de dar vueltas por la habitación. La ropa que llevaba encima me resultaba pesada e incómoda y tuve que hacer un gran esfuerzo para no desnudarme allí mismo.

Antes de partir, Ezra había bajado la temperatura de la calefacción y había llenado la bañera con hielo y bolsas de sangre, de manera que la sangre estaba fresca y en su punto. Mientras yo deambulaba nerviosa por la habitación sin quitarme la ropa, él estaba en el cuarto de baño preparando la comida.

—Hemos echado un primer vistazo —dijo Ezra, que en ese preciso momento salía del baño cargado con varias bolsas de sangre—. Mañana podremos hacernos ya una idea de hacia dónde debemos ir.

Con la sangre ante mis ojos, cualquier comentario mezquino que pudiera ocurrírseme carecía de importancia. Se la arranqué prácticamente de las manos. La engullí y Ezra me observó con una extraña mirada de fascinación. El maravilloso y cálido efecto que anhelaba inundó mi cuerpo y extendí el brazo dispuesta a recibir una segunda bolsa.

—Primero prepárate para acostarte —dijo él, negando con la cabeza—. No pienso ponerte el pijama cuando estés inconsciente.

—De acuerdo. Vuélvete.

Hizo lo que le pedí y me desnudé lo más rápidamente que pude. O sea, más bien despacio, porque el agotamiento y la flojera estaban empezando a poder conmigo, y además estuve a punto de caer al suelo mientras me quitaba la camisa. Después de ponerme el pantalón del pijama, me derrumbé sobre la cama y ni siquiera me tomé la molestia de volver a levantarme.

—Hecho —anuncié, tendiéndole la mano.

—Vas a tener que aprender a tomártelo con más calma. Creo que no cogí sangre suficiente para alimentarte a este ritmo —me avisó, aunque me dio igualmente la sangre.

—Creía que solías coger siempre de más —dije, antes de engullirla.

—Y lo hago. —Me miró muy serio y se sentó en la cama delante de mí.

—Es el sol. —Me di cuenta de que hablaba ya arrastrando las palabras—. Este sol es superagotador. No creo que pueda volver a salir mientras haya luz diurna. Y tampoco creo que pueda caminar después diecisiete horas seguidas. Es demasiado para mí...

—No lo es. —Hizo un gesto de negación mientras seguía atentamente mis esfuerzos por mantenerme consciente—. Posees un poder casi infinito, Alice. Tienes que dejar de pensar como si fueses una humana.

—¡Tú lo eres! —balbuceé, pero mis palabras no tenían sentido.

—Sí, claro, lo soy —dijo él, poniendo los ojos en blanco.

Empecé a formularle una pregunta, pero ni siquiera recuerdo a qué hacía referencia. Una inmensa oleada de placer se apoderó de mí y no me apetecía seguir combatiéndola. Ezra me estaba pidiendo que mostrase más autocontrol cuando en otros momentos afirmaba que ya mostraba un sorprendente dominio de mi nuevo estado.

Aunque el caso es que si aquello mío era control, no me gustaría ver por nada del mundo el comportamiento de otros vampiros que aún tuvieran un autocontrol menor, si es que eso era posible...

—Oh, oh... Los licanos son peor que esto, ¿verdad? —refunfuñé.

—La verdad es que no entiendo tu pregunta. —Ezra se levantó de la cama para acercarse a mí—. ¿Por qué no duermes un poco, Alice? Ha sido una jornada muy larga. Tápate con la manta.

Si el primer día de la búsqueda de Peter, Ezra se había mostrado decidido, al día siguiente fue implacable. Como me negué a salir mientras hubiera claridad, me dejó dormir hasta las cuatro de la tarde, pero no estoy segura de cuánto durmió él. Con la ayuda de su móvil y su ordenador portátil, estuvo ocupado buscando coordenadas que nos ayudaran a localizar a Peter.

Una vez estuve despierta, respondí un par de mensajes de texto de Jack, me arreglé y salimos del hotel. Unas diez horas más tarde, estaba en plena Laponia finlandesa, contemplando el espectáculo de luces que se desarrollaba por encima de mi cabeza.

Resplandecientes luces verdes iluminaban el despejado cielo nocturno. Acabábamos de cruzar un río cuando casualmente levanté la cabeza y vi la aurora boreal desplegándose sobre nosotros. Me detuve en la orilla helada y observé sobrecogida el espectáculo. Era imponentemente bello; incluso Ezra se detuvo un rato a mirar.

Sólo aparté mi atención de la aurora boreal al oír un crujido en las profundidades del bosque. Vi algo oscuro que se movía entre los árboles y capté una bocanada del olor a reno que ya empezaba a resultarme familiar. Seis renos gigantescos surgieron corriendo del bosque y se adentraron en un claro, junto a una parte poco profunda del río.

—Alice —susurró Ezra. Retrocedió hacia mí con el brazo extendido.

—¿Qué? No son más que renos. ¿Acaso tuviste algún encontronazo con alguno de los renos de Santa Claus? —bromeé, pero me hizo una señal para que me callara.

—No correrían de esa manera a estas horas de la noche a menos que los estuvieran persiguiendo. —Su voz quedó casi apagada por el chapoteo de los renos al atravesar el río.

Me aproximé a Ezra y forcé la vista para ver qué podía estar siguiendo a los renos. Crucé los dedos confiando en que fueran lobos, pero tenía la sensación de que era algo un poquitín más antropomórfico que eso. En cuanto los renos se adentraron de nuevo en el bosque y el sonido de sus pezuñas fue atenuándose, quedamos inmersos en un extraño silencio.

Aunque al aguzar el oído me di cuenta de que no era exactamente así. Había silencio, pero no era silencio. Veía cosas, pero no eran cosas. Era la misma sensación que me embargaba cada vez que estaba a punto de captar algo pero todo se desvanecía antes incluso de que me diera tiempo a comprender qué era. Como si lo que estuviera persiguiendo a los renos fuera un fantasma. Esperanzada, pensé que tal vez se trataba simplemente de un fantasma corriente y moliente.

—¡Alice! —gritó Ezra de repente, y me agarró del brazo.

6

Las salpicaduras del río se oyeron en ese preciso instante justo delante de donde nos encontrábamos. Y vi a un hombre, salido literalmente de la nada, saltar al río. Cuando las negras aguas se apaciguaron, las luces verdosas de la aurora boreal me permitieron verlo bien.

Iba sin camisa y sus brazos eran tremendamente musculosos. Llevaba el pelo, totalmente negro, recogido por detrás de las orejas y era muy atractivo. Sus ojos oscuros resultaban inquietantes.

Nos miraba fijamente y el corazón empezó a latirme con fuerza. Estaba a punto de decir alguna cosa para romper la tensión cuando percibí movimiento a sus espaldas.

Procedentes del otro lado del río, surgidos de entre los árboles, se acercaban con deliberada lentitud dos vampiros más. Se quedaron en la otra orilla flanqueando al que previamente se había adentrado en el agua, aunque su aspecto era menos imponente.

Iban descalzos y su ropa estaba hecha jirones. El más rubio, situado a la derecha, parecía divertirse con la escena.

Al otro se le notaba incómodo en aquella situación de enfrentamiento. Tenía el pelo oscuro y lo llevaba más corto que los otros dos, pero, a diferencia de ellos, su rostro mostraba una barba incipiente. Pese a estar también musculado, era más bajito que los otros.

Pero lo que más me llamó la atención fueron sus ojos. Eran bondadosos y grandes, me recordaban los de un cachorro.

El vampiro que estaba en el agua se agachó, preparándose para el ataque, y mi cabeza empezó a cavilar a toda velocidad tratando de encontrar la manera de salir de aquella situación. Tanto Mae como Jack me habrían aconsejado que echase a correr, pero era imposible que yo corriera más rápido que él. Y lo cierto era que ni siquiera estaba segura de que Ezra fuera capaz de hacerlo. La velocidad de aquel vampiro era increíble y parecía surgir de la nada.

—No pretendíamos molestaros —dije con un hilo de voz, y Ezra me apretó el brazo.

El vampiro que estaba en el agua me gruñó, pero el de los ojos amables lo detuvo.

—¡Stellan! —vociferó, y el vampiro que estaba en el agua empezó a discutir con él en finés. El otro le cortó.

—Sois americanos, ¿verdad? —preguntó el vampiro rubio, con un acento melodioso.

—Sí, así es —respondió Ezra—. Me llamo Ezra, y ésta es mi hermana, Alice.

—Yo soy Dodge —dijo el vampiro rubio con una sonrisa afectada—. Soy de Boston.

—Leif —se presentó el vampiro amable, señalándose a sí mismo; después señaló al vampiro que seguía en el agua—. Ése es Stellan. —Stellan se volvió hacia él y le replicó algo en finés, pero Leif negó con la cabeza.

—¿Qué hacéis aquí? —preguntó Dodge, a la vez que levantaba una ceja—. Tengo la impresión de que no habéis salido de excursión.

No había manera de responder debidamente aquella pregunta. No teníamos aspecto de estar de vacaciones, ni de esquiadores, y lo más probable era que aquellos vampiros fueran licanos que andaban persiguiendo a Peter.

—Alice nunca había estado por aquí —respondió Ezra, eligiendo con cuidado sus palabras—. Le apetecía explorar.

—Me gusta explorar —añadí, y Ezra me lanzó una mirada.

Dodge rió entre dientes, lo que puso furioso a Stellan, que se enderezó y eso lo hizo parecer más grande e imponente incluso que antes. Me di cuenta de que habíamos despertado la curiosidad de Dodge y de Leif; este último nos observaba, además, con tolerancia. Stellan, sin embargo, se sentía amenazado.

Stellan miró de reojo a Leif y le gritó algo en finés. Siguió hablándole sin quitarnos los ojos de encima. Ezra entendía todo lo que estaban diciendo, pero se hizo el tonto.

—¿Sabíais que esto forma parte de nuestro territorio? —preguntó Dodge cuando Stellan terminó su rimbombante discurso.

—No. Tenía entendido que era un parque nacional —dijo Ezra, fingiendo sentirse confuso.

Leif y Dodge intercambiaron miradas. Parecían escépticos ante nuestras intenciones. Pero bastaba observar el gesto de indiferencia de Dodge y el de asentimiento de Leif para comprender que no nos consideraban un peligro. Y seguramente no lo éramos, por lo que todo tenía sentido.

—Esto es territorio licano. —Leif nos miró muy serio—. Será mejor que no merodeéis por aquí.

—A partir de ahora iremos con más cuidado —dijo Ezra a modo de disculpa.

—Aseguraos de que así sea —dijo Dodge, abandonando su buen humor. Su rostro y su tono se endurecieron, y se asemejaron a los de Stellan. Estaban amenazándonos.

Ezra se despidió de ellos con un ademán y tiró de mí para que nos fuéramos por donde habíamos venido. Los licanos no se movieron, y sentí sus ojos sobre nosotros hasta que nos adentramos en el bosque. Ezra no despegó la mano de mi espalda, empujándome para que acelerara. Quise empezar a hablar repetidas veces, pero me obligó a mantener la boca cerrada hasta que llegamos al coche.

—¿Qué hacemos? —le pregunté cuando abrió el coche y entró.

—Entra —me ordenó, y cerró de un portazo.

—Es sólo la una y media —dije mientras entraba también en el coche—. Nos queda mucho tiempo para seguir buscando a Peter.

—Si esta noche vuelven a sorprendernos rondando por el bosque... —Se interrumpió.

Antes de arrancar y echar a rodar a toda velocidad por la carretera nevada se aseguró de que las puertas estuvieran cerradas con seguro. Me percaté de que miraba continuamente por el espejo retrovisor y me volví, casi esperando descubrir que nos perseguía una manada de lobos. Pero no vi más que la carretera vacía.

—¿Qué sucede? No parecían tan malos. De hecho, aparte del finés que se había metido en el río, los otros dos parecían vampiros normales y corrientes —dijo.

—Ésos no son toda la manada. —Volvió a mirar por el retrovisor—. Nos seguían, por eso no te he dejado hablar mientras seguíamos en el bosque. Ahora nos han visto y conocen nuestro vehículo. Esta noche ya no podemos hacer nada más.

—Me parece que estás volviéndote paranoico —dije, moviendo la cabeza de un lado a otro, aunque su certidumbre resultaba inquietante.

En algunas zonas de la carretera había nieve y un hielo negruzco, y las señales de tráfico advertían de la posible presencia de renos. A pesar de ello, Ezra aceleró sin apenas mirar la calzada que teníamos por delante.

—No quiero asustarte —confesó.

—Gracias —dije.

—No estoy seguro de cuántos licanos forman actualmente esa manada. Habían llegado a ser quince o veinte, aunque a veces han quedado reducidos a cuatro. Depende del humor del líder. Es capaz de cargarse la manada entera porque sí y empezar de cero. —Ezra hablaba como si estuviera explicándome algo, pero, de hecho, estaba elaborando una idea.

—¿De quién hablas? —le pregunté, mirándolo.

—De Gunnar. —Sus ojos volvieron al retrovisor, como si pronunciar su nombre pudiera invocar su presencia—. Lleva casi tres siglos liderando una manada en Laponia. Pasan el invierno aquí y en verano se desplazan a Rusia y a Siberia.

—¿Cómo sabes que sigue siendo el líder? —le pregunté.

—Han pasado cincuenta años o más desde la última vez que lo vi —reconoció Ezra—. Pero cuando me comentaron los problemas en los que andaba metido Peter, salió a relucir su nombre.

—¿De modo que sabías exactamente en qué nos estábamos metiendo al venir aquí? —Lo miré entornando los ojos y Ezra frunció los labios—. Y entonces ¿qué es lo que te asusta? Ya sabías con quién ibas a enfrentarte.

—Esperaba poder evitarlo por completo. Creía que localizaríamos a Peter y nos iríamos antes de que se enterasen de que habíamos estado aquí —dijo con un suspiro—. Y por eso sé que Peter anda metido en una misión suicida. La última vez que vi a Gunnar, Peter estaba conmigo.

Me hundí en el asiento y por fin comprendí qué era lo que tanto agobiaba a Ezra. Eran muchos más que nosotros y estaban cabreados. Habíamos escapado de la muerte por los pelos.

—¿Cómo se mata a un vampiro? —murmuré.

Dado que mi asesinato parecía cada vez más inminente, quería conocer las distintas formas que podía tener mi defunción. Ezra había mencionado en una ocasión que no comer durante meses o años acababa produciendo la muerte, pero ese método me parecía poco probable en las actuales circunstancias. Me imaginaba algo más instantáneo, más violento.

—La cabeza. El corazón. —Se movió incómodo en su asiento, pero el coche aminoró la velocidad, lo que significaba que su pánico inicial había menguado—. Nuestros huesos son prácticamente irrompibles, pero otro vampiro podría partirlos con facilidad. En este mundo, somos nuestro único enemigo.

Imaginarme que pudieran arrancarme el corazón fue suficiente para mantenerme en silencio durante el resto del trayecto hasta el hotel. Cuando aparcamos, Ezra no miró atrás para ver si los licanos nos habían seguido, pero yo sí lo hice.

El recepcionista se me comió con los ojos cuando entramos, pero ni siquiera le hice caso. Tenía cosas mucho más importantes en que pensar. Como, por ejemplo, en cómo me las ingeniaría para sobrevivir.

Rodeamos el territorio de los licanos trazando círculos más amplios, pero después de tres días no nos quedó otra opción que adentrarnos de nuevo en él. Además, las noticias que Ezra había oído sobre Peter indicaban que estaba inmerso en territorio licano. Me imaginaba que todo formaba parte de su plan suicida. Pasearse por sus tierras hasta que se hartaran y lo masacraran.

Desde que nos tropezamos con los licanos, Ezra tenía dudas en lo referente a llevarme con él. El plan que había elaborado para convencer a Peter de que volviera con nosotros descansaba en mi capacidad para convencerlo, pero no era infalible. Resultaba imposible saber cómo respondería a mi presencia.

Excepto... que en aquel último beso que nos dimos, la única vez que Peter me besó de verdad, sentí algo distinto.

Peter notó en mí el sabor de Jack, adivinó en seguida que Jack me había mordido, pero no volvió a casa para matarlo. Todo en su interior, el vínculo insistente de su sangre, le pedía a gritos que matara a Jack, pero no lo había hecho.

Al contrario, lo había planificado todo para dejarme en libertad, no por miedo ni porque fuera eso lo que el cuerpo le pedía, sino porque sabía que aquello era lo que más feliz me haría. El único beso que compartimos de verdad había sido un beso de despedida. Por debajo de toda su química y todas sus reservas, Peter albergaba sentimientos hacia mí; de lo contrario, nunca me habría permitido estar con Jack.

Fue entonces cuando por casualidad entró Jack y desencadenó con ello una serie de acontecimientos completamente distintos a lo que Peter tenía en mente.

Era eso lo que me había llevado a los bosques, por más que comprendía perfectamente bien a qué nos enfrentábamos. Creía que Peter me escucharía y, aun en el caso de que no lo hiciera, tenía que intentarlo.

Caminamos por el bosque en silencio, pero sabía que estábamos acercándonos a la guarida de los licanos. Ezra caminaba a un ritmo más veloz, pero se aseguraba en todo momento de que sus pasos fueran parejos a los míos. Miraba sin parar a su alrededor e iba increíblemente pegado a mí, hasta tal punto que más de una vez estuve a punto de tropezar con él.

Ezra era capaz de arriesgarlo todo por Peter, pero no creía que yo fuera a hacerlo también. En el hotel, antes de salir, me había preguntado si prefería quedarme. Le había dicho que no, pero él me lo había seguido recomendando hasta que al final me había negado a hablar más sobre el tema.

Íbamos a volver a la zona exacta en la que los licanos nos habían advertido que no entráramos. Peter tenía que estar allí, suponiendo que siguiera con vida.

—¿No deberíamos ir gritando su nombre, tal vez? —pregunté cuando el silencio y la búsqueda pudieron finalmente conmigo.

Ezra hizo un gesto de negación y se agachó para pasar por debajo de una rama baja. Lo único que estaba sacando de todo aquello era que cada vez me sentía más ligera y ágil. Ya no me cansaba como antes ni tenía tanta hambre. Como mínimo, la experiencia me serviría a modo de campo de entrenamiento militar.

—Creo que no estamos haciendo suficiente —dije en voz baja—. Nos limitamos a dar vueltas por el bosque. ¿Cómo se supone que daremos con Peter? Tienes un plan muy calculado sobre dónde debemos buscar, pero cuando llegamos aquí nunca hacemos nada.

—No tienen que saber que andamos buscándolo. —El tono de voz de Ezra apenas superaba el crujir de las botas sobre la nieve.

—Eso ya lo entiendo, pero Peter sí tiene que saberlo. ¿Cómo lo encontraremos, si no?

—Oliéndolo. Oyéndolo. Viéndolo. —Se encogió de hombros pero ralentizó el ritmo, deteniéndose casi para mirarme—. ¿Puedes... puedes percibirlo aún?

Antes, cuando Peter estaba presente, mi cuerpo se sentía automáticamente atraído hacia él. Mi tendencia natural a estar con él habría resultado muy útil para un equipo de rescate.

—No lo sé —dije, aunque no creía que siguiera siendo así.

Si pensaba en Peter o hablaba de él, ya no sentía aquel característico latido ni la intensa sensación de antes. Ahora mi vínculo era con Jack, y era con él con quien sentía ese tipo de cosas, lo que significaba que seguramente ya no las sentiría por Peter.

—Da lo mismo. —Ezra aceleró de nuevo el paso y correteé tras él para atraparlo—. Lo encontraremos de todos modos.

Cruzamos el río donde habíamos coincidido con los licanos y el corazón me dio un vuelco. Ezra se quedó mirándome; no me gustaba en absoluto que pudiera escuchar mi corazón. Adiviné que estaba a punto de preguntarme si quería dar marcha atrás, pero negué con la cabeza e insistí en seguir caminando.

Por suerte, Ezra controlaba las pistas mucho mejor que yo, que ya ni siquiera era capaz de seguir el rastro de olor de los licanos. Olían a animales en estado salvaje, como los renos, aunque no exactamente igual. El olor a licano era algo más nervioso, olían como a ganado bravo y... a animal atropellado en la carretera.

Crujió entonces una rama, tan fuerte que incluso un humano podría haberlo oído, y me volví en redondo. Ezra se adelantó adoptando una postura defensiva.

Hacía ya una hora que habíamos cruzado el río, lo que significaba que nos habíamos adentrado en su territorio, pero no habíamos visto un solo animal. Inspiré hondo, pero sólo captaba el olor del frío. Nieve. Árboles. Tierra. Tal vez un búho...

Un aleteo seguido del murmullo de las ramas, un búho enorme levantó el vuelo y su silueta se dibujó frente a la luna.

Experimenté una sensación de alivio, pero Ezra no se relajó en absoluto. Más bien todo lo contrario: se tensó aún más si cabía, y entonces oí también otra cosa.

El suave crujir de unos pasos sobre la nieve, un sonido más leve que el de unas pezuñas, más leve que el de unos zapatos. Iba descalzo.

7

Vi al licano bajo la luz de la luna. Estaba a varios metros de distancia de nosotros y se acercaba con los brazos levantados, en señal de rendición.

Era Leif, el de aspecto bondadoso y grandes ojos castaños. Iba vestido igual que el otro día, pero sus ropajes estaban aún más sucios si cabía. Ezra, por otro lado, iba excesivamente acicalado para una excursión nocturna, con un jersey negro de cuello alto de cachemira. En muchos sentidos, Ezra parecía pertenecer a una especie completamente distinta a la de Leif.

—He venido solo —anunció Leif acercándose a nosotros.

Se detuvo a escasos metros de distancia, mucho más cerca de lo que a mí me habría gustado. Ezra se colocó de tal modo que me protegía con su cuerpo.

—He venido solo. Sé que no os fiáis de mí, pero es la verdad —dijo Leif.

Su acento parecía norteamericano, canadiense quizá. Se retiró un grueso mechón de cabello de la frente y se mordió el labio. Empezó a recorrernos con la mirada, sin saber muy bien dónde fijar la vista, hasta que levantó los ojos en dirección a la luna.

—Están en Suecia, cazando —prosiguió Leif—. Dodge estaba convencido de que os habíamos asustado y por eso se fueron.

—¿Y tú no? —preguntó Ezra, en una postura cada vez más rígida. Leif se encogió de hombros a modo de respuesta y bajó la vista—. ¿Por eso te has quedado? ¿Para ver si volvíamos?

—Tal vez —dijo Leif, aunque añadió rápidamente—: Pero no por lo que estás pensando.

—No puedes saber lo que yo pienso —dijo Ezra sin alterarse.

Leif se movió con cierta incomodidad y volvió a mirar la luna. Se rascó el brazo, como si quisiese decir alguna cosa y no lograra encontrar las palabras adecuadas.

—Buscáis a Peter, ¿verdad? —preguntó Leif, y me agarroté—. No he salido en su busca. Él mató a mi hermano, pero fue en defensa propia. Krist tenía muy mal genio y...

»Peter no tenía nada que hacer aquí —continuó Leif—. Quería «ponerse a prueba» para acceder a la manada, pero las cosas no funcionan así. Gunnar lo hizo pasar por diversos retos, y Krist era uno de ellos. Lo que no esperaban era que Peter los superara... —Parecía como si quisiese disculparse, tenía una mirada sincera en sus ojos—. Lo que le hicieron no fue justo. Lo que siguen haciéndole.

—¿Siguen? —El miedo que daba a entender la voz de Ezra me obligó a esbozar una mueca de dolor.

Mi cabeza era un hervidero de imágenes, y Ezra había visto cosas mucho peores que yo. Sabía lo terribles que podían llegar a ser las torturas para un vampiro.

—Está vivo. Y está bien. —La voz de Leif se quebró al pronunciar esa última palabra.

—¿Qué le están haciendo? ¿Dónde está? —preguntó Ezra

con un gruñido grave, y Leif se encogió. Cualquier intención de hacer creer a los licanos que íbamos a someternos a ellos se había acabado.

No me parecía que espantar a Leif fuera a beneficiarnos en algo, de modo que sujeté a Ezra por el brazo para contenerlo. Respondió a mi acción a regañadientes y dio un paso atrás. Leif asintió valorando el gesto y se enderezó.

—No lo sé exactamente —dijo—. Se han dedicado a cazarlo.

—¿Está en Succia? —pregunté, levantando una ceja.

—No, sigue aquí —respondió Leif—. Es la manada la que está en Suecia.

—No lo entiendo. ¿Y por qué sigue Peter aquí? Si los demás se han ido, ¿por qué no ha vuelto él a casa? —pregunté, y Leif y Ezra intercambiaron una mirada—. ¿Qué pasa? ¿Por qué no se ha ido Peter? —pregunté mirando a Ezra, al ver que Leif no me respondía.

—Por nosotros —dijo Ezra con una voz poco clara—. Si se va, la manada le seguirá el rastro y los conducirá hasta nosotros.

—Si tan buenos son siguiendo pistas, ¿por qué no lo han matado aún? —pregunté, ignorando las implicaciones.

Si eran capaces de seguirlo hasta el otro lado del Atlántico, no entendía cómo les era imposible localizar a un vampiro en su propio territorio. ¿Por qué dejarlo con vida, sobre todo después de tanto tiempo?

—Les gusta jugar con la comida —dijo Ezra, y Leif bajó la vista—. Quieren que espere muerto de miedo, preguntándose constantemente cuándo será atacado, sobresaltándose al más mínimo ruido. Al final, o se vuelve loco o regresa a casa, lo que ya es un premio en sí mismo.

—Pero ¿de qué hablas? —pregunté, y la sensación de náusea era cada vez más apremiante.

—¿Por qué no se lo explicas? —le gruñó Ezra a Leif.

—No tengo ninguna intención de hacerlo. —Leif parecía avergonzado—. Comprenderás que, contándoos todo esto, estoy poniéndome en peligro.

—No hiciste nada para impedirlo, ¿verdad? —dijo Ezra, dando unos pasos hacia él. Esta vez, Leif no retrocedió—. No nos habrías dicho nada de no habernos visto.

—¡No pude impedirlo! No puedo actuar en su contra —replicó Leif, negando con la cabeza—. Es mi manada. Y Peter es un estúpido, un arrogante...

Leif se rascó la nuca y Ezra suspiró, reprimiendo sus deseos de abalanzarse contra él. Independientemente de lo que Leif hubiera o no hubiera hecho, era evidente que en esos momentos estaba intentando ayudar. Si queríamos encontrar a Peter, Leif era nuestra mejor apuesta.

—Sigo sin comprender qué pretendéis manteniendo a Peter con vida —dije.

—Peter desea la muerte, de lo contrario no estaría aquí —argumentó Leif—. Matarlo habría significado darle ese placer, y lo que ellos quieren es que sufra. Lo harán convertirse en espectador de la muerte de todo lo que él quiere. Ése será su auténtico castigo. Incluso podría darse el caso de que Gunnar no acabara matándolo al final, porque a veces vivir eternamente es mucho peor.

Jack, Milo y Mae estaban en casa, solos, desprotegidos. Ezra y Peter estaban allí, a miles de kilómetros de distancia. Un escalofrío gélido recorrió mi cuerpo.

—¿Estás seguro de que tu manada está en Suecia? —pregunté, y oí que me temblaba la voz—. ¿De que no han ido a otro sitio? —Ezra comprendió adónde pretendía ir a parar y miró a Leif entornando los ojos.

—Sí, estoy seguro. —Leif estaba confuso, pero en seguida cayó en la cuenta—. ¡No! No se les ocurrió que vosotros dos tuvierais algo que ver con Peter. Si se les hubiera ocurrido, ya os habrían matado y habrían abandonado vuestros cuerpos con la intención de que él los descubriera.

—Tenemos que salir de aquí —dije. Aun en el caso de que Leif nos estuviera diciendo la verdad, se me había metido aquella idea en la cabeza y estaba desesperada por hablar con Jack, por saber que se encontraba a salvo.

—¿Dónde está Peter? —preguntó Ezra.

—Puedo decirte la zona en la que se encuentra, pero no puedo llevarte hasta allí —dijo Leif—. Descubrirían mi olor junto al vuestro y sabrían que os he guiado hasta él.

—¿Dónde está? —repitió Ezra.

—Aproximadamente a un kilómetro y medio de aquí, hacia el este, pasado un pequeño lago. Se esconde en una cueva subterránea. —Leif señaló en la dirección que acababa de indicarnos, la dirección de donde veníamos.

Sin esperar un segundo, Ezra echó a correr en busca de Peter. Sabía que tenía que darme prisa para alcanzarlo, pero me detuve un momento. Leif parecía tan compungido y desamparado, que no pude evitar sentirme atraída hacia él.

No fue hasta aquel instante, cuando me fijé de verdad en él, que me di cuenta de qué era lo que tanto me gustaba de Leif. Sus ojos eran iguales que los de mi hermano.

—Gracias —le dije con sinceridad.

—Vete. Ve a por él. Lárgate de aquí.

Ezra se había convertido ya en una mancha borrosa que corría entre los árboles. Su sentido de la orientación era mucho mejor que el mío, así que no me quedaba otro remedio que seguir su ritmo.

Había hecho grandes avances en cuanto a elegancia se refiere, pero era imposible mantenerla a aquella velocidad. Resbalaba y tropezaba prácticamente con todo y me golpeé varias veces la cabeza con las ramas. Cuando llegué al pequeño lago, estaba cubierta de nieve y agujas de pino.

Ezra se paró en seco, y no lo vi hasta que fue demasiado tarde. Resbalé sobre el hielo y me estampé contra él: fue como darme contra una pared de ladrillo. Reboté en su espalda y acabé cayendo al suelo. En seguida me puse en cuclillas, dispuesta a incorporarme, pero entonces vislumbré algo entre las piernas de Ezra que me dejó paralizada.

Sus ojos eran inconfundibles, pero parecían más verdes incluso de lo que recordaba. Peter estaba a escasos metros de Ezra, con aspecto tiñoso. Su pelo castaño le llegaba a los hombros, había crecido varios centímetros en el transcurso de las últimas semanas. Una barba incipiente cubría su cara. Su ropa estaba sucia y harapienta, y eso que Peter siempre se había sentido muy orgulloso de su aspecto.

Pero, por mucho que me hubiera imaginado que la sensación iba a ser distinta, seguía resultándome atractivo. Y es que era guapo de verdad, un hecho que nada tenía que ver con que hubiera estado vinculada a él.

Me quedé a la espera de experimentar aquella atracción tan intensa que siempre había sentido al verlo. Pero no pasó nada. Ni siquiera cuando nuestras miradas se encontraron por un instante tuve que recordarme que debía seguir respirando. Peter había dejado de cautivarme.

—¿Por qué la has traído? —le preguntó Peter a Ezra, aunque no con aquel tono de repugnancia y desprecio que intentaba mantener hacia mí. Parecía nervioso y preocupado, más bien.

—Insistió en venir —dijo Ezra.

Una extraña tensión hervía entre ellos. Me había imaginado que Ezra llegaría y le diría: «Ya está bien, Peter, ya es suficiente, volvamos a casa», pero seguía sin decir nada. Me daba casi la impresión de que Peter le daba miedo.

Me levanté y me sacudí. No me parecía bien continuar escondiéndome agazapada detrás de Ezra.

—No puede luchar contra ellos —argumentó Peter. Cuando me planté junto a Ezra, evitó mirarme.

—No estamos aquí para luchar —dijo Ezra.

—¿Habéis venido entonces a morir? —Bajo la luz de la luna, Peter era una figura dolorida y pálida. Sus palabras resonaron en el bosque. En algún lugar ululó una lechuza antes de emprender el vuelo; su sonido me produjo un escalofrío.

—Peter —dijo Ezra, dispuesto a razonar con él, aunque Peter no estaba por la labor.

—Me cuesta creer que hayas hecho esto. Me he quedado aquí, he pasado por todo esto, para mantenerlos alejados de vosotros. ¡Van a matarte, Ezra! ¿No lo entiendes? ¡Os van a matar: a ti, a Alice y a todos! —Peter deambulaba de un lado a otro y había empezado a aclarar aquel lío.

—Nadie va a matar a nadie. —La imperturbable voz de barítono de Ezra dominó todo lo demás.

—Tú no sabes cómo son. —El tono suplicante de Peter era casi un gimoteo—. ¡Hace mucho que no los ves en acción!

—Llevamos días aquí, inspeccionando el territorio licano en tu busca, dejando nuestro olor por todas partes. Ya hemos echado por tierra tus intentos de inmolación. Volvamos al hotel. Así podrás asearte. Luego pensaremos la manera de salir de este embrollo —dijo Ezra.

Peter refunfuñó, pero más por la estupidez de Ezra que por

la idea de acompañarnos al hotel. Se pasó la mano por el pelo sucio y examinó el bosque.

—Seguramente no conseguiremos ni llegar al coche —dijo Peter por fin.

—Los licanos están en Suecia. Disponemos de unos cuantos días para solucionar el asunto. —Ezra dio un paso atrás y señaló el camino de regreso.

—Vamos —dije, dirigiéndome a Peter por primera vez desde aquel beso, desde que había dejado de ser mortal—. Ven con nosotros.

Peter se quedó mirándome, recorriéndome con los ojos como hacía antes. Ya no estaba enamorada de él pero, aun así, su escrutinio me hizo ruborizar. Bajé la vista.

Asintió por fin y, al ritmo que Ezra fue marcando, nos siguió hasta el Range Rover. Durante el largo y silencioso camino de regreso, noté constantemente los ojos de Peter posados en mí, pero intenté ignorarlos.

8

Peter llevaba mucho tiempo sin comer, por lo que engulló cuatro latas de sangre en cuanto llegamos al hotel. Una cantidad como aquélla podía dejar aturdido incluso al vampiro más fuerte, de modo que se derrumbó sobre la cama de Ezra y se quedó dormido al instante.

Ezra se inclinó sobre el tocador y se quedó mirando a Peter, con una expresión sublime en su rostro. Me acerqué a él.

—Y ahora ¿cuál es el plan? —susurré, mirando a Ezra.

—En estos momentos no dispongo de ninguno.

Tenía el teléfono en la mano y lo miré. Había recibido quince mensajes y dos llamadas perdidas de Jack, además de siete mensajes de Milo. Querían saber qué pasaba, pero yo no tenía nada que contarles.

—Entonces... —Cambié el peso de mi cuerpo sobre la otra pierna—. Peter se ha echado a dormir y descansará, ¿y después qué? ¿Nos esconderemos aquí? ¿Volveremos a casa? ¿Nos enfrentaremos a ellos?

Ezra se mordió el interior de la mejilla y decidió no responderme. Peter se agitó en la cama, moviendo la cabeza de un lado a otro y Ezra se puso tenso. Se sentía sobreprotector, y no lo culpaba por ello. Aunque en mi opinión su paranoia debería empujarlo a tramar planes para huir de allí en lugar de limitarse a contemplar a Peter.

—Deberíamos descansar un poco. Mañana elaboraremos un plan —dijo por fin Ezra.

—Después de esto me será imposible dormir.

—Come —dijo Ezra, haciendo un ademán en dirección al baño, donde conservábamos nuestro almacén de sangre.

Tenía un millón de preguntas que quería que Ezra me respondiese, pero en cuanto mencionó la comida, ya no pude pensar en nada más. Decidí que era mejor claudicar e intentar dormir un poco. Pasarme el día preocupada no me haría ningún bien.

Comí con rapidez y me pegó fuerte. Empecé a tambalearme como si estuviese borracha y agradecí haberme puesto previamente el pijama. Caí dormida a los pocos segundos de tumbarme en la cama.

Cuando me desperté, encontré a Ezra durmiendo a mi lado, tan cerca del borde de la cama que estaba a punto de caer. Me senté con cuidado para no despertarlo. Miré por encima del hombro de Ezra y vi a Peter sentado en la otra cama, mirándonos. Sofoqué un grito, y a pesar de ello, Ezra abrió los ojos de golpe.

—Lo siento —dije, mirando a Ezra con una sonrisa de culpabilidad.

Hizo un gesto indicando que no tenía importancia y se sentó. Inspeccionó la habitación del hotel, evaluándola para asegurarse de que todo seguía en orden. Había dormido sobre la colcha, completamente vestido, y estaba mucho más espabilado que yo.

—¿Cuánto rato llevas despierto? —le preguntó a Peter, examinándolo con la mirada.

—No mucho. —Peter intentó colocarse el pelo por detrás de las orejas, pero lo llevaba tan sucio que estaba enmarañado.

—¿Qué pasa? —pregunté.

Se sentaron el uno frente al otro. Peter bajó la vista, pero Ezra siguió mirándolo fijamente. Tiré de la colcha para envolverme en ella y me deslicé por la cama hasta sentarme al lado de Ezra, que me miró de reojo y suspiró.

—¿No pensáis contestarme? —pregunté, viendo que ninguno de los dos decía nada—. ¿El plan consiste en un concurso de miradas o algo así? Porque no me parece que ése sea precisamente un planazo.

—Tengo una idea —dijo Ezra al final, y Peter le lanzó una mirada—. Poldría proponerles un intercambio.

—¿Qué tipo de intercambio? —preguntó Peter, entornando los ojos—. No tienes absolutamente nada que a ellos les pueda interesar.

—Eso no es verdad —dijo Ezra, negando con la cabeza—. No les gusta el dinero, pero lo necesitan. Tienen que viajar a ciudades más grandes para comer, y no pueden andar por ahí vestidos con esos harapos.

—No aceptarán dinero. Hace demasiado que no vienes por aquí. Veo que ya has olvidado cómo son —dijo Peter.

—Algo tiene que haber que quieran —dijo Ezra—. No son criaturas autosuficientes. Gunnar está hambriento de poder, y siempre habrá algo que le sirva para ser aún más poderoso.

—Sí, porque, claro, queremos que sea más poderoso —dijo Peter en un tono burlón, y se levantó—. No, muchas gracias por el descanso y la comida, pero tengo que ser yo quien se enfrente a ellos.

—¡Es demasiado tarde! —Ezra se levantó también y le cortó el paso a Peter—. Ya nos han visto. Saben que estamos buscándote. Ya no les bastará con hacerse contigo.

Peter bajó la vista y cerró la boca con fuerza hasta convertirla en una fina línea. Tensó la mandíbula y caviló a toda velocidad tratando de encontrarle algún fallo al razonamiento lógico de Ezra. Los licanos encajarían muy pronto las diversas piezas del rompecabezas, si no lo habían hecho ya.

—Deja que hable con ellos —dijo Ezra—. Estoy seguro de que algo podremos acordar.

—Los licanos no quieren nada. Excepto hacerme daño.

—En ese caso, los convenceré de que lo que voy a darles, sea lo que sea, te hará daño —dijo Ezra.

—No puedes hablar con ellos. ¡Te matarán! —Peter estaba casi suplicándole.

—No me harán ningún daño —le garantizó Ezra—. Gunnar no me matará. Ahora no, así no.

Peter volvió a negar con la cabeza, rabioso por el convencimiento que mostraba Ezra. Se habían quedado de pie el uno junto al otro, intentando cada uno que el otro cambiara de idea y en absoluto dispuestos a bajar del burro.

—Tal vez deberíamos encontrar una solución mejor —dije, cuando llevaban ya un incómodo rato sin decir nada.

—Tiene razón —dijo Ezra, cediendo.

Peter se cruzó de brazos y nos miró a los dos. Recibió con escepticismo la fácil claudicación de Ezra, aunque fuera provisional, y yo pensé lo mismo. Hasta el momento de mi intervención, Ezra parecía muy convencido de sus intenciones.

—¿Por qué no te das una ducha para aclararte las ideas y luego hablamos? —dijo Ezra.

A pesar de su recelo, Peter necesitaba con urgencia una ducha. Para empezar, porque era una persona muy autoexigente y su nivel de higiene debía de estar volviéndolo loco.

—De acuerdo —dijo Peter muy serio, mirando a Ezra—. Voy a asearme. Pero después seguiremos esta conversación.

—Por supuesto —dijo Ezra.

Peter cogió la ropa que Ezra le había traído y entró en el baño. En cuanto se oyó correr el agua, Ezra empezó a corretear por la habitación. Cogió las llaves del Range Rover y su teléfono móvil. Cuando vi que se estaba calzando, salté de la cama.

—Pero ¿qué haces? —le pregunté.

—Tengo que hablar con ellos. —Ezra miró en dirección a la puerta del baño y se aseguró de que Peter no nos oía—. Quédate aquí y no lo dejes salir.

—Pero Peter piensa que no debes ir —dije en voz baja.

—Demasiados días solo —dijo Ezra, restándole importancia—. Pero él sí que tiene que quedarse aquí. A él lo matarían. La única oportunidad que tenemos de salir de ésta con vida es negociando un trueque con ellos. A mí no me harán ningún daño.

—¿Cómo puedes estar tan seguro? —le pregunté.

—Lo estoy —respondió simplemente—. Tendrás que confiar en mí.

Me mordí el labio y miré la puerta del baño. Me hubiera bastado con gritar para que Peter saliera corriendo y detuviera a Ezra. Pero éste jamás me había dado motivos para dudar de él. Y debía pensar más allá de Ezra, de Peter y de mí misma. En casa teníamos una familia que podía acabar pasándolo mal si no solucionábamos este asunto.

—Date prisa. Y ve con cuidado.

—Lo haré —dijo Ezra, con una sonrisa inexpresiva—. Regresaré en cuanto pueda. Vosotros dos quedaos aquí hasta que yo vuelva. ¿Entendido?

Asentí y Ezra se marchó. Me quedé de pie en medio de la habitación, envuelta en la colcha y preguntándome si habría hecho bien dejándolo marchar.

Cuando oí que el ruido del agua cesaba, hice una mueca. Peter salió del baño sin camiseta e intenté no quedarme encandilada ante tanta perfección.

Llevaba unos pantalones de chándal con cintura elástica que le iban un poco grandes y estaba secándose el pelo con una toalla. Lo supo en cuanto me miró y me vio plantada en medio de la habitación.

—¿Se ha ido? —gruñó.

—Me ha asegurado que todo saldría bien.

—Chorradas. —Tiró la toalla y buscó una camiseta.

—¡No puedes ir, Peter!

—Verás como sí —dijo, revolviendo uno de los cajones de la cómoda donde Ezra guardaba su ropa.

Lo sujeté del brazo con una mano para tratar de detenerlo. Una parte de mí seguía esperando aquella descarga eléctrica que solía producirse cuando entraba en contacto con él, y al ver que no pasaba nada, me sentí extrañamente vacía. Continuaba notando su piel suave y cálida al contacto, pero no era una sensación para nada espectacular.

—Alice. —Peter movió el hombro y me apartó la mano.

—No puedes ir —repetí, soltándolo.

—Eso ya me lo has dicho, pero no me has contado por qué.

—¡Por mí! —grité, por decir algo.

Y con ello capté su atención, que en realidad era lo que pretendía. Había localizado ya una camiseta, pero en lugar de ponérsela, se volvió hacia mí. La ducha, unida al alimento y el sueño anteriores, habían obrado maravillas en Peter. No se había afeitado todavía, pero estaba guapísimo.

—¿Qué tienes tú que ver con todo esto? —dijo Peter, mirándome con recelo.

—Si vas, lo matarán para mortificarte —dije, tratando de mantener la calma—. Pero si está solo, tal vez pueda razonar con ellos. Es la única oportunidad que tenemos de regresar los tres vivos a casa. Pero si vas a buscarlo, estamos todos muertos, y lo sabes.

—Pero si lo matan y no hago nada...

—Si eso sucediera, ya haríamos algo —lo interrumpí, dando por terminada su idea—. ¿Entendido? Necesitamos creer que podrá hacerlo.

Peter soltó una carcajada burlona y se sentó en la cama. Sin saber qué hacer a continuación, me apoyé en la cómoda y me quedé mirándolo. Temía que si hacía o decía lo que no tocaba, Peter cambiara de idea y saliera corriendo tras Ezra.

—Es ridículo que sigas teniendo tanta influencia sobre mí —murmuró Peter.

—¿De qué hablas?

—¡Ni siquiera tendría que escucharte! —dijo, como si fuera increíblemente evidente, sin mirarme siquiera.

—Sí, claro que tienes que escucharme. Porque tengo razón.

No estaba muy segura de lo que estaba insinuando, pero me hacía sentirme extraña interiormente. Como si, de algún modo, después de todo eso, a pesar incluso de que nuestro vínculo de sangre se hubiera roto, Peter lograra albergar sentimientos hacia mí. Y como si, de algún modo, eso me importara, cuando definitivamente no debería ser así.

—Tal vez. —De repente, se puso la camiseta y se levantó—. Tengo que ir a por él.

—¿Qué? ¿Por qué? —le pregunté.

—¡No lo sé! —Estaba exasperado y se rascó las sienes—. ¡No

me parece correcto, simplemente! Quedarme aquí sentado, contigo, mientras él está por ahí.

—Estoy de acuerdo con todo, excepto con esa pulla que acabas de lanzarme —dije.

—Oh, vamos, no pretendía decir eso. ¡Lo que quería decir es que debería estar ahí fuera, con Ezra!

—Y no aquí sentado fingiendo como yo —dije para rematar su frase.

—Que sea imposible no me hace tener más ganas de estar contigo —dijo, lanzándome una mirada.

—¿Y quién dice que yo quiero que estés conmigo?

—¿Por qué estás aquí? —preguntó Peter con franqueza, mirándome.

—Hum, bueno... —tartamudeé—. Ezra nos contó que andabas metido en problemas y, hum..., me ofrecí a acompañarlo.

—Pero eso no explica por qué estás aquí —dijo, recostándose en la cama.

—¿A qué te refieres? —pregunté.

—No puede ser que yo siga importándote.

—Por supuesto que me importas. No como antes, pero sigues importándome —dije. Entonces vacilé, incómoda—. ¿Yo a ti no? ¿Ni... un poco?

—De todas maneras, no sé si estábamos verdaderamente vinculados —respondió Peter bruscamente, ignorando por completo mi pregunta.

Era una afirmación tan ridícula —casi tanto como si hubiera dicho que el cielo era morado—, que ni siquiera supe cómo rebatirla. No existía otra manera de describir lo que habíamos experimentado juntos, y él lo sabía.

—¿Y tú por qué viniste aquí? —le pregunté.

—Porque me gusta Finlandia.

—Sí, de acuerdo. —La colcha se resbaló por mis hombros y volví a cubrirme con ella—. ¿Viniste hasta aquí para unirte a una manada de vampiros locos sólo porque te gusta Finlandia? Yo diría que estabas buscando que te mataran.

—¿Y por qué querría yo eso? ¿Por ti? —Se levantó rápidamente y me regaló una sonrisa socarrona—. Eso es lo que piensas, ¿verdad? ¿Que no puedo vivir sin ti? Me parece que se te ha subido un poco el ego, ¿no crees?

—No..., no es lo que... —tartamudeé, pero en seguida enderecé la espalda—. Cuando perdiste a Elise, estuviste a punto de...

—¡No menciones a Elise!

—¡Sólo intento ayudarte, Peter! No sé por qué te enfadas conmigo por hacerlo —dije.

—¿Es ésta tu forma de ayudar? —dijo Peter, con una oscura carcajada.

—¡¿Cómo quieres que te ayude?! ¡¿Qué quieres que haga?! —le grité, frustrada.

—Quiero que... —Estaba dolido, y su aspecto era sorprendentemente vulnerable, pero se interrumpió y movió la cabeza de un lado a otro. Se puso serio y se dejó caer en la cama—. No quiero nada de ti. Ya no.

9

Había dejado el móvil sobre la mesita de noche y empezó a sonar en aquel preciso momento. Los dos conocíamos el tono y Peter miró de reojo el teléfono con cara de asco. Era Jack, y no me apetecía responder porque en realidad no tenía nada que contarle que pudiera tranquilizarlo.

—¿No piensas responder? —me preguntó Peter.

—Ahora no. Estoy ocupada.

—¿No te controla como si fueses su marioneta? —preguntó maliciosamente en cuanto el teléfono dejó de sonar.

—¿Te refieres a como lo hacías tú? —Le lancé una mirada asesina, pero él me miró a los ojos, sin alterarse.

—Sí, a eso me refiero —dijo, asintiendo—. Antes, si hubiera sido yo quien hubiera llamado, habrías respondido, independientemente de lo que estuvieras haciendo. No sé, me parece extraño que estando vinculados...

—¿Que aún sea capaz de pensar por mí misma? —Levanté una ceja—. Sí, puedo hacerlo. Y también podía mientras estuve ligada a ti, si no nunca habría podido estar con Jack. —Me lanzó una nueva mirada abrasadora—. Aunque creía que habías dicho que en realidad nunca estuvimos vinculados.

—No sé qué pensar.

—¿Por qué viniste aquí? —pregunté con delicadeza, intentando hablar en serio con él—. Si no fue por lo que sucedió...

—Por supuesto que fue por lo que sucedió —dijo con un suspiro—. Por supuesto que fue por ti. —Se quedó mirándome, con la mirada insegura y completamente transparente—. ¿Es eso lo que querías oír?

—No quiero nada de ti excepto la verdad.

—Contigo todo ha sido siempre muy complicado. —Peter se pasó la mano por el pelo, que tenía un aspecto asombrosamente sedoso después de la ducha.

Se mordió el labio y miró mi cama vacía. Habría seguido hablando de no ser porque el teléfono volvió a sonar y decidí que tenía que hacer algo al respecto. Si Jack me llamaba con tanta insistencia significaba que necesitaba alguna cosa. O que algo iba mal. Fuera lo que fuese, no me sentía bien dejándolo sonar y sin responder.

—Tendría que cogerlo.

—No permitas que yo te lo impida —dijo Peter, aunque su expresión se había vuelto glacial.

Oí los gritos de ansiedad de Jack tan sólo rozar la tecla para responder al teléfono.

—¡¿Qué demonios hacías, Alice?! ¡¿Qué pasa?! ¡Llevo días intentando localizarte!

—He estado ocupada, Jack —dije, intentando parecer enfadada. Mi corazón se moría por él, pero con Peter sentado detrás de mí no quería demostrarlo—. Hemos estado buscando a Peter. ¿Lo recuerdas?

—¿Y por qué no podías llamar? ¿O responder a mis mensajes? ¿O hacerme saber de algún modo que sigues viva? —preguntó Jack.

—Lo siento —dije, reprimiendo las lágrimas, y Peter se levantó de la cama—. ¿Adónde vas?

—¿Qué? No voy a ningún lado —dijo Jack, perplejo.

—No, tú no —le dije, haciéndole un ademán a Peter—. ¿Qué haces?

—Ir al baño. ¿Te parece bien? —Peter intentaba hacer una gracia, pero sabía que estaba consternado.

—Sí. Pero no salgas de la habitación, ¿de acuerdo? —No me fiaba de que pudiera escaparse.

—Lo que tú digas. —Peter me dijo adiós con la mano y entró en el baño. Al cabo de unos segundos, oí el agua correr, un sonido que no le permitiría seguir oyendo mi conversación con Jack.

—¿Quién es? —La voz de Jack se había vuelto gélida, pues sabía perfectamente de quién se trataba.

—Peter. —Me senté en la cama, agradecida por aquellos momentos de privacidad.

—¡¿Lo habéis encontrado?! —gritó Jack con incredulidad—. ¿Por qué no me lo habías dicho? ¿Por qué seguís ahí? ¿Cuándo volvéis a casa? ¿Estás bien? ¿Has sufrido algún daño?

—Estoy bien, y él también está bien. —Estuve tentada de decirle que Ezra estaba bien, pero no sabía si en aquel momento eso sería cierto—. Lo encontramos justo anoche. Necesitaba descansar, y ahora estamos acabando de zanjar algunos temas. Pronto nos iremos de aquí.

—¿A qué temas te refieres? —preguntó Jack—. ¿Por qué no cogéis el próximo vuelo?

—Peter está en baja forma todavía. Necesita más tiempo para recuperarse. Lo ha pasado mal.

85

—Tenía entendido que ésa era precisamente la idea. Que por eso fue allí. —Jack intentaba mantener su voz bajo control, pero me di cuenta de que le fallaba un poco. Por muy enfadado que estuviera con Peter, no era de los que suelen odiar a nadie.

—Pronto estaremos en casa. Ya no tienes por qué seguir preocupándote. —Me dolió decirle eso. Sabía que había bastantes probabilidades de que no saliéramos de allí con vida, pero no podía decírselo a Jack. De modo que le mentí y se me llenaron los ojos de lágrimas.

—Más te vale que sea así —dijo Jack—. Esto de aquí es de locos.

—¿A qué te refieres? —pregunté.

—A tu hermano y a Bobby.

—¿Quién es Bobby?

—Es... no lo sé. Ya te lo explicará Milo cuando vuelvas a casa —respondió Jack con vaguedad—. Lo único que sé con certeza es que anda siempre rondando por aquí.

—¿Siempre? —pregunté—. ¡Si sólo llevo diez días fuera!

—Pues aquí han sido diez días de auténtica locura —dijo Jack—. Bobby apareció justo el día después de que os marcharais. De modo que sí: la cosa está movidita.

—No entiendo nada.

—Ya lo verás cuando vuelvas a casa —dijo Jack—. Así tendrás un incentivo para regresar antes. Por si yo no era incentivo suficiente.

—Sí, claro, como si no supieras que no lo eres —dije riendo con tristeza. Reír de sus chistes tontos me provocaba ganas de llorar.

En cuanto colgué, llamé a la puerta del baño para que Peter supiera que la conversación había terminado. Salió un minuto más tarde. Estaba mucho más apagado, de modo que casi no nos dijimos nada más.

Me duché y me vestí y, una vez terminado eso, poco más podía hacer. Peter se había tendido en la cama con las manos entrelazadas por detrás de la cabeza y miraba al techo. Yo deambulaba de un lado a otro de la habitación y, de vez en cuando, asomaba la nariz entre las cortinas para mirar al exterior.

Esperábamos el regreso de Ezra.

El sol se filtraba entre las cortinas y eso me daba pánico. Los licanos eran más estrictos incluso que nosotros en lo que a las costumbres nocturnas se refería, por lo que parecía poco probable que la discusión continuase a plena luz del día. Si Ezra no aparecía pronto, era probable que no volviéramos a verlo jamás.

—Todavía no ha vuelto —dije, mirando por entre la cortina. Un rayo de cálida luz solar entró en la habitación, abrasando mi extremadamente sensible retina, así que volví a cerrarla. Miré a mis espaldas. Peter seguía acostado en la cama, inmóvil, en la misma postura en la que había pasado toda la noche—. ¿Peter?

—Ya sé que todavía no ha vuelto, Alice.

—¿No crees que deberíamos hacer algo? —le dije, casi echando chispas por los ojos. Quedarse acostado en la cama no me parecía la respuesta adecuada para la situación en la que nos encontrábamos.

—Estoy pensando. —Cerró los ojos, como si con ello pudiera aislarse de mi voz.

—¡Llevas todo el día pensando! Sabíamos que cabía la posibilidad de que Ezra no regresara, y es evidente que no va a...

—¡He estado pensando, Alice!

—¡Pues..., pues deberías compartir tus pensamientos conmigo! —Me crucé de brazos—. Podría ayudarte.

—¿Te refieres a ayudarme subrayando lo evidente y mirando a través de la cortina? —Se incorporó hasta quedar sentado y dejó colgar las piernas por el lateral de la cama.

—¡No sé qué más hacer! —Me sentía impotente y a punto de romper a llorar, y aquella sensación no me gustaba en absoluto. Respiré hondo, me retiré el pelo por detrás de las orejas y decidí volver a empezar—. ¿A qué conclusión has llegado?

—A nada útil. No le veo salida a nada. —Suspiró y murmuró a continuación para sus adentros—: Supongo que fue por eso por lo que te trajo.

—Pero ¿de qué hablas? —Me puse tensa, como si acabara de insultarme.

—Ezra te ha traído con él porque sabía lo tremendamente inútil que serías —se explicó Peter—. Y llevo el día entero dándole vueltas, preguntándome qué hacer cuando finalmente llegue el momento.

—¿Qué? —dije, inundada por una dolorosa sensación de inutilidad.

—Si salgo a buscar a Ezra y te llevo conmigo, te matarán. Si te dejo aquí, seguirán luego la pista de mi olor y te matarán. Si te llevo al aeropuerto para que te largues de aquí, lo más seguro es que acabes haciendo algo terrible por culpa de tu ansia de sangre y que acaben matándote. ¡No puedo hacer otra cosa que quedarme aquí y hacerte de niñera! —refunfuñó Peter.

—Yo no... —empecé a murmurar mi protesta, dispuesta a decirle que yo no necesitaba ninguna niñera, pero me di cuenta de que todo lo que acababa de decir era cierto. Después de que aquella punzada inicial de dolor se amortiguara, se me ocurrió algo más extraño si cabía, sobre todo teniendo en cuenta cómo acababa de hablarme Peter—. ¿Y a ti qué más te da si yo muero? ¿Qué importa? Salgamos de aquí y machaquémoslos.

—Como si tú pudieras machacarlos —dijo, con una carcajada hueca—. Lo único que conseguirías sería entorpecerme.

—Tal vez —reconocí—. Pero eso que dices... o que piensas... Si Ezra no vuelve y vienen a por nosotros... ¿Por qué no eres tú quien va? Yo no quiero entorpecer tu lucha. Y será mejor eso que quedarnos aquí los dos esperando la muerte.

Su expresión cambió instantáneamente y cobró un aspecto desconocido para mí. Tardé un rato en darme cuenta de que estaba preocupado por mí. Jamás me había mirado de aquella manera, ni siquiera mientras estábamos vinculados.

—Ese plan es imbécil —dijo, negando con la cabeza.

—Es más o menos tu plan —dije.

—No pienso dejarte aquí.

—Pero si estás diciendo que me matarán de todos modos. De esta manera, como mínimo, tendrás la oportunidad de dar algún que otro buen puñetazo, de eliminar a alguno de los cabrones que... —Me interrumpí antes de mencionar la posibilidad de que Ezra estuviera muerto. Decirlo en voz alta era horroroso.

—Estarías completamente desprotegida. No tendrías ni la más mínima posibilidad. —Volvió a realizar un gesto negativo con la cabeza, como si estuviera harto ya de aquella conversación, y se levantó.

—¿Y qué? Si mal no recuerdo, estuviste a punto de matarme en una ocasión... ¿Y ahora pretendes convertirte de repente en mi guardaespaldas? —Arrugué la nariz ante tanta hipocresía.

—¡Oh, maldita sea! —Peter puso los ojos en blanco—. ¡Estoy harto de que me eches eso en cara! ¡Lo hice porque te amaba, Alice! —Y de inmediato se arrepintió de lo que había dicho y apartó la vista.

—Sí, claro, ¡una forma muy sana de expresar el amor! ¡Matando a otra persona! —Lo dije expresamente para provocar su reacción. Si la única posibilidad de poner en marcha una misión de rescate consistía en que Peter se fuera sin mi compañía, tendría que cabrearlo lo bastante como para me dejara allí sola.

—¡Yo nunca intenté matarte! ¡Estaba intentando matarme a mí mismo! —Se frotó los ojos. Me dio la impresión de que había hablado demasiado y ya no sabía cómo dar marcha atrás—. Jack estaba en la casa. Sabía que sintonizaba con tu corazón. Cuando te agarré en la cocina, entró corriendo para salvarte. Pensé que si me descubría dejándote sin vida, mordiéndote, no dudaría ni un instante en matarme. —Soltó aire, agotado—. Sabía que sería mucho mejor pareja para ti de lo que pudiera serlo yo, y no le veía otra salida.

Estaba tan pasmada que era incapaz de decir nada. Siempre había sospechado que Peter me odiaba. Y sin embargo resultaba que me quería tanto que había planeado incluso morir para que yo pudiera ser feliz. El corazón me latía dolorosamente en el pecho e intenté pensar en algo con que replicarle.

—Deja ya de mirarme de esa manera —me espetó Peter cuando por fin volvió a mirarme a los ojos—. No sé por qué te sorprende tanto que yo no quisiera tu muerte. ¿De verdad piensas que Ezra estaría tan dispuesto a sacrificarse por mí si yo fuera un psicópata?

—Lo siento mucho, Peter —susurré, incapaz de reunir la fuerza necesaria para hablar en voz alta.

—¡Para! —repitió Peter—. ¡El que está ahí fuera es Ezra! ¡Tenemos que preocuparnos por él, no por nosotros! ¡Porque ni siquiera existe un «nosotros» por el que preocuparnos!

—Tienes razón —dije. Moví la cabeza de un lado a otro para apartar de mí cualquier pensamiento confuso que pudiera albergar con relación a Peter.

Pero era difícil. Aquello cambiaba por completo mi forma de pensar respecto a todo. El único hecho que me había dado luz verde durante todo el tiempo que había estado tonteando con Jack, enamorándome de él, había sido que Peter había intentado matarme.

Pero ahora que lo veía como un intento de suicidio por su parte, que me quería tanto que había estado dispuesto a renunciar a todo por mí... Habíamos estado vinculados, Peter me había amado de verdad, y yo, en cambio, me había largado con su hermano.

Peter no decía nada, yo tampoco. No estaba segura de si él estaba intentando elaborar otro plan, pero yo era incapaz de hacerlo. Por mucho que una parte de mí lo intentara, tenía la sensación de que me había quedado vacía por dentro.

En aquel momento, un ruido sordo en la puerta de la habitación interrumpió mis pensamientos. No era como si alguien estuviera llamando, sino como si algún objeto hubiera golpeado la puerta. Miré a Peter, que estaba ya con los ojos clavados en la entrada. Se colocó delante de mí, por si acaso aquello era un anuncio de la irrupción de los licanos.

Y cuando la puerta se abrió lentamente, lo que vimos fue algo casi igual de terrible.

10

Ezra estaba apoyado en el umbral de la puerta. Su aspecto era peor de lo que jamás hubiera podido llegar a imaginarme. Su ropa, el jersey negro y los vaqueros que llevaba la noche anterior, estaba sucia y raída. Estaba demacrado y pálido. Entró en la habitación tambaleándose y Peter corrió hacia él.

Tenía mordiscos en el cuello y en las muñecas. El territorio licano estaba casi a una hora de distancia en coche, tiempo suficiente para que un vampiro como él se hubiese curado, pero las marcas de mordiscos seguían rojas e inflamadas. Ezra estaba tan agotado que ni siquiera le quedaban fuerzas para curarse.

—Necesita comer —me dijo Peter, e intentó que yo sujetara a Ezra. Corrió hacia el baño en busca de sangre y me dejó sola en aquellas complicadas circunstancias.

El impacto me había dejado paralizada, pero rodeé a Ezra con el brazo y lo ayudé a tumbarse en la cama. Sus profundos ojos castaños tenían una mirada vidriosa. Jamás había visto a un vampiro en tan mal estado. Nunca se me había ocurrido que pudieran llegar a estar tan mal, sobre todo un vampiro como Ezra.

Cuando me senté en la cama a su lado, Ezra se dejó caer y apoyó la cabeza en mi regazo. Se agarró a mi muslo con dolorosa desesperación, como si necesitara aferrarse a alguna cosa.

—Traigo la sangre —dijo Peter, que en ese momento entraba de nuevo en la habitación. Miró a Ezra, que seguía abrazado con fuerza a mí, y cerró la boca hasta convertirla en una fina línea.

—No puedo comer. En este momento no puedo —dijo Ezra con una mueca de dolor, como si el sufrimiento le impidiera incluso comer.

Le aparté el pelo de la frente. Tenía la piel fría y húmeda. Después de haber perdido tanta sangre, me imaginé que comer sería lo único que lo ayudaría a sentirse mejor. Pero entonces caí en la cuenta de lo que en realidad pasaba.

Los licanos se habían alimentado de él. Y eso es algo que los vampiros nunca permiten que suceda entre ellos, a menos que sean amantes. El intercambio de sangre tiene connotaciones sexuales, pero conlleva también algo más.

Cuando Jack me mordió, lo sentí fluir por todo mi cuerpo, su amor y su bondad se apoderaron de mí. Pero los que habían mordido a Ezra eran miembros de una manada de monstruos rabiosos. Y en aquel momento estaba embargado, su dolor y su cólera se habían apoderado de él. Lo habían drenado, tanto física como emocionalmente.

Ezra emitió un sonido de dolor, aunque se esforzó por reprimirlo. Se aferraba a mí con tanta fuerza, que de haber sido humana me habría partido huesos y reventado órganos. A pesar de su debilidad, sus músculos eran duros como el hormigón. Se tensó, su cuerpo estaba completamente rígido, y dobló un poco las piernas, apretándose aún más contra mí.

—Mi sangre... —Ezra consiguió pronunciar aquellas dos palabras a duras penas.

—Descansa. No es necesario que digas nada —dije, tratando de consolarlo, acaricindo su pelo rubio.

—No —dijo Ezra, en una voz tensa y débil—. Mi sangre por tu sangre. Todo ha terminado. Tenemos que irnos de aquí. Peter, ¿puedes...?

—Lo prepararé todo —dijo Peter cuando Ezra se interrumpió. Me di cuenta de que intentaba mantener la compostura, pero su mirada era abrasadora. Le mortificaba saber que Ezra había dado su sangre a cambio de la vida de Peter.

Peter se puso en acción después de mirarlo fijamente un instante lleno de remordimiento. Cogió el móvil y empezó a hacer llamadas, la mayoría de las cuales fui incapaz de comprender porque hablaba en finés.

—No debería cargarte con todo esto —dijo Ezra, e intentó retirarse de encima de mí.

—No, no pasa nada —insistí—. No te preocupes.

—No. Yo... —Un espasmo interrumpió sus palabras. Ezra se agarró a mí con tanta fuerza que apenas me dejaba respirar. El tremendo mal rato pasó e intentó relajarse de nuevo—. Lo siento.

—No pasa nada, Ezra.

Cuando Peter dejó el teléfono, se quedó observando un instante cómo Ezra se esforzaba por mantener el ritmo de su respiración. Yo notaba que Ezra estaba reprimiendo sus gritos y miré a Peter pidiéndole ayuda, pero él esquivó mis ojos.

—Lo mejor que puede hacer es descansar —dijo Peter—. Con el tiempo, los sentimientos irán desvaneciéndose. El vuelo dura siete horas. Tiene que descansar y comer, y confío en que después se encuentre lo bastante bien como para al menos llegar a casa.

Peter recogió nuestras cosas y lo preparó todo para irnos.

Me habría gustado ayudarlo, pero no quería dejar solo a Ezra. Al final, Peter sugirió que durmiéramos un poco. Ezra se quedaba inconsciente a ratos. Conseguí adormilarme un poco, pero Ezra estuvo despertándome con frecuencia, gimiendo y retorciéndose de dolor.

Cuando Peter me llamó al atardecer para que me levantara, Ezra seguía aferrado a mí, pero la ferocidad de su abrazo había desaparecido. Peter lo ayudó a llegar hasta el baño para que pudiera comer y asearse, y yo me levanté por fin para estirarme un poco. El cuerpo me dolía terriblemente a causa de la presión que había ejercido Ezra sobre él.

Reconfortarlo había resultado agotador y no podía ni imaginarme lo que él estaría pasando. Me quedé junto a la cama, emocionalmente exhausta, y Peter salió del baño en aquel momento para concederle un poco de intimidad a Ezra. Me miró con preocupación, pero no era necesario que se molestase por mí, de modo que decidí mantenerme ocupada arreglando un poco la habitación.

—Alice —dijo Peter, posando la mano en mi brazo con la intención de detenerme—. ¿Cómo lo llevas?

—Mejor que Ezra —respondí, con una carcajada sin apenas sentido.

Me quedé mirándolo y ya no resistí más. Lágrimas indeseadas rodaron por mis mejillas y, con brusquedad, Peter me estrechó entre sus brazos. Hundí la cara en su camiseta y rompí a llorar con todas mis fuerzas.

—Gracias. Y lo siento —murmuré cuando por fin recuperé el control y me aparté de él. Pero Peter siguió sin soltarme del brazo, como si cortar aquel contacto fuera a reanudar mi llanto.

—No te preocupes. Ya he visto cómo te ha afectado —dijo él.

—Ezra ni siquiera ha llorado. —Me sequé las lágrimas, odiándome por mi comportamiento infantil.

—Para él es distinto. Ya ha pasado por esto en otras ocasiones, aunque creo que nunca había sido tan terrible. —Su mirada se endureció, pensando, sin duda alguna, que todo había sido por su culpa.

—¿A qué te refieres con lo de que ya ha pasado otras veces por esto? —le pregunté.

—Es lo que solía hacerle su viejo «amo», Willem, que era un hombre terrible, despiadado. —Se quedó con la mirada perdida—. Pero Willem era sólo uno, nada que ver con esta banda de sádicos. A mí también me han mordido en alguna ocasión, gente no tan cruel, y es...

—¿Qué? —Presioné a Peter al ver que dejaba de hablar.

—La sangre me ardía en las venas. Mi cuerpo intentaba rechazar la poca sangre que le quedaba. Y además del dolor físico, que es atroz, te provoca emociones. Te hace desear cosas que no quieres desear. Te sientes repugnante y... —Movió la cabeza en sentido negativo, reacio a explayarse más—. Es una tortura, total y absoluta.

—¿Se pondrá bien? —pregunté.

Ezra salió en aquel momento del baño y distrajo nuestra atención. Se había vestido con ropa limpia y las marcas del cuello y las muñecas se habían curado por fin. Seguía estando pálido y su expresión era seria, pero caminaba con normalidad.

De camino al aeropuerto apenas cruzó una palabra con nosotros. Me di cuenta de que estaba muy rígido y de que se esforzaba por combatir el dolor que perduraba todavía en su cuerpo. Durante el vuelo, se disculpó conmigo diversas veces, y le resté importancia a los hechos en todas las ocasiones. Yo casi no había hecho nada por él y nada había que él no fuera a hacer por mí.

Aquellos sucesos hicieron que Ezra me inspirara más respeto si cabía. Si él estaba pasándolo tan mal, otro en su lugar habría muerto.

Pasó el resto del viaje con los ojos y la boca cerrados. Yo permanecí incapaz de dejar de mirarlo, aterrorizada por la idea de que pudiera desintegrarse o morir si lo hacía.

11

Cuando aterrizamos en Minneapolis, Ezra había recuperado más o menos su aspecto habitual. Una versión muy apagada de él, claro está, pero como mínimo hablaba y caminaba sin mostrar ninguna mueca de dolor. Había estado tan preocupada por él, que se me había pasado por completo enviar un mensaje para anunciar que habíamos regresado. Cogimos un taxi y decidimos que, a aquellas alturas, lo mejor era darles a todos una sorpresa con nuestra llegada a casa.

Sentí el corazón tenso en cuanto el avión aterrizó. Después de días y días de padecer una sensación amortiguada de dolor provocada por la distancia, mi corazón gritaba de placer, consciente de la proximidad de Jack. Salté del taxi en cuanto se detuvo enfrente de casa.

Corrí hacia la puerta y allí apareció Jack doblando la esquina de la entrada, con los ojos azules abiertos de par en par. Estalló en una gigantesca sonrisa, me lancé a sus brazos y enlacé las manos por detrás de su cuello.

Sentí su corazón latiendo a través de mi pecho y establecí la conexión que tan dolorosamente había echado de menos. Por vez primera en lo que me parecía una eternidad volvía a sentirme completa y feliz. Cerré los ojos para contener mis lágrimas de felicidad, deseosa de poder permanecer así para siempre.

De pronto noté una tensión en la musculatura de Jack y comprendí que Peter acababa de entrar en casa. Oía como hablaban Mae y Ezra, pero Peter no decía una sola palabra.

Ni siquiera la proximidad de Peter era suficiente. Quería llenar a Jack de besos y... y, bueno, mucho más que eso. Pero no me quedaba otro remedio que soltarlo y comportarme delante de la gente. Abrí los ojos y, al mirar por encima del hombro de Jack, descubrí un nuevo problema. De pie, detrás de Jack, estaba mi hermano Milo junto a un niño al que no había visto jamás y que nos observaba con curiosidad.

Y he utilizado el término «niño» sin excesivo rigor. Parecía mayor que yo, su pelo negro le cubría la frente y su piel tenía un tono oliváceo. Era más bajito incluso que Milo cuando aún era humano, y tenía los brazos completamente tatuados; además, también se le vislumbraban tatuajes en la zona del pecho, visibles gracias a su camiseta con cuello de pico. Si la emoción del reencuentro con Jack no me hubiera distraído, me habría percatado antes de su presencia.

Sus venas latían con sangre caliente, sangre «humana». Con demora caí en la cuenta de que hacía mucho que no comía. El tiempo que había pasado últimamente rodeada de gente me había permitido mejorar mi autocontrol, pero no estaba acostumbrada a tenerlo en mi propia casa.

—¿Y ése quién es? —pregunté, soltando por fin a Jack y permitiendo que me depositara en el suelo. Milo se colocó de manera protectora delante de aquel niño, un gesto que prendió una mecha en mi interior.

—Es Bobby. —Jack me dejó en el suelo pero siguió enlazándome por la cintura, y dudo que lo hiciera simplemente porque me echaba de menos. La tensión que emanaba Peter, junto mi confusa reacción ante el tal Bobby, desestabilizaron el ambiente de la estancia—. Te hablé de él por teléfono. ¿No lo recuerdas?

—No me dijiste que era humano —dije, aspirando hondo y cruzándome de brazos.

—Tú también eras humana hace unas semanas —dijo Milo, poniendo los ojos en blanco.

Bobby asomó la cabeza por el lado de Milo y comprendí que lo que me ofendía de tal manera no era el hecho de que fuese de otra especie. Era la primera vez que Milo traía un chico a casa. Y, además, lo había hecho durante mi ausencia, era mayor que él y estaba lleno de tatuajes.

—La verdad es que poco he podido contarte, ya que no respondías ni a mis llamadas ni a mis mensajes —observó Jack con frialdad, mirando de reojo a Peter.

Peter no había soltado nuestro equipaje y permanecía en la puerta de entrada, incómodo. *Matilda* lo olisqueó, meneando la cola, pero no lo saludó nadie más.

El aspecto de Ezra había mejorado considerablemente, pero era evidente que todavía no se encontraba del todo bien. Mae había percibido ya el olor de los otros vampiros. Incluso yo podía olerlo, un olor malsano, rancio y desagradable. Mae le acariciaba la cara con cautela, con lágrimas en los ojos, ajena por completo al malestar creciente de su entorno.

—Pasad —dijo Milo, indicando el salón—. Ha sido un viaje muy largo. Estoy seguro de que os apetecerá relajaros un poco y contarnos los detalles más jugosos.

Milo echó a andar hacia el salón, interponiéndose con toda

la intención entre Bobby y yo. Me resultaba extraño considerarme a mí misma una posible amenaza.

Jack seguía rodeándome con el brazo y recordé, encantada, que estaba con él. Le sonreí, pero él tardó en corresponderme. Su corazón latía con mucha fuerza, y eso significaba que algo había que lo inquietaba.

—Me encantaría que me pusierais al corriente de todo. Os he echado mucho de menos —dijo Mae en cuanto llegamos al salón. Me sonrió y me apretujó cariñosamente el brazo. Ezra estaba detrás de ella, con la cara ojerosa—. Pero Ezra y yo os rogamos que nos disculpéis. Ezra necesita descansar.

—Lo entiendo —dije.

Sentí los ojos de Jack clavados en mí mientras los veía marchar. La angustia de Ezra había puesto en estado de alerta a Jack por lo que pudiera haber sucedido en Finlandia. Evité su mirada, pues aún no estaba preparada para explicárselo, sobre todo delante de Milo y de su nuevo amigo.

Mi hermano se dejó caer en un mullido sillón. Bobby continuó pegado a su lado y medio se sentó en el brazo, casi en el regazo de Milo. La situación me provocó una oleada de desasosiego. Y cuando vi que Bobby le ponía la mano en el muslo, me entraron ganas de apartársela de allí de un bofetón.

—Y bien —dijo Milo—, ¿qué tal el viaje?

—Ha estado bien —dije, encogiéndome de hombros. No estaba dispuesta a soltar ni una palabra más por el momento.

Peter entró en el salón y se quedó apoyado contra la pared. Jack pasó por mi lado y se interpuso entre Peter y yo. Sabía que la situación se repetiría durante un tiempo y que era demasiado pronto para empezar a enfadarme con ellos, así que tomé asiento en el sofá.

—Ya que habéis traído de vuelta a Peter, habrá que dar por

supuesto que la misión ha sido un éxito apabullante —dijo Milo, mirando a Peter con el rabillo del ojo. Sólo había coincidido con Peter en una ocasión, y el encuentro no había sido precisamente magnífico.

—Podría decirse que sí —dije.

Jack se sentó a mi lado y Peter echó un comedido vistazo a su alrededor, consiguiendo que su aspecto no demostrara felicidad ni enfado. Doblé las piernas y acerqué las rodillas a mi pecho para recostarme bajo el brazo de Jack, pero noté que él estaba excepcionalmente tenso.

Me habría encantado apaciguar sus temores, pero aquel tal Bobby que estaba sentado tan tranquilamente en el regazo de mi hermano pequeño me tenía preocupada.

—Por lo visto, has estado muy ocupado durante nuestra ausencia —dije, con la máxima indiferencia que me fue posible.

—Podría decirse así —dijo Milo riendo.

Milo compartió con el chico una de aquellas miradas tan asquerosamente dulces. Bobby se inclinó y le dio un beso en los labios. Oí como mi corazón se aceleraba y noté un nudo en el estómago, de repugnancia y de hambre, una combinación que no era nada agradable.

Lo que me resultaba tan perturbador no era el hecho de que Milo estuviera besándose con un tío. Sino el hecho de que estuviera besándose con alguien.

—Creo que me voy a la cama —dijo Peter. Miró entonces a Jack, que tensó el brazo aún más, como si esperara que Peter tratara de arrancarme de su lado—. ¿Sigue mi habitación donde estaba?

—Está exactamente igual que la dejaste —dijo Jack, tratando de no alterarse.

—Entendido —dijo Peter, que se volvió en redondo y subió a su habitación.

—Este tipo emite unas vibraciones muy siniestras —dijo Bobby, al que oía hablar por primera vez desde que lo había conocido.

Miraba fijamente el espacio vacío que había dejado Peter y sacudió la cabeza para apartarse el flequillo de los ojos. Para consolarlo, Milo le acarició la espalda y Bobby sonrió y se acomodó en el sillón a su lado. Aún es demasiado pronto para decir que ya odiaba a Bobby, ¿verdad?

—Y bien, Bobby —dije, y me sonrió con poca gracia—. ¿Eres gay? —Jack se echó a reír, lo que llenó mi cuerpo con aquella alegría que tan bien conocía. Se había relajado un poco tras la marcha de Peter.

—¡Alice! —espetó Milo, incomodísimo.

—¿Qué pasa? —le dije.

Bobby no tenía nada que pudiera dar a entender que era gay, excepto el hecho de que había besado a mi hermano. Iba vestido como el típico integrante de la tribu urbana de los *scene*, con vaqueros ceñidos y zapatillas deportivas. Me pareció que llevaba los ojos perfilados con delineador, aunque también era posible que simplemente tuviera las pestañas muy oscuras.

—No, no pasa nada —dijo Bobby entre risas—. Sí, soy gay.

—¿Cuántos años tienes? —pregunté con intención.

—Veinte —me respondió, y se me pusieron los pelos de punta.

Milo era un vampiro, y gracias a la rápida maduración de los de nuestra especie, aparentaba unos diecinueve. Pero en realidad tenía dieciséis recién cumplidos..., y salía con un chico de veinte. No molaba. Aunque, de hecho, lo que menos molaba es que estuviera pensando en ponerme como una moto con Jack por haber permitido que todo esto sucediera en mi ausencia. (En aquel momento, ni me había planteado que Jack había nacido unos cuarenta años atrás y yo no había cumplido siquiera los dieciocho.)

—¡Has estado varios días en Finlandia, Alice! —dijo Milo exagerando al ver que mi enfado iba en aumento—. Estoy seguro de que tienes cosas mucho más apasionantes que hacer que interrogar a mi novio.

¿«Novio»? ¿Ya lo llamaba así? Yo había tardado meses en empezar a referirme a Jack como mi novio. De hecho, creo que ni siquiera ahora utilizaría esa palabra en una conversación. Me sonaría muy extraño relacionarla con Jack. Cuando has superado los veinticinco, o cuando has dejado de ser humano, la palabra «novio» ya no encaja en absoluto.

—Sí. ¿Qué pasó en Finlandia? —dijo Jack, volviéndose hacia mí.

—Demasiadas cosas como para explicarlas ahora —dije, evitando el tema.

—¿En serio? —Jack enarcó una ceja—. ¿Es eso lo que me das? ¿Después de todas estos días? ¿Te parece normal llegar a casa y decir que han sido demasiadas cosas como para empezar a contármelas ahora?

—Es que no quiero preocuparte sin necesidad.

—¡Has estado en Finlandia con Peter! ¡Y no respondías a mis llamadas! —Jack estaba gritando—. ¡Me has tenido preocupado todo este tiempo y no parecía importarte!

—Por supuesto que me importaba —dije, apartándome de él—. No he dejado de pensar en ti ni un minuto. Pero sabía que, si te contaba cualquier cosa, vendrías corriendo y te matarían.

—¿Que me matarían? —Se volvió hacia mí para mirarme a la cara y su expresión se volvió más seria si cabía—. ¿En qué demonios has estado metida, Alice? ¿Qué le pasó a Ezra?

—Eso, ¿a qué se debe su aspecto? —dijo Milo, una pregunta que sólo servía para echar más leña al fuego.

—Es demasiado complicado —dije, negando con la cabeza, temerosa de que si le explicaba a Jack todo lo sucedido pudiera... no sé... gritarme mucho y enfrentarse a Peter y a Ezra.

—Sé que estuvisteis con licanos. Imagino que ellos tenían a Peter. —Jack se mordió el labio, sin dejar de mirarme—. Habría ido en cuanto me lo hubieras pedido, pero... —De haber estado Jack allí, la situación habría sido mucho peor, y creo que era consciente de ello.

—¿Licanos? —Milo se enderezó repentinamente en el sillón y Bobby estuvo a punto de caer al suelo—. ¿Te refieres a hombres lobo?

—No exactamente —dije, con un suspiro—. Nada que ver con hombres lobo, en realidad. No son más que vampiros que viven en el bosque. Iban a por Peter, pero Ezra realizó un intercambio con ellos y luego volvimos a casa. Fin de la historia. Hemos pasado la mayor parte del viaje buscando a Peter.

—¿En qué consistió ese intercambio? —preguntó Milo, pero por la expresión de Jack me di cuenta de que él ya lo había captado.

—¿Y Peter permitió que lo hiciese? —musitó Jack.

—No tuvo otra elección. Ezra... hizo lo que tenía que hacer —dije, tratando de explicarme lo mejor posible.

—¿De qué estáis hablando? ¿Qué pasó? —preguntó Milo.

—Nada. No tiene importancia —dije. Jack me miraba fijamente; sus ojos azules rebosaban de angustia—. A mí no me pasó nada, ¿entendido? Apenas salí de la habitación del hotel. Nadie intentó hacerme daño y no me metí en ninguna pelea. Todo fue bien. De verdad.

Jack no estaba convencido del todo, pero me abrazó de nuevo y me acurruqué contra él. Milo estaba perplejo, pero dejó pasar el tema.

Milo tampoco había salido nunca de la región y me presionó para que le diera más detalles sobre mi experiencia como viajera. Le conté lo poco que había podido ver y el miedo que había pasado en el avión.

Cuando Bobby empezó a quedarse dormido, Milo decidió que había llegado la hora de disculparse e irse a la cama. Cogió a Bobby en brazos y lo subió a la habitación de los dos. Me quedé boquiabierta. Teníamos que mantener una larguísima conversación sobre todo aquel asunto en cuanto se presentara la oportunidad.

Me habría encantado pasar un rato con Jack poniéndonos al día, pero el viaje me había dejado agotada. Estar lejos de casa era mucho más duro de lo que me imaginaba. Jack quería irse a la cama conmigo y, aun a pesar de lo exhausta que estaba, habría accedido gustosa.

Excepto que sabía que el único motivo de su insistencia era que Peter había dormido a mi lado, y por ello me negué a que su paranoia pasara a controlar nuestra relación. Tenía que acostumbrarse a la presencia de Peter y yo necesitaba descansar un poco antes de intentar estar a solas con Jack.

Jack me acompañó hasta su habitación y me dio un beso en la frente antes de volver a bajar para dormir en el estudio. Me acurruqué en su cama y me quedé dormida casi de inmediato sobre aquel amasijo de sábanas. Estar de nuevo en casa era maravilloso.

Cuando me desperté, tuve una sensación instantánea de alivio al encontrarme en mi propia cama. No había nada mejor que aquello después de un largo viaje. Bueno, casi nada.

Me desperecé para desentumecer mis miembros. El encuentro con Jack había sido desilusionante. Había permitido que el novio de mi hermano y la preocupación de Jack por lo que pudiera haber sucedido en Finlandia distrajeran mi atención. Debía tener una larga conversación con Milo acerca del tal Bobby, aunque en aquel momento había necesidades más apremiantes.

Junto a aquella sensación de sed tan familiar que ardía en mi interior, sentía un deseo desesperado de Jack. La combinación de *jet lag* y estrés me habían generado un sabor agridulce y no le había demostrado lo suficiente cuánto me alegraba de volver a estar a su lado. Tenía que rectificar aquello en seguida.

Al salir al pasillo olí a Bobby. O mejor: el aroma dulce y delicioso de la sangre caliente que corría por sus venas. Su corazón latía acelerado, como el de un conejo asustado.

Me puse tensa, pensando que corría algún tipo de peligro, pero en seguida caí en la cuenta de que simplemente debía de estar excitado. Un gemido de placer y una carcajada gutural de Milo confirmaron mi intuición. Noté el estómago tenso, embargado por una mezcla de náusea y ansiedad sólo de pensar lo que estaría haciendo Milo en la habitación contigua a la mía.

Era del todo imperdonable que hubiera iniciado su vida sexual antes que yo. La «conversación» empezaba a hacerse inminente, pero no quería entrar e interrumpir lo que fuera que estuvieran haciendo para echarles el sermón.

Justo en aquel momento se abrió la puerta de la habitación de Peter y di un brinco, sobresaltada. Había colaborado en su regreso a casa, pero seguía sorprendiéndome ver su habitación ocupada. Llevaba mucho tiempo cerrada, como si fuera el santuario de un ser querido que hubiera fallecido, aunque la situación fuese exactamente la contraria.

—Oh, hola —dijo Peter, saludándome con un ademán.

—Hola —respondí. Nos quedamos el uno frente al otro, mirándonos incómodos, por lo que di por sentado que debía iniciar una conversación—. ¿Has dormido bien? Reencontrarse con tu propia cama es estupendo.

—Sí que lo es. —Peter movió de nuevo la cabeza y cambió de posición.

—¡Vaya, ya os habéis levantado! —anunció clamorosamente Jack desde la planta baja, echando a correr por la escalera hacia nosotros. Se alegraba de verme, pero el brazo que me pasó por encima del hombro estaba demasiado tenso como para ser algo más que una demostración de posesividad—. ¡Creía que pensabais pasaros el día durmiendo!

—Lo siento. Supongo que tenía sueño que recuperar —dije, sonriéndole. Me estaba haciendo daño en el hombro.

—Bueno, creo que... me voy —dijo Peter. Dio media vuelta y bajó la escalera, ignorando la mirada de Jack.

En cuanto Peter se perdió de vista, me deshice del abrazo de Jack. Me resultaba raro despegarme de él, pero sus celos no me gustaban. Jack se dio cuenta entonces de lo que estaba haciendo y su expresión cambió para convertirse en la de un niño sorprendido hurgando en la caja de las galletas. Hundió las manos en los bolsillos y me miró con aire de disculpa.

—Lo siento —dijo, encogiéndose de hombros—. Tengo que acostumbrarme a todo esto. Tú ya has tenido tiempo para volver a adaptarte a Peter, pero ten en cuenta que la última vez que lo vi... —Se estremeció y apartó la vista. No estoy muy segura de lo que pensaba, pero sin lugar a dudas en sus pensamientos aparecía Peter besándome o intentando matarlo.

—No pasa nada —dije, posando mi mano en su pecho. Su musculatura era cálida y fuerte, y su corazón latía muy despacio. Me incliné hacia él, dispuesta a darle el beso que desde hacía tanto tiempo deseaba darle, pero un nuevo olor distrajo por completo mi atención.

Sabía que, en el otro extremo del pasillo, Milo acababa de alimentarse de Bobby, y el aroma de aquella sangre resultaba tan potente y embriagador que la boca se me hizo agua al instante. No era que me rugiese el estómago, pero de repente estaba muerta de hambre. El latido del corazón de Bobby se aceleró todavía más y la asociación de aquel sonido con el olor se hizo irresistible. Estaba acalorada y sólo podía percibir, escuchar y pensar en sangre, y en lo desesperadamente que la necesitaba.

El deseo de sangre se había apoderado por completo de mí.

12

Tenía la mano sobre el pecho de Jack, y lo siguiente que recuerdo es que eché a correr por el pasillo en dirección al torreón donde estaba ubicada la habitación de Milo. Reaccioné en el instante en que sentí la mano de Jack sujetándome el brazo con fuerza. Fue él quien me impidió llegar más lejos, pero resultó muy inquietante comprender que había perdido la conciencia durante un segundo y que había perdido por completo el control. Como mínimo, ahora sabía lo que estaba pasando, pero eso no significaba que mis ansias de comer hubieran disminuido.

—Tienes que comer —dijo Jack.

—Vaya, no me digas. —Eché a andar de nuevo hacia la habitación de Milo, pero Jack me detuvo.

—No, con él no.

Tiró de mí en dirección contraria, alejándome de la sangre. La parte racional de mi ser entendía lo que Jack estaba haciendo, sabía que no debía alimentarme del novio de mi hermano. Pero mi sed me ponía furiosa y no comprendía que Jack quisiera alejarme de aquella fuente de sangre.

—Vamos, Alice. Abajo tenemos comida.

—¡Sabes que no es tan buena! —protesté.

Nunca había bebido sangre fresca, por lo que no podía establecer una comparación. Pero la sangre fresca olía mucho mejor que la sangre de bolsa. Mi cuerpo la ansiaba con mucha más intensidad, era casi imposible resistirse a ella.

Jack era más fuerte que yo, y además una parte de mí sabía que tenía razón, por lo que al final dejé que me arrastrara para alejarme de allí.

Al llegar abajo, apareció Mae, procedente del sótano y cargada de bolsas de sangre fría. Por lo visto, también Ezra estaba comiendo más de lo normal. Se percató de mi expresión y me dio una bolsa antes de que cambiara de idea en lo referente a perdonar a Bobby.

Mientras engullía la sangre y saboreaba la exótica oleada de placer que me embargaba, oí de fondo la conversación entre Mae y Jack. Ezra seguía débil y necesitaba descansar y comer mucho, y Peter había salido para hacer algún recado. Su explicación no era demasiado detallada, y no estaba segura de si era por el bien de Jack o porque en realidad no sabía más.

Cuando terminé mi bolsa, Mae regresó a su habitación para ocuparse de Ezra y una sensación de profundo mareo se apoderó de mí. Acababa de despertarme y ya iba a dormirme de nuevo.

Me sujeté a Jack, confiando en que eso me ayudaría a mantenerme más despierta. Se rió de mi batalla contra el sueño, y su risa me abrumó. Me dio un beso en la frente y me cogió en brazos, una solución tan confortable que pudo finalmente conmigo.

Me desperté acurrucada entre sus brazos y con la música de Depeche Mode sonando muy flojito. Jack me rodeaba con un brazo y sujetaba con el otro un libro de cómics, *La broma asesina*. Era uno de sus favoritos, y estaba hecho polvo. Jack se encontraba tan inmerso en la lectura que ni siquiera se dio cuenta de que yo había abierto los ojos.

—Hola —dije, sonriéndole. Jack echó la cabeza hacia atrás para mirarme y dejó el libro—. Siento haberme quedado así.

—No, no pasa nada. Lo entiendo —dijo con una sonrisa.

—Te he echado de menos. —Me acurruqué aún más contra él y su corazón se aceleró.

—Hubo un momento en el que no estaba seguro de si volverías. —Cuando me retiró un mechón de pelo que me caía sobre los ojos, vi que su expresión se tornaba tormentosa, imaginando de nuevo las cosas terribles que podían haberme sucedido en Finlandia.

—¡Pero estamos aquí! —repliqué rápidamente con la intención de borrar por completo sus oscuros pensamientos—. En tu habitación, en tu cama, solos. —Mi expresión empezó a vacilar al ver la cara de preocupación de Jack—. Estamos solos, ¿no?

—¿A qué te refieres? —Noté su brazo tenso y un tono cauteloso en su voz. Pensaba, equivocadamente, que me refería a Peter, cuando en ningún momento era él quien se me había pasado por la cabeza.

—A Milo y a su nuevo «amigo» —dije, haciendo un gesto en dirección a la fina pared que separaba las habitaciones.

Oír a Milo y a Bobby haciendo sus cosas me había resultado nauseabundo y no me apetecía que me oyeran a mí con Jack. Confiaba de verdad en dar por fin un paso más en mi relación con Jack y quería que fuese un momento lo más íntimo y privado posible.

—Oh, no, se han marchado hace un buen rato. —Jack sonrió y se relajó un poco—. Se han ido a una discoteca.

—¿A una discoteca? —Arqueé una ceja, consciente de que estaba echando a perder el buen ambiente que reinaba entre nosotros, pero no preocuparme me resultaba imposible—. ¿Y crees que eso es seguro?

—Sí —respondió Jack, encogiéndose de hombros—. Milo es un vampiro. Puede apañárselas solito.

—¿Y Bobby? —La verdad es que su seguridad me traía sin cuidado, pero a Milo sí le importaba, y en el caso de que otros vampiros acosaran a su amigo, no estaba muy convencida de que mi hermano fuera a responder con mucha cordura.

—No pasará nada —dijo Jack—. Y si se vieran en peligro, tienen móviles y los saben utilizar. A diferencia de otros. —No me había perdonado del todo que no lo hubiera llamado desde Finlandia, pero lo entendía. Tenía pensado compensarlo por aquello.

—¿De modo que lo que estás diciéndome es que Milo se ha ido, Peter se ha ido y Mae y Ezra andan tan liados que no se enteran de nada? ¿Y que estamos completamente...? —dije, deslizando mi pierna por encima de la suya.

—Podría decirse así —dijo él con una maliciosa sonrisa.

Incliné la cabeza hacia él y su boca descansó con suavidad sobre la mía. Pero la delicadeza del beso duró sólo un minuto. En cuanto sentí sus labios instigando a los míos, aquella necesidad frenética se apoderó de mí.

Le pasé una pierna por encima para quedarme sentada a horcajadas encima de él. Jack gemía, un sonido apenas audible entre tantos besos. Sus manos investigaban mi cuerpo y su piel abrasaba. Mi temperatura alcanzaría pronto la suya, el calor inundaba mi interior.

Me aparté sólo lo suficiente como para poder despojarme de la camiseta y Jack me sonrió agradecido. Me dio la impresión de que quería decirme alguna cosa, y decidí silenciarlo con besos. Me encantaba hablar con él, pero en aquel momento las palabras no bastaban.

Nos habían prohibido estar juntos casi desde el primer día y, después de mi transformación, nos habíamos visto obligados a mantener una sana distancia.

Jack se quitó también la camiseta y dediqué un momento a contemplarlo. La piel que cubría los suaves músculos de su torso y su vientre estaba bronceada y era cálida al tacto. Jack era la perfección. Cuando pensé en lo afortunada que era porque Jack me quisiera como me quería, se apoderó de mí una dolorosa sensación de felicidad. Me incliné sobre él y lo llené de besos, en la boca, en las mejillas, en el pecho, lo besé por todas partes.

Cuando el recorrido de mis labios los llevó hasta el cuello, sentí una fascinante oleada de calor. Sentía, olía y saboreaba su sangre a través de su piel, y recordé la maravillosa sensación que había experimentado cuando bebí de ella para transformarme. Su amor y su placer se habían apoderado de mí y me habían inundado con un calor intensísimo. Cualquier otra emoción se quedaba en nada en comparación con aquello.

—Alice, no —dijo Jack, respirando con dificultad, aunque me pareció que era reacio a detener mis intenciones.

Sabía que si forzaba la situación me dejaría beber de él. Y aquello sería casi tan fabuloso para él como lo sería para mí, pero era peligroso. Por mucho que quisiera a Jack, me resultaría prácticamente imposible parar una vez empezara.

—Lo siento —susurré, haciendo acopio de todas mis fuerzas para separar mi boca de su cuello.

Deslizó las manos por mi espalda hasta introducirlas por debajo de mis braguitas, presionándome más incluso contra él. Sus besos se habían vuelto más hambrientos y agresivos y comprendí que también Jack estaba librando una batalla interna para no morderme. Sería muy fácil que me descontrolara, aun siendo yo la que estuviera desangrándose.

Jack me bajó las braguitas y mi cuerpo empezó a temblar de excitación.

Oí que se abría la puerta del cuarto, pero aquello transcurrió en un segundo plano. Mi hambre de Jack amortiguaba todo lo demás. Él estaba algo más entero que yo y, pensando a toda prisa, tiró de la colcha para taparme, pues estaba completamente desnuda.

Había dejado de besarme, pero yo seguía saboreándolo inmersa en la neblina que ocupaba mi mente. Y la neblina tardó aún un instante en despejarse para dejarme vislumbrar a Milo y a Bobby en el umbral de la puerta. Bobby parecía incómodo, pero Milo nos miraba con cara de asco y desaprobación.

—¿Qué demonios estáis haciendo? —dije, casi gritando. Seguramente jamás en mi vida me había cabreado tanto con mi hermano como en aquel momento.

—¿Y vosotros? —contraatacó Milo, cruzándose de brazos y lanzándonos una furiosa mirada.

Jack se sentó para poder protegerme y me envolvió con el edredón. Bobby lo miró furtivamente y con admiración, y yo me pegué aún más a Jack.

—Me parece que en realidad no es asunto tuyo —le espeté.

—Lo que tú digas —replicó Milo, poniendo los ojos en blanco—. Pero ambos sabéis que no podéis estar solos a este nivel. Y por una vez, no eres tú la que me preocupa, Alice. Podrías matar a Jack, y él te lo permitiría encantado. —Sus palabras eran horriblemente ciertas y, avergonzada, me envolví aún más con el edredón.

Jack se percató de mi malestar y me acarició la espalda, pero me aparté de él. El calor del momento se había desvanecido y no me gustaba en absoluto saber que había estado a punto de hacerle daño simplemente porque estaba muy a gusto. Jack suspiró y se dirigió a mi hermano.

—¿Qué querías exactamente, Milo?

—Hemos vuelto a casa para contaros una cosa, pero entonces os hemos oído —dijo mi hermano, arrugando la nariz y poniendo cara de asco. Bobby emitió una risilla nerviosa. Se mordió una uña pintada de negro y, cuando me sorprendió mirándolo, se situó detrás de Milo.

—¿Y cuál es esa gran noticia? —pregunté con voz de aburrimiento.

—Jane estaba en la discoteca V y es una prostituta de sangre —dijo Milo.

—¿Una prostituta de sangre? —cuestioné.

—Ya sabes, como una prostituta, pero con sangre en lugar de sexo, y normalmente sin dinero de por medio —se explicó Milo.

—Y si no hay dinero de por medio, ¿qué saca ella de todo esto? —pregunté. Milo bajó la vista, pero no lo entendí. De hecho, era increíblemente evidente, pero la neblina de mi deseo de Jack seguía confundiéndome las ideas.

—Se enganchan con la sensación que obtienen cuando los vampiros les chupan la sangre —dijo Jack con cautela. Jane, mi antigua amiga, nunca había sido de su agrado, pero eso no significaba que le gustara que pudiera sucederle algo malo, y además mi hermano sabía que yo seguía apreciándola.

Milo empezó a mostrarse inquieto e incómodo. Unos meses atrás, había resultado herido por protegernos a Jane y a mí de los vampiros y se había visto obligado a beber su sangre para compensar su propia pérdida. Bueno, la verdad es que no se había visto obligado... simplemente no había podido resistirse a ello y recuerdo que había sido una de las escenas más perturbadoras que había visto en mi vida. Parecía un animal salvaje y ella gemía de placer. Por lo tanto, si Jane se había convertido en una adicta a los mordiscos era porque Milo la había iniciado en aquella adicción.

—Milo... —Estaba a punto de decirle que no era por su culpa cuando Bobby empezó a acariciarle la espalda para consolarlo. Lo miré entrecerrando los ojos—. Espera un momento. ¿No será que tú también lo eres?

—¡No, por supuesto que no! —protestó Bobby rápidamente.

—¡Alice! —exclamó Milo.

—¿Qué? —dije—. No me parece descabellado llegar a esta conclusión, sobre todo después de lo que quiera que estuvierais haciendo antes. —La piel aceitunada de Bobby se tiñó de rojo por el bochorno, pero Milo se limitó a mirarme furioso.

—Eso que acabas de decirle es horrible —dijo Milo.

—Imagínate cómo te sentirías si alguien te dijera que eres una prostituta de sangre —dijo Jack mirándome con ojos velados. Me hizo pensar que quizá alguien me había llamado eso en alguna ocasión, y me pregunté si ese alguien sería el vampiro al que acabábamos de rescatar en Finlandia.

—Lo siento —dije sin mirar a Bobby—. Sólo me preocupaba Milo.

—No pasa nada —dijo Milo, y me pareció que se le había pasado un poco el enfado—. Anda, vístete. No me gusta hablar contigo si estás desnuda.

Milo posó la mano en la espalda de Bobby y salió con él de la habitación. Antes de cerrar la puerta a sus espaldas, sin embargo, nos lanzó una mirada de advertencia. Jack y yo nos quedamos sentados en silencio durante más de un minuto, tratando de asimilar tanto lo que habíamos estado a punto de hacer como la noticia que acabábamos de recibir sobre Jane.

—¿Y en qué consiste exactamente eso de ser una prostituta de sangre? —pregunté. Volví a ponerme la camiseta y observé con tristeza como Jack seguía mi ejemplo—. Entiendo el concepto a nivel básico, pero ¿cómo...? No sé... ¿Cómo funciona? —Me pasé la mano entre el cabello para deshacer los enredos y se me revolvió el estómago sólo de pensarlo—. Me refiero a..., a que habrás estado alguna vez con ese tipo de prostitutas, ¿no?

—La mayoría de vampiros recurren a ellas una o dos veces al año, como mínimo —respondió, de manera evasiva. Saltó de la cama y se alisó la ropa, evitando mirarme—. Es bastante habitual.

La palabra «prostituta» era lo que más me inquietaba. Y eso que conocía la fabulosa sensación que se experimentaba cuando Jack bebía mi sangre, la intensidad con que lo sentía yo a él y cómo él podía sentir todo lo que yo sentía. Era el acto más íntimo que pueda existir en este mundo y él lo había practicado de vez en cuando con prostitutas que elegía al azar en un local. Tragué saliva y me negué a pensar en ello.

—De acuerdo. —Recordé que salir con un vampiro significaba tener que aprender a llevar bien ese tipo de cosas—. ¿Y cómo lo haces? Simplemente haces... ¿qué?

—Las prostitutas de sangre frecuentan esos clubes. Ya saben de qué va el tema. —Empezó a deambular por la habitación fingiendo hacer cosas, como enderezar un cuadro de la pared o cambiar de lugar un objeto de la mesita de noche—. Vas y localizas a una chica. O a un chico. Depende de lo que te vaya. Y luego, pues ya sabes, lo muerdes. Cuando terminas, te largas y ellos caen apaciblemente dormidos.

—¿Y cómo crees que Jane habrá descubierto un local como V? —le pregunté.

—Si sale por la ciudad y sabe cómo distinguir a un vampiro, tan sólo era cuestión de tiempo. —Pegó un trozo de celo en una parte del póster de *Purple Rain* que empezaba a rasgarse y se quedó mirándome—. Es como con cualquier otra droga.

—¿De qué me hablas? —le pregunté.

—Las prostitutas de sangre son adictas —dijo Jack—. Permitir que te muerda un vampiro es una actividad peligrosa, pero eso no es lo peor. Cada vez lo ansían más. Y la cantidad de sangre que el cuerpo humano puede perder no es ilimitada.

Cuando Milo mencionó que Jane andaba liada con vampiros, no me gustó nada. Pero estaba tan acostumbrada al comportamiento temerario de Jane y a oír su nombre asociado con el término «prostituta» que no me había planteado lo que aquello implicaba. Pero el hecho de que Jack estuviera preocupado por ella, aunque fuera mínimamente, significaba que la situación era peor de lo que me imaginaba, y Jack, en aquel momento, estaba mirándome muy, pero que muy serio.

—¿Tratas de decirme que Jane podría morir? —Me senté en la cama y, de repente, noté la boca tremendamente seca.

—No. Lo que trato de decirte es que... a menos que se desenganche de ese estilo de vida, morirá —dijo en voz baja.

Fue como si el tiempo se detuviera. Hasta ese momento, en el que alguien había amenazado con llevársela, no había caído en la cuenta de lo mucho que Jane significaba para mí. Era una creída, sólo pensaba en sí misma y la mayoría de las veces se comportaba como una arpía, pero, a pesar de todo eso, siempre había sido mi amiga. Independientemente de quién asistiera a una fiesta o de lo que pensaran de mí, Jane siempre me había llevado con ella y, la mayoría de las veces, había dado la cara por mí. Unos meses atrás, cuando unos vampiros nos habían atacado, me salvó la vida.

En realidad, Jane nunca había pensado de sí misma que fuera algo más que una cara bonita. Y a pesar de las muchas cosas que había hecho, era mi mejor amiga desde que teníamos siete años y siempre había estado allí cuando había podido.

Ahora andaba metida en graves problemas, y todo por culpa mía.

—Tenemos que ir a buscarla —dije.

Salté de la cama y me puse unos vaqueros. El pánico empezaba a apoderarse de mí y corrí por la habitación para coger unos zapatos, el cepillo y un jersey, pensando que tenía que hacer algo con mi pelo antes de ir a la discoteca o Jane no se dignaría ni a dirigirme la palabra... Pero entonces Jack me agarró por la muñeca.

—Alice, cálmate —dijo—. No se está muriendo en este preciso momento.

—¡Eso no lo sabes!

—Estoy bastante seguro de que si corriera un peligro inminente, Milo no la habría dejado allí —observó.

—Tal vez. —Mi corazón aminoró un poco el ritmo—. Pero aun así tenemos que ir a por ella.

—Estoy de acuerdo, pero cálmate un poco. Piensa que vamos a ir a una discoteca de vampiros por primera vez desde que hiciste el cambio y que es importante que te controles —dijo Jack, con una sonrisa sardónica.

—Entendido —dije asintiendo y mirándome. La combinación de vaqueros y camiseta que había elegido no eran el modelo ideal para ir de discoteca, o al menos eso pensaría Jane. Si tenía que entrar en aquel local, debía vestirme en consonancia—. Voy a arreglarme. ¿Por qué no se lo dices a Milo y vamos todos?

—Me parece estupendo. —Me dio un delicado beso en los labios que me provocó un estremecimiento de tal calibre que a punto estuve de olvidarme por completo de Jane—. Todo irá bien.

Le respondí con una sonrisa, como si creyera sus palabras, y entré en el vestidor para elegir mi conjunto. ¿Qué ponerse para acudir a una discoteca clandestina de vampiros y rescatar a mi antigua mejor amiga?

13

Milo y Bobby subieron al Jetta, pues Jack había pedido con antelación el derecho a conducir el Lamborghini. Jack era un conductor excepcionalmente veloz pero, con todo y con eso, el trayecto hasta la ciudad me pareció más largo que nunca. Eran las dos de la mañana y la mayoría de bares y discotecas habían cerrado ya, por lo que nos fue fácil encontrar aparcamiento a una manzana escasa de V. Milo aparcó detrás de nosotros un minuto más tarde, lo que daba a entender que había circulado también a tope. Justo cuando estaba planteándome echarle un sermón sobre la importancia de conducir con prudencia, vi que se acercaba un vampiro.

Cuando te conviertes en vampiro te resulta muy fácil detectar a los de tu especie. El corazón de un vampiro late a un ritmo mucho más lento y de forma más silenciosa que el corazón humano.

El que se acercaba a nosotros era alto, delgado y pálido, y me hacía pensar un poco en el modo en que aparecería un vampiro en las películas de Tim Burton. La chica humana que lo acompañaba parecía en comparación más bajita y regordeta de lo que en realidad era. Su piel tenía un tono ceniciento y estaba llena de manchas, un síntoma que se asocia a una pérdida de sangre reciente, sus ojos estaban vidriosos y tenía las pupilas dilatadas.

Su acompañante a lo Tim Burton la sujetaba con cuidado para que la chica no diera un traspié o se desmayara allí mismo y, a pesar de que sonreía, había cierta brusquedad en su manera de tratarla. Como si estuviera conduciendo una vaca al matadero.

Me estremecí sin poder evitarlo y la chica me sonrió aturdida, los hoyuelos asomando en sus regordetas mejillas. No tendría más de dieciséis años, si es que llegaba, y me entraron ganas de arrancarla de los brazos de aquel vampiro. Pero él no estaría muy dispuesto a separarse de ella y, aun en el caso de que consiguiera alejarla de él, la chica no lo valoraría.

Además, la horrible verdad del asunto es que ésa era su forma de vida. Mi forma de vida. Los vampiros necesitan beber sangre humana y, al menos de esta manera, ambos participan voluntariamente en el acto. Era, probablemente, la mejor de las soluciones que cabía esperar.

—Vamos —dijo Jack, posando su mano en mi espalda. Me vio seguirlos con la mirada y, a pesar de la compasión que pudiera despertarle la chica, sabía perfectamente que no podíamos hacer nada al respecto—. Deberíamos ir tirando.

—Sí, vamos. Tenemos que llegar antes de que Jane se marche —dijo Milo. Cogió a Bobby de la mano y echaron los dos a caminar por delante de nosotros.

Milo dobló una esquina de Hennepin Avenue y se adentró en una calle oscura. Las farolas más próximas estaban apagadas e imaginé que debía de ser lo habitual. A los vampiros les gustaba la oscuridad de la noche y por eso la puerta de acceso a la discoteca estaba escondida en la calle más oscura de Minneapolis.

Me fijé en que Bobby se agarraba a Milo con más fuerza, seguramente porque no veía por dónde iba y no le apetecía tropezar con nada. Jack y yo los seguíamos justo detrás, hasta que Milo se detuvo y nos miró antes de abrir una puerta completamente lisa sin ningún cartel.

En el interior había dos gorilas. Se trataba de un par de vampiros gigantescos que apenas nos miraron, aunque olisquearon a Bobby. Nos apretujamos entre ellos para acceder a un estrecho pasillo iluminado por una única bombilla de color rojo.

Al final del pasillo, un tramo de peldaños de cemento conducían a la mayor de las negruras. La única luz procedía de la bombilla roja de arriba. A mí me bastaba para ver el camino, pero Bobby descendió la escalera despacio y con cautela, cogido de la mano de Milo, que iba preparado para sujetarlo en caso de que tropezara.

Al abrir la puerta arriba, había captado el débil sonido de la música, un sonido que estoy segura de que Bobby sólo había empezado a oír una vez llegamos abajo. Empezamos a recorrer un pasillo que parecía no tener fin hasta que nos detuvimos delante de un par de puertas enormes.

Milo las abrió y nos recibió una luz azul que resultaba casi cegadora en contraste con la oscuridad del pasillo. Para los humanos que estaban allí dentro bailando era una discoteca más bien poco iluminada, pero para los vampiros era otra cosa.

En el lado opuesto de la sala había una barra con revestimiento metálico respaldada por una pared llena de bebidas alcohólicas destinadas a los humanos. La barra la atendían atractivos camareros vampiros. Los taburetes estaban ocupados en su totalidad y había cola de gente esperando a que le sirvieran una copa.

El techo de la sala era sorprendentemente alto para tratarse de un sótano. La música electrónica retumbaba en mis oídos, obliterando el sonido de los corazones de los humanos, lo cual era un alivio. Pero mitigar el olor era imposible. En la pista se apretujaban al menos quinientas personas que bailaban como posesas. Y todas olían deliciosamente a sangre y sudor. Jack me apretó la mano y me arrastró con él antes de que el deseo de sangre pudiera conmigo.

Los bailarines eran una combinación de perfección vampírica y humana, pues los matones filtraban a la gente para garantizar que sólo los ejemplares más atractivos tuvieran acceso al local. Todo el mundo era bello y delicioso. Por lo que a Bobby se refiere, parecía únicamente embelesado con los vampiros. Me habría gustado enfadarme con él por su actitud, pero los humanos me resultaban cautivadores.

—Seguramente estará en la otra sala —dijo Milo, inclinándose hacia nosotros. No levantó en absoluto la voz, pero lo oí perfectamente por encima del eco del club.

Milo rodeó a Bobby por la cintura y sorteó la multitud. Jack me miró para asegurarse de que me las apañaría para cruzar la pista con éxito. Para ello no me quedaría más remedio que abrirme paso a empujones entre un montón de gente y ser físicamente capaz de soportar su veloz latido a mi alrededor, pero algún día debía aprender a tener fuerza de voluntad. Tragué saliva, moví la cabeza en un gesto afirmativo y echamos a andar siguiendo la estela de Milo.

Todo el mundo estaba acalorado con el baile, y yo sentía el calor que irradiaban sus cuerpos. Jack caminaba con decisión entre la gente, apartándola expresamente con pocos modales. No era una persona amenazadora, pero era fuerte, y nos abrían paso sólo con su presencia. Contener la sed seguía resultándome difícil. Y no alcanzaba a comprender cómo se lo había hecho Milo para controlarse del modo en que lo había hecho cuando estuvimos en un club al cabo de tan poco tiempo de su transformación.

Cruzamos la sala de punta a punta y llegamos a un lugar donde la intensidad de las luces azules empezaba a amortiguarse y una puerta daba acceso a la sala siguiente, iluminada cálidamente con tenues luces rojas. Milo nos esperaba en la puerta, Bobby pegado a su lado, con la cabeza apoyada en el hombro de mi hermano.

Pero justo antes de llegar a donde estaban, oí algo que me resultó perturbadoramente familiar. Jack y Milo no se habían dado cuenta, pero yo me detuve en seco. Era un sonido dulce y frágil a la vez, como una campanilla... de helio. Me aparté de Jack e inspeccioné el gentío en busca de una cabellera morada.

La última vez que habíamos estado en la discoteca de vampiros, me habían presentado a una pareja, Lucian y Violet, que se habían propuesto capturarme. Peter se encargó de Lucian, pero ella consiguió escapar. Violet mostraba, de hecho, menos interés por hacerse conmigo, pero al igual que su novio, era una verdadera caricatura del vampirismo. Llevaba el pelo teñido de color morado, los ojos exageradamente delineados de negro y se había puesto fundas en los dientes para que sus colmillos pareciesen más pronunciados.

—¿Qué pasa? —me preguntó Jack al ver que examinaba con atención la pista de baile.

—No lo sé —dije, negando con la cabeza. Estaba segura de

haber oído la inconfundible risa de Violet, pero no conseguía verla por ningún lado.

Y a punto estaba de dejarlo correr cuando me llamó la atención una chica que estaba junto a la barra. Su melena rubia le llegaba hasta la cintura y brillaba como la seda bajo las luces azuladas. Cuando echó la cabeza hacia atrás y rió la gracia que acababa de decirle un tipo que andaba borracho, me estremecí. Era la risa de Violet.

Miró distraídamente por encima del hombro, sus rarísimos ojos morados se toparon con los míos, y pestañeó asustada al reconocerme. Había cambiado el lápiz de ojos negro por otro más sutil que la hacía más bonita y más joven, más inocente. Al ser una vampira parecía que tuviese diecinueve o veinte años, pero había algo en sus ojos que me invitaba a pensar que era más joven aún.

—¿Violet? —dije, pero ella apartó en seguida la vista, tapándose la cara con el pelo.

—¿La conoces? —dijo Jack, mirándola de manera inquisitiva. Había coincidido un momento con ella cuando su aspecto era completamente distinto, de ahí que no la reconociera.

—Creo que es Violet. —Eché a caminar hacia ella, pero Jack me sujetó por el brazo.

—Espera, espera. ¿Es la chica que intentó darte caza? ¿Y por qué quieres hablar con ella? ¿Piensas...? —Su rostro se ensombreció—. ¿Qué vas a hacer?

—No lo sé. Hablar con ella. —Hice un movimiento negativo con la cabeza, incapaz de explicarme.

—¿Qué sucede? —preguntó Milo. Estaba en el umbral de la puerta, rodeando con el brazo a su novio. No había visto a Violet, y mejor que siguiera así, pues temía que se abalanzara sobre ella con mucha más fiereza que yo.

—Vuelvo en seguida —dije, y corrí hacia Violet antes de que pudiera esconderse o escapar de mí. Jack me siguió, pero en ningún caso intentó detenerme.

Violet se levantó de repente y dejó al borracho que estaba hablando con ella a media frase, sin darle explicaciones. Sé que debería estar enfadada. Había estado a punto de matarnos a Milo, a Jane y a mí, pero no buscaba venganza. Simplemente quería hablar con ella.

—Hola, Violet. —Le bloqueé el camino y se quedó mirándome con los ojos abiertos de par en par. Su antigua petulancia se había esfumado por completo, un hecho que a buen seguro tenía que ver con la muerte de su novio.

—No sé qué quieres, pero... —Se interrumpió, y sus ojos se centraron ahora en Jack—. No quiero problemas.

—Tampoco yo. —Miré a Jack para asegurarme de que no la miraba con ojos de odio. Jack tenía siempre una expresión tan sincera que le resultaba difícil parecer amenazador a menos que estuviese cabreadísimo de verdad.

—Y entonces ¿qué quieres? —dijo Violet, tratando de hacerse la fuerte y de mostrarse enfadada aunque, sin la confianza necesaria para respaldar su postura, más bien parecía una niña quejumbrosa.

—No lo sé —dije, mordiéndome el labio—. ¿Qué querías tú de mí antes cuando me acechabas de aquel modo?

—No quería nada de ti —respondió Violet—. Quiero decir que, al principio, fui detrás de ti en plan de broma, porque parecías muy sabrosa... —Bajó la vista—. Pero Lucian no quería dejar correr el asunto. Supongo que le gustaba la idea de robarte a otro vampiro.

—Pues él ya no está y ella se ha convertido en vampira. Todo solucionado —se interpuso Jack, con una desmañada sonrisa.

—¿Cuántos años tienes? —le pregunté, ignorando a Jack.

—No sé qué importancia puede tener eso ahora —dijo Violet, aunque estaba aturullada—. Cuando hice el cambio tenía catorce, y de eso hará ya un par de años. Mira, no fue idea mía. —Le cayó a los ojos un mechón de pelo rubio y me miró, como si me retara a desafiarla—. Ni lo de ir a por ti, ni lo de convertirme en vampira. Todo fue cosa de Lucian. Pensaba que todo esto era una fantasía, e hizo que alguien lo transformara a él y después, estúpidamente, hice que me convirtiera a mí. Pero ahora él está muerto. Y yo ya paso. De modo que... —Pestañeó para que no me diera cuenta de que tenía los ojos llenos de lágrimas—. ¿Hemos acabado?

—Sí, claro —dije, asintiendo, incapaz de pensar un motivo para continuar hablando con ella.

Violet pasó por mi lado y desapareció en la pista. Incluso después de todo lo que me había hecho pasar, sentía una extraña tristeza por ella. Tan poderosa y tan joven, pero aun así, confusa y sola. Era una niña tonta y la situación le venía grande.

—¿Estás bien? —me preguntó Jack, tocándome el brazo.

—Sí. —Recordé entonces que no estábamos allí para hacer las paces con mis enemigos. Jane estaba en el local, seguramente donando sangre, mientras nosotros perdíamos el tiempo hablando—. Lo siento. Vamos.

—¿Quién era esa chica con la que estabas hablando? —me preguntó Milo cuando nos reunimos de nuevo con ellos. Bobby estiró el cuello para fisgonear.

—Nadie. ¿Dónde está Jane? —le pregunté yo.

—Todavía no la he visto, os estábamos esperando —dijo Milo, mirándome con exasperación. Pasé por su lado y entré en la sala contigua.

La luz era de un tono rojizo apagado, el tipo de iluminación que resultaba más agradable a los ojos de los vampiros. Era una sala más pequeña que la anterior y decorada más como una cafetería que como una discoteca. Había mullidos cojines y una barra pequeña en un rincón donde servían copas, aunque, en este caso, sólo del grupo AB.

En la sala había numerosas puertas que daban paso a oscuros pasillos y, pese a que jamás había entrado en ninguna de aquellas habitaciones, conocía perfectamente su función. Había vampiros que querían privacidad para relacionarse con las prostitutas de sangre, mientras que otros se tumbaban en los sofás y bebían abiertamente de los donantes humanos.

Realicé una rápida inspección de la sala y comprobé que Jane no estaba allí. Conocía su corazón y su olor casi tan bien como los de Jack y Milo, y sabía que no estaba presente. Me volví hacia Milo, que había llegado a la misma conclusión.

—Antes estaba aquí —dijo Milo.

—Con un tío —añadió Bobby.

Jack dio una vuelta por la sala para mirar con más detalle, por si se nos había pasado algo por alto. Me había demorado demasiado para arreglarme, o mirando entre la gente en la otra sala, o hablando de tonterías con Violet. Había perdido el tiempo cuando debería haber ido directa al grano. Seguía conservando su número de teléfono, pero desde que me había convertido en vampira, Jane no respondía mis llamadas.

—¡Alice! ¡Veo que por fin lo hizo! —ronroneó una voz, y vi a una vampira que se levantaba de un sofá y se dirigía hacia mí. Había dejado a una chica tendida entre los cojines, con un hilillo de sangre secándose en su cuello. La chica gimoteó y empezó a palpar el espacio vacío que acababa de dejar Olivia.

Con una melena negra que le llegaba por debajo de las rodillas, Olivia poseía una belleza atemporal, pero debía de tener más de cuarenta años en el momento de realizar el cambio, un proceso que seguramente fue hace mucho, muchísimo tiempo. Iba vestida de cuero negro de la cabeza a los pies y yo jamás había logrado comprender cómo era capaz de moverse con aquello.

Aunque no puede decirse exactamente que fuéramos viejas amigas, Olivia fue la vampira que me rescató de manos de Lucian y Violet. Bajo su vaporosa sonrisa había mucha sabiduría, y pese a moverse despacio y con dificultad como una yonqui de edad avanzada, seguía poseyendo el instinto asesino de un vampiro.

—¿Qué? —Intenté devolverle la sonrisa, pero estaba demasiado frustrada por ser incapaz de encontrar a Jane.

—Que al final el chico te convirtió —dijo Olivia, y extendió el brazo para acariciarme las mejillas. Tenía los ojos vidriosos, pero su voz era grave y sorprendentemente seductora—. Y eres una criatura exquisita.

—Gracias —respondí con inseguridad. Jack apareció a mi lado en aquel preciso momento.

—Tal vez puedas ayudarnos —dijo Milo, que se aproximó también y arrastró tras él a Bobby, a quien Olivia miró con desdén. Su interés no iba más allá de las chicas humanas o, seguramente, de las chicas en general—. Estamos buscando a una chica, una amiga de Alice.

—Creemos que es una prostituta de sangre —dije—. Es alta y delgada, y muy guapa, parece una modelo. Tiene el pelo oscuro y lo lleva corto, y siempre viste impecablemente. Se llama Jane y creo que anda metida en un grave problema.

—Si es la chica que pienso, sí, está metida en un grave problema —dijo Olivia muy seria. Se mordió el labio y señaló en dirección al pasillo—. Viene por este local con más frecuencia de la que debería y hará cosa de una hora se ha marchado por allí en compañía de un vampiro.

—Gracias —le dije con una sonrisa, y seguí la dirección que acababa de indicarme.

El pasillo estaba oscuro como boca de lobo, pero distinguía los perfiles de las puertas. Olía a sangre y oía por todas partes latidos irregulares y gemidos de placer. Me esforcé en concentrarme para no pensar en ello. Tenía que encontrar a Jane sin ceder a mi sensación de sed.

Jack iba unos pasos por delante de mí, prestando atención para ver si la oía. Bobby, detrás de mí, se quejaba sin cesar de la falta de luz y Milo intentaba tranquilizarlo.

Pero antes incluso de oírla, escuché su sensual gemido. Por desgracia, había oído aquel gemido muchas más veces de las que me correspondía durante mis muchos años de amistad con Jane. Sin pensarlo un instante, abrí la puerta y una figura se abalanzó sobre mí.

14

No tuve oportunidad de reaccionar y Jack se interpuso delante de mí para protegerme del vampiro que se abalanzaba sobre mi cuello.

Jack lo empujó hasta que chocó contra la pared y lo sujetó con fuerza mientras el vampiro hacía rechinar los dientes de rabia. Jack había conseguido contenerlo, pero Milo pasó corriendo por mi lado para ayudarlo a inmovilizar al cabreadísimo vampiro.

Jane estaba tendida en una cama manchada de sangre oscura. Iba vestida con una diminuta prenda que supuestamente era un vestido y que dejaba al descubierto su pálida piel. A pesar de que siempre había sido una chica delgada, ahora tenía los brazos huesudos y la cara demacrada. Apenas se oía ningún latido de su pecho.

La habitación estaba inundada de aroma a sangre fresca, un perfume que era imposible ignorar. Jane gemía y se agitaba en la cama, y eso hizo que mi necesidad de protegerla superara el deseo de alimentarme de ella.

—¡Jane! —Corrí hacia ella, dejando que Milo y Jack se ocuparan de darle una paliza al vampiro.

Me encaramé a la cama, haciendo caso omiso de lo asqueroso y tentador que resultaba a la vez el colchón manchado de sangre, y empecé a abofetearle las mejillas. Hubiera querido ser delicada, pero entre el pánico que sentía y el escaso dominio que aún tenía de mis energías, le di algo más fuerte de lo que pretendía y, con todo y con eso, ni se enteró ni tampoco conseguí despertarla.

—¿Está bien todo el mundo? ¿Qué está pasando? —preguntó Bobby. La oscuridad le impedía ver nada, sólo oía los sonidos de la pelea.

—¡Todo está controlado! —gritó Milo mientras el vampiro intentaba morderle el cuello.

—¿Qué demonios os pasa? —gruñó el vampiro, y cuando vio que estaba ocupándome de Jane, dejó de resistirse—. ¿Buscabais a la prostituta? —Lo habíamos interrumpido mientras se estaba alimentando, la situación en la que los vampiros muestran su lado más animal, y dio la impresión de que empezaba a volver a la realidad.

—¡Se llama Jane! —espeté, intentando espabilarla inútilmente. Estaba completamente inconsciente y yo sabía muy bien que despertarse de una pérdida de sangre como aquélla era casi imposible.

—¡Ya sé cómo se llama! —gritó el vampiro—. ¡Lo que me gustaría es saber qué queréis de ella!

—¿Y a ti qué más te da? —contraatacó Jack, esforzándose por hacerse el duro. Hubiera resultado cómico de no ser porque estaba intentando evitar que un vampiro acabara con todos nosotros.

—Jonathan —murmuró Jane, completamente adormilada.

—No, soy yo, Alice —dije. Jane volvió la cabeza hacia mí, intentando fijar la mirada en mí—. Despierta, Jane. Tenemos que sacarte de aquí.

—¡Está hablando de mí, gilipollas! ¡Jonathan soy yo! —El vampiro arremetió contra Jack—. ¿Piensas soltarme? ¡No tengo intención de pelear contigo! No tengo ninguna necesidad. Ella no se irá con vosotros.

Jack aflojó un poco la presión y cuando vio que Jonathan no lo atacaba, dio un paso atrás. Milo siguió su ejemplo, aunque con cierto recelo. Jonathan se alisó la camisa y los miró furioso.

—Jane, cariño, despierta —dije, zarandeándola.

—No, Jonathan, déjame dormir —dijo Jane, dándome un manotazo.

—No se irá con vosotros —repitió Jonathan. Vino hacia mí y Milo gruñó y se interpuso entre él y la cama—. No tengo necesidad de impedíroslo. Aunque ¿qué me importa a mí si os lleváis a esta ramera?

—Creo que sería mejor que cerrases el pico —dijo Jack.

—Vamos, Jane. —La cogí por los hombros y tiré de ella para incorporarla. La cabeza le colgó hacia atrás, dejando al descubierto las heridas abiertas del cuello. Jane abrió entonces los ojos y levantó la cabeza—. Vamos, Jane. Vámonos de aquí.

—¿Alice? —dijo Jane, entrecerrando los ojos—. ¿Qué haces aquí?

—He venido a buscarte. —La rodeé con el brazo para levantarla, pero ella me empujó. Era mucho más débil que yo, pero no quería forzarla—. Jane, tienes que venir conmigo.

—¡No! ¡No! ¿Por qué tendría que querer irme contigo? —Jane se apartó de mí para acostarse de nuevo sobre el mugriento colchón—. Aléjate de mí. Me quedo con Jonathan.

—Ya os lo he dicho —dijo Jonathan, cruzándose de brazos.

Llevaba el pelo cortísimo, la cabeza casi rasurada, y tenía la típica barba de dos días. Era innegablemente atractivo, como lo son todos los vampiros, y juraría que lo había visto en alguna valla publicitaria anunciando ropa interior.

—¿Qué haces aquí? —dijo Jane, increíblemente furiosa porque estaba echándole a perder el asunto. Estaba despierta, pero aún no del todo en estado de alerta. Se pasó la mano por el pelo en un gesto improvisadamente sexy. Incluso sus reflejos eran seductores.

—Hemos venido a buscarte. Estábamos preocupados por ti —le dije con la máxima sinceridad posible. Le puse la mano en el brazo, pero ella me la apartó.

—¿Estábamos? —Jane forzó la vista en la oscuridad para intentar vislumbrar quién estaba conmigo y tomó impulso para incorporarse. Extendió sus esqueléticos brazos detrás de ella, sujetándose con precariedad para no derrumbarse de nuevo en la cama.

—¡Ahora resulta que al que vi meneándose delante de un tío en la pista de baile no era otro que tu hermano pequeño! Ya me lo había parecido, pero me imaginaba que aún no lo dejarías salir a ligar. —Lanzó una risotada y Milo la miró con el ceño fruncido—. Muy típico de él lo de dar el chivatazo. Estoy segura de que nada más verme corrió a contártelo, ¿a que sí?

—No es el tipo de vida que deberías llevar —dijo Milo, sonrojándose.

—Eso díselo a tu novio. —Jane soltó una nueva carcajada, un sonido hueco y cansado.

—Vamos, Jane. Ya basta. Vámonos a casa. —Me levanté de la cama y me dispuse a cogerla, aunque tuviera que llevarla en brazos.

—¡No! ¡No pienso ir contigo! —gritó Jane—. Apenas si me has dirigido la palabra desde que estás con Jack, ¿y ahora tienes las narices de condenarme por hacer exactamente lo mismo que hiciste tú?

—¡Yo jamás hice esto! —grité entonces yo—. Y si te evité al principio fue para protegerte, y después fuiste tú la que me evitaste. ¡Te llamé un millón de veces y nunca me respondiste!

—¿Y eso no te dice nada? —preguntó Jane, con una tenebrosa sonrisa—. ¡Ya no quiero ser tu amiga, Alice! ¡No es necesario que me salves de mí misma! ¡Estoy estupendamente sin ti!

—¡Tú no estás estupendamente! ¡Y no estoy salvándote de ti misma! ¡Estoy salvándote de los vampiros! —Sabía que lo que acababa de decir podía parecer una locura, pues mi intención era llevármela a una casa llena de vampiros. Jane se echó a reír ante la estupidez de mis argumentos.

Me incliné y la cogí en brazos. Jane se puso a gañir a modo de protesta, pero me la cargué sin problemas sobre el hombro. Ahora era mucho más fuerte que antes y me resultó tremendamente sencillo. Jane empezó a gritarme y a aporrearme la espalda.

—¡Suéltame, bruja imbécil! —gritaba Jane, golpeándome con todas sus fuerzas con sus diminutos puños. No me hacía ningún daño, claro está, pero no por ello cesó en su empeño.

—¿No veis que no quiere ir con vosotros? —dijo Jonathan, dando un paso hacia mí.

Jack y Milo dieron a su vez un paso hacia él y Jonathan levantó las manos en son de paz, aunque su rostro ardía de rabia. Me imagino que un lobo hambriento adoptaría una expresión similar si alguien se llevara su comida.

—¿Qué pasa? —preguntó Bobby, aterrado.

—Todo va bien —le dijo Milo con muy poco convencimiento.

—No podéis secuestrarla —dijo Jonathan.

Yo seguía sin avanzar hacia la puerta porque esperaba que Jane se apaciguara un poco, pero Jonathan tenía razón. No podía pasearme por la ciudad cargada con ella a cuestas y sin que parase de gritar y darme patadas.

—¡Suéltame! —gritó Jane. Suspiré y la dejé en el suelo. Para colmo, me arreó entonces un bofetón que me obligó a hacer un esfuerzo por recordar que era mi mejor amiga—. ¡Eres una obsesa del control! ¡Que tú seas una mojigata no significa que lo que yo haga esté mal!

—No quiero problemas, pero esta chica es mía —dijo Jonathan, intercambiando una mirada con Jack, y Jane se infló entonces como un pavo real.

Jane interpretaba equivocadamente el uso de la palabra «mía». Lo veía como algo parecido al amor, como si el vampiro la quisiese tanto que la considerara suya. Cuando lo único que implicaban sus palabras era que él había sido el primero en morderla y podía reivindicar su derecho sobre Jane hasta que se hartara de ella.

Palpó la oscuridad, buscando con el tacto a Jonathan para que la protegiese. Milo se movió para permitir que Jonathan se acercase a ella. El vampiro la rodeó con el brazo, una actitud que ella percibió como cariñosa pero que tan sólo era una demostración de propiedad.

—Hablaremos más tarde —dije por fin.

—Lo llevas claro —dijo Jane en tono sarcástico.

Milo consolaba a Bobby, que se aferraba a la puerta para resistir las ganas de salir de allí. Jack me rodeó con el brazo y salimos de la habitación.

Al irnos, miré a Jane por encima del hombro. Delgada y frágil, se sujetaba a Jonathan para no caerse. Y antes incluso de que saliéramos de allí, el vampiro le echó la cabeza hacia atrás y le hincó los dientes en el cuello. Jane gimió y el perfume de la sangre inundó acto seguido el ambiente.

Jack me abrazó con más fuerza para impedir que echara a correr hacia Jonathan y el vampiro acabara matándome. Cerró la puerta a nuestras espaldas y me arrastró por el pasillo, ante las habitaciones donde otros vampiros se alimentaban de las mejores amistades de muchas otras personas.

Pasé todo el trayecto de vuelta a casa malhumorada y mirando por la ventanilla del coche. Jack estuvo conversando conmigo para tratar de animarme, pero yo no quería saber nada de nada. No era culpa suya que Jane no hubiera querido venir a casa con nosotros, ni que los vampiros fueran unas criaturas tan horripilantes, pero era el único con quien podía ensañarme.

Cuando aparcamos en el garaje, salí del coche, cerré de un portazo y entré corriendo en la casa, no sin antes fijarme en que Milo y Bobby no habían llegado todavía.

—¡Alice! —dijo Jack, siguiéndome, aunque no por ello aminoré el paso.

Matilda nos esperaba en la puerta, pero pasé de largo ignorando su saludo. Jack se entretuvo un poco más con ella, pero sus mimos fueron rápidos para poder alcanzarme.

—Vamos, Alice. Sé que estás enfadada, pero imagino que no pensarías que ibas a plantarte allí como Batman y solventarías la situación en un abrir y cerrar de ojos, ¿no?

—No tengo ni idea de lo que pensaba —murmuré.

Me detuve al llegar a la cocina. Quería comer algo. No era que tuviera hambre, ni que me apeteciera comida humana, pero antiguamente, cuando me sentía frustrada, Milo siempre lo solucionaba preparándome alguno de sus platos. Haberme transformado en vampira era, seguramente, lo mejor que podría haberme ocurrido pues, de lo contrario, habría acabado convertida en una obesa comedora compulsiva. Olvidé mis costumbres y abrí la nevera, donde, gracias a Bobby, volvía a haber comida.

—¿Qué haces? —me preguntó Jack.

—Preparar algo de picar para Bobby.

Como en realidad nunca había mantenido una conversación con aquel niño, no tenía ni idea de sus preferencias culinarias, pero teniendo en cuenta que Mae había llenado la nevera pensando en él, cualquier cosa que hubiera sería una apuesta segura. De hecho, no había pensado prepararle nada complicado, y todo el mundo sabía que cocinar no se me daba bien, pero al menos me serviría para estar ocupada con algo.

El cajón de la verdura estaba lleno de fruta. La cogí toda, pensando que dedicarme a cortarla para preparar una macedonia me cundiría y me ayudaría a apaciguar mi rabia.

—¿Necesitas ayuda? —preguntó Jack, al ver que depositaba en la encimera todo aquel montón de fruta.

Negué con la cabeza e inspeccioné los cajones hasta encontrar un enorme cuchillo de carne. Como era imposible saber cuándo había sido utilizado por última vez, decidí aclararlo un poco. Después caí en la cuenta de que no había lavado previamente la fruta, de manera que la trasladé al fregadero para hacerlo.

—¿Estás enfadada conmigo? —preguntó Jack, apoyándose en la isla de la cocina. *Matilda* se restregó contra él para que le rascase la cabeza.

—No —dije, aunque no era del todo cierto—. Entre tú y Milo podríais haberos ocupado de ese idiota de Jonathan. Y estoy segura de que Jane habría salido del local con vosotros. Podríais haberlo conseguido de haberlo intentado.

—Tal vez —reconoció Jack.

Cogí la fruta del fregadero, pero estaba húmeda y resbaladiza y tanto las uvas como las fresas se escabullían de mis manos. Jack llegó corriendo, cogió la fruta al vuelo y me ayudó a transportarla de nuevo hasta la encimera.

—Gracias —murmuré, poco dispuesta aún a ceder en mi enfado.

—¿Qué habríamos conseguido de haber secuestrado a Jane? —dijo Jack, mirándome—. Ya viste aquel documental de la serie «Intervención» en el que hablaban de los yonquis. ¿Qué es lo que suelen decir? Que no puedes obligar al que está enganchado a que cambie, que no puede dejarlo porque otro se lo pida. Es Jane la que tiene que decidir que quiere dejarlo.

—Y entonces, ¿para qué hemos ido a la discoteca? —Empecé a cortar una pera y me di cuenta de que me temblaban las manos, pero lo ignoré. Me resultaba imposible olvidar la imagen enfermiza de Jane, lo complacida que parecía con ella.

—Pensé que a lo mejor podrías hacerla entrar en razón —dijo, encogiéndose de hombros—. Pero ahora que sabe que sigues queriéndola, hablará contigo si acaba cambiando de parecer.

—Jane nunca me hizo caso en nada, y lo sabes.

—Tal vez, pero es ella quien ha decidido llevar esa vida, y tienes que permitírselo. —Desde el otro lado de la isla, se apoyó sobre la encimera para continuar hablándome.

Por mucho que intentara fingir que las peras y los albaricoques me interesaban mucho más, mi cuerpo sentía la habitual atracción hacia Jack. Por desgracia, como humana nunca había contado con una gran coordinación, y como vampira no había mejorado mucho en ese aspecto. La presencia de Jack y mis pensamientos relacionados con Jane me distrajeron hasta tal punto, que sólo fue cuestión de tiempo que acabara cortándome.

Grité y retiré la mano. Era mi primera herida desde que me había convertido en vampira. El dolor era mucho más agudo e intenso que el que podría haber sentido como humana, pero se desvaneció al instante. El corte era profundo, me llegaba hasta el hueso del dedo índice. De no haber sido tan fuertes mis huesos, seguramente me habría rebanado el dedo por completo.

Me quedé mirándolo, viendo asombrada la sangre brotar de la herida. Era mi propia sangre, y podía olerla, caliente y curiosamente exótica.

—Hueles muy bien —dijo Jack con voz ronca.

Los extremos rosados del corte empezaban a cicatrizar delante de mis propias narices y levanté la vista hacia Jack. Sus ojos se habían vuelto traslúcidos y el latido de su corazón se aceleró. No había nada para él en el mundo más cautivador que el aroma de mi sangre, y eso no había cambiado desde que me convirtiera en inmortal.

—¿Quieres probar? —Le ofrecí la mano, consciente de lo maravilloso que era sentir que me saboreaba y de que él también se volvía loco. Me lo imaginé tirando de golpe al suelo toda la fruta de la encimera y empujándome sobre ella, besándome con pasión hasta que su boca alcanzaba mi cuello...

—¿En la cocina? —Levantó una ceja; su respiración era superficial.

Con gran esfuerzo, Jack consiguió apartar los ojos de mí y echar un vistazo a la estancia con la intención de hacerme comprender que cualquiera podría vernos. Milo y Bobby llegarían a casa en cualquier momento, y Mae y Ezra tenían que rondar por algún lado.

—Sírvete tú mismo —dije, encogiéndome de hombros, como si me diera igual y aun sabiendo que él podía escuchar perfectamente mi desbocado latido. El corte se había curado por completo y la sangre se había secado. Me llevé el dedo a la boca para limpiarlo.

—Eres horrible —dijo Jack, haciendo un gesto negativo con la cabeza y apartándose de la isla para ahuyentarme de sus pensamientos.

Milo y Bobby entraron en la cocina procedentes del garaje tan sólo unos segundos después. Se quedaron mirando la exposición de fruta de la isla, pero el rostro de Milo se contrajo en una mueca. Olisqueó el aire y me lanzó una mirada maliciosa y a la vez hambrienta.

—¿Por qué huele a sangre tuya? —preguntó Milo, lanzándole a continuación una mirada a Jack.

—Me he cortado el dedo —dije con un suspiro, y le enseñé el cuchillo todavía manchado de sangre. La encimera estaba también ligeramente salpicada, así que la limpié con un trapo.

—Alice, cómo eres —dijo Milo, poniendo los ojos en blanco y caminando hacia donde yo estaba—. ¿Quieres que lo haga yo? Además, ¿qué pretendías hacer?

—Tenía entendido que no comíais —dijo Bobby. Le cayó un mechón de pelo negro en los ojos y lo retiró en seguida. Se acercó también a la isla para inspeccionar lo que hacíamos.

—He pensado que igual tendrías hambre —dije. Milo se había puesto ya a cortar la fruta y me miró de reojo, sorprendido.

—Gracias —dijo Bobby, ruborizándose levemente. Todo el mundo daba por sentado que odiaba a Bobby, y la verdad era que no iban muy desencaminados, pero me apetecía distraerme con algo.

—Milo siempre solía prepararme platos exquisitos cuando yo llegaba a casa —dije de manera poco convincente.

Me recogí el pelo por detrás de las orejas y sorprendí a Jack sonriéndome. Él sabía muy bien que lo de preparar aquel tentempié era para estar ocupada con algo, pero se alegraba de que me mostrara amable con Bobby. A Jack le gustaba Bobby y, sin saber muy bien por qué, pensar en ello reavivó mi enfado y, con un suspiro, me apoyé en la encimera de la cocina.

—Milo es muy buen cocinero —dijo Bobby sonriéndome antes de mirar a mi hermano con adoración.

—Tenía pensado ser chef —dije.

—Y todavía puedo serlo —dijo Milo, mirándome de soslayo—. No estoy muerto. —Jack se rió ante tanta sensiblería y Milo puso los ojos en blanco—. Tengo mucho tiempo por delante para dedicarme a lo que me apetezca.

Terminó de cortar la fruta y abrió un armario para coger una bandeja. La dejó en la encimera y dispuso la fruta en ella. Bobby sonrió y cogió con delicadeza una uva, temeroso de estropear la obra maestra que acababa de crear Milo.

En aquel momento se oyó un portazo en la habitación de Mae y de Ezra, seguido de pasos rápidos y de la voz de Mae pronunciando repetidamente la palabra «no». Apareció en la cocina, estaba ojerosa. Tenía las mejillas y los ojos enrojecidos de haber llorado y llevaba sus rizos de color miel recogidos en un moño deshecho. Apretaba en la mano un pañuelo de papel y se quedó mirándonos.

15

Ezra apareció tras ella, con mejor aspecto que el de hacía unos días. No parecía tan enfadado como Mae, pero estaba serio. Cuando extendió el brazo para tocarla, ella lo rechazó.

—¿Dónde estabais? —preguntó Mae, y su cálida voz pareció más chillona de lo habitual. Bobby, que estaba masticando, engulló el bocado de golpe y corrió junto a Milo.

—¿Por qué? ¿Ha pasado algo? —preguntó Jack con cautela.

—¡Limitaos a responder la maldita pregunta! —gritó Mae, sobresaltándonos a todos. Tenía los brazos colgando a los lados del cuerpo, los puños cerrados, los rizos pegados a las mejillas manchadas de lágrimas—. Aquí todos os creéis que podéis entrar y salir como os venga en gana. Pero esto no es un hotel. ¡Somos una familia y éste es nuestro hogar!

—¿Perdón? —dije, disculpándome sin saber muy bien de qué. Miré a Ezra en busca de ayuda, pero estaba demasiado ocupado tratando de no ofrecernos ninguna pista sobre lo que sucedía.

—Sí, lo sentimos de verdad —dijo Milo, disculpándose con más sinceridad que yo.

—En ningún momento ha sido nuestra intención no decírtelo —dijo Jack—. Lo que pasa es que hemos salido con mucha prisa.

—¿Y adónde habéis ido que era tan importante que ni siquiera os ha dado tiempo a comentármelo? —Mae fijó la mirada en Jack porque era el que más había revelado, pero él se desdijo, cruzándose de brazos. Cambió el peso de su cuerpo a la otra pierna y me miró, pero yo le respondí negando con la cabeza. No quería tomar parte en aquella histeria.

—Sólo... sólo hemos ido a la discoteca a buscar... —En cuanto pronunció la palabra «discoteca», Mae abrió los ojos como platos y lo interrumpió.

—¿A la discoteca? ¿No será a la discoteca de vampiros? Me imagino que ninguno de vosotros sería tan estúpido como para hacer algo peligroso y arriesgado como eso sin ni siquiera comentármelo antes. —Mae estaba aterrada y, viendo que Jack bajaba la vista, se dirigió al resto—. ¿En qué estabais pensando? ¿Tenéis ganas de morir? ¡Que podáis vivir eternamente no significa que vayáis a hacerlo!

—Fuimos a buscar a Jane —dije en voz baja con la esperanza de apaciguarla un poco.

—¡Si lo que queréis es morir todos, no os podré salvar! —exclamó, levantando las manos—. ¡No puedo salvar a todo el mundo!

Una lágrima resbaló entonces por su mejilla y pensé en abrazarla o consolarla de algún modo, pero no sabía cómo. Temía que cualquier cosa que hiciera pudiera provocarla aún más.

—Lo sentimos mucho, de verdad —dijo Milo.

—¡No puedo salvar a todo el mundo! —gimoteó Mae, mientras su voz se iba quebrando.

—Mae —susurró Ezra. Mae empezó a sollozar, inclinándose hacia delante y abrazándose a sí misma. Ezra la rodeó con el brazo y la sujetó—. Mae, cariño, no pasa nada.

—¡Claro que pasa! —Mae intentó apartarlo, pero él se mantuvo firme—. ¡Esto no tenía que ser así! —Lloró con más fuerza, y sus palabras se perdieron entre las lágrimas. Finalmente, apoyó la cabeza en el pecho de Ezra.

Permanecieron un minuto sin moverse, mientras nosotros los mirábamos. La verdad es que no sabíamos si irnos de allí, si quedarnos, si hablar, o qué hacer, por lo que nos limitamos a seguir mirándolos.

—No pretendo ser maleducada —dije con cautela cuando me pareció que Mae empezaba a serenarse—. Pero... ¿qué sucede?

—Mae ha ido a visitar a su familia humana —nos explicó Ezra.

A pesar de que sus palabras albergaban la intención de ser balsámicas, capté en ellas un tono de desaprobación. No consideraba adecuado que Mae se relacionara con los humanos que dejó atrás cuando se convirtió, pero ella insistía en acercarse de vez en cuando a ver cómo seguían, aun sin interactuar con ellos.

—Esta noche ha descubierto que su biznieta sufre una enfermedad terminal y que sólo le quedan unos meses de vida —dijo Ezra, y la abrazó con más fuerza. Oírle explicar los hechos la destrozaba.

Cuando Mae se convirtió en vampira tenía veintiocho años y una hija pequeña. Su cambio no fue del todo resultado de una libre elección y no tuvo más remedio que abandonar a su familia, que lo era todo para ella. Se había visto obligada a ver crecer a su hija desde la distancia, y después a su nieta, y ahora a su biznieta.

Ezra toleraba el cariño que sentía por ellas porque la quería mucho, pero le había puesto una fecha tope. Pronto tendrían que mudarse lejos de allí, pues Mae no podía pasarse toda su existencia viendo a las futuras generaciones envejecer y morir.

Lo más duro para Mae había sido tener un hijo que había muerto siendo un bebé antes incluso de que naciera su hija. La desdicha había estado a punto de acabar con ella y se había jurado que no sobreviviría a los demás hijos que pudiera tener. Pero, por desgracia, se había convertido en inmortal y no le quedaba otra elección que desdecirse de su juramento.

Nada, sin embargo, la había preparado para la prematura muerte de su biznieta de cinco años. Difícilmente llegaría algún día a hacerse a la idea de haber perdido a su hija adulta, así que mucho menos a la muerte de una niña pequeña.

Me acerqué a ella y Mae se apartó de Ezra para poder abrazarme. Por mucho que lo amase, lo que deseaba en aquel momento era un hijo, y yo me había convertido para ella en la sustituta de su hija. Me abrazó con tanta fuerza que me hizo daño, pero no dije nada.

Al final se tranquilizó y se disculpó por su conducta. Milo y Bobby habían subido ya a su habitación, para mi fastidio. Ezra permaneció junto a Mae, por si lo necesitaba, y Jack había salido al jardín de atrás con *Matilda* para que estuviésemos más cómodos.

Cuando Mae fue capaz de volver a hablar con claridad, explicó que Daisy, su biznieta, no se encontraba muy bien últimamente, pero que no había sido hasta la noche anterior que había oído por casualidad una conversación y descubierto lo que sucedía.

Ezra estaba convencido de que el descanso era la mejor solución para el estado de salud de la niña, y se lo veía también agotado. Acompañó de nuevo a Mae a su habitación, lanzándome una mirada de disculpa al salir del salón. La quería mucho, pero no le gustaba que siguiera manteniendo contacto con ellos. Conservar la familia humana no podía aportarle nada positivo.

Pensé en Jane metida en aquella discoteca, en Bobby encerrado en la habitación con mi hermano, y moví la cabeza con preocupación. Al final, todos morirían, excepto nosotros, y no sabía muy bien si aquella perspectiva era un consuelo o resultaba aterradora.

Jack seguía en el jardín, jugando con *Matilda* sobre las hojas caídas y el suelo helado. Era noche de luna llena, pero una fina capa de nubes la ocultaba. Abrí las puertas correderas y me deleité con la sensación del aire gélido en la cara. Respiré hondo con la intención de que el frescor del exterior limpiase las malas sensaciones: las lágrimas de Mae y las horrorosas imágenes de Jane en las oscuras habitaciones de V.

Jack me sonrió al verme y se incorporó del montón de hojas que habían desbaratado entre la perra y él. *Matilda* tenía ramitas y hojas enredadas entre el pelaje y correteaba por el césped con un palo enorme en la boca. Jack se pasó la mano por el pelo para sacudirse también las hojas y caminó hacia mí.

—¿Cómo lo llevas? —me preguntó.

—Estupendamente —respondí exagerando, aunque fuera se estaba mucho mejor.

—¿Estás segura? —Me miró muy serio y le sacudí unas hojas secas que se le habían quedado adheridas a la camiseta. Tenía los brazos sucios de tierra y fríos, pero dudaba que fuera consciente de ello.

—Sí. La que está pasando mala noche es Mae, no yo.

—¿Y qué tal está ella? —Miró hacia la casa con preocupación.

—La verdad es que no lo sé —reconocí—. Ezra la ha subido de nuevo a su habitación para que descanse un poco, pero... —Me interrumpí y me encogí de hombros. Resultaba complicado estar segura de cómo lo llevaba.

—Siento no haber podido ayudar más a Jane —dijo, volcando en mí el motivo de su preocupación.

—Yo también lo siento. Tiene que querer ayudarse a sí misma, y lo más probable es que no lo consiga. —Suspiré y me friccioné los brazos, aunque la verdad es que no los tenía fríos.

—Has tenido una noche muy larga. Seguramente deberías irte también a descansar.

—Tienes razón. —Era pronto aún para acostarme, pero desde mi llegada de Finlandia no había descansado mucho. Bostecé y pensé con anhelo en acurrucarme en la cama.

—¿Quieres compañía? —me preguntó Jack, que acompañó sus palabras con un movimiento de cejas.

—Ya sabes que sí —le respondí, mordiéndome el labio. Me habría encantado que Jack durmiese siempre a mi lado, y sobre todo esa noche, después de lo que habíamos empezado, pero en aquel momento mi corazón no estaba precisamente por la labor—. Aunque creo que no deberíamos. Me parece que no tendría el control necesario para gestionar como es debido lo que pudieras hacerme.

—Tienes razón. —Sonrió con cierta tristeza—. Pasa y ve acostándote. En seguida subiré para coger algo de ropa, pero antes de darme una ducha y dejarme caer en el sofá, tengo que adecentar un poco a la perra.

—Me siento fatal por haberte echado de tu cama —dije por millonésima vez desde que me había instalado en su habitación.

—Oye, soy un caballero, y no podría dormir sin saber que

tú estás perfectamente cómoda. —Se inclinó y me dio un beso. La noche había enfriado sus labios, pero el beso fue breve, terminó en seguida. Aun así, cuando Jack se enderezó, mi piel estaba cálida y sonrosada—. Anda, vete a la cama. Luego subo a verte.

A regañadientes, di media vuelta y eché a andar hacia la casa. *Matilda* correteó tras de mí con la intención de colarse y entrar conmigo, pero Jack la detuvo. Tenía las patas cubiertas de barro de haber estado corriendo por los alrededores del lago y el pelaje sucio de haberse revolcado por el suelo. No tenía ni idea de lo que pensaba hacer Jack para limpiarla antes de entrar en la casa, pero lo dejé con la tarea.

Me quedé un ratito observándolos antes de subir a la habitación. *Matilda* seguía saltando feliz sobre los montones de hojas secas y Jack la perseguía, provocándola. Jack se había ensuciado y se estaba destrozando la ropa, pero se lo estaba pasando tan bien con la perra que le daba lo mismo.

Resultaba extraño que fueran precisamente cosas como éstas las que me hacían quererlo tanto. Mi corazón se llenaba de amor sólo de verlo. Así que di media vuelta y subí la escalera antes de que cambiara de idea en lo referente a invitarlo a venir conmigo.

Cuando Jack entró finalmente en la habitación y me dio un beso, me sorprendió en medio de un horrible sueño en el que un montón de cocodrilos se dedicaban a perseguir gatitos. Me removí un poco en la cama y lo invité a acostarse a mi lado, pero Jack denegó mi invitación por motivos que se me olvidaron en seguida. Estoy segura de que me dio una explicación del porqué, pero caí dormida al instante de oír su voz y, por suerte, conseguí salvar a todos los gatitos de las garras de los cocodrilos.

Cuando por fin me desperté, caí en la cuenta de que una de las cosas que Jack me había dicho había sido adiós. No «buenas noches» ni «hasta mañana», sino «adiós», un término demasiado absoluto para mi gusto.

Bajé corriendo al estudio, que se había convertido en el dormitorio de Jack, y lo encontré completamente desierto. Las sábanas estaban perfectamente dobladas, y yo sabía que él jamás doblaba perfectamente las sábanas ni hacía la cama. Pensé en comentárselo a Mae, pero no quería inquietarla.

Corrí de nuevo escaleras arriba con la intención de hablar con Peter por si, por casualidad, estaba al corriente de lo que pasaba. *Matilda* siguió mis pasos, un signo más que confirmaba que Jack se había marchado. Peter tampoco estaba, aunque ni siquiera sabía con certeza que el día anterior hubiese regresado a casa.

La verdad es que, en el mismo instante en que abrí los ojos, supe que Jack se había ido. Cuando no estaba cerca de mí lo percibía, era como si el hilo que nos unía se volviese dolorosamente fino. No sabía dónde estaba, ni por qué se había ido; lo único que sabía era que no estaba cerca de mí.

Antes de llamar a la habitación de mi hermano, acerqué la oreja a la puerta para escuchar. Después de lo que había oído el día anterior, no me apetecía entrar y sorprenderlos en plena faena. Pero, a tenor de lo que se oía, Milo seguía durmiendo. Ni siquiera eran las seis de la tarde, lo cual, en horario de vampiro, era tempranísimo. Normalmente, nunca me levantaba antes de las ocho.

—¿Milo? —Llamé flojito a la puerta, pero no me atreví a abrirla. Era una actitud extraña por mi parte, pues Milo y yo solíamos entrar sin llamar en nuestras respectivas habitaciones. Antes de que ese tal Bobby apareciera en nuestras vidas, nunca habíamos tenido motivos que nos obligaran a comportarnos con aquel tipo de decoro.

A punto estaba de volver a llamar, cuando Bobby abrió la puerta. Llevaba sólo un pantalón de pijama, lo que dejaba al descubierto un torso profusamente tatuado. En el pecho tenía un tatuaje escrito en latín y otro de color marfil justo encima del pubis, por no mencionar un millón de dibujos más que no tuve oportunidad de estudiar con mayor detalle. No se había planchado el pelo y lo tenía enmarañado, pero parecía llevar ya un buen rato despierto.

—Todavía duerme —susurró. Salió sigilosamente de la habitación y cerró con cuidado la puerta para no despertar a Milo—. ¿Puedo ayudarte en algo?

—Bueno... quizá sí, supongo —dije. Bobby se cruzó de brazos en un intento de proteger su piel desnuda del frío de la casa y me pregunté por qué no se habría puesto una camiseta—. ¿Sabes dónde está Jack?

—Más o menos —respondió Bobby, con un gesto de asentimiento, encantado de poder ayudarme—. Surgió algún tipo de urgencia. No lo entendí muy bien, pero se ve que la Bolsa se ha vuelto loca y tenían que solucionar el tema. Ezra y Jack se han marchado hace ya unas horas, y creo que Peter iba con ellos. Estarán fuera sólo un par de días.

—¿Y cómo sabes tú todo eso?

—Oh, porque sufro insomnio —dijo Bobby, sonriendo con timidez—. Se soluciona un poco teniendo un novio vampiro pero, ya ves, él continúa durmiendo y yo no. —Se encogió de hombros ante la gracia de su explicación, aunque a mí aquel chico seguía sin resultarme gracioso o encantador.

—Entiendo.

Matilda decidió finalmente que ninguno de los dos era un

buen sustituto de Jack y se marchó tranquilamente por el pasillo. Me quedé mirándola un instante y luego fijé de nuevo mi atención en el novio medio desnudo de Milo.

A pesar de que su aroma era delicioso, no me apetecía alimentarme de él. Consideré aquello una buena señal, aunque era un chico que no me gustaba. Pero, con todo y con eso, no tenía ganas de volver a encerrarme en mi habitación.

—¿Así que ya te has levantado? —me preguntó Bobby.

—Pues sí, y creo que ya no volveré a acostarme.

—Estupendo. Espera un momento, que voy a por una camiseta —dijo, como si yo acabara de invitarlo a hacer algo. Asentí y me quedé esperándolo, como si en realidad lo hubiese invitado.

Bobby entró un momento en la habitación y reapareció con una sudadera ceñida con capucha y cremallera, que había dejado sin subir. Intenté asomar la nariz por la puerta para ver el aspecto de la habitación de Milo ahora que la compartía con otra persona, pero Bobby la abrió lo justo para poder salir. No estoy segura de si intentaba esconder alguna cosa o si simplemente trataba de salvaguardar el sueño de Milo. Fuera como fuese, decidí que aquel chico no era de fiar.

16

—Iba en busca de algo de comer —dijo Bobby, subiéndose la cremallera de la sudadera. No llegó hasta arriba y, por lo que dejaba entrever su afición a las camisetas con cuello en uve, era evidente que le encantaba mostrar sus tatuajes.

Y no es que quiera echárselo en cara. La verdad es que Bobby era muy atractivo. De haber sido aún humana, de no tener a Jack y de no saber que se tiraba a mi hermano, seguramente pensaría que estaba muy bueno.

—Yo no, y eso seguramente es lo mejor para ti. —Lo dije medio en broma, aunque también para resultar un poco amenazadora. Básicamente, para recordarle que si le hacía algún daño a mi hermano, podía matarlo.

—Sí, claro. —Rió y bajó la escalera. Fui con él porque, en realidad, no tenía nada mejor que hacer—. Y... ¿nunca echas de menos la comida?

—La verdad es que no —dije con indiferencia, y entré en la cocina con él—. Es difícil de explicar. Recuerdo el sabor de la comida, y a veces tengo antojos. Pero cuando pienso en comerla de verdad, siento náuseas. Además, la sangre sabe un millón de veces mejor que la comida más exquisita.

—Si tú lo dices. —Bobby arrugó la nariz al pensar en la posibilidad de beber sangre, un gesto que encontré de mal gusto. Sabía que dejaba que Milo bebiera de su sangre y que le gustaba. Me pareció una actitud hipócrita.

—Pues lo digo. —Acerqué un taburete a la isla de la cocina y tomé asiento mientras Bobby curioseaba en la nevera.

—Siempre he sentido debilidad por las rosquillas tostadas y untadas con queso cremoso. —Cogió el queso de la nevera e introdujo una rosquilla en la tostadora—. Creo que no podría vivir sin ellas, por lo que me imagino que lo de convertirme en vampiro queda descartado por completo.

Intentaba ser gracioso, estoy segura, pero me pareció una estupidez que antepusiera aquello a la inmortalidad, sobre todo teniendo en cuenta que la eternidad significaba estar con Milo.

Bobby se apoyó en la encimera, a la espera de que la rosquilla saltara de la tostadora, y un incómodo silencio se cernió sobre nosotros. Empezaba a pensar que preferiría mil veces pasarme el día encerrada en la habitación de Jack viendo los DVD con los nuevos capítulos de la serie «Dexter». Por culpa de Jack, que no paraba de despotricar de la serie, nunca tenía tiempo para verlos.

—Y bien..., creo que no te gusto demasiado —dijo Bobby cuando la rosquilla saltó por fin. Untó una gruesa capa de queso cremoso sin levantar la vista—. No te culpo por ello.

—¿Por qué? ¿Tienes la autoestima baja? —dije con impertinencia.

—Más o menos, pero no lo decía por eso. —Le dio un mordisco a la rosquilla y se volvió para mirarme. Tragó antes de seguir hablando—. Te entiendo. Milo es tu hermano pequeño, y es joven e inexperto. Y yo soy mayor que él y transmito las vibraciones de un mal tío, aunque en realidad no lo soy.

Con sus tatuajes y sus sombrías facciones, Bobby tenía el aspecto de un rebelde sin causa, pero después de haberlo visto la noche anterior en la discoteca, agazapado de miedo detrás de Milo, estaba completamente segura de que Bobby no era un mal tipo en el sentido más estricto del término.

—Todo eso que dices es cierto —dije con cautela.

—Y soy humano, lo cual, en cierto sentido, es peligroso para los vampiros —dijo Bobby—. Me refiero con ello a que Milo es más fuerte y más poderoso que yo, pero yo le complico la vida en muchos aspectos, y lo sé.

—¿Y por qué estás con él si lo sabes? —le pregunté de manera poco amable.

—Buena pregunta. —Era una pregunta tan buena que se vio obligado a terminar la rosquilla entera para, entretanto, reflexionar sobre su respuesta. Tragó por fin el último bocado y se apoyó en la encimera—. No quiero decírtelo.

—No me gusta nada eso que acabas de decir —lo alerté gélidamente.

—No, no es eso... —Negó con la cabeza—. Seguro que piensas que estoy simplemente bajo el hechizo, ese hechizo que los vampiros proyectan sobre los humanos, pero no es eso. —Hizo una breve pausa—. Te parecerá una excusa barata y fácil, y todo lo que tú quieras... pero estamos enamorados.

—¡Si tiene dieciséis años! ¿Qué sabrá él del amor? —No sé por qué esgrimí aquel motivo, ahora debía de ser Bobby quien pensase que yo era una hipócrita—. De acuerdo, sí, ya sé que yo no soy mucho mayor que Milo, pero...

—Comprendes lo nuestro —dijo Bobby con una sonrisa tímida, y negué con la cabeza, reacia a reconocer mi derrota—. La situación es complicada, pero el corazón quiere lo que quiere.

—Eso que acabas de decir es una estupidez —me mofé—. Mi estómago también quiere lo que quiere, pero ya ves que no me lanzo a tu cuello para conseguirlo, Bobby. —Se encogió de hombros, impertérrito ante mi velada amenaza, y me quedé sin saber muy bien si su actitud me llevaba a odiarlo más o menos—. ¿De qué va todo esto?

—¿El qué?

—Debes de rondar los veintiuno y la gente te llama «Bobby». ¿No te parece un nombre de niño pequeño? —Arrugué la nariz y él se echó a reír.

—La gente llamó «Bobby» a Robert Kennedy durante toda su vida.

—Y mira cómo acabó —dije, refiriéndome a su inoportuno asesinato.

—Tal vez. Pero mi nombre es Bobby. Ni Robert, ni Bob, ni nada por el estilo —dijo, encogiéndose de hombros—. Y así voy por la vida, con mi nombre legal.

—¿Acaso tu madre era hippy o algo así? —le pregunté.

—Más o menos.

—Muy bien, entendido, así que mi hermano y tú estáis locamente enamorados —dije. Jugar a ser el abogado del diablo me dejaba un mal sabor de boca—. Supongamos que me lo trago. ¿Cómo os conocisteis? ¿Y cómo te enteraste de nuestro especial estilo de vida?

«Estilo de vida» no era exactamente el término más adecuado, pues implicaba cierta capacidad de elección. Yo había elegido convertirme en vampira, pero nunca podría elegir dejar de serlo, a menos que muriera. E incluso en ese caso, no sería más que una vampira muerta.

—Mmm... bueno... —Bobby empezó a toquetear la cremallera de su sudadera—. Solía frecuentar discotecas de gais, sobre todo después de cumplir los dieciocho. No es que fuera un prostituto... pero tampoco puede decirse que no lo fuera.

»Dio la casualidad de que uno de los hombres con los que me veía era un vampiro. Salimos durante un tiempo, aunque cuando digo «salir» lo hago utilizando el término muy libremente. Tonteábamos, más bien, y me mordió. Tardé un tiempo en comprender de qué iba aquello. Me refiero a que incluso después de que empezara a morderme, se me hizo muy difícil creer que fuera un vampiro.

—Sí, ya entiendo a qué te refieres —dije. Lo sobrenatural era una píldora muy difícil de tragar. A veces, incluso a mí seguía costándome creer en los vampiros, y eso que yo me había convertido en uno de ellos.

—Nunca fui un prostituto de sangre —añadió Bobby rápidamente—. Lo hacía por lo que sentía al ser mordido. —Se quedó mirándome—. A ti también te mordieron, ¿verdad?

—Sólo dos veces.

—Es maravilloso —dijo con una sonrisa—. Te inundan todos sus sentimientos. Pero cuando estás enamorado es todavía mejor. Lo malo es que cuando el tipo que te muerde es un cabrón, puede resultar a la vez asqueroso y terrible, aun sin dejar de ser estupendo.

Ése era precisamente el motivo por el cual Ezra lo había pasado tan mal en Finlandia, pero no tenía ganas de pensar en aquello y dirigí un gesto de asentimiento a Bobby para que continuara.

—El caso es que empecé a frecuentar la discoteca V, en busca de vampiros, y entonces conocí a Milo. —Bobby bajó la vista—. Fue un amor a primera vista. Parece tonto, pero es la verdad.

—¿Así que en cuanto lo viste ya estuvo todo hecho?

—Más o menos. Vino hacia mí y empezamos a bailar, y a besarnos, y a charlar, y estamos juntos desde entonces. —La sonrisa de Bobby se agrandó—. Milo es un tipo estupendo.

Se pasó las manos por el pelo para tratar de enderezar su flequillo. Sus ojos oscuros habían adquirido un siniestro brillo nostálgico y sus mejillas cobraron un leve rubor, y comprendí que estaba pensando en Milo. No dudaba de que quisiese de verdad a mi hermano, pero era imposible que aquel chico llegara a gustarme jamás.

Bueno, ni siquiera era exactamente eso. De hecho, Bobby me gustaba en cierto modo, o empezaba a gustarme. Lo examiné con detalle para tratar de averiguar qué era lo que tanto me inquietaba. ¿Sería simplemente porque era el novio de Milo y jamás habría un novio de Milo que fuera de mi agrado?

Y en ese momento fue cuando por fin caí en la cuenta. Bobby no me gustaba porque había algo en él que no me convencía. Mi primera reacción al verlo había sido de desconfianza. Y se había debido simplemente a que me había sorprendido que fuese humano y a que quería proteger a Milo. Que no me gustara era razonable, pero no debería sentirme así, y mucho menos si al final resultaba que Milo y Bobby estaban destinados a seguir juntos, de un modo muy similar a lo que mi sangre había llegado a significar para Peter.

La razón por la que todo se había complicado tanto con Jack y con Peter era por lo fluido del vínculo. Jack, Peter, Ezra, y ahora también Milo y yo, estábamos unidos por un vínculo de sangre similar.

Milo y yo teníamos además un vínculo especial porque éramos hermanos, tanto en la vida real como en nuestra nueva vida como vampiros. Eso significaba que yo debería haber sentido una afinidad mayor con quienquiera que estuviese vinculado con él. Debería haberme resultado imposible odiar a la persona destinada a mi hermano y, aun así, Bobby me había desagradado desde el primer instante.

En todo aquello había una transferencia. Yo había roto mi vínculo con Peter y sabía que el amor podía ser más fuerte que la sangre. Y probablemente ése no era el caso con Bobby. No era más que un chico mono que estaría una temporada con Milo, pero no para siempre.

Y, de repente, Bobby me dio lástima porque comprendí que Milo acabaría partiéndole el corazón. No podía ser de otra manera.

—Y no te preocupes por nosotros —estaba diciendo Bobby, devolviéndome a la realidad. Se había cansado de intentar poner en orden su pelo y decidió cubrirse con la capucha de la sudadera. En realidad, no había estado escuchándolo y lo miré con la esperanza de que se explicara con más detalle—. No te preocupes por Milo, quiero decir. No es como ese tipo que estaba con Jane, y yo tampoco soy como ella. No vamos de ese palo.

—No, si eso ya lo he visto —dije asintiendo. Tal vez al principio se me hubiera pasado esa idea por la cabeza, pero ahora ya no, era evidente.

—Pero puedo comprender el atractivo del estilo de vida de Jane. Es muy fácil caer en él. —Bobby tiró del cordoncillo de su capucha y bajó la vista.

Intuí que, por mucho que dijera, Bobby había estado tremendamente cerca de caer en aquel estilo de vida y que, cuando su relación con Milo llegara a su fin, había muchas posibilidades de que acabara metido en eso. Gracias a Milo, estaría tremendamente enganchado a la sensación de ser mordido.

—Tú lo sabes muy bien, seguramente mejor que cualquier

otro habitante de esta casa. —Me incliné sobre la isla y lo miré fijamente—. Sabes lo que siente Jane. Si la situación fuera al contrario, si tú fueras un prostituto de sangre, ¿qué tendrían que decirte para que lo dejaras correr?

—Buena pregunta. —Soltó el aire y se quedó con la mirada perdida, pensativo—. La verdad es que no lo sé. Mientras las sensaciones sigan siendo buenas, debe de ser muy difícil convencer a alguien para que lo deje. Imagino que debe de estar empezando a hacerle daño, así que habría que recordarle constantemente ese daño.

—¿Y cómo crees que le está haciendo daño? —pregunté—. Sé que eso está matándola, pero Jane no es consciente de ello. Cuando se siente fatal, se deja morder y se vuelve a encontrar mejor, ¿no es eso?

—No exactamente —dijo Bobby, negando con la cabeza—. Al principio, un instante después, te sientes realmente bien. Pero al poco rato te sientes terriblemente mal. La pérdida de sangre perjudica gravemente al organismo y empiezas a notar lo que te está sucediendo. Y además están los residuos del vampiro con el que hayas estado. Si Jane va con cualquiera de esos tipos que frecuentan la discoteca, lo más probable es que se tropiece con muchos cabrones. Y eso significa que lo que le queda al final no es una sensación de euforia, sino las emociones de los vampiros y lo que ellos sienten por ti, que normalmente es una mierda.

»Es después, cuando los malos sentimientos se desvanecen y has recuperado las fuerzas, cuando regresas a esa discoteca —prosiguió—. Te olvidas de lo mal que te han hecho sentir, de lo increíblemente débil que has estado y, no sé por qué razón, sólo recuerdas el placer que te ha proporcionado el mordisco.

—Caramba —dije, mirándolo fijamente, y Bobby se encogió

de hombros abochornado—. No es que toda esa información no vaya a resultarme útil, pero estoy empezando a pensar que has ligado con muchos más vampiros de lo que pretendes darme a entender.

—Con Milo es distinto —insistió Bobby, con expresión herida—. Te lo digo sinceramente. No tienes por qué creerme, pero lo mío con él es algo más que mordiscos y tonteo. De modo que... Pero no se lo digas, por favor. Sabe que no es el primer vampiro con el que he estado, pero no sabe cuántos hubo antes que él. No quiero que piense que esto es más de lo mismo, porque no lo es.

—No se lo diré a menos que piense que es importante que lo sepa. Por lo tanto, apáñatelas para que no tenga que ser importante —dije, mirándolo fijamente y sin alterarme. Bobby asintió, comprendiendo que eso sería lo máximo que obtendría de mí.

—Esta casa es maravillosa —dijo Bobby, cambiando de tema. Empezó a prepararse un café y me di cuenta entonces de que la cafetera era nueva. Lo más seguro era que Mae la hubiera comprado expresamente para él, lo que me daba a entender que no debía de ser tan mal chico si ella le daba su aprobación—. Y Mae es asombrosa. ¿Qué tal se encuentra hoy?

—No la he visto. —Miré por encima del hombro en dirección a su habitación y forcé el oído para ver si captaba algo por encima del borboteo de la cafetera—. ¿Y tú?

—No, pero si Ezra se ha marchado, imagino que ya no estará tan mal —dijo Bobby.

El aroma a café inundaba la cocina y sentí una extraña punzada al pensar que nunca más podría volver a tomarlo. En realidad, el café nunca me había gustado, pero me encantaba su olor. Sentí un doloroso calambre en el estómago que me recordó que el café no me apetecía en absoluto.

De pronto, empecé a percibir con más fuerza el olor de Bobby e intenté ignorarlo. No eran más que los intentos de mi cuerpo por convencerme de que estaba hambrienta. Sin embargo, no debía sentir hambre todavía, y aun en el caso de que la sintiera, tenía que aprender a controlar esa sensación en lugar de dejar que fuera ella la que me controlara a mí.

—¿Te encuentras bien? —me preguntó Bobby.

—Sí, sí, estoy bien. —Meneé la cabeza para despejarme—. Creo que voy a darme una ducha. Pero... me ha gustado hablar contigo; nos vemos luego.

—Sí, de acuerdo —dijo Bobby, aunque seguía mostrando un aspecto de preocupación.

Matilda me siguió escaleras arriba. Se imaginaba que cada vez que yo me desplazaba, Jack estaría esperándome. Y tal vez eso significara que pasaba demasiado tiempo con él.

Aunque últimamente lo que tenía era la sensación de no pasar ni pizca de tiempo con él. Yo acababa de llegar de viaje y él se había marchado. Cuando entré en su habitación y me vi rodeada de todas sus cosas, el corazón empezó a palpitarme con fuerza. *Matilda* saltó sobre la cama, ocupando la colcha con su blanco pelaje y olisqueando por todos lados, como si Jack estuviera escondido en alguna parte.

Suspiré y revolví la habitación en busca de una muda. Lo más probable era que me pasara el día entero viendo la televisión o leyendo. No valía la pena emperifollarse mucho. Tal vez, con un poco de suerte, conseguía convencer a Milo y a Bobby para que me acompañaran a dar una vuelta, siempre que no estuvieran muy ocupados el uno con el otro.

Qué cruel era este mundo: mi hermano podía disfrutar del sexo y de la compañía de su novio cada vez que le apetecía, mientras que mi novio tenía que dormir cada noche solo en el estudio. Claro que yo carecía todavía de autocontrol y Milo siempre lo había dominado a sus anchas... ¡Anda ya!

Aprovechando la ausencia de Jack, me juré a mí misma aprender a controlarme para que cuando él estuviera de regreso, pudiéramos avanzar hacia la siguiente fase de nuestra relación. O sea, a lo verdaderamente divertido.

Pero en lugar de divertirme, me pasé el día acurrucada en la cama de Mae haciéndole compañía. Ella estaba excepcionalmente callada, de manera que pasamos casi todo el tiempo en silencio. Milo subió a vernos más tarde, y nos vino bien. En situaciones de crisis siempre se comportaba mucho mejor que yo y, no sé por qué motivo, estaba muy apegado a ella. Creo que tal vez fuera el favorito de Mae, un hecho que, la verdad, no me preocupaba demasiado. Yo era la favorita de Jack y eso era lo único que me importaba.

Bobby no se sentía cómodo con Mae mientras ella estaba en aquel estado, y tenía sentido. Mae era prácticamente inconsolable y Bobby la conocía desde hacía poco tiempo. Acabé por escapar de allí cuando Milo la obligó a incorporarse.

Le puso una película antigua de Rachel Welch en la televisión de la habitación y la entretuvo hablándole de sus planes de comprarse algún día una casa flotante como la que aparecía en la película en cuestión. Mae tenía las mejillas hinchadas de tanto llorar, aunque hacía horas que no le había visto caer una sola lágrima. Con la presencia de Milo, esbozó incluso algún que otro amago de sonrisa.

Aproveché para trabajar un poco más mi relación con Bobby. Jugamos a un juego de guerra en la Xbox que se me daba fatal, pero él no me gritó ni una sola vez. Cuando jugaba con Jack, como mucho pasaban veinte minutos antes de que me sugiriera que jugara mi turno o dejara jugar a Milo en mi lugar.

Resultaba muy agradable que alguien me tolerase y pudiera matar nazis.

Antes de acostarme, llamé a Jane varias veces y le envié diversos mensajes. No me respondió, aunque la verdad es que no esperaba que lo hiciese. Estaba segura de que seguía cabreada conmigo, pero no sabía por qué.

Tal vez me odiara por haberla introducido en el mundo de los vampiros, o tal vez por no haberlo hecho antes. No lo sé. Normalmente, me resultaba sencillo saber qué pensaba. Su vida giraba alrededor de los chicos, la ropa y emborracharse o colocarse. Yo jamás, hasta la fecha, había interferido en ninguna de estas cosas y, en consecuencia, Jane no había tenido nunca nada que echarme en cara.

Jack me envió un mensaje diciéndome que me quería y que estaban a punto de subir a un avión. Pensé en quedarme levantada esperándolo, pero después me imaginé que si dormía el tiempo pasaría más rápido. Me acurruqué en su cama, esperando con ganas su regreso.

Noté su presencia en el mismo instante en que entró en la casa. El corazón empezó a latirme con fuerza de pura felicidad y abrí los ojos.

17

Los oí discutir en cuanto salí de la habitación. No gritaban, pero tampoco se esforzaban por no subir la voz. Deseaba bajar corriendo para dar la bienvenida a Jack, pero decidí esperar en lo alto de la escalera, escuchando furtivamente lo que decían.

—¡Oh, vamos, Jack! —decía Peter, frustrado—. ¡Yo no te he robado la almohada!

—¡Y tanto que sí! —insistió Jack—. Has estado ligando con la azafata y la has embaucado para que te diera la última almohada de todo el avión, que por casualidad era la mía.

—Aun en el caso de que eso fuera cierto, yo no sabía que era la última almohada. Y ella no debería habérmela dado si era tu almohada —dijo Peter—. Y creo que prefiero el término «tripulante de cabina».

—O quizá, sólo quizá, podría habérsete ocurrido darme esa almohada cuando te diste cuenta de lo que la azafata había hecho —dijo Jack, ignorando a Peter—. Quizá fuera una azafata malísima, pero ya has visto lo que ha pasado. Por una vez en la vida, podrías haber actuado correctamente.

—¿Por qué? Yo quería una almohada, y tuve mi almohada. No vi que llevara tu nombre escrito por ningún lado. ¿Por qué habría tenido que dártela? —preguntó Peter—. ¿O acaso eres el único que puede coger cosas?

—¡Yo no cogí nada! —le espetó Jack—. Tenía una manta pero no tenía almohada. ¿Qué querías que cogiese?

—No lo sé, Jack. ¿Qué crees tú que has cogido que no te pertenecía? —respondió Peter con frialdad, y oí como los corazones de ambos se aceleraban.

—¿Queréis parar ya de una vez, pareja? —pidió Ezra con cautela. Por el sonido me pareció que estaban al pie de la escalera, en la cocina tal vez, y que Ezra pasaba por su lado de camino a su habitación—. Los demás duermen y estoy harto de oíros discutir por la maldita almohada.

—No discutimos por la maldita almohada —dijo Peter.

—¿Y por qué no me cuentas de qué va en realidad todo esto? —preguntó Jack, por más que lo sabía perfectamente. Yo lo había intuido también, y empezaba a ponerme nerviosa.

—Entiendo que andáis metidos en algún tipo de... riña, pero tened muy claro que si alguno de los dos despierta a Mae o la perturba de alguna manera, lo sentirá. ¿Ha quedado claro? —los avisó Ezra.

Se produjo un instante de silencio y entonces oí los pasos de Ezra, que avanzaba por el pasillo camino de su habitación. Jack y Peter esperaron a que cerrara la puerta antes de ponerse a hablar de nuevo.

—Eres un cabrón —dijo Jack cuando Ezra se hubo ido.

—¡El cabrón eres tú! —susurró Peter con virulencia.

—¡Yo sólo quería una almohada!

—¡Y yo sólo quería que la dejaras tranquila! —gritó Peter. El silencio podía cortarse con un cuchillo y mi corazón apenas latía, lo cual era perfecto, pues no quería que se enterasen de que estaba escuchándolos. Pensé que quizá hiciera bien en interrumpirlos e impidiendo que hicieran lo que fueran a hacer, pero me pareció que tenían que acabar de una vez por todas con aquel lío. En realidad, no habían hablado aún de todo lo ocurrido y debían de tener un montón de cosas reprimidas.

—Pero no lo hice. Y ahora ¿qué quieres que le haga? —Me di cuenta de que, a pesar de que Jack intentaba mantener su tono de voz inalterable, estaba nervioso—. ¿No estamos en paz desde que me robaste esa jodida almohada?

—¡Maldita sea, Jack! ¿Dejarás de hablar de esa jodida almohada de una puñetera vez?

—¿Qué quieres que haga? ¡Lo hecho, hecho está! —Jack empezó a gritar, pero recordó la advertencia de Ezra y bajó la voz—. En serio. No sé qué esperas que haga a estas alturas. No puedo alterar lo sucedido y, francamente, tampoco querría hacerlo. De modo que... eso es lo que hay.

—No quiero nada de ti —dijo Peter suspirando derrotado—. Ya da lo mismo. La próxima vez que volemos me aseguraré de que tengas tu maldita almohada.

Esperaba que continuasen hablando, pero me equivoqué. Peter se volvió y empezó a andar escaleras arriba con la bolsa colgada al hombro, por lo que no me dio tiempo a esconderme. Cuando me vio, su expresión permaneció inmutable. Lo miré, avergonzada, pero él se limitó a resoplar y acabó de subir.

—Buenos días, Alice —dijo Peter, en un tono más elevado de lo necesario para que Jack se enterase de que había estado espiándolos—. Tendrías que haber bajado a saludar.

—Acabo de levantarme.

—Hum... sí, seguro que sí. —Abrió la puerta de su habitación, pero no le permití entrar.

—Peter, lo siento mucho —dije.

—No eres tú la que tiene que disculparse. —Se quedó mirándome durante un minuto, con los ojos excepcionalmente vulnerables, y luego miró escaleras abajo. Las puertas que daban acceso al jardín desde la cocina acababan de cerrarse de golpe después de que Jack las cruzara en compañía de *Matilda*—. Si me perdonas, necesito descansar. Ha sido un vuelo muy largo.

—Eso parece. —Intenté bromear, pero Peter se limitó a dar media vuelta y entró en su habitación, cerrando con cuidado la puerta a sus espaldas.

Suspiré y bajé. El enfado de Jack ya no tenía a Peter como único blanco. El hecho de que me hubiera disculpado con él era, en cierto modo, un desaire para Jack. No me gustaba para nada la idea de que fueran como dos equipos y que tuviera que decantarme por un bando y convertirme en enemiga del otro.

Antes de salir al jardín, Jack había subido las persianas que cubrían las puertas correderas y los rayos de sol inundaban la cocina. Había dormido poco y nada más ver el sol me entraron ganas de acurrucarme de nuevo en la cama.

Fuera, Jack ignoraba su cansancio. Lo vi de pie en el centro del patio enlosado, con las manos hundidas en los bolsillos, mientras *Matilda* escarbaba en la tierra en busca de algún bicho. Cuando salí hacía un frío maravilloso que contrastaba con el cálido día otoñal que se adivinaba desde el interior.

—¿Ha sido un vuelo largo? —pregunté, acercándome a él y envolviéndome el cuerpo con los brazos.

—Sí, pero estoy seguro de que Peter se siente mucho mejor ahora que le has pedido disculpas.

—Se merecía una disculpa —dije, mosqueada.

—¿Cómo puedes decir eso? —dijo Jack, volviéndose en redondo hacia mí, con el rostro contorsionado de dolor y confusión—. Después de todo lo que has pasado...

—Ambos sabemos lo que sucedió. No es necesario que lo saques de nuevo a relucir cada vez que menciono el nombre de Peter. —Empezó a soplar una gélida brisa que me despeinó. Retiré el pelo de la cara y lo recogí detrás de las orejas.

—¡Esto es ridículo! —dijo, con un gesto de negación—. Lo que ha pasado es una mierda, son cosas sobre las que, por lo visto, no puedo hablar, pero que pasaron. Y aun así, quisiste luego ir y poner tu vida en peligro para rescatarlo, y yo dije que de acuerdo. No sé por qué motivo estúpido, pero te permití ir.

—Tú no me «permites» hacer las cosas, y lo sabes —dije, mirándolo furiosa.

—Da lo mismo. Pero no protesté. Dijiste que querías ir porque... Dios, ¿por qué, Alice? ¿Por qué quisiste hacer eso? ¿Por qué siempre lo defiendes? ¡No se merecía tus disculpas! ¡Ni siquiera se merece seguir con vida! ¿Y tú lo traes de vuelta a casa como si no hubiera pasado nada? ¿Y se supone que yo tengo que pedirle a él disculpas por eso? —Jack me miraba con incredulidad—. ¡Esto es un error! ¡Te quiero! ¿Por qué tengo que decirle que lo siento cuando no es así?

—¡Porque él también me quería y porque yo no era tuya! —grité, y Jack casi se encogió de miedo.

Apartó la vista y entornó los ojos para mirar el sol. No estaba muy segura de si lo que acababa de decir era lo más adecuado. Jack permaneció un minuto en silencio, rascándose la nuca.

—Yo te vi primero —murmuró.

—Ese argumento carece de validez —dije, poniendo los ojos en blanco—. No soy como el último trozo de pizza que queda por repartir. Soy una persona y te elegí a ti. Me tienes. Y él no. Peter no tiene nada, y es tu hermano. Y sé que antes de todo esto, tú también le querías. Ahora, Peter nos ha perdido, a los dos. No estoy apesadumbrada por quererte, sino porque Peter haya salido tan mal parado de todo esto.

—Sé que tienes razón —dijo Jack con voz poco clara—. Pero no puedo perdonarlo. Puedo comprender que luchara por ti. Y también que intentara matarme. Pero cuando intentó matarte... Jamás lo perdonaré por eso, y no tendría que hacerlo.

Le acaricié el brazo y, cuando me miró, vi sus ojos azules inundados de lágrimas. Me mordí el labio, tratando de decidir si debería o no decírselo. En caso de hacerlo, estaría traicionando la confianza de Peter, pero si con ello conseguía que dejaran de odiarse, tal vez mereciera la pena.

—Peter nunca intentó matarme.

—¡Yo estaba allí! —Jack hablaba lleno de furia—. No me vengas ahora con que eso no pasó.

—Sí, sí que pasó, pero no exactamente como tú crees que sucedió. Cuando Peter me mordió, sabía que tú estabas en casa. Habíais peleado antes, cuando pensaste que iba a hacerme daño. Peter sabía que jamás permitirías que me sucediera algo así —le expliqué muy despacio—. Contaba con que tú vinieras corriendo a salvarme, y pensó que estarías tan furioso que acabarías con él. Peter no pretendía matarme, sino acabar con su propia vida.

—No... —Jack negó con la cabeza, con expresión desencajada—. No. Eso no es... Porque si en realidad hizo eso, significaría que...

Cuando cayó en la cuenta de lo que en realidad había sucedido, Jack empezó a verlo todo desde una nueva perspectiva. Cada vez que Peter se había comportado de un modo aparentemente tan frío y cruel lo había hecho en realidad por mí, e incluso por el propio Jack. Peter había intentado dejarme libre desde el mismo día en que nos conocimos porque siempre había creído que yo sería mucho más feliz sin él.

Jack nunca se permitió creer que Peter me amaba porque él quería a Peter. Lo respetaba y no deseaba oponerse a él. Pero entonces aparecí yo, y la única manera que tuvo Jack de reconciliar sus sentimientos hacia mí fue dando por sentado que Peter jamás podría sentir lo mismo que sentía él.

Jack creía sinceramente que era él quien estaba destinado a mí, y no Peter, y eso le servía para justificar todos sus actos y su conducta. Pero si Peter me amaba tantísimo, Jack se convertía de repente en el villano de la historia, y no en el héroe.

—Jack, sabes que te quiero mucho.

Extendí el brazo para darle la mano y él se apartó. Espiró tembloroso e intenté darle la mano de nuevo; esta vez sí me lo permitió. Pero no levantó la vista para mirarme, de modo que me desplacé hasta quedar enfrente de él.

—Te quiero de verdad, y creo que ésta es la elección correcta. No hicimos nada mal, de verdad que no. No sé... ¿Qué más tenemos que hacer?

—No lo sé —reconoció Jack en voz baja. Seguía sin levantar la vista para no mirarme a los ojos. Le acaricié la mejilla.

—Lo siento. No pretendía hacerte daño. Sólo... —Me interrumpí. Estaba tan triste y se sentía tan culpable que odiaba verlo de aquella manera—. Te lo he explicado porque lo único que deseo es que tu relación con Peter mejore. Deberíais ser capaces de llevaros bien.

—No, si tienes razón. —Se obligó a sonreírme, pero el gesto fue mínimo. Le solté la mano—. Lo intentaré.

—¿Por qué no entras conmigo? —le pregunté. Me habría apetecido pasar todo el día con él, pero el sol empezaba a afectarme. Notaba esa debilidad pesada que se cernía sobre mí como una manta mojada.

—No. Me gustaría quedarme aquí fuera un poco más. *Matilda* se lo está pasando en grande —dijo Jack. *Matilda*, de hecho, se había tumbado en el patio y estaba tomando el sol, pero no quise discutir con él.

—¿Seguro que estás bien? —le pregunté, deseando simplemente una mirada suya.

—Sí, estoy bien —dijo con un gesto afirmativo, aunque en realidad mentía.

—Te quiero —susurré, confiando en que mis palabras sirvieran para animarlo.

—Lo sé, y yo también te quiero. —Sin mirarme, me dio un fugaz beso en la frente y se apartó de mí. Nunca me había besado con aquella brusquedad—. ¡Vamos, *Mattie*! ¿Dónde has metido la pelota? —*Matilda* se levantó de un salto para ponerse a buscarla y Jack corrió a ayudarla.

Miré el sol una última vez antes de entrar en la casa. De no ser por aquella luz estúpida, me habría quedado allí fuera con él. Pero el sol del mediodía era agotador y no me había quedado otro remedio que entrar. El ambiente del oscuro santuario de la cocina fue un alivio para mí, y suspiré. No tenía ni idea de si había hecho lo correcto, aunque cualquier cosa que perturbara a Jack era mala con toda probabilidad.

Pasé la tarde fingiendo dormir más que durmiendo. Para pasar el tiempo, le envié mensajes a Jane, pero no pude parar de dar vueltas y más vueltas en la cama. Presté atención por si oía entrar a Jack en la casa, pero no se oyó nada. Bobby se levantó para comer, pero el resto dormían profundamente. Excepto Jack, que se había marchado.

Al final, renuncié a la idea de intentar descansar y me levanté. Le envié un mensaje a Jack para preguntarle dónde estaba, pero no me respondió. Empezaba a pensar que me había convertido en una indeseable, ya que nadie respondía a mis llamadas ni a mis mensajes.

Cuando Bobby pasó por delante de mi habitación de camino a la suya, olisqueé su delicioso aroma. Mi puerta continuaba cerrada, pero el perfume de su sangre caliente se filtró de todos modos. Llevaba varios días sin comer, pero sabía que los vampiros podíamos resistir mucho más tiempo aún. Y si mi objetivo era conseguir compartir mi intimidad con Jack, debía aprender a mantener el hambre a raya.

Por lo tanto, por mucho que el olor de Bobby incitara mi hambre, tragué saliva y decidí despejarme un poco con una buena y prolongada ducha. Justo acababa de preparar la ropa que me iba a poner, cuando experimenté una oleada de calor en el pecho, lo que significaba que Jack había llegado. Efectivamente, al cabo de un instante lo oí subir por la escalera.

—Hola —dijo Jack asomando la cabeza por la puerta—. ¿Estás despierta?

—Sí, iba a ducharme —le respondí, enseñándole la muda que había preparado—. A menos que quieras alguna cosa.

—No, ve a ducharte. ¿Te apetece ver luego una película?

—Sí, claro —dije, encogiéndome de hombros—. ¿Has dormido? —Eran más de las seis y, que yo supiera, Jack no había dormido todavía.

—No, pero estoy bien —dijo—. Hablamos cuando salgas de la ducha.

—Vale.

Y salió cerrando la puerta del dormitorio a sus espaldas. Me quedé en medio de la habitación, con la ropa en la mano, intentando comprender qué pasaba. Lo oí entonces llamar a la puerta del otro lado del pasillo. Noté que estaba nervioso, y eso me intranquilizó, de manera que decidí esperar y ver cómo acababa todo aquello antes de meterme en la ducha.

—¿Sí? —Peter abrió la puerta de su habitación, malhumorado, aunque aquél era su estado natural.

—He ido al videoclub y he alquilado *Retorno a Brideshead*. Sé que te gusta mucho y he pensado que igual te apetecía verla con nosotros. Con Alice y conmigo —dijo Jack.

—Hum..., por supuesto —dijo Peter, pillado por sorpresa, igual que yo.

—Alice se está duchando, de modo que será de aquí un rato —dijo Jack.

—De acuerdo.

—Pues muy bien. —Se produjo un silencio incómodo y entendí que Jack debía de haberse despedido al final de alguna manera, pues Peter cerró la puerta y oí que Jack volvía a bajar.

En la ducha me dediqué a cantar a pleno pulmón (esta vez tocaba la sintonía de «Las chicas de oro»), pero, incluso a pesar del sonido de mi propia voz y del ruido del agua, oí los gritos de Mae. Lo que sería como un regalo caído del cielo, ya que Peter me explicó luego que *Retorno a Brideshead* es una obra de once horas de duración que se televisó en la BBC en los años ochenta.

En aquel momento, sin embargo, los chillidos desesperados de Mae me dieron un susto de muerte.

18

En cuanto salí de la ducha comprendí que Mae no corría ningún peligro inminente y que Ezra estaba intentando tranquilizarla. Pero algo pasaba, y aquella situación no me gustaba ni un pelo. Me vestí rápidamente con un pantalón de chándal y una camiseta gigantesca de Jack y abandoné a toda prisa la habitación.

—Yo de ti no bajaría —me aconsejó Bobby. Estaba plantado delante de la puerta de la habitación de Milo envuelto en una sudadera con capucha—. No suena nada bien.

—¡Ni siquiera me estás escuchando, Ezra! ¡Nunca me escuchas! —gritaba Mae abajo.

—¿Qué pasa? —le pregunté a Bobby, con la esperanza de comprender un poco la situación antes de bajar.

—La verdad es que no lo sé. Milo y Jack se han largado por una emergencia de sangre hará cosa de un cuarto de hora y Mae y Ezra se han puesto a pelearse poco después —explicó Bobby, encogiéndose de hombros.

Una «emergencia de sangre» significaba que la reserva de

bolsas de sangre que teníamos en casa estaba en las últimas, por lo que habían ido a un banco de sangre a buscar provisiones. El estómago empezó a rugirme sólo de pensar en sangre, pero Mae continuaba gritando tan fuerte que no le hice ni caso.

—¡No me digas que me tranquilice! ¡No pienso tranquilizarme! —prosiguió Mae después de que, por equivocación, Ezra le sugiriese que se relajase un poco—. ¡En este tema no podemos ser razonables! ¡Se trata de la vida y de la muerte, Ezra!

—¡Lo sé, Mae! ¡Y es precisamente por eso por lo que debemos hablarlo! —dijo Ezra, levantando la voz, aunque no estaba enfadado. Simplemente intentaba hablar más alto que ella para que pudiera oírlo—. No es necesario que toda la casa nos oiga gritar.

—¡Me da lo mismo que me oigan! —chilló Mae, un grito que fue seguido por el sonido de un objeto haciéndose añicos, tal vez un jarrón. *Matilda* ladró a modo de respuesta y Mae le dijo que cerrase la boca.

—¿Lo ves? —susurró Bobby, pero lo que a él lo acobardaba era precisamente el motivo por el que supe que debía intervenir. Peter seguía en su habitación, intentando dormir, por lo que me daba a entender el leve latido de su corazón, lo que me dejaba a mí como la única persona capaz de remediar la situación.

Bajé y vi que *Matilda* estaba todo lo preocupada que un perro puede llegar a estarlo. Mae se encontraba de pie en el salón, con un aspecto peor incluso que el día anterior. Llevaba el pelo alborotado y tenía la piel manchada de tanto gritar y llorar. Hacía días que la veía con el mismo pijama.

El suelo estaba lleno de cristales. En la repisa de la chimenea faltaba la pesada escultura de cristal que representaba un cisne.

Tenía que haberla golpeado muy fuerte para destrozarla de aquella manera.

—Has despertado a Alice —dijo Ezra, agotado. Estaba en el otro extremo del salón, de cara a ella, con un pantalón de pijama de seda y una camiseta. Por lo visto, llevaban peleándose desde que se habían levantado.

—No, ya estaba despierta. Acabo de salir de la ducha. —Me sacudí el pelo para demostrárselo. Me chorreaba por la espalda, pues no me había dado tiempo de secármelo.

—¡Me da igual si la he despertado! ¡Me da igual si despierto a todo el mundo! —Mae levantó la cabeza para mirar al techo, como si con ello pudiese despertar a todo aquel que aún siguiera durmiendo.

—¿Piensas calmarte? Esto no tiene nada que ver con ellos. No es culpa suya —dijo Ezra.

—¿Cómo que no tiene nada que ver con ellos? —Me señaló, aunque se negó a mirarme—. ¡Tiene que ver precisamente con ellos! ¡Ellos son la causa por la que no quieres hacerlo!

—No, eso no es verdad. No tienen nada que ver —dijo Ezra con un gesto de negación.

—¿Cómo que no? ¡Tienen todo que ver! ¡No quisiste convertir a Alice porque su hermano acababa de realizar el cambio, y sé que querías convertirla! —Mae le lanzó una mirada llena de intención que no comprendí, y él negó con la cabeza—. ¡No seas tan condenadamente condescendiente, Ezra! ¡Sé que convertiste a su hermano por ella! ¿Por qué no haces, entonces, esto por mí?

—Es una situación completamente distinta, y no pienso hacerlo. Rotundamente no. —Habló en voz baja, pero su voz sonó firme y definitiva.

—¡Maldita sea, Ezra! —gimoteó Mae, con las lágrimas rodando por sus mejillas—. ¡No puedes negarme esto! ¡No tienes derecho! ¡Ningún derecho!

—No puedo permitirlo, Mae, y lo siento. —Apretó los labios pero se mantuvo en sus trece.

Daba la impresión de que Mae iba a desmayarse de un momento a otro, pero Ezra no hizo el más mínimo ademán de acercarse a ella. Deseaba ayudar, pero me daba miedo cómo pudiera reaccionar Mae. Si Ezra no pensaba ocuparse de ella, mejor sería que tampoco lo hiciese yo.

—¡No lo sientes! ¡Eres frío y cruel y no puedo pasar toda mi vida a tu lado! —Lloraba con tanta fuerza que se vio obligada a agarrarse al respaldo del sillón para no caer—. ¡No permitiré que tomes esta decisión por mí! ¡No puedes!

—Tienes razón. No puedo tomar esta decisión por ti, pero tampoco pienso tolerarla. Haz lo que te plazca, pero no permitiré que entres en mi casa con esa abominación —dijo Ezra con frialdad.

—¿Abominación? —dijo Mae mientras se le quebraba la voz—. ¡La abominación somos nosotros! ¡Ella no es más que una niña, y quiero salvarla!

—¡No puedes salvarla, Mae! ¡Lo único que puedes hacer es convertirla en un monstruo!

—¿Un monstruo como nosotros? —Mae se apartó un mechón del pelo de los ojos y bajó la vista—. Tal vez lo seamos, y tal vez lo fuera también, pero tendría una vida. Y no sería una vida mala. Podría tener todo lo que nosotros podemos ofrecerle.

—No tenemos nada que ofrecerle —replicó Ezra.

—¿Cómo puedes decir eso? —dijo Mae, mirándolo boquiabierta, y entonces me miró a mí con odio por vez primera y me encogí de miedo—. ¿Es por ella? ¿Es por Alice? ¿Es ella quien recibe todo lo que tú puedes ofrecer? Permitiste que Jack la transformara y para él no hubo represalias, a pesar de que tú acababas de transformar a su hermano. Por ella.

»¡Pues ella no es la única en esta vida que te necesita, Ezra! ¡De hecho, creo que ni siquiera te necesita! ¡No eres tan indispensable para ella! —Le temblaban los labios y miró con rabia a Ezra—. ¡Como tampoco lo eres para mí!

—Si supongo una carga para alguien, puedo marcharme. No quiero causar problemas entre vosotros dos —dije en voz baja. Aún no había comprendido del todo de qué iba aquella pelea, pero tenía claro que no quería ser su causa.

—No eres ninguna carga —dijo Ezra, mirándome con aire de disculpa—. No te preocupes por esto. Puedes subir a tu habitación.

—¿Y si se va? —dijo Mae, aferrándose a mi sugerencia, y su conducta cambió entonces por completo. Se acercó rápidamente a Ezra, sorteando con habilidad los cristales esparcidos por el suelo—. Jack y ella podrían irse a vivir a otro lugar. Él puede cuidar de ella y Milo ya es autosuficiente. Peter está casi siempre fuera. Tenemos espacio, y tenemos tiempo.

—Alice y Milo no están preparados todavía para volar por su cuenta —aseguró Ezra—. ¡Y todo esto no tiene nada que ver con ellos! Estás intentando solucionar algo que no es el problema. Aun en el caso de que todo el mundo se fuera y nos quedáramos solos tú y yo, seguiría negándome a ello. No es viable, Mae, independientemente de lo que los demás hagan o dejen de hacer.

—¡Tiene que haber algo que podamos hacer! —Se arrodilló en el suelo a sus pies. Estaba suplicándole, literalmente, y cuando le cogió la mano a Ezra, él no la retiró, aunque tampoco le dirigió la mirada—. ¡Ezra! ¡Por favor! ¡Jamás te había pedido nada como esto!

—Me has pedido ya muchas cosas como ésta y te he consentido demasiado —dijo Ezra con un suspiro—. Pero esto no puedo hacerlo. Y no lo haré.

Mae le soltó la mano y se sentó sobre sus talones. Cerró los ojos y se rascó la frente, como si con ello fuera a ocurrírsele algo.

—¿Y si ella lo quisiera? —Mae levantó la vista hacia él, pero estaba hablando de mí. Cada vez me sentía más incómoda por cómo Mae hablaba de mí, como si ni siquiera estuviera presente.

—No sé de dónde has sacado la idea de que yo tengo una relación especial con Alice —dijo Ezra, con un tono que daba a entender que ya estaba cansado de aquella insinuación. Pero no miró en dirección a mí.

—¡Porque transformaste a su hermano por ella! ¡Sé que eras contrario a la idea de sumar más vampiros a la casa y lo hiciste por ella de todos modos!

—Sí, e hice lo mismo con Jack por ti —replicó Ezra, mirando muy seriamente a Mae. El rostro de ella se ensombreció avergonzado y bajó la vista.

No tenía ni idea de qué significaba lo que acababa de decir Ezra. Según me habían dicho, Peter había transformado a Jack para salvarle la vida. La historia que todo el mundo me había explicado no mencionaba para nada a Mae ni a Ezra. Había sido un acto de compasión. Por algún motivo que desconocía, sin embargo, Mae se sentía incómoda por ello.

—Eso fue distinto —dijo Mae en voz baja.

—Sí, lo fue. Porque Alice quería de verdad a su hermano. No era un chiquillo escogido al azar. —Ezra se quedó con la mirada fija en la pared, más allá de Mae—. Y Milo es joven, pero no es un niño.

—¡Pero ella es inocente! ¡Se merece una vida! —Mae retorció entre sus manos un pañuelo de papel y se volvió hacia mí, suplicante—. ¡Díselo, Alice! ¡Da lo mismo lo que Ezra diga! ¡A ti te escuchará! ¡Si le dices que tiene que hacerlo, lo hará!

—La..., la verdad es que no sé de qué estáis hablando. —Me volví hacia Ezra en busca de ayuda, pero él se limitó a responderme con una sombría mirada—. No puedo decirle nada si no sé lo que estás pidiéndome.

—Mi biznieta, Daisy —dijo Mae, mientras unas lágrimas silenciosas rodaban por sus mejillas—. Sólo tiene cinco años y va a morir. No ha tenido siquiera oportunidad de vivir la vida. Pero si la transformamos, vivirá eternamente. ¡Podrá hacer cualquier cosa!

—Excepto hacerse mayor —le recordó Ezra—. Nunca podrá enamorarse ni casarse. Nunca podrá vivir de forma independiente, ni conducir, ni siquiera entrar en un bar. Dependerá de ti para todo, para toda la eternidad, y eso quizá te guste a ti, pero ella te odiará por haberla condenado a ser eso toda la vida.

»Habrá vampiros que nunca la aceptarán, ni tampoco a ti —prosiguió—. Intentarán matarla porque es una abominación contraria a todo lo que nosotros somos. Y eso por no hablar de los más perversos y rastreros de los nuestros, que disfrutan creando vampiros niños para convertirlos en sus esclavos o venderlos a pedófilos humanos a cambio de sangre. ¿Es ése el tipo de vida que quieres para ella? ¿Crees que sus esperanzas y sus sueños se reducen a eso?

—No será así —insistió Mae—. La protegeremos y la querremos, y tendrá todo lo que una niña podría desear.

—¡Pero no querrá ser eternamente una niña! Será una mujer atrapada en el cuerpo de una niña y con el temperamento de una niña durante toda la eternidad. Sería horrible hacerle eso a alguien a quien dices querer tanto —dijo Ezra.

—¡No lo entiendes! —Mae lo miró con desesperación y él la miró a los ojos—. ¡No puedo permitir que suceda! ¡Juré que nunca vería morir a otro de mis niños! —Ezra soltó el aire y respondió a la intensidad de ella con una expresión impasible.

—Pues entonces deja de mirar —dijo.

—¡Ezra! —grité, incapaz de creer que pudiera haberle respondido a Mae con aquella frialdad.

—¡Sé que le duele, pero no puedo hacer lo que me pide! —Su fachada serena se derrumbó por un instante para mostrarse, simplemente, exasperado y preocupado. Mae volvía a tener la mirada clavada en el suelo y estaba llorando y, por un segundo, me dio la impresión de que Ezra no tenía ni idea de cómo salir de aquello—. No puedo hacer nada para remediar esta situación.

—¡Pues consuélala en lugar de gritarle! —le dije, conmocionada aún por la frialdad que había demostrado.

—No, no pasa nada, Alice —dijo Mae débilmente, moviendo la cabeza de un lado a otro—. Ya sabía que esto era lo único que conseguiría de él. Ezra puede ser muchas cosas pero, por encima de todo, es predecible. —Se incorporó con un suspiro. Se secó las lágrimas e intentó arreglarse un poco el pelo. Y cuando se hubo recuperado mínimamente, se volvió hacia él—. Haré lo que tenga que hacer.

—Ya lo he entendido, pero no lo harás en mi casa —dijo Ezra.

—Lo sé. —Asintió una sola vez, dio media vuelta y se encaminó a su habitación.

En cuanto desapareció, permanecí un rato tratando de recobrar el aliento. Jamás los había visto pelearse por nada, y mucho menos con aquella intensidad.

Sabía que Ezra tenía razón, que convertir a una niña en

vampira era una idea imposible, pero sabía también que Mae estaba desesperada por hacer cualquier cosa para proteger a su familia.

Ezra se puso por fin en movimiento y empezó a recoger los cristales rotos. Decidí ayudarlo.

—Te has mostrado excesivamente frío con ella —dije, mientras recogía un fragmento grande de cristal.

Continuaba con el pelo mojado y el agua fría me resbalaba por la espalda. Me lo recogí detrás de las orejas. En parte estaba nerviosa por llevarle la contraria a Ezra en un asunto como aquél, pero a mi entender no tenía motivos para actuar con tanta crueldad.

—No habría escuchado nada. Lleva suplicándomelo desde que descubrió que la niña está enferma y he decidido que lo mejor para ella era que fuera lo más directo posible. —Veía a Ezra increíblemente agotado, lo que me llevó a pensar que lo que le habían hecho los licanos quizá no estuviera aún solucionado del todo.

—¿Por qué te suplicaba así? —le pregunté—. Si está convencida de hacerlo, ¿por qué no lo hace y ya está? ¿Por qué necesita tu permiso?

—Nunca ha transformado a nadie, y le da miedo, sobre todo tratándose de una niña tan pequeña. Cree que podría hacerlo mal, aunque en realidad no hay manera de equivocarse.

Recogió los fragmentos de cristal de mayor tamaño, los que podían recogerse sin necesidad de una escoba, se incorporó y arrojó el cristal a la chimenea. Cuando hubo terminado, seguí su ejemplo y arrojé yo también lo que había recogido.

—¿Y crees que lo hará ella si no lo haces tú? —le pregunté.

—Si quieres que te sea franco, no lo sé. —Su habitual voz de trueno sonó derrotada—. En realidad, tampoco es que estuviera pidiéndome permiso. Conoce muy bien mi postura al respecto. Si transforma a esa niña, no seguiré con ella. No pienso padecer esa congoja. Ninguna de las dos sobreviviría mucho tiempo. Los niños vampiros nunca consiguen salir adelante.

—¿A qué te refieres? —le pregunté.

El vampiro más joven al que conocía era Violet, y tenía catorce años. Me costaba imaginarme a un vampiro más joven aún. ¿Parecería también mayor, del mismo modo que tanto Milo como Violet tenían el aspecto de jóvenes de diecinueve años?

—Se vuelven locos, o acaban matándolos —respondió simplemente Ezra—. Aprenden, pero nunca consiguen madurar. Se hacen mayores pero no crecen. Tienen impulsos que no pueden controlar. Son volátiles y fuertes y jamás llegan a comprender las consecuencias de sus actos. A los demás vampiros les desagrada su presencia y ni siquiera les gusta verlos con vida.

»Nunca termina bien. —Se pasó la mano por su mata de pelo rubio y respiró hondo—. Y si Mae acabara transformándola, y estuviera más unida a esa niña de lo que ya lo está, terminaría muriendo en su intento de protegerla, o suicidándose cuando la niña muriera. Y no tengo ningún interés en formar parte de eso.

—¿Y Mae no lo ve? —le pregunté, aunque conocía de antemano la respuesta. El amor hacia su familia la cegaba de tal manera que le imposibilitaba pensar racionalmente. Su única preocupación era mantener con vida a la niña un día más, costara lo que costase.

—No —dijo, sonriéndome con tristeza—. Cree equivocadamente que soy capaz de conseguir cualquier cosa. Pero esta vez no es así. —Tenía la mirada perdida—. No puedo salvar a esa niña. No es más que sustituir un tipo de muerte por otro. La niña sufrirá y morirá de cualquiera de las dos maneras. Pero Mae no lo acepta.

—¿Piensas hablar con ella? A lo mejor puedes ayudarla a aceptar la realidad. Está pasando por las siete fases del duelo y me da la impresión de que está en la de negociación —dije.

—Tal vez, pero por desgracia tiene algo con lo que poder negociar. La mayoría de la gente no dispone de otro recurso, pero Mae sí. ¿Crees que alguien iría más allá de la negociación si Dios le hablara y escuchara sus súplicas?

—¿Te estás comparando con Dios? —le pregunté, enarcando una ceja.

—Sin querer —reconoció, incómodo por haber elegido aquel ejemplo—. Lo siento. No era mi intención. Pero creo que no tengo nada más que decir que pueda ayudar a Mae en su situación. —Suspiró con fuerza—. Pero... tengo la ropa en la habitación, y debo vestirme.

—¿Vais a separaros? —El nerviosismo de mi voz me sorprendió incluso a mí misma pues, en realidad, eran la única pareja estable que había conocido en mi vida. ¿Qué esperanza nos quedaba a los demás si ellos se separaban?

—Permaneceré a su lado mientras ella quiera, y siempre y cuando no transforme a la niña —dijo, pero era la típica respuesta que dan las parejas cuando están preparándose para comunicar a sus hijos su separación.

Empezaba a pensar que era simple cuestión de tiempo que todo terminara entre ellos, y aquello me resultaba aterrador. Los quería mucho a los dos y no me imaginaba una vida sin ambos.

Ezra entró en su habitación. Me costaba creer lo rígido de su comportamiento con Mae siendo como era un hombre completamente obsesionado por la idea de la familia. Estaba segura de que tenía razón en lo referente a la transformación de la niña, pero se había mostrado tremendamente inflexible con Mae. Por un lado había estado dispuesto a dar su vida por Peter, pero por el otro no permitía en ella una pasión irracional similar.

Tal vez ésa fuera su manera de proteger a la familia. Si Mae daba aquel paso, destruiría el mundo a su alrededor, Ezra incluido. No sabía qué pasaría con nuestra unidad familiar. Si nos dividiríamos entre ellos, como los hijos de una pareja divorciada, o si... no tenía ni idea.

Resultaba extraño, pues aun sabiendo que iba a vivir mucho tiempo, esperaba también que todo permaneciera igual eternamente. Ezra me había comentado en una ocasión que todos los seres humanos que conocía acabarían muriendo y que yo los sobreviviría a todos. Pero jamás se me habría pasado por la cabeza que sobreviviría a esa familia.

19

Cuando Milo y Jack estuvieron por fin de vuelta de solucionar la emergencia de sangre, les expliqué la discusión que había presenciado. Milo decidió ir a hablar con Mae para ver si conseguía hacerla entrar en razón, y le dejamos que lo intentara. Jack siguió adelante con la idea de invitar a Peter a ver una película con nosotros, pero después de aquel drama, nos decantamos por ver algo más ligero que la épica miniserie británica. Así que decidimos ver algo completamente opuesto: pusimos «Futurama».

Avanzada la noche, decidí irme a la cama, y pensé en invitar a Jack a subir conmigo. La pelea entre Mae y Ezra me había conmocionado y deseaba aferrarme a alguna cosa que supiese a ciencia cierta que estaría allí para siempre. Pero con Peter presente, mirándome además de una manera extraña, no me pareció adecuado pedírselo.

A la mañana siguiente Jack intentó despertarme temprano para que fuera con él y con *Matilda* al parque donde solía coincidir con otros perros, pero a mí sólo me apetecía dormir, así que rechacé la invitación. Pero me salió rana. En cuanto Jack se marchó, no conseguí conciliar de nuevo el sueño, aunque lo achaqué a que estaba hambrienta.

Desde el día anterior notaba en la boca del estómago un dolor que iba en aumento. Y mientras veíamos la televisión junto a Bobby, me había fascinado más observar el pulso de su yugular que las imágenes que aparecían en pantalla.

Y ese día era todavía peor. Tenía las venas y la garganta seca. Me crujían los huesos cuando movía las extremidades. No tenía energía, pero me sentía curiosamente frenética. Sabía que necesitaba comer pronto así que, por el momento, decidí evitar a Bobby.

Milo y Bobby tendrían que regresar muy pronto a la discoteca para ver cómo seguía Jane, pero yo no me sentía con ánimos para estar rodeada de humanos. De hecho, apenas si resistía estar junto a Bobby. Su latido resonaba en mis oídos y su débil aroma se filtraba a través de las paredes. Tenía que distraerme con algo si no quería volverme loca.

Fui a arreglarme, pero ni siquiera tenía energías para ducharme. Me limité a cepillarme los dientes, vestirme y recogerme el pelo en un moño suelto. Intenté de nuevo hablar con Jane, pero seguía sin responderme.

Me imaginé que tenía que plantearme comer alguna cosa, pero quería controlarme en serio. Porque deseaba de verdad estar a solas con Jack, y aquélla era la única forma de conseguir confiar en mí misma. Llamé a la puerta de la habitación de Peter y me mordí el labio. Tenía menos probabilidades de morderlo a él que a Bobby y, si acababa mordiendo a Peter, él tenía más probabilidades de supervivencia.

—¿Qué pasa? —dijo Peter, malhumorado, al abrir la puerta—. ¿Hay fuego en la casa?

—No. ¿Puedo pasar? —Me recogí un mechón de pelo detrás de la oreja. Los ojos verdes de Peter transmitían perplejidad, pero cedió y se apartó para dejarme entrar.

Aspiré profundamente al pasar por su lado. Casi había olvidado lo bien que olía. Antes de que comprendiera bien de qué iba todo aquello, su sangre había llegado a ser para mí el mejor aroma del mundo. Cuando era humana, ese olor penetrante que Peter dejaba a su paso me resultaba embriagador y no me había dado cuenta de que, en realidad, lo que anhelaba era su sangre. Ahora que lo comprendía, su olor era más fuerte y delicioso si cabía.

—Creo que estás hambrienta —dijo Peter, antes de cerrar la puerta del dormitorio una vez hube entrado, un hecho que me habría preocupado de haber tenido la cabeza más despejada.

—Sí, bueno... —Intenté restarle importancia. Si Peter se había dado cuenta era que empezaba a vérseme mal. Estaba pálida y el corazón me latía excesivamente rápido.

La habitación estaba todo lo desordenada que Peter se permitía, lo que se traducía en que estaba mucho más limpia que la mía y que la habitación donde dormía Jack. La gigantesca cama con dosel estaba por hacer. Las ventanas que daban al balcón estaban ligeramente entreabiertas y una gélida brisa levantaba las cortinas.

Las paredes estaban cubiertas de estanterías repletas de libros. Por lo visto, y a tenor de los diversos libros que había esparcidos encima de la cama, Peter había decidido pasarse el día leyendo. Me fijé también en otro libro, con una cinta roja a modo de marcapáginas, abierto sobre el sillón blanco que había junto a la librería.

Deambulé por la habitación, tratando de ignorar el doloroso rugido de mi interior, y me detuve en seco cuando vi una mancha roja sobre la alfombra blanca.

—Tal vez deberías comer —dijo Peter, con un matiz de inquietud en sus palabras. Me había sorprendido mirando la mancha. Era sangre, mi sangre, de cuando estuvo a punto de matarme.

—¿Por qué no te deshaces de la alfombra? —Empecé a retorcer el extremo de mi camiseta, desasosegada, y me volví para enfrentarme a él.

—Como muy bien puedes adivinar, no estoy de humor para perder el tiempo —dijo, haciendo caso omiso a mi pregunta.

Evitó mi mirada e hizo un gesto que abarcaba su habitación, como si el estado en que se encontraba la estancia significara algo para mí. Veía las venas latiendo con delicadeza bajo su piel suave y bronceada y me di cuenta de que el pulso se le aceleraba de un modo apenas perceptible. Lo ponía nervioso, y me alegraba de que así fuera, por poco que sirviera para aliviar los dolores que me provocaba el hambre.

—Has cerrado la puerta —dije, señalándola—. Creo que sí que puedes hablar. Lo que pasa es que siempre quieres ser tú quien imponga las condiciones.

—¿Y qué tiene eso de malo? ¿Acaso no tratas también tú de imponer siempre tus condiciones? —Se pasó la mano por el pelo. No se lo había cortado desde que habíamos vuelto de viaje y, pese a que nunca había sido muy aficionada a los chicos con pelo largo, tenía que reconocer que a él le sentaba de maravilla.

Aunque, para ser justos, a Peter todo le sentaba de maravilla. Con unos vaqueros ceñidos y un jersey blanco que se adhería con delicadeza a su musculatura, continuaba siendo el vampiro más atractivo que había visto en mi vida, y eso era decir mucho. Lo odiaba por ello. Odiaba que pudiera pasarse el día encerrado en la habitación y que, sin hacer nada, consiguiera estar tan atractivo. Más que eso, odiaba seguir sintiéndome atraída hacia él, cuando sabía muy bien que no existían motivos para ello.

—Trato de que las cosas sean como a mí me gusta que sean, pero no obligo a nadie a regirse según mis reglas —dije.

—Tampoco yo. ¿Acaso te obligo a algo? —Peter me miró fijamente, y me atravesó con sus brillantes ojos de color esmeralda. Seguían deslumbrándome, aunque no como lo habían hecho antiguamente; sin embargo, quizá debido al hambre, su mirada me afectaba todavía más. Peter me resultaba mucho más seductor que nunca.

—No, pero... no sé. —Negué con la cabeza y me aparté de él para empezar de nuevo a deambular de un lado a otro de la habitación. Peter se apoyó en uno de los postes de la cama y se cruzó de brazos.

—¿Por qué no comes algo en lugar de venir a incordiarme? —me preguntó.

—No, no, no puedo —dije, desestimando su sugerencia—. Estoy bien.

—Muy convincente. —Suspiró—. ¿Es eso lo que has venido a hacer? ¿Has venido a distraerte un rato para no tener que pensar en comida? Estoy seguro de que has tenido fantasías con ese juguetito de tu hermano, ¿a que sí?

—¡No seas repugnante! —le amonesté, aunque no andaba del todo desencaminado y eso me hizo ruborizar.

—No es repugnante. Es algo de lo más normal. —Entrecerró los ojos como si acabara de pasársele una idea por la cabeza—. Aún no has mordido a nadie, ¿verdad? ¿Sigues siendo virgen desde el punto de vista de los vampiros?

—Soy virgen desde todos los puntos de vista —murmuré casi para mis adentros sin que me diera tiempo a contenerme.

—¿Qué acabas de decir? —preguntó Peter, abriendo los ojos como platos.

—Oh, no tiene importancia —dije, con un gesto de negación, y me ruboricé todavía más—. Mi transformación es muy reciente. Necesito tiempo para tenerlo todo bajo control.

—Ya entiendo. —Sonrió afectadamente y yo suspiré con fuerza.

—¡Para! ¡No me mires así! —le espeté, y lo único que conseguí fue que riera entre dientes. Refunfuñando, eché un vistazo a la habitación, desesperada por encontrar otra cosa de la que hablar.

Sobre la cama, medio cubierto con la colcha en un vano intento de ocultarlo, había un libro. Pero no se trataba de un libro cualquiera. Aquel libro contaba con más de un siglo de antigüedad, con las cubiertas gastadas y las hojas sobadas que yo había pasado mucho tiempo leyendo hacía ya varios meses. Se titulaba *Breve historia de los vampiros* y Jack me había convencido de que lo había escrito el propio Peter en persona. Lo robé en su día de la habitación de Peter, y lo tuve conmigo hasta que de pronto me desapareció misteriosamente.

Me acerqué a la cama dispuesta a coger el libro, pero Peter se percató de lo que iba a hacer y se dispuso a cortarme el paso. Era mucho más rápido que yo pero, viendo que había adivinado sus intenciones, su intento fue poco entusiasta.

Me agarró por la muñeca justo cuando mi mano rozaba la colcha y casi en el mismo instante en que su piel rozó la mía, empezó a subir de temperatura. Fingí no darme cuenta y aparté la mano antes de que notara que el pulso se me aceleraba con el contacto.

—¡Te lo llevaste tú! —Cogí el libro y lo agité delante de su cara, como si él no supiera de qué le estaba hablando—. ¡Sabía que lo habías cogido tú!

—¡El libro es mío! ¡Tú me lo robaste! —Peter intentó ponerse a la altura de mis quejas, pero fracasó. De no conocerlo como lo conocía, habría dicho que estaba abochornado porque lo hubieran pillado prácticamente con las manos en la masa.

—¿Y? —Dudé un momento, ya que en realidad tenía razón—. Tú no estabas leyéndolo por aquel entonces y yo no te lo «robé». Lo cogí prestado.

—Y yo decidí recuperarlo. —Extendió la mano para cogerlo, pero retiré el brazo antes de que él lo alcanzara. Me dio la impresión de que todo aquello no le hacía ninguna gracia y me tendió la mano, a la espera de que le entregara el libro—. ¿Puedes devolvérmelo, por favor?

—Estaba leyéndolo. Me gustaría saber cómo termina. —Lo abrí, lo hojeé e intenté leerlo por encima.

Peter me miraba iracundo, por lo que me resultaba imposible prestar mucha atención al contenido. En realidad, el libro no se leía como una novela, sino que era en parte como un diario y en parte como un manual de consejos prácticos.

—«Rosebud» es el nombre del trineo —replicó Peter con impertinencia, apuntando la frase final de *Ciudadano Kane*.

—¿Por qué no quieres que lo lea? —le pregunté, levantando la vista.

—No es que no quiera que lo leas —dijo sin mirarme a los ojos, por lo que me dio la impresión de que no estaba siendo del todo sincero.

—Y entonces ¿por qué te lo llevaste de mi habitación?

—Porque... —Dudó un instante, algo muy excepcional en él, y se restregó los ojos—. Porque no quería que siguieses teniéndolo contigo. —Nunca había logrado inquietarlo ni enojarlo de aquella manera, y estaba disfrutándolo. Normalmente era él quien me hacía subirme por las paredes—. ¿Recuerdas cuándo te lo cogí?

—Sí, fue la noche que entraste furtivamente en mi habitación —dije. Aunque aquella noche hizo algo más que limitarse a entrar furtivamente en mi habitación.

—Y la noche en que te mordí. —Su mirada cambió, se alteró su latido. Aquel mordisco había dejado en él emociones profundas, aunque no lograba adivinar de qué se trataba—. Tu sangre sabía a Jack, y... por eso no quise que el libro continuara en tu poder.

—Es tu libro, ¿verdad? —Dejé de provocarle—. Me refiero a que lo escribiste tú, ¿no es eso?

—Sí —respondió en voz baja—. Y espero que comprendas por qué no quería que lo tuvieses después de lo que había sucedido con Jack.

—Lo comprendo. —Extendí la mano con el libro para que lo cogiera, pero él se quedó mirándolo un instante y levantó la vista a continuación.

—¿Aún quieres leerlo?

—Sólo si no te importa que lo haga.

—No creo que lo que a mí me importe sea relevante para ti. —Su voz era apenas audible y se apartó de mí, apoyando la espalda en la cama.

—¡Esto no es justo, Peter! ¡Estoy haciendo todo lo posible para hacer las paces contigo!

—Lo sé —dijo, suspirando—. Coge el libro. Léelo. Así te olvidarás por un rato de lo hambrienta que estás y podrás follar por fin con Jack.

Me quedé boquiabierta. Eso era precisamente lo que intentaba lograr, pero no era necesario que Peter me lo echase en cara de aquella manera, como si fuese una cosa sucia y mala. Me dolió y me cabreó hasta tal punto que le lancé el libro y decidí largarme de allí.

—¡Espera, Alice! —gimió Peter, y me agarró del brazo para

impedir que saliera de la habitación—. Lo siento. Eso no venía a cuento.

—Tienes que poner también de tu parte. —Estaba casi suplicándole—. Yo no paro de intentarlo. E incluso Jack lo intenta también. Pero tienes que ayudarme a salir de ésta. Tienes que... —Me interrumpí y aparté la vista.

—¿Por qué es tan importante que te perdone? —me preguntó Peter.

Ésa era la pregunta que latía en el fondo de todo lo que sucedía. ¿Por qué me importaba tanto lo que Peter pensara de mí? No se trataba tan sólo de conseguir que Jack y él restauraran su relación o repararan los daños causados a la familia. Era algo más, algo que no conseguía explicar.

—¿Por qué volviste? —susurré, incapaz de mirarlo. Notaba su mano ardiendo sobre mi brazo y sabía que debía apartarme, pero no lo hice.

—Tú me pediste que lo hiciera.

—No, no me refiero a Finlandia. Me refiero a la noche que te llevaste el libro. Llevabas meses ausente y de repente, una noche, apareciste en mi habitación y bebiste de mi sangre. —Me mordí el labio, sin saber por qué estaba preguntándole aquello. Ni por qué seguía preocupándome lo sucedido aquella noche—. ¿De verdad deseabas tanto mi sangre?

—Tu sangre es divina —reconoció con tristeza—. Pero yo siempre quise más que eso. —Soltó el aire bruscamente—. ¿Qué tienes? Tú no eras más que una humana, e incluso ahora que ya no estoy vinculado contigo... —Se interrumpió, y finalmente levanté la vista para mirarlo a los ojos—. ¿Por qué eres irresistible para mí?

Cogí aire e inspiré su aroma, cuando lo que debería haber hecho era salir corriendo de allí. Su piel abrasaba y sentía cómo mi cuerpo se apresuraba por alcanzar una temperatura pareja. Sus ojos verdes ardían con tanta intensidad que me resultaba imposible dejar de mirarlos. El latido de su corazón desgranaba mi cuerpo.

Su aroma y su carisma impregnaban hasta tal punto el ambiente que podía casi saborearlo, y era lo único que deseaba. Lo deseaba de un modo visceral.

De repente noté su boca en la mía y no sé si fui yo la que me acerqué a él, o él quien se acercó a mí, pero lo que tengo claro es que no opuse resistencia. Sus besos eran bruscos y tiernos a la vez. Enterré los dedos entre su pelo grueso y sedoso y me pegué a él al máximo. Sus músculos eran como granito dando forma a mi cuerpo y me abrazó con fuerza, aplastándome contra él. Su boca tenía un sabor increíblemente dulce, y yo deseaba aún más.

Una sensación cegadora de hambre se apoderó de mí, una combinación entre ansia de sangre y pasión. Mis sentidos empezaban a fundirse en uno solo. Estaba saboreando lo que sentía en aquel momento y no veía nada. Mi pulso latía al ritmo del de él, con fuerza y calidez.

Su olor era tan delicioso que me resultaba incluso insoportable. Mi cuerpo abrasaba por él, tenía la sensación de que mi piel ardía en llamas y que sólo morderlo me proporcionaría consuelo.

Me besó con fiereza y, casi jugando, presioné los dientes sobre sus labios. No pretendía morderlo, pero tanteé el terreno para ver si podía hacerlo.

Peter gimió, y el sonido de su voz se expandió por mis entrañas. Me permitía morderlo de buena gana, me permitía beber el maravilloso elixir que fluía por su cuerpo, y mi deseo por él era tal, que incluso resultaba doloroso.

20

Pero justo antes de clavarle los dientes, algo en mi interior recuperó la cordura por un instante y gritó la palabra «Jack».

Me gustaría poder decir que en aquel mismo instante acabé con aquello, pero no fue así. Pensar en Jack me hizo dudar antes de morder a Peter, pero no alteró la intensidad de mi deseo.

Todo en Peter estaba concebido para que lo deseara. Su sangre, su forma de tocarme, su olor, todo estaba pensado para mí. Amaba a Jack, pero el caparazón físico de Peter era todo lo que mi cuerpo estaba destinado a desear.

No sé cómo conseguí liberar mi boca de la suya, pero permanecí entre sus brazos, atrayéndolo hacia mí. Peter empezó entonces a besarme el cuello y, por muy maravillosa que pudiera ser la sensación de su mordisco, no quería que me mordiese. Me moría de hambre, y perder sangre no habría hecho más que empeorar las cosas.

Al final, lo que me salvó fue el hambre.

—No —gemí, e intenté separarme de su abrazo. No sé muy bien si es que no me oyó o si no quiso oírme, pues siguió pegado a mí, con los labios recorriendo la sensible piel de mi cuello—. ¡Peter! ¡No!

Tuve que empujarlo para que me soltara. Pero apenas me sostenía en pie y caí hacia atrás. Con los besos, se me había deshecho por completo el moño suelto que llevaba y el pelo me caía por la cara, lo que dificultaba aún más mi ya borrosa visión.

El hambre y la intensidad de los besos me habían dejado mareada y con una sensación extraña. Era casi como si estuviera borracha. El ansia de sangre me llevaba a verlo todo como si estuviera envuelto en una neblina rojiza.

—No puedo hacerlo —dije con voz débil y negando con la cabeza.

—Lo siento. —Peter intentaba recuperar el aliento, sin mirarme.

Luché contra la necesidad de abalanzarme de nuevo sobre él, y creo que él hacía lo mismo. Para evitar la tentación, Peter dio media vuelta y salió al balcón.

Cuando hubo salido, me agarré a la cama para no caerme. La pasión del momento empezaba a desvanecerse, pero el ansia de sangre se negaba a hacerlo. Si no comía pronto, me volvería loca y acabaría matando a alguien. Amenazaba con asomar a la superficie una parte de mí tremendamente oscura y animal que necesitaba reprimir.

—¡Milo! —grité, una vez salí al pasillo. No podía solucionar aquello por mí misma. El estómago me daba bandazos y gruñía, el cuerpo me ardía—. ¡Milo!

—¿Qué pasa? —Milo salió de su habitación y me entraron ganas de morderlo. Fue una suerte que Bobby no apareciera tras él, porque no estaba segura de haber podido rechazarlo—. ¡Oh, Dios mío! ¡Alice!

—¡Necesito comer! ¡Ahora! —Caí de rodillas al suelo, sujetándome el vientre. Mi visión era cada vez más borrosa y olía a Bobby y a Milo. Se me hacía la boca agua. Estaba al borde de perder el conocimiento y terriblemente asustada.

—¡Joder! ¡De acuerdo! ¡Espera un momento, Alice! —Milo me rodeó por la cintura, un gesto que no era precisamente el más sabio del mundo en aquellas circunstancias, pues dejaba su cuello a mi alcance y me planteé muy en serio desgarrárselo.

Cerré los ojos e, intentando no pensar en nada, dejé que me guiara hasta abajo. El dolor era abrumador y me movía con rigidez, como una zombi. El trayecto se me hizo eterno y, de hecho, ni siquiera recuerdo que camináramos. Lo siguiente que recuerdo es que estaba delante de la nevera y Milo me entregaba una bolsa y me prometía que todo iría bien.

La sangre se deslizó fría por mi garganta y aquel delicioso calor abrasador se apoderó de mí. Beber era estupendo, pero no fue igual que siempre. En lugar de ser un placer, fue más bien como si estuviera mitigando el dolor. Engullí varias bolsas en un período de tiempo muy breve, y después de aquello recuerdo muy poco. Perdí la consciencia prácticamente en el mismo instante en que sacié mi sed.

Para empeorar las cosas, cuando me desperté en la cama de Jack lo encontré sentado a mi lado, mirándome con una mezcla de preocupación y adoración. Acababa de besar a su hermano y a él sólo le importaba que yo me encontrara bien. Claro está que Jack no sabía que había besado a Peter, pero aquel detalle empeoraba incluso más si cabía la situación.

Y la mejoraba, también. Porque de haberlo sabido, era más que probable que nunca volviera a dirigirme la palabra, y no estaba muy segura de que pudiera resistir eso.

En cuanto le garanticé a Jack que todo iba bien, insistió en que me diera una ducha caliente. Intentó besarme, pero conseguí evitarlo sin despertar excesivas sospechas. De haberlo hecho, habría percibido el sabor de Peter, y eso era lo último que quería: que Jack lo descubriera.

La ducha caliente no me sirvió para solucionar nada, pero me concedió tiempo para pensar. ¿Por qué había besado a Peter? El hambre me había sumido en un estado débil y vulnerable, pero incluso si ahora pensaba en lo sucedido, en la sensación de su boca sobre la mía, el deseo de besarlo seguía ahí. Me invadió una repentina oleada de calor y manipulé los mandos para bajar la temperatura del agua.

Era evidente que no debía volver a besar a Peter jamás. Nadie se enteraría de lo sucedido. Amaba a Jack, y lo amaba de verdad y con sinceridad. Lo que pudiera sentir por Peter tenía que ser algún tipo de residuo del vínculo que nos había unido, y nada más.

Era como cuando el ansia de sangre empujaba a mi cuerpo a desear cosas que yo en realidad no deseaba, como cuando antes me volví loca y deseé beber la sangre de Milo o la de Bobby. No era lo mismo que desear de verdad a Peter o que Peter me gustara de verdad. En realidad, no albergaba ese tipo de sentimientos hacia él... ¿no? No podía. Era imposible, porque quería a Jack y había hecho todo lo posible por liberarme de Peter.

Y eso era lo que quería, ¿verdad?

Cuando salí del baño, el televisor estaba encendido y Jack había elegido un programa sobre tiburones en Discovery Channel. No sé si Jack pretendía ser irónico con aquello. Los tiburones se volvían locos cuando olían sangre y, por lo visto, a mí me sucedía lo mismo.

De todos modos, Jack no le prestaba atención. Estaba de pie delante del espejo que había en una pared de la habitación, vestido con sus habituales bermudas, calcetines de patinador, camisa blanca de vestir y corbata negra. Tenía toda su atención volcada en la corbata mientras trataba de anudársela correctamente, aunque echaba un vistazo a la pantalla cada vez que la música del programa adquiría un matiz dramático.

—¿Qué? ¿Qué tal te encuentras? —Jack no se volvió del todo cuando salí del baño, pero me miró con preocupación y esbozando una sonrisa torcida.

—Mucho mejor. – Me obligué a regalarle una radiante sonrisa y me aproximé a él.

Me había vestido con un pantalón de pijama y una de sus camisetas, mi uniforme habitual para meterme en la cama. Pronto empezaría a clarear, lo que significaba que me había pasado casi toda la noche durmiendo. Volvería a sentirme cansada en seguida.

—Tienes mucho mejor aspecto. Las duchas son la respuesta ideal para todo —dijo con una nueva sonrisa, y volvió a mirarse al espejo.

—¿Qué haces? —le pregunté.

—Intento anudarme la corbata. —Estaba muy concentrado, aunque sabía que tenía también un oído pegado a la tele. Jamás se perdería el ataque de un tiburón—. Suele ser Ezra quien me las anuda, pero ya está empezando a hartarse del tema.

—¿Y crees que lo conseguirás?

—Imposible. —Miró con expresión agotada su figura reflejada en el espejo—. Se supone que los vampiros son los más listos de todos, los que más talento tienen y todas esas cosas. ¿Te imaginas lo mal que me anudaría esta cosa de seguir siendo mortal? —Reprimí una carcajada al comprobar su falta de destreza y me miró esperanzado—. Tú no sabrás hacerlo, ¿verdad?

—Ni idea —dije, acompañando mis palabras con un gesto de negación—. Jamás he tenido la necesidad de anudar una corbata, porque Milo sabe hacerlo. Podrías pedírselo a él. Seguro que te ayudará encantado.

—Tal vez. Pero pienso que la gracia está en que aprenda a hacerlo de una vez. —Deshizo el lío que había creado, dispuesto a empezar desde el comienzo de nuevo, pero la música del televisor subió de volumen y se tornó siniestra, y Jack se volvió para mirar.

En la pantalla, un tiburón estaba destrozando un cadáver que el equipo de filmación había lanzado al agua. El narrador no paraba de hablar sobre lo perfectamente bien que estaba concebida la dentadura del tiburón para destripar carne y arrancar huesos.

—¡La hostia! ¿Has visto eso?

—Sí, muy intenso —dije.

A pesar de que no me gustaba nada ver a tiburones atacando a otros animales como focas o ballenas (y aunque, curiosamente, no me importaba ver ataques de tiburones contra personas), la potencia y la elegancia de los tiburones me parecían bellas y sobrecogedoramente inspiradoras.

—Ya sabrás que los tiburones son los únicos enemigos naturales que tenemos los vampiros —dijo Jack, con los ojos clavados en la pantalla.

—Sí, me lo comentó Ezra —dije—. Pero no sé si en realidad son un enemigo «natural». Porque me pregunto cuántos vampiros vivirán en el agua.

—Eso es verdad. —Cuando terminó la escena del ataque y volvieron a aparecer en la imagen tiburones nadando tranquilamente, Jack dejó de prestar atención a la pantalla—. Pero piensa que nosotros seríamos algo similar a eso si nos arrancaran cualquier rasgo de humanidad o de conciencia. Son puro músculo, además de ser máquinas de matar perfectamente diseñadas. Claro que tienen más dientes que nosotros, y por eso son mejores en ese aspecto. —El programa pasó a publicidad y Jack me dedicó una sonrisa antes de volcar de nuevo toda su concentración en la corbata.

—¿De verdad te gustan los tiburones? —le pregunté, aun conociendo de antemano la respuesta. El verano anterior habíamos visto *Tiburón* cuatro veces, e incluso me había obligado a ver la secuela que supuestamente era en 3-D, además de *Tiburón: la venganza*, porque (y cito aquí sus palabras textuales) «esta vez es un tema personal».

—Sí, ¿por qué?

—Mañana podríamos ir al zoo —sugerí—. En el acuario hay tiburones y si entramos allí no tendríamos que preocuparnos del sol. No será superexcitante, pero estaría bien salir un poco de casa.

—Sí, claro. Me parece bien —dijo con una sonrisa.

Su sonrisa era tan maravillosa que sentí una punzada interna de dolor. Me acerqué a él por detrás y lo abracé, descansando la cabeza sobre su espalda, entre los omóplatos. Lo único que deseaba era estar pegada a él.

—¿Qué te sucede? —Dejó correr la corbata y posó las manos sobre mis brazos. Su voz denotaba preocupación—. ¿Estás bien?

—Sí, claro. Sólo que te echo de menos, eso es todo. —Lo echaba de menos, mucho, y además me sentía un poco culpable, pero eso él no podía saberlo—. Tengo la impresión de que últimamente hemos pasado juntos muy poco tiempo.

—Anoche vimos juntos toda la temporada de «Futurama» —dijo Jack riendo, y noté la vibración de su risa a través de la espalda. Sentí escalofríos de placer y lo apretujé con fuerza. Se deshizo de mi abrazo y se volvió para mirarme—. Pero me imagino que por mucho tiempo que estemos juntos, nunca será suficiente.

Me besó con ternura y mi corazón se hinchó de pura felicidad. Era evidente que no podía disfrutar por completo de aquel momento, porque me resultaba imposible no pensar en los besos de Peter y en lo distintos que eran a los de Jack. Y él debió de notarlo, pues se apartó y se quedó mirándome, con los ojos azules llenos de preocupación.

—¿Estás segura de que te encuentras bien?

—Sí, claro. —Bajé la vista—. Tan sólo estoy un poco conmocionada por lo de hoy.

—Le cogerás el tranquillo. Es sólo cuestión de tiempo —me garantizó. Verlo tan preocupado servía sólo para sentirme todavía más culpable, de modo que me alejé de él y me senté en la cama. La distancia me iría bien.

—¿Y por qué Milo se adaptó tan de prisa? —le pregunté.

—Me imagino que depende de la persona —dijo Jack, y se encogió de hombros antes de volver a mirarse al espejo—. A mí me costó mucho, muchísimo más tiempo que a él, aunque, por lo que se ve, me cuesta aprender en general.

Jack continuó practicando sus nudos y, pese a que al final consiguió algo que tenía un aspecto bastante profesional, no logró lo que a él le habría gustado. Yo continué sentada en la cama, mirando el programa de los tiburones y charlando con él. La noche, sin embargo, llegó rápidamente a su fin. Cuando Jack empezó a bostezar yo no estaba todavía preparada para su marcha, pero él insistió en que en seguida volveríamos a estar juntos.

Acababa de comer, pero comí de nuevo antes de acostarme. Si mi intención era pasar la tarde del día siguiente rodeada de gente, quería estar preparada. La idea de visitar el zoo me entusiasmaba, y por eso me levanté temprano y me preparé. Jack entró justo cuando ya me estaba calzando.

—¿Lista? —dijo sonriéndome.

—Siempre. ¿Y tú estás seguro de estarlo? —Observé su modelito, que no era otro que su uniforme habitual: bermudas, zapatillas deportivas en dos tonos fluorescentes y una camiseta con algún personaje de *La guerra de las galaxias*.

—¿Qué tiene de malo mi atuendo? —dijo, mirándose la ropa.

—Nada, excepto que estamos a finales de octubre, la temperatura debe de rondar los diez grados y estaremos al aire libre. Además, hace sol. —Yo había elegido vaqueros, camiseta de manga larga y un fular precioso para anudarme al cuello. Por mucho que a nosotros nos gustara el frío, a los humanos no, y supuestamente teníamos que parecer humanos.

—Estaré bien, y tampoco es que haga tanto frío —replicó con un gesto de indiferencia—. Anda, vámonos. Quiero ver las nutrias antes de que oscurezca.

La luz del sol no se prolongaría mucho tiempo más y, de todas maneras, tampoco podíamos estar tanto rato expuestos. Si íbamos al zoo, Jack quería aprovechar para ver unos animales en particular mientras tuviéramos oportunidad de hacerlo. Al bajar la escalera empezó a decirme que se negaba a transigir en cuanto a ver los perros de la pradera, pero entonces nos tropezamos con Peter y desconecté por completo.

21

Podría parecer extraño que viviera en la misma casa que Peter, que mi habitación estuviera justo enfrente de la suya, y que hubiera conseguido evitarlo desde que nos besáramos. Pero había una explicación: no había salido hasta entonces de la habitación de Jack. No quería ver a Peter, y ésa era en parte la lógica que respaldaba mi propuesta de excursión al zoo.

Pero por desgracia, cuando bajamos la escalera que conducía al salón, Peter estaba allí. No estaba mirándonos, pero mi reacción fue igualmente de pánico.

—¿Pasa alguna cosa? —me preguntó Jack.

—No, estoy bien —dije, moviendo la cabeza de un lado a otro para despejarme.

Ezra estaba colgando en la pared una nueva pantalla gigante de televisión y Peter y Bobby supervisaban los trabajos. No sé muy bien qué le pasaba a la antigua pantalla, aunque me inclinaría a decir que nada. Peter estaba de pie a escasos metros del lugar donde Ezra sujetaba la pantalla y Bobby estaba tumbado en el sofá, reventando las burbujas del envoltorio de plástico del nuevo aparato. A sus pies, se encontraban la caja de cartón y el televisor «viejo».

—¿Qué sucede? —pregunté, aunque en realidad no pretendía decir nada. Lo que deseaba era salir corriendo de allí antes de que a Peter le diera tiempo de mirarme, o de mirar a Jack, aunque, bien pensado, sería una actitud extraña por mi parte.

—Ezra ha comprado un televisor nuevo —respondió Bobby, observando cómo Ezra se las apañaba para manejar un aparato que un humano jamás habría podido mover solo debido a su gran peso y tamaño.

—¿Está recto? —preguntó Ezra, sujetándolo por la parte de abajo y retrocediendo un paso para verlo—. Más vale que lo esté porque ya he conectado todos los cables.

—Sí, está recto —dijo Peter, y el pulso se me alteró sólo con oír su voz.

—¿Qué le pasaba al otro televisor? —pregunté para distraerme.

—Nada. —Ezra retrocedió un poco más para admirar el resultado de su trabajo manual—. Esta mañana, Jack y yo hemos pasado por una tienda y hemos descubierto que este televisor es muchísimo mejor que el otro.

—¿Así que habéis ido de compras? —pregunté, levantando una ceja y mirando a Jack—. ¿Y a qué hora te has levantado?

—Bastante temprano —dijo Jack, sin darle importancia—. Ezra iba de tiendas y me ha preguntado si quería acompañarlo... ¿y quién pasaría por alto una oportunidad así?

—Yo no veo ninguna diferencia entre este aparato y el que teníamos antes —dijo Peter, haciéndose eco de mis pensamientos—. Ni siquiera es más grande, ¿no?

—¡No se trata de que sea más grande! —Jack se apartó de mi lado para acercarse al televisor y así poder explicar mejor todas sus gracias. Cambió al instante a una jerga técnica, lo cual me parecía una tontería, pues lo más probable era que Peter estuviera aún menos al tanto que yo de los avances tecnológicos. Los obsesos de las novedades y la electrónica eran Ezra y Jack.

—A mí simplemente me parece un televisor más —dijo Peter en cuanto Jack finalizó su explicación.

Jack se mofó de él en voz alta y esta vez, incluso Ezra salió en defensa de su adquisición. Llegó un momento en que podría decirse que prácticamente hablaban sólo para ellos, y Peter aprovechó para mirarme. Fue un segundo, y yo aparté la vista casi al instante, pero aun así nuestras miradas se encontraron. Era imposible que existieran ojos más verdes que los de Peter y no estaba nada bien pensar en lo atractivos que resultaban.

Al menos, él actuaba con mucha más frialdad que yo. Si Jack y Ezra no estuvieran tan emocionados con su nuevo artilugio, estoy segura de que se habrían dado cuenta de lo extenuada que estaba. Cuando aparté la vista, Peter se sumó a ellos y continuó fingiendo interés.

Bobby seguía sentado en el sillón, balanceando los pies por el extremo y más distraído con las burbujas de plástico que con el televisor. Milo estaba desaparecido, lo cual me pareció extraño, pues ese tipo de cosas le encantaban. También tendría que estar allí explayándose con el nuevo aparato.

—¿Dónde está Milo? —le pregunté a Bobby, segura de que nadie más me escucharía a no ser que emplease las palabras «HD» o «plasma».

—Está ayudando a Mae con la colada —dijo Bobby, antes de hacer estallar otra burbuja.

Sentí tentaciones de robarle el plástico de burbujas pero, por otro lado, vi que se abría ante mí una probabilidad de escapar y la aproveché. Pasarían al menos diez minutos o un cuarto de hora hasta que Jack estuviese dispuesto a marcharse, y prefería pasar aquel tiempo en algún lugar donde no estuviese Peter. Jack estaba tan distraído que ni siquiera se percató de que yo abandonaba el salón.

En el pasillo, entre el estudio y el cuarto de baño principal, se encontraba la habitación que hacía las veces de lavandería, en la que había dos conjuntos de lavadora y secadora de alta gama. En casa éramos siete y eso se traducía en mucha colada. Yo intentaba ocuparme de la mía y de la de Jack, pero Mae siempre se las apañaba para adelantárseme. Era mágica en ese sentido. En la lavandería había diversos estantes con perchas.

La mayor parte de la inmensa cantidad de ropa de Jack acababa allí, colgada en las perchas. Tenía los trajes en bolsas de plástico, perfectamente planchados, y los guardaba allí para que no se aplastaran y arrugaran en nuestro vestidor. Olía a ropa limpia, pero aun así percibía el rastro de todos nosotros en las prendas y, muy especialmente, el aroma de Jack. Por muchas veces que se lavara, la ropa siempre conservaba el olor de su propietario.

Las máquinas estaban dispuestas junto a una de las paredes, un conjunto en color azul oscuro y el otro en un curioso tono anaranjado. Por lo visto, los días de las máquinas blancas de toda la vida eran cosa del pasado. Milo estaba sentado encima de una de las lavadoras, viendo como Mae sacaba toallas de la secadora y las doblaba. Estaba segura de que mi hermano se habría ofrecido a ayudarla, pero que ella se habría negado. Mae consideraba que su deber era hacerlo todo por nosotros.

Milo se había vestido y estaba muy guapo, excepto por el detalle de que se había pintado las uñas de los pies, una decisión que achacaba a la influencia de Bobby. Mae, por otro lado, iba todavía en pijama y, de hecho, hacía días que no la veía vestirse de calle. Llevaba el pelo recogido, pero aquello más bien parecía un nido de ratas que un moño.

—¿Cómo va todo? —les pregunté, tratando de mostrarme alegre en lugar de preocupada. En el momento de entrar, Milo me había lanzado una mirada cauta y Mae apenas si me había mirado.

—Tendré que comprar toallas nuevas —dijo Mae. La calidez habitual de su acento británico le daba esta vez un tono egoísta y mandón, aunque era preferible eso a que estuviera llorando—. Dejáis tanto tiempo las toallas mojadas en la habitación que huelen a moho y no consigo sacar ese olor.

—Lo siento, lo tendré en cuenta —dije. Jack y yo éramos los más desordenados de la casa, a menos que Bobby resultase ser extraordinariamente sucio.

—No he dicho que sea culpa tuya. —Mae me habló casi con brusquedad y continuó doblando toallas con una expresión malhumorada.

Estoy segura de que a Mae le encanta ocuparse de la colada. La he visto doblando y lavando ropa y podría decirse que es casi un rato de meditación para ella. Aunque esta vez no era precisamente así.

—Bobby y yo siempre procuramos bajar las toallas —le dijo Milo, y le lancé una mirada asesina.

—¿Y cómo es que Bobby hace su colada aquí? —le pregunté, dándome cuenta de que había ciertas cuestiones básicas sobre aquel chico que se me habían pasado por alto—. ¿No tiene una casa, un trabajo?

—Estudia en una escuela de bellas artes y vive en una residencia estudiantil —respondió Milo, correspondiéndome con el mismo tipo de mirada.

—Claro que sí. —Pensándolo bien, Bobby llevaba lo de ser

estudiante de bellas artes escrito en toda su persona—. ¿Y acude alguna vez a clase? ¿Por qué está siempre aquí?

—Bobby está donde le apetece —dijo Milo—. Y estar aquí es mejor que estar en una residencia, y además yo quiero que esté aquí.

—Nuestra casa siempre ha estado abierta a cualquiera que lo necesite —dijo Mae, contrariada, mientras doblaba otra toalla—. Quienquiera que necesite un lugar donde estar, sea vampiro o no, siempre ha tenido cabida aquí. No te imaginarías cuánta gente ha convivido con nosotros a lo largo de los años. Ezra siempre ha seguido una política de puertas abiertas. Con todo el mundo.

»Con todo el mundo, literalmente —prosiguió. Dejó la toalla doblada en la cesta y permaneció inclinada un momento, como si de repente se sintiera tan agotada que fuera incapaz de continuar—. Excepto para mi familia. Excepto para quien más me importa.

—Mae, sabes muy bien que no se trata de eso —dijo Milo con delicadeza. Intentó ponerle la mano en el hombro, pero ella se la apartó y se puso de nuevo en movimiento para extraer una nueva toalla de la secadora—. Y nos tienes a nosotros aquí. No lo olvides. También somos tu familia.

—Sabéis que os adoro, pero... —Sujetó la toalla contra su pecho y se interrumpió.

—¿Has tomado ya una decisión? —le pregunté con cautela—. ¿Sobre lo que piensas hacer? —A mi entender, ella seguía aún con la idea de convertir a su biznieta en vampira y Ezra continuaba sin cambiar de postura.

—No. —Mae cerró los ojos y negó con la cabeza—. Tal vez. No lo sé. —Se rascó la frente y sonrió con tristeza a Milo—. Si me marchara, os arreglaríais bien con la colada, imagino.

—No queremos que te quedes para que nos hagas la colada —dijo Milo, horrorizado—. Eres el corazón de la familia. No sé qué pasaría si te fueras.

—Ya lo sé, cariño. —Le acarició la pierna. Continuó doblando la colada, pero de forma más normal—. Aún dispongo de tiempo para pensar. Todavía hay tiempo.

—¡Alice! —gritó Jack desde el pasillo—. ¿Alice? ¿Dónde estás? ¿Estás lista?

—Tengo que irme —dije, señalando la puerta con un gesto—. Nos vamos al zoo.

—Que os divirtáis —dijo Milo, medio despidiéndome con la mano, aunque seguía concentrado en Mae. Ella estaba mordiéndose el labio y ni siquiera se dio cuenta de que me iba.

En el salón, Ezra prácticamente había obligado a Peter a ver aquel documental de la serie «Planeta Tierra» para que comprobara con sus propios ojos lo asombrosamente bien que se veía en la nueva televisión. Jack vino hacia mí y me cogió la mano. Mientras se despedía de los chicos, Peter me lanzó una mirada muy rara y le metí prisa a Jack. No estaba muy segura de poder seguir escondiéndole mis emociones.

Tal vez haría bien comentándole a Milo aquel asunto. Estaba decepcionado conmigo, pero me ayudaría a salir de ésta, en el caso de que hubiera una salida.

Llegamos al zoo con tiempo suficiente para que Jack pudiera ver las nutrias y los perros de la pradera, y se entusiasmó de lo lindo con ambas especies. Dedicamos un montón de tiempo a la instalación nocturna de los murciélagos, y Jack se lo pasó en grande. Como era habitual, su felicidad resultó contagiosa y yo también disfruté de una buena tarde.

Lo mejor del zoo era que la mayoría de los visitantes eran niños, y los niños no reaccionan a nuestra presencia del mismo modo que los adultos. Había quien se quedaba mirándonos, y un grupillo de gente nos siguió más pegado a nosotros de lo que la buena educación prescribía, pero no fue nada que no pudiera ignorar. Jack, de hecho, ni siquiera se dio cuenta de ello.

El punto álgido de la excursión fue el espectáculo de los delfines. Jack se las ingenió para que nos sentásemos en primera fila, de manera que cuando saltaban o subían al borde de la piscina, nos salpicaban. Después descendimos al nivel inferior para visitar el acuario. Pegada al cristal, observé maravillada sus bailes acuáticos.

—¿Sabes? En una ocasión nadé entre delfines —me comentó Jack—. Mae siempre había deseado hacerlo, así que decidimos viajar los dos a Florida. Pasamos el día entero en alta mar. Era una excursión organizada por una agencia, con lo que es evidente que no encontramos delfines salvajes ni nada por el estilo. Pero fue superfabuloso. Le dijimos a Peter que viniera con nosotros pero no quiso, porque los delfines son simplemente como peces grandes, y nadar rodeado de peces no le parecía emocionante.

—¡Los delfines son mamíferos! —dijo una niña que estaba a mi lado, con la cara pegada al cristal, ofendida al oír que Jack había dicho que los delfines eran peces.

—Sí, ya lo sé —dijo Jack sonriéndole—. Pero mi hermano piensa que son peces.

—Pues tu hermano es tonto —dijo la niña.

—Y tanto que sí —dijo Jack, riendo.

La madre de la niña se dio cuenta de que estaba hablando con nosotros y se disculpó efusivamente mientras se llevaba a su hija, comiéndose con los ojos a Jack sin poder evitarlo.

—¿Así que Mae y tú nadasteis entre delfines? —le pregunté cuando nos alejamos de la enorme piscina con la intención de cambiar de tema y no hablar más de Peter. Aunque fuera en broma, me sentía incómoda si Jack decía algo sobre él.

—Sí, fue un viaje espectacular. Tendríamos que repetirlo —sugirió. Paseamos por el acuario. Jack llevaba las manos hundidas en los bolsillos mientras yo admiraba los caballitos de mar—. A Milo le encantaría, y sé que Mae se apuntaría sin dudarlo. Hay que ir durante el día, y el sol pega fuerte, pero si comes mucho y te pasas el día siguiente en la cama, se lleva muy bien.

—Podría ser estupendo. —No me imaginaba nada mejor que nadar entre delfines, pero la posible compañía de Mae disminuyó mi entusiasmo—. Pero ¿tú crees que Mae de verdad querría ir?

—Sí, ¿por qué no tendría que querer? —preguntó Jack, y entonces cayó en la cuenta—. Oh, ya te entiendo... Cuando todo esto haya acabado estoy seguro de que querrá ir.

—¿De verdad lo piensas? —Enarqué una ceja—. Porque tal y como lo plantea Ezra, esto no tendrá un final feliz. Será una desdichada.

—Lo sé —dijo Jack con un suspiro.

En la zona central del acuario había una piscina poco profunda llena de rayas y tiburones que los visitantes podían tocar. Jack se detuvo al llegar junto a ella. Introdujo la mano para tocarlos, pero me di cuenta de que no estaba por la labor. Estaba segura de que adoraba ese tipo de cosas, pero por mi culpa estaba ahora preocupado por Mae.

—Lo siento. No era mi intención estropear el día —dije.

—No, tú no tienes nada que ver —dijo, sacando la mano del agua—. ¿Has hablado con ella antes de irnos? —Asentí—. ¿Qué tal está?

—No muy bien —reconocí—. Aunque, como mínimo, no ha tomado todavía ninguna decisión.

—¿Te refieres a que sigue planteándose hacerlo? —Jack me miró con los ojos abiertos de par en par y su piel palideció un poco—. Creía que, después de que Ezra le diera el ultimátum, habría pasado del tema. No esperaba que lo hiciera en seguida, por supuesto, pero pensaba que lo comprendería.

—Tú no la viste mientras se peleaba con Ezra. —Recordé cuando se arrodilló literalmente para suplicarle—. No creo que pueda pasar del tema. Jamás. O pierde a Ezra, o pierde a la niña.

—Sé que Daisy significa mucho para ella, pero en realidad no es su hija. —Jack se mordió el interior de la mejilla—. Ni la parió, ni la crió y ni tan siquiera ha hablado nunca con ella. Puedo entender que existe una conexión, pero no alcanzo a comprender por qué está dispuesta a sacrificarlo todo por ella.

—Yo tampoco lo comprendo del todo pero, por otra parte, nunca he sido madre —dije—. Y en realidad, Mae no ha dejado jamás de serlo. —Cogí a Jack de la mano—. No crees que acabe haciéndolo, ¿verdad? Y aun en el caso de que lo hiciera, no se separará de Ezra por culpa de todo esto, ¿verdad? Dime que no.

—Sinceramente, no lo sé —dijo, suspirando con resignación—. Habría asegurado que nada los separaría jamás, pero cuanto más tiempo vivo, más me doy cuenta de que nada dura para siempre. —Percatándose de las implicaciones de lo que acababa de decir, me sonrió y me pasó el brazo por los hombros—. Excepto tú y yo, claro. Nosotros estamos en esto hasta el final, pequeña. —Me dio un beso en la coronilla y me recosté en su hombro confiando en que tuviera razón.

Cuando llegó la hora de abandonar el zoo, Jack había logrado animarme de nuevo. En el coche, durante el trayecto de vuelta a casa, me obligó a cantar a coro con los Backstreet Boys y amenazó con llevarme algún día a un karaoke.

Al llegar a casa comprobamos que *Matilda* era la única espectadora del flamante televisor nuevo del salón. Jack le había comprado uno de esos DVD para mascotas en los que aparecen imágenes y sonidos que les gustan a los perros. El que estaba viendo *Matilda* versaba sobre excéntricas desventuras de gatos.

Matilda estaba tan cautivada por la película que ni se había tomado la molestia de correr a la puerta para recibir a Jack, de modo que decidimos quedarnos a hacerle compañía e intentar comprender de qué iba todo aquel lío. Jack se acomodó en la butaca y yo me senté en su falda y recosté la cabeza en su hombro.

—Tal vez deberíamos comprar un gato —dijo Jack. *Matilda* estaba instalada en el suelo delante de la tele, con la mirada fija en un gatito que perseguía un cordel. Cada vez que el gatito maullaba, la perra ladeaba la cabeza y levantaba las orejas.

—Seguramente, si fuese un cachorro, se lo comería.

—O no. *Mattie* nunca le haría daño a nada, ¿verdad, chica? —Su voz se volvía más aguda cuando hablaba con ella. La perra se quedó mirándolo y golpeó el suelo con el rabo—. ¿Lo ves? Es inofensiva.

—No me parece que eso sea una aseveración —dije riendo—. Pero aun así, no es motivo suficiente para que quieras comprar un gato. Los gatos no se compran para que los perros tengan algo con que jugar y, con toda probabilidad, algo que merendar.

—Pues a mí me parece razón suficiente.

Al entrar en casa no había oído el latido de nadie. La verdad era que estaba bien comida y, gracias a ello, menos predispuesta a escucharlos. Pero por naturaleza estaba sintonizada tanto con el latido de Jack como con el de Milo. Aun sin prestar atención, cuando ellos estaban inquietos yo lo captaba en seguida.

De pronto, oí el latido de Milo en la planta de arriba, acelerado y presa del pánico. Creo que antes de eso, el corazón ya le latía con rapidez, pero no con el terror de aquel momento. Y además de eso, olía a sangre. Me levanté de un salto del regazo de Jack y él se incorporó, dándome a entender con su gesto que también lo había percibido.

Milo empezó a gritar antes de que nos diera tiempo a nada.

—¡Socorro! Oh, Dios mío, ¡ayudadme! —gritaba Milo a todo pulmón, y eché a correr escaleras arriba. Jack me adelantó al instante, pues era más veloz que yo, y Ezra y Mae aparecieron pocos segundos después.

Cuando llegué a lo alto de la escalera, Peter y Jack ya habían entrado en la habitación de Milo, pero mi hermano seguía en el pasillo. Iba desnudo de cintura para arriba y se había quedado blanco. Tenía los ojos abiertos de par en par, una expresión aterrada, y las lágrimas resbalaban por su rostro.

Sus mejillas estaban encendidas con un rubor inusual que resaltaba más si cabía su extrema palidez. Tenía los labios manchados de sangre y el pecho desnudo salpicado con gotas. Tenía la mirada fija en su habitación, hasta que Ezra pasó por mi lado para entrar en el cuarto y Milo se volvió finalmente hacia mí.

—He matado a Bobby.

22

Después de aquella confesión, me dio la impresión de que Milo iba a desmayarse, por lo que corrí hacia él para sostenerlo. Mae permanecía a mi lado, paralizada. Abracé a mi hermano y miré furtivamente hacia el interior de su habitación.

Entre todos me impedían ver lo que pasaba, pero adiviné que Bobby yacía inmóvil sobre la cama. Peter estaba arrodillado a su lado y Ezra se inclinaba sobre él. Jack permanecía en la puerta, cruzado de brazos.

—Todo irá bien —le dije a Milo, mintiendo. Mi hermano lloraba en silencio, estaba en estado de shock.

—¡Traedme sangre del grupo cero negativo! —gritó Ezra.

—¿Cero negativo? —repitió Jack.

—¡Sí! ¡Y rápido! —vociferó Ezra. Jack pasó corriendo por mi lado y bajó la escalera a toda velocidad—. ¿Dónde está Mae? ¡Necesito el material para realizar una transfusión intravenosa!

—¡Estoy aquí, en seguida te lo traigo! —Mae cobró vida de repente y bajó corriendo también.

—¿Vive? —pregunté.

—¡Llévate a Milo abajo! —rugió Peter, mirándome encolerizado.

Presté atención intentando captar el latido de Bobby pero, con el retumbar frenético del corazón de Milo y el mío propio, resultaba imposible oírlo. Pero eso no significaba nada. Si había perdido mucha sangre probablemente tendría un latido demasiado débil, para conseguir captarlo entre tanto ruido.

—¡Alice! —gritó Jack subiendo en tromba la escalera—. ¡Saca a Milo de aquí! No es necesario que vea todo esto, ¿entendido?

Hice acopio de todas mis fuerzas para arrastrar a Milo lejos de allí. No tenía ni idea de adónde llevármelo: lejos, eso era lo único que sabía. Cuando conseguimos llegar a la escalera, Mae subía ya a toda prisa.

—Todo irá bien, cariño —le prometió Mae a Milo con una triste sonrisa, pero Milo ni siquiera la oyó. Se había quedado catatónico después de tanto gritar.

Milo necesitaba instalarse en algún lugar donde no oyera nada de lo que sucedía, y había que asearlo. De modo que me decidí por el baño principal de la planta baja. Entramos y abrí el grifo del lavabo para amortiguar los demás sonidos. Bajé la tapa del inodoro y obligué a Milo a sentarse. A continuación, humedecí una manopla y le lavé el pecho y la boca.

—¿De verdad lo he matado, Alice? —me preguntó Milo con la mirada perdida.

—Están con él —dije, eludiendo una respuesta directa—. También a mí me salvaron la vida de ese modo. Por lo que se ve, Ezra domina muy bien las transfusiones.

—Si ni siquiera hice... —Se interrumpió, y dejé por un momento de frotarle el pecho para quedarme mirándolo—. Estábamos tonteando, como siempre, y entonces... le he mordido. Y ni siquiera me he dado cuenta de con qué intensidad... Alice, no me he dado cuenta de que se le había parado el corazón.

—No lo has hecho expresamente. —Fue lo mejor que se me ocurrió decirle.

—La cosa es que... —Milo empezaba a reaccionar y sus lágrimas se volvieron más abundantes y sonoras—. Sé que Bobby no es «él», o como quieras llamarlo, que no es lo que Peter era para ti. Pero lo quiero, ¿sabes? Lo quiero de verdad.

—Lo sé, cariño. Todo saldrá bien. —Lo abracé con fuerza.

No paraba de llorar, y yo no dejaba de decirle que todo iría bien. No tenía ni la más remota idea de si estaba en lo cierto, pero no podía decirle otra cosa.

Estuvimos encerrados en el baño durante lo que me pareció una eternidad. Doblé unas cuantas toallas, las dispuse en el suelo y me senté con la espalda apoyada en la bañera. Milo se tendió a mi lado y apoyó la cabeza en mi regazo. Lo único que podía hacer era seguir acariciándole el pelo hasta que, por fin, dejó de llorar.

Milo se incorporó de repente en el momento en que Jack abrió la puerta del baño. Yo estaba tan asustada que no podía ni moverme, como si levantarme pudiera influir sobre la posibilidad de que Bobby muriese o siguiera con vida.

—Está vivo —dijo Jack, pero no sonreía. Milo estuvo a punto de desmayarse de alivio y se aferró al lavabo para no caer. Me levanté para sujetarlo si era necesario—. Pero ha perdido mucha sangre. Todavía no está estable del todo.

—¿Puedo verlo? —preguntó Milo, secándose los ojos.

—Sí, Ezra está arriba y seguramente quiera hablar contigo. —Jack le tocó el hombro para tratar de consolarlo, pero Milo se limitó a sorber los mocos y a salir.

—¿Cómo está Bobby? —pregunté, acercándome a Jack.

—No está bien —dijo muy serio—. Ha estado a punto de no contarlo. Milo ha dejado seco a ese chaval. Y eso ha estado mal. —Se obligó entonces a sonreírme—. Pero su corazón late, y eso ya es algo.

Me abrazó y enterré la cabeza en su pecho. Mi propio llanto me pilló completamente por sorpresa. Milo jamás le habría hecho daño a nadie, y además amaba a Bobby. Resultaba terrible pensar que Bobby podía morir, y que si lo hacía sería porque estaban enamorados y habían sido temerarios.

Y más alarma me causaba lo sucedido si pensaba en mi relación con Jack, y en que yo misma había estado a punto de perder el control con Peter. Aun controlándose mucho mejor que yo, Milo había estado a punto de matar a Bobby.

¿Qué me pasaría a mí con Jack? A pesar de que él era un vampiro, podía encontrarme perfectamente en la misma situación, y eso sería demasiado.

Peor todavía: Jane estaba haciendo continuamente aquello mismo con desconocidos. Lo más probable era que los vampiros a los que ella frecuentaba tuvieran más experiencia que Milo y que yo, pero también podía tropezarse con algún inexperto. Jane no tenía manera de saberlo. Y, fuera como fuese, ellos le chupaban la sangre una y otra vez.

Por accidente o a propósito, las probabilidades de que Jane acabase muriendo eran exponencialmente mayores cada día que pasaba. No podía permitir que siguiera con aquello. En cuanto el tema de Milo y Bobby estuviera en vías de solución, volvería con Milo a la discoteca y nos la llevaríamos de allí. Me daba igual si para conseguirlo nos veíamos obligados a secuestrarla; no pensaba dejarla morir.

La casa estaba increíblemente silenciosa. Mae no se había quedado ocupándose de Bobby. Inmediatamente después de que se hubiera estabilizado, Ezra se había instalado en la habitación de Milo para controlar a Bobby. Más tarde Jack me comentó que Ezra había compartido durante las últimas noches el estudio con él. Por lo visto, Mae lo había echado de su habitación.

Milo no se sentía a gusto por el momento en compañía de Bobby, pues estaba seguro de que el muchacho lo odiaría en cuanto recobrara la conciencia. Me resultó imposible convencerlo de lo contrario y quiso dormir conmigo. No me importó, la verdad.

Milo estuvo llorando en sueños, pero no hice ningún comentario al respecto. No podía culparlo después de la mala experiencia que acababa de pasar. No tenía ni idea de cuál sería mi reacción en el caso de que le hicera algo similar a Jack, aunque en seguida alejé aquel pensamiento de mi cabeza.

Nunca le haría nada a Jack, aunque esto significara tener que esperar meses o años antes de tener intimidad con él. O que tal vez nunca llegara a tener intimidad con él. No quería hacerle daño de aquella manera.

No de aquella manera. Y en eso tenía que corregirme, pues era evidente que, después de montármelo con Peter, podía hacerle daño de otras maneras.

Tampoco esa situación tenía visos de que fuera a solucionarse con facilidad. Cuando a la mañana siguiente me desperté, me tropecé con Peter en el pasillo. Se produjo el típico intercambio incómodo en el que ninguno de los dos supo qué decir y nos limitamos a mirarnos.

Cuando Bobby empezó a volver en sí había transcurrido casi un día entero desde el momento de la transfusión. Antes había mantenido alguna que otra conversación vaga, pero sin apenas lucidez. Milo estaba tan aterrado ante la idea de entrar a verlo, que incluso Bobby empezaba a preguntar por él.

Entré a verlo, y Bobby me aseguró repetidas veces que no consideraba a Milo culpable de lo sucedido y que seguía queriéndolo. Estaba pálido y cansado pero, por lo demás, parecía encontrarse bien.

El plan de Milo consistía en esconderse de Bobby, y para ello se instaló en la habitación de Mae. Mae se estaba comportando de un modo excepcionalmente inútil en una situación como aquélla. Jack y yo fuimos los que acabamos ocupándonos de la alimentación de Bobby, de su ropa y de todos los cuidados maternales que, en condiciones normales, hubieran recaído en Mae, lo que se traducía en que Bobby estaba sobreviviendo a base de bocadillos de mantequilla de cacahuete y jalea y sopas de lata.

Al principio dormía mucho, y yo se lo toleré, pero no estaba dispuesta a permitir que Milo permaneciera escondido mientras yo me ocupaba de su novio, así que le concedí a Milo una noche más para que se aclarara las ideas y decidí que al día siguiente lo obligaría a visitar a Bobby.

Cuando fui a buscar a Milo a la habitación de Mae, lo hice acompañada de Jack. Milo seguía teniéndole un gran cariño a Jack y pensé que, aunque a mí no quisiera escucharme, a él sí lo escucharía. Pensé también, estúpidamente, que Mae animaría a Milo a levantarse y a enfrentarse a Bobby, pero la nueva Mae, siempre enfurruñada, no funcionaba así. Los encontramos a los dos a oscuras, acurrucados, escuchando a Norah Jones.

Encendí la luz del cuarto aunque no la necesitara para verlos. Supongo que imaginé que aquel destello repentino serviría para espabilarlos. Me miraron los dos entornando los ojos y gruñeron malhumorados, y Milo se sumergió más aún entre edredones y cojines.

—Vamos, Milo —dije—. Bobby tiene ganas de verte.

—¡No es cierto! —Milo se tapó por completo con el edredón y su voz sonó amortiguada.

—Estoy segura de que sí, cariño —dijo Mae, como si hubiera recuperado la normalidad. No sé si fue nuestra presencia o la luz, pero su acobardamiento se esfumó momentáneamente. Se deslizó un poco más hacia donde estaba Milo y le retiró el edredón—. Te quiere, y sabes que es verdad.

—¡No puedo verlo! —dijo Milo, reprimiendo las lágrimas—. ¡Nunca jamás!

—Sé que parece muy grave, pero en realidad no es tan malo como te imaginas. —Jack se sentó a los pies de la cama para convencer a Milo de que se levantase—. Me refiero a que sería muy grave para la gente normal y corriente, pero él ya sabía dónde se metía cuando se lió con un vampiro.

—¡Tal vez no lo supiera! —gimoteó Milo, y eso que él casi nunca gimoteaba. Mae le retiró el pelo de la frente y él se frotó los ojos con la palma de la mano—. No sé cómo voy a poder volver a mirarlo a la cara.

—Pues mirándolo como siempre lo has hecho —dije, con un gesto de indiferencia—. No lo has visto, pero si lo hubieses visto lo entenderías. No tiene nada contra ti.

—¡Pues debería tenerlo! —Milo asomó un poco más la cabeza, pero se limitó a mirar el techo—. Casi lo mato. Debería odiarme. Algo tendría que pasar. Mis actos deberían tener repercusiones.

—¿Y crees que no las tienen? —dije—. ¡Basta con mirarte!

—Eso no es suficiente —dijo Milo—. ¡Soy un monstruo! ¡Deberían encerrarme y mantenerme alejado de los humanos para siempre!

—No eres un monstruo, cariño —dijo Mae, a la vez que le

acariciaba el pelo—. Simplemente eres joven y aún tienes que asimilar ciertas cosas. Eso es todo.

—El hecho de que estés fustigándote de este modo demuestra que no eres ningún monstruo —observó Jack. Milo se quedó mirándolo, sorbiendo por la nariz, y me pareció que las palabras de Jack lo habían hecho reaccionar.

—¿Tú has hecho una cosa así alguna vez? —le preguntó Milo, esperanzado. Lo que Milo había hecho sería más o menos correcto en el caso de que Jack se hubiese comportado de un modo similar.

—Bueno... no —respondió Jack, dubitativo.

—Y tú, que ni siquiera has mordido a nadie, no tienes ni idea de lo que estoy pasando —me dijo Milo, haciéndome sentir como una idiota y una fracasada.

En realidad odiaba que él tuviera más experiencia que yo en todo aquello. Me habría gustado poder aconsejarlo y consolarlo pero, como en todo lo demás, él iba por delante. Como hermana mayor, no le estaba siendo de mucha utilidad.

—Yo sí —dijo Mae a regañadientes. Milo y Jack se quedaron mirándola, sorprendidos, y ella miró a Jack de una manera extraña con el rabillo del ojo—. Fue hace mucho tiempo, pero lo recuerdo con perfecta claridad. Sé lo terrible que es pensar que has estado a punto de acabar con una vida. Pero también sé que acaba superándose.

—¿Y qué pasó? —preguntó Milo. Sus lágrimas empezaban a secarse y al menos Mae había conseguido sacarlo un poco de su tristeza—. ¿Fue con Ezra?

—No, fue con un humano, pero no murió, y eso es lo que importa. —Mae forzó una sonrisa envuelta de dolor.

—¿Cómo es que no había oído nunca mencionar esa historia? —preguntó Jack, confuso. Siempre habían estado muy unidos y a Mae le encantaba compartir sus vivencias—. ¿Fue antes de que me convirtiese yo en vampiro?

—Sí, antes. —Mae se agitó con inquietud en la cama y se recolocó un mechón de pelo detrás de la oreja.

Se incorporó un poco más y se negó a mirar a Jack. En aquel momento, se sentía simplemente perplejo e intrigado, pero me dio la impresión de que había algo que Mae no quería contarnos, y eso me puso nerviosa.

—¿También necesitó una transfusión? — preguntó Milo.

—No, pero el modo en que logró sobrevivir carece de importancia. Lo que pretendía decir con todo esto es que el hecho de que bebieses en exceso no te convierte en un monstruo. —Mae se volvió expresamente hacia Milo, dándole casi la espalda a Jack—. Resulta fácil olvidar lo frágiles que pueden llegar a ser los humanos, y por eso es importante andarse siempre con mucho cuidado.

—¿Y estuvo muy grave? —Milo, al ver que Mae no le proporcionaba detalles, empezaba a dudar de su historia, pero yo sabía que estaba diciendo la verdad. Lo que sucedía era que estaba evitando explicar alguna cosa—. ¿Perdió mucha sangre?

—Sí, estuvo a punto de morir. —Cerró los ojos y se rascó la frente—. Su corazón dejó de latir por completo.

—¿Y qué hiciste? —Milo se enderezó en la cama y Jack parecía sumamente interesado en el relato.

—Nos... nos habíamos ido, y Ezra tampoco estaba. —Mae suspiró y movió la cabeza de un lado a otro—. Fue hace mucho tiempo. No sé por qué te interesa tanto todo esto.

—Porque no entiendo qué sucedió. Si tan grave estaba, ¿cómo sobrevivió? ¿Lo llevasteis al hospital? —preguntó Milo.

—No, no había tiempo para eso. —Mae abrió los ojos y se quedó con la mirada fija en la colcha en lugar de mirarnos a nosotros—. Perder el control es muy fácil, por eso sólo bebo sangre embolsada. No quiero volver a sentirme como me sentí entonces nunca jamás.

—¿Qué sucedió, Mae? —le pregunté con la mayor delicadeza que me fue posible. Estaba empezando a sentir náuseas.

—Nosotros... —Mae soltó el aire, temblorosa—. Peter lo transformó en vampiro.

23

Mae cerró los ojos con fuerza y todo el mundo se quedó callado durante un segundo. Fue como si el aire de la habitación se hubiese evaporado por completo. Los ojos castaños de Milo estaban más abiertos de lo habitual y miraba a Mae y a Jack.

Jack daba la impresión de no enterarse de nada. Pero de repente, una sensación repugnante de pánico se apoderó de él. El corazón empezó a latirle con fuerza.

—¿De qué estás hablando? —preguntó Jack con voz temblorosa.

—Jack, cariño. —Mae extendió la mano, pero Jack saltó de la cama antes de que le diera tiempo a tocarlo. Vi que los ojos de Mae se llenaban de lágrimas—. Fue hace mucho tiempo.

—No —dijo Jack moviendo la cabeza, negándose a creer o a comprender lo que Mae estaba diciendo—. Entré en aquel club detrás de dos chicas, y después... —Se pasó la mano por el pelo y se quedó con la mirada perdida, intentando pensar. Nunca había logrado recordar las circunstancias de su transformación—. Me contaste que me habías encontrado en el callejón, que me habían dado por muerto.

—Nadie te dio por muerto, cariño. —Se levantó de la cama y dio un paso hacia Jack, quien, a su vez, retrocedió un paso.

—¡¿Qué fue lo que sucedió en realidad?! —gritó Jack. Mae se estremeció al oír la rabia de su voz.

—Estabas en un club y... —Se interrumpió—. Ya sabes cómo van esas cosas.

—No, quiero que me cuentes qué sucedió exactamente —dijo Jack, mirándola con ira—. ¡Merezco saber qué fue lo que me hiciste!

—Tú estabas en aquel club y yo tenía hambre. Ya había frecuentado a humanos allí algunas veces, y no le daba importancia. De modo que te llevé a una de esas habitaciones —dijo Mae apresuradamente, y Jack cerró los ojos—. ¡No quería hacerlo, Jack! ¡Te lo digo de verdad! ¡Jamás fue mi intención hacerte daño! ¡Ni siquiera me di cuenta de lo que había hecho hasta que ya era demasiado tarde! ¡No respirabas y se te había parado el corazón!

—Creía que si estabas muerto no podías transformarte —dijo, sin abrir los ojos.

—No tengo ni idea de por qué funcionó, pero lo hizo. —Mae se aproximó a Jack, y él no se movió—. Llamé a Peter, y él me dijo que la única posibilidad de salvarte era transformarte en vampiro, y eso fue lo que hizo. Y después te llevamos a casa, y te cuidamos y te quisimos.

Mae le posó la mano en el pecho y él se lo permitió, aunque estaba visiblemente conmocionado. El corazón le latía de manera irregular y se había quedado blanco.

—¿Por qué nunca me lo habías contado? —le preguntó Jack tratando de no alterarse.

—Lo último que recordabas era que habías seguido a aquellas chicas, y al principio todo fue confuso y aterrador —dijo—. No queríamos complicarlo aún más, de modo que te dejamos creer que aquellas chicas que recordabas habían sido las causantes.

—¿Me mentiste? —Cuando abrió los ojos, su mirada era gélida—. ¿Has estado mintiéndome durante los últimos dieciséis años? ¿Te pareció que eso era lo mejor?

—No, es sólo que... no sabía cómo contártelo —dijo Mae, titubeando.

—Da igual. —Le apartó la mano y salió en estampida de la habitación. Corrí tras él porque creí que era lo que debía hacer, aunque no sabía cómo ayudarlo.

—¡Jack! —exclamó Mae, que también salió corriendo tras él. Intentó tocarle el brazo y él la apartó bruscamente—. ¡Jack! ¡Por favor! ¡Esto no cambia nada!

—¡Lo cambia todo! —Jack llegó hasta el salón antes de volverse—. ¡Tú fuiste quien me mató! ¡Tú...! —Se pasó las manos por el pelo, incapaz de procesar lo que había escuchado—. ¡Y me lo ocultaste! ¿Cómo has podido mentirme sobre algo tan importante? ¿En qué más me has mentido?

—¡En nada! ¡Esto ha sido lo único, y no era una mentira! —Mae apartó la vista y negó con la cabeza; tenía los ojos bañados en lágrimas—. Simplemente te dejamos creer lo que querías creer.

—¡Chorradas! —vociferó Jack—. ¡Me dejaste creer lo que quisiste que creyera! ¡Nunca quisiste contarme que estuviste a punto de darme por muerto! ¡Y de haber estado Ezra allí, en lugar de Peter, me habrías abandonado! ¡Él jamás te habría permitido que me transformaras!

—¿Qué sucede aquí? —preguntó Ezra, que bajaba por la escalera precisamente en el peor momento.

A veces, sentir todo lo que sentía Jack era un coñazo. Estaba de pie, rodeándose el cuerpo con los brazos, a punto de vomitar. Siempre había creído que su apurada situación los había conmovido hasta tal punto que habían decidido salvarlo, cuando, en realidad, no había sido más que una víctima.

—¡¿Por qué nunca me contaste que fue Mae quien me mató?! —gritó Jack, volcando toda su rabia sobre Ezra—. ¡Me habéis hecho vivir una mentira!

—No te pongas melodramático —dijo Ezra, intentando apaciguarlo—. Nada ha sido una mentira. —Le lanzó a Mae una mirada despectiva y ella la rehuyó. Por lo visto, no aprobaba cómo se lo había contado todo a Jack.

Con cautela, di un paso hacia él. Jack no estaba enfadado particularmente conmigo, sino con el mundo en general. Se había quedado plantado en medio del salón, mientras que Ezra y Mae permanecían en el umbral de la puerta. Mae rompió entonces a llorar. Milo, de forma inteligente, había decidido quedarse escondido en el cuarto de Mae.

El discurso enardecedor dirigido a Milo había acabado convirtiéndose en aquello, y lo sentía por él. Seguramente, al ver la reacción de Jack, Milo se sentiría aún peor con respecto a su situación.

En honor a la verdad, no creo que Jack estuviera enfadado por lo sucedido. Me imaginaba que debía de haber superado aquello hacía mucho tiempo. Lo que le había ofendido era saber que le habían mentido sobre un hecho tan importante de su vida.

—Sabes que te quieren, Jack —dije, y me miró con inquietud.

—¿Y cómo quieres que lo sepa? ¿Cómo quieres que sepa que todo lo que me han contado es verdad? —me preguntó Jack con franqueza.

—¡Sabes muy bien todo lo que significas para nosotros! —insistió Mae—. ¡Mira todo lo que hemos hecho y hemos intentado hacer por ti!

—¿Sabes una cosa? No me apetece escucharte más por ahora —le soltó Jack. Dio media vuelta y se dirigió a la escalera—. ¡No me apetece escuchar a nadie!

Subió corriendo a su habitación y lo seguí. No tenía motivos para estar enfadado conmigo, pero mi compañía tampoco le apetecía. Empezó a dar vueltas por la habitación y yo me quedé en la puerta, incómoda, sin deseos de inmiscuirme mucho en su espacio.

—¿Por qué me mentirían sobre todo esto? —Jack se pasó la mano por el pelo—. ¿Por qué no me contaron la verdad? ¿Tan complicado es?

—Supongo. Estoy segura de que Mae estaba avergonzada por lo sucedido, y tú no lo recordabas —dije—. Me imagino que fue la solución más fácil para todo el mundo.

—¡Podría haber muerto! —Dejó de deambular y se quedó mirándome—. ¿Puedes creer que Mae estuvo a punto de matarme y nunca se le pasó por la cabeza que tenía que explicármelo? Y no comprendo por qué no me acuerdo de nada. Todos recordáis perfectamente bien vuestra transformación. ¿Por qué yo no puedo hacerlo? ¿Me haría Mae alguna cosa especial?

—Moriste, por eso todo es distinto —dijo Peter, sorprendiéndome.

Debía de estar en su habitación cuando oyó los gritos de Jack y nosotros estábamos tan distraídos que ni siquiera lo oímos salir al pasillo. Volví la cabeza para mirarlo y me crucé de brazos para acercarme a la pared, lo más lejos posible de Peter.

—Estuviste muerto casi cinco minutos —explicó Peter—.

No sabíamos siquiera si la transformación surtiría efecto, pero la verdad es que siempre has tenido el corazón muy fuerte.

—Pues muchas gracias —dijo Jack con sarcasmo.

—Sé que te has enfadado, pero creo que estás exagerando —dijo Peter, casi con cautela.

Entró finalmente en la habitación y se acercó a mí mucho más de lo que me habría gustado. Apenas me miró, pero bajé la vista de todos modos. Supuestamente, Peter trataba de consolar a Jack y eso me hacía sentir incómoda. Estar en compañía de Peter y de Jack a la vez me provocaba un gran sentimiento de culpa.

De haber sido capaz de pensar con claridad, o de haber sido capaz de hablar, me hubiera preguntado desde cuándo a Peter le importaba el bienestar de Jack. Sabía que en su día habían estado muy unidos, pero jamás había visto que Peter le dirigiera una sola palabra de aliento a Jack. Y sin embargo ahora, en aquel momento, era como si Peter hubiera decidido de repente restaurar su buena relación.

—Peter, de verdad, no necesito que me vengas ahora con tus mierdas —dijo Jack—. No eres mejor que los demás.

—¿En serio? Porque fui yo quien decidió salvarte la vida —dijo Peter, mirándolo, y Jack bajó la vista—. Pero ése no es el tema. Mae estaba hecha polvo por lo que te había pasado e hicimos todo lo que estaba en nuestras manos para salvarte y ocuparnos de ti. Por lo tanto, no te comportes como si no nos importaras en absoluto.

—¡Os importé porque os sentíais culpables! —dijo Jack, negando con la cabeza—. ¡Y da igual! ¡Me cuesta creer que hayáis estado mintiéndome todo este tiempo! —Suspiró—. Pero supongo que no podría esperar otra cosa de ti. Eres la persona más autosuficiente que conozco.

—¿Y qué quieres decir con eso? —dijo Peter, entrecerrando los ojos para mirarlo.

—¡Que eres un egoísta! ¡Que nunca piensas en nadie! —le gritó Jack—. ¡No quisisteis contármelo porque pensasteis que me enfadaría!

—Has demostrado que no nos equivocábamos —respondió Peter secamente, cruzándose de brazos.

—¡Yo nunca os he mentido! ¡Jamás! ¡Y me cuesta creer que conspirarais para mentirme en algo tan importante! —gritó Jack, y el nudo que yo tenía en la boca del estómago no hizo más que tensarse—. Es algo tan rastrero que, incluso sabiendo que eres un gilipollas descomunal, jamás me imaginé que fueras además un cobarde.

—¡Te salvé la vida! ¡Y he sacrificado gran parte de mi felicidad por ti! —rugió Peter—. ¿Y eso me convierte en un gilipollas y un cobarde?

—¡Si para ello has tenido que mentir, pues sí, no te quepa duda! —Jack miró fijamente a Peter y los ojos de éste brillaron.

—Oíd, ¿sabéis qué? Pienso que... hum... pienso que deberíamos relajarnos todos un poco —dije, tartamudeando.

—¿Así que no quieres que te mienta nunca? ¿Sobre nada? —Peter esbozó una sonrisa amarga que dejó confundido a Jack—. ¿Es ésa la única manera que tengo de superar el hecho de ser un cabrón egoísta que ha puesto estúpidamente tus deseos por delante de los míos durante los últimos dieciséis años?

—No creo que hayas hecho eso, pero sí. —Jack no sabía adónde quería llegar Peter, pero empezaba a ponerse nervioso.

—Peter, creo que Jack no sabe lo que dice —me interpuse, casi sin aliento. Jack me miró sólo un segundo, pero fue demasiado tarde. En el momento en que pronuncié el nombre de Peter, Jack se dio cuenta de que algo pasaba.

—Sé exactamente lo que digo —dijo Jack, mirando furioso a Peter.

—¿Sí? Pues entonces, para que puedas absolverme de todos los pecados que pueda haber cometido contra ti, como salvarte la vida y huir a Finlandia para que pudieras vivir en paz, voy a contarte la verdad. —Peter se inclinó sobre Jack y bajó la voz—. He besado a Alice. Hace tres días.

—¡Peter! —grité, pues era la única defensa que tenía.

Ambos sospechábamos algún tipo de reacción por parte de Jack, pero durante un minuto no sucedió nada. Un extraño zumbido engullía sus emociones y me imposibilitaba captarlas. Su rostro se había vuelto totalmente inexpresivo, hasta que finalmente se volvió hacia mí. Fue entonces cuando supe lo mucho que aquello le había dolido. Fue como si me hubieran dado un puñetazo en el estómago.

—Jack —dije sin convicción.

—Que os jodan a todos —dijo Jack, mirando primero a Peter y luego de nuevo a mí—. En serio. Que os jodan a todos. —Dejó entonces de mirarnos y abandonó la habitación.

24

Salir corriendo detrás de Jack no tenía sentido. En cuanto desapareció, comprendí hasta qué punto le había hecho daño y que no quería saber nada de mí. Era incluso posible que nunca más quisiera volver a saber de mí, pero tenía que darle tiempo. De modo que me quedé en su habitación, recordándome que debía seguir respirando.

—Lo siento mucho, Alice —dijo Peter con sinceridad—. No era mi intención explicárselo. Nunca fue mi intención contarle nada de lo ocurrido, pero...

—¡Calla! —le grité—. ¡Cierra la boca!

Peter se marchó también y me senté en la cama. Tenía unos temblores horrorosos, pero conseguí no llorar ni vomitar, lo que consideré casi una victoria. No cesaba de repetirme que Jack no me abandonaría para siempre. No por culpa de aquello.

Anteriormente había besado también a Peter, y Jack lo había superado. Aunque la verdad era que cuando había sucedido yo no salía todavía con Jack. Y aun así, le había hecho mucho daño. Pero si le hacía daño era porque me quería, y no había sido más que un único beso estúpido.

Intenté pensar cómo explicarle todo aquello a Jack. Cuando volviera querría saber por qué, y sería mejor que fuera preparando una buena excusa. Pero, por desgracia, no la tenía. Lo que había hecho con Peter no tenía excusa. Ni siquiera yo misma le encontraba explicación, y eso que llevaba desde entonces intentando encontrarla. Lo que sentía por Peter no se parecía en nada a lo que sentía por Jack..., aunque me resultaba imposible negar que sentía algo por Peter.

Por mucho que hubiera estado minimizándolas, la conexión y la atracción hacia él seguían existiendo. Y tal vez seguiría siendo así siempre. De todos modos, si reaccionaba era única y exclusivamente porque controlaba muy mal mis impulsos.

Pero eso no se lo podía decir a Jack. Nunca lo comprendería. Y menos ahora que estaba tratando de reiniciar su relación con Peter. ¿Por qué siempre tenía yo que estropearlo todo?

Viendo que pasaban las horas y Jack no regresaba, lo llamé y le envié un mensaje. Y repetí la misma operación varias veces. Pero él no respondía. Oí que Bobby se despertaba en la habitación contigua y decidí que ayudarlo siempre sería mejor que sentir lástima de mí misma y seguir preocupándome por Jack. Bobby quería comer, así que le preparé un bocadillo y le llevé un refresco de cola.

Milo estaba apalancado en el salón, abatido, y yo ya me había hartado del tema. Lo agarré por el brazo y lo arrastré arriba. No paró de quejarse, pero no opuso demasiada resistencia. Conseguí entrar con él y la comida en la habitación donde estaba Bobby sin que nadie sufriera daños.

Milo rompió a llorar en cuanto vio a Bobby sentado en la cama. Se le echó encima y lo abrazó. Le pidió perdón un millón de veces y Bobby lo perdonó todas y cada una de aquel millón de veces. Y así, como si tal cosa, volvieron a la normalidad. Eran odiosos.

Cuando *Matilda* y yo caímos finalmente dormidas, Jack no había vuelto aún a casa, un hecho que no me preocupaba en exceso. Pero cuando me desperté y vi que seguía sin aparecer, empecé a preocuparme un poco más. Después de que ignorase otras treinta llamadas, decidí intentar una táctica diferente.

Jack estaba cabreado con prácticamente todos los habitantes de la casa, con la excepción de Milo y de Bobby. De hecho, les tenía un cariño que lindaba lo ridículo. Desperté a Milo y le pedí que le enviara un mensaje a Jack, simplemente para asegurarnos de que estaba bien.

Jack le respondió dos minutos más tarde con un «Sí, estoy bien». Le pedí a Milo que le respondiera preguntándole cuándo volvería a casa, y él lo hizo, pero ese mensaje quedó sin respuesta.

Me tumbé en la cama con la seguridad de que Jack nunca más volvería a casa. Se había marchado con el Lamborghini y con un montón de tarjetas de crédito sin límite de gasto. Se sentía traicionado por casi todos los habitantes de la casa. De encontrarme en su lugar, lo más probable era que yo también me hubiera largado para siempre.

¿Qué sentido tenía que quisiese saber de mí? Yo sólo le complicaba la vida y le hacía daño. Estaba mucho mejor sin mí, pero, egoístamente, yo aún lo quería.

El dolor de sentirme lejos de él era cada vez mayor. Jack debía de estar alejándose cada vez más, o... no tenía ni idea. Tal vez fuera que sus sentimientos hacia mí estaban esfumándose y yo lo percibía como si estuvieran cortándome por la mitad.

Deseaba llorar pero no podía. Y seguí tumbada en la cama

mirando al techo y dejando que el dolor me consumiera. Me lo merecía, al fin y al cabo. Todo había sucedido por mi culpa.

—¿Alice? —Peter llamó a la puerta de la habitación, que yo había dejado abierta. Ni siquiera me volví para mirarlo. Me negaba a hacer cualquier cosa que no fuera permanecer inmóvil y sufriendo.

—Vete.

—Estás cabreada conmigo, y lo entiendo —dijo Peter—. No tendría que haber dicho lo que dije.

—Por una vez, no hiciste nada mal —dije con un suspiro—. Soy yo la que no debería haberte besado o la que al menos, después de haberlo hecho, debería habérselo contado a Jack. La cagué.

—Aquella noche no debería haber permitido que entraras en mi habitación. O a lo mejor debería... —Se interrumpió—. Para empezar, nunca tendría que haber regresado.

—No, ésta es tu casa. Soy yo la que lo ha echado todo a perder, como siempre.

—No, Alice, tú no has echado a perder nada. —Peter avanzó un poco, pero extendí la mano para indicarle que no siguiera.

—Necesito estar sola, ¿me entiendes? —Lo veía con el rabillo del ojo. Comprendí que mantenía un debate interno sobre si debía o no hacerme caso, pero al final se marchó.

Si quería tener un futuro con Jack, tendría que pasar el resto de mi vida evitando la presencia de Peter. Por primera vez comprendía de verdad por qué Peter se ausentaba continuamente. Era imposible que pudiéramos estar juntos. Y por eso me resultaba tan extraño que esta vez fuera Jack el que se hubiera ido y no Peter. Me estremecí, confiando en que aquello no significara nada.

A mi alrededor, la casa se desmoronaba. Bobby estaba en claro proceso de recuperación, pero Milo seguía muy afectado. Peter deambulaba por la casa, e intentó hablar conmigo en varias ocasiones, pero se lo impedí todas y cada una de las veces.

Mae y Ezra estaban continuamente a la greña. Los oía gritarse sin cesar, por Jack, por Daisy, por cualquier cosa. *Matilda* permanecía constantemente pegada a mi lado gimoteando, y yo permanecía tendida en la cama y con la cabeza enterrada bajo la almohada. No sabía cuánto tiempo podría aguantar aquella situación.

—¿Alice? —Milo llamó con delicadeza a la puerta, despertándome. Era la segunda noche sin Jack y apenas había conseguido conciliar el sueño—. Despierta, Alice.

—¿Qué quieres? —refunfuñé, asomando la cabeza. Cuando vi a Milo pestañeé, imaginándome que estaba soñando. Llevaba una especie de salto de cama con alitas de ángel de color negro, y sus ojos estaban maquillados con abundante perfilador y sombra brillante—. ¿Qué demonios es eso que llevas puesto?

—¡Es Halloween! —dijo Milo con una sonrisa, mientras se acercaba a la cama. *Matilda* le gruñó, y pensé que tenía toda la razón del mundo para hacerlo.

—¿De qué se supone que vas disfrazado? ¿De hada oscura? —Me incorporé para estudiar con más detalle su disfraz, pero seguía sin encontrarle ni pies ni cabeza. Aparte de ser completamente negro, no tenía ningún sentido.

—No —respondió Milo entre risas—. Simplemente me apetecía lo de las alas, y el negro se debe a que es Halloween y... y porque adelgaza.

—Dios mío, no puedo creer que no me hubiera dado cuenta de que siempre fuiste gay —dije, derrumbándome de nuevo en la cama. Desde pequeño, cualquier festejo le había servido a Milo como excusa para disfrazarse. Los signos eran ridículamente evidentes, ahora que lo pensaba bien.

—A veces eres un poco lenta —reconoció—. Y ahora, vamos. Sal de la cama y prepárate. ¡Vamos a salir!

—Yo no puedo salir —dije—. Jack no está en casa.

—Estoy seguro de que alguna vez habrás salido sin que esté Jack en casa. —Se sentó en el borde de la cama, a mi lado—. Y hoy es un día festivo. No puedes pasarte la vida encerrada en la habitación.

—Tal vez no, pero no puedo salir mientras Jack esté fuera. No me parece correcto.

—Pronto volverá —dijo Milo con poca convicción—. O tal vez no. La verdad es que no lo sé. Pero, sea como sea, no puedes quedarte aquí encerrada hasta que regrese.

—¡No puedo salir! Es como... no sé. Sería como un sacrilegio, o algo por el estilo. —Me quedé mirándolo—. Date cuenta, Milo, de que me ha dejado aquí para castigarme. Porque merezco un castigo.

—Jack no castiga a nadie. Él no es así —dijo, descartando esa idea—. Simplemente necesita tiempo para aclararse las ideas, y está dándote tiempo para que tú también te aclares las tuyas. Ya que, por lo que se ve, no puedes dejar de besar a su hermano, seguro que piensa que necesitas tiempo para decidir qué es lo que realmente quieres.

—¡Yo ya sé lo que quiero!

—¡Estupendo! ¡En ese caso ya dispones de tiempo para salir con nosotros! —dijo Milo alegremente—. ¡Vamos! ¡Levántate! ¡Vístete! ¡Nos vamos a bailar!

—No, de verdad, no puedo —repetí—. No puedo salir hasta que Jack vuelva. Tengo que quedarme aquí a esperarlo.

—¿Y si no vuelve nunca? —dijo Milo, y lo taladré con la mirada—. Lo siento. Pero piénsalo: ¿y si está ausente durante mucho tiempo?

—Esperaré toda la eternidad si es necesario —decidí—. Seré como Blancanieves: puedes encerrarme en una urna de cristal hasta que Jack regrese y me dé un beso de amor.

—Oh, el de Blancanieves, sería un disfraz ideal para ti. —Me acarició el pelo—. Con la palidez de tu piel y tu pelo negro, podría funcionar estupendamente.

—¡Milo! —rugí.

—¿Viene con nosotros? —preguntó Bobby, que había aparecido en el umbral de la puerta. Llevaba una camisa blanca, desabrochada, que dejaba su pecho a la vista, chaleco negro y pantalones ceñidos. Pensé que pretendía ir disfrazado de pirata hasta que vi la espada láser en el cinto.

—¿Vas de Han Solo? —le pregunté, enarcando una ceja.

—Sí, he intentado convencer a Milo de que se vistiese de princesa Leia, pero no ha habido manera. —Bobby miró a Milo casi haciendo pucheros y por un momento pensé que era un alivio que Jack no estuviese allí para que no insistiera en que yo me disfrazara. Pero entonces caí en la cuenta de que Jack no estaba y la tristeza se apoderó de nuevo de mí.

—No querrás que me ponga un biquini dorado —dijo Milo—. ¡No soy lo bastante gay para una cosa así!

—¿Y lo tuyo qué es, un medio disfraz? —le pregunté a Bobby.

—Sí, pensaba vestirme como Andy Warhol, pero con la peluca blanca estaba horroroso. Mi color no le pega para nada —dijo Bobby, señalando su piel. Pero justo en aquel momento se le ocurrió alguna cosa y me sonrió con picardía—. ¡Si no tienes disfraz, siempre puedes vestirte de Leia!

—¡Oh, no! ¡De ninguna manera! —exclamé, negando con la

cabeza—. No me convencerás de esto ni matándome. De ningún modo pienso vestirme con un biquini dorado y moñitos en forma de ensaimada.

—Lo que tú quieras. Pero con disfraz o sin él, deberías salir con nosotros —dijo Milo, que me miraba con preocupación—. No es bueno que te pases el día tumbada en la cama. Ni siquiera ves la tele o te pones música. No haces más que pasar el rato aquí acostada a oscuras. Y eso no es sano.

—Me da igual —dije, dirigiéndole una fría sonrisa a mi hermano—. Pero estoy bien. De verdad. Esta noche me levantaré y haré alguna cosa. Sólo que... que no puedo salir. Pero gracias de todos modos por la invitación. Os la agradezco sinceramente.

—De acuerdo —dijo Milo, cediendo por fin—. Pero más te vale que cuando regrese no te encuentre en la cama. O ya verás.

Milo me sonrió con tristeza antes de marcharse con Bobby. Y dejó en la cama un rastro de plumas negras y brillantes.

No me apetecía levantarme, pero tampoco quería que si Jack regresaba me encontrase hecha un asco, de modo que decidí que, como mínimo, tenía que seguir manteniendo mi higiene para que no cortase conmigo por ese motivo. Me duché, me peiné, me maquillé un poco y me vestí. E incluso me pinté las uñas de color verde en honor a la festividad de Halloween. La verdad es que no sabía por qué me tomaba tantas molestias, pero al menos sirvió para mantenerme entretenida un rato.

Matilda necesitaba hacer sus necesidades, así que bajé y la saqué a pasear. Era mi único consuelo. Por mucho que Jack estuviese enfadado conmigo y con todo el mundo, jamás abandonaría a la perra. Al menos para siempre.

Mientras estaba fuera con *Matilda*, miré en dirección al pasillo. La puerta del estudio estaba abierta y vi a Ezra sentado delante del ordenador; la luz azulada de la pantalla iluminaba su cara. Seguramente seguía durmiendo en el sofá, y me pregunté si Mae y él acabarían arreglando las cosas. Y en el caso de que no lo consiguieran, por qué ninguno de los dos abandonaba la casa.

Sonó mi móvil, y el corazón empezó a latir de manera irregular hasta que me di cuenta de que era el tono de llamada de Milo, no el *Time Warp* de Jack. Me planteé por un instante no responder. Seguramente querría convencerme para que fuera con ellos. Aunque también cabía la posibilidad de que se hubiera metido en algún problema, por lo que finalmente decidí cogerlo.

—¿Hola? —dije, y al instante, el estrépito de la música de fondo me obligó a alejar el aparato de la oreja.

—¡¿Hola?! —gritó Milo, por encima del sonido de la música—. ¡¿Hola?!

—¡¿Milo?! —le grité también para que pudiera oírme—. ¿Milo? ¿Dónde estás?

—¡Estoy en V! —dijo chillando, y oí que Bobby comentaba algo sobre una chica—. ¡Tienes que venir!

—No, ya te he dicho que no pienso ir. —Suspiré. *Matilda* había empezado a ladrar en el jardín y le abrí la puerta de la cocina para que entrase—. Gracias, de todos modos.

—¡No, lo que quiero decir es que tienes que venir quieras o no! —dijo Milo.

—¡Va a entrar en una habitación con él! —gritó Bobby quejumbrosamente—. ¡Dile que venga corriendo! ¡Tenemos que hacer algo!

—No pienso dejarte aquí solo para ir a ocuparme de ella —le dijo Milo a Bobby. Deseaba comprender qué pasaba, o que la música estuviera a un volumen más aceptable para entenderlos.

—¿Qué sucede? —pregunté.

—¡Jane está aquí, y parece un cadáver! ¡En serio! No es que vaya vestida de zombi porque sea Halloween ni nada por el estilo —dijo Milo—. Tiene un aspecto horroroso y acaba de entrar en una de aquellas habitaciones con ese tal Jonathan. No puedo ir a por ella y dejar a Bobby aquí solo, así que tienes que venir. Si Jane no sale esta noche de aquí, lo más probable es que no salga nunca.

—¡Más te vale que no sea un truco para hacerme salir de casa! —dije, aunque en el fondo sabía que no lo era. Por un lado, tanto Milo como Bobby parecían apabullados de verdad y, por el otro, sabía que no había hecho lo suficiente para impedir que Jane dejara de ser una prostituta de sangre.

—¡Jamás te mentiría sobre una cosa así! —gritó Milo, y yo sabía que no lo haría. Creo que nunca me había mentido en nada.

—¡De acuerdo! ¡Llegaré en cuanto pueda! ¡Esperadme junto a la pista! —le dije, y colgué el teléfono. Pero de inmediato comprendí que mi plan tenía un punto débil insalvable: no sabía conducir.

25

Entonces caí en la cuenta de que en la casa había alguien que siempre lo solucionaba todo y que además sabía conducir.

—¡Ezra!

—¿Sí? —respondió, y caminé hasta el final del pasillo para hablar con él. Ezra levantó la vista del ordenador—. ¿Pasa alguna cosa?

—Milo ha ido a la discoteca, y ha visto a mi amiga Jane. Se ha convertido en una prostituta de sangre y está fatal. Tengo que ir allí antes de que suceda algo terrible —dije—. ¿Podrías llevarme en coche?

—Por supuesto. —Ezra pulsó una tecla del ordenador y se levantó—. Milo me ha comentado que iba a ir con Bobby a la discoteca y, como Bobby está ya muy recuperado, les he animado a que fueran y se divirtiesen un rato.

—Creo que se están divirtiendo —dije con amargura cuando Ezra salió al pasillo.

—Al menos saldré un poco para celebrar Halloween —me dijo con una sonrisa de camino al garaje—. Hace años que no salgo. —Vio que su comentario jocoso me dejaba indiferente y me miró con solemnidad—. Sacaremos a tu amiga de allí. —Asentí y lo acompañé hasta el Lexus—. Y Jack volverá a casa. Te quiere mucho.

—Lo sé —dije, mintiendo—. Pero me gustaría saber dónde está.

—Pronto aparecerá —me garantizó Ezra—. No es de los que se van demasiado lejos.

Durante el trayecto hasta V, Ezra apenas habló. La ciudad era una locura. Había gente por todas partes, vestida con todo tipo de disfraces ridículos. Los modelitos de las chicas eran de aquellos que a duras penas pueden catalogarse dentro de la categoría de «ropa» y me dio la impresión de que todo el mundo estaba borracho, colocado o loco de remate.

Aparcó a unas manzanas de la discoteca, y para seguir su paso me vi casi obligada a correr. Me resultaba extraño ir a la discoteca con él. Su vestimenta estaba más a la última y era más adecuada que la mía, pero me resultaba difícil imaginármelo de fiesta. Por atractivo y joven que fuera su aspecto, no parecía el tipo de persona que frecuentaba ese tipo de locales.

Poco antes de llegar a la discoteca, se vio obligado a quitarse de encima a varias chicas borrachas. Y me refiero a que tuvo que empujarlas, literalmente, para apartarlas de su lado y, por el aspecto de la última de ellas, comprendí que no estaba exactamente borracha. Las marcas rosadas que lucía en el cuello indicaban que acababa de salir del local al que nosotros nos dirigíamos.

Me abrieron paso un par de chicos y no me importó, salvo por el hecho de que empezaba a tener hambre. En realidad, no lo había notado hasta que me vi rodeada de gente.

Ezra abrió la puerta de V y me cedió el paso. Los dos gorilas de rigor saludaron a Ezra con un gesto e intercambiaron con él una mirada. Me pregunté si se conocerían, pero no había tiempo para formular preguntas. Jane estaba metida en problemas y me traía sin cuidado a quién pudiera conocer o no Ezra.

La pista estaba abarrotada. *Thriller*, de Michael Jackson, retumbaba por los altavoces y al menos la mitad de los ocupantes de la pista bailaban los famosos pasos del videoclip. Merecía la pena quedarse a verlo, pero Milo y Bobby nos esperaban en la puerta, lo que me recordó el asunto que nos había llevado hasta allí. Una de las alitas de Milo ya estaba destrozada y, con la pista llena a rebosar como estaba, me sorprendió que su disfraz permaneciera aún tan entero.

—¡Esto es una auténtica locura esta noche! —gritó Milo para superar el volumen de la música.

—No entiendo cómo se lo montan todos para saberse de memoria los movimientos —dijo Bobby, que contemplaba fascinado la evolución de los bailarines que danzaban al ritmo de *Thriller*.

—Sí, estupendo, pero ¿dónde está Jane? —pregunté.

—En una de esas habitaciones —dijo Milo, haciendo un gesto en dirección al lado opuesto de la pista, donde se ubicaba la zona de vampiros de la discoteca. Las luces azules destellaban por encima de su cabeza—. No sé exactamente en cuál de ellas, pero estoy seguro de que podrás localizarla.

—Supongo que podré, siempre y cuando continúe con vida —dije.

Milo cogió a Bobby de la mano para cruzar la pista y me adentré entre la multitud tras ellos, aunque me fue imposible seguirlos. Por lo visto, yo no era ni mucho menos tan contundente como Milo.

En ese momento apareció Ezra, me rodeó por la cintura y

me ayudó a abrirme camino entre la muchedumbre. Yo era lo bastante fuerte para hacerlo sola, pero no me gustaba apartar a la gente a empujones. Aunque, la verdad, parecían acostumbrados a que los trataran así. Tanto humanos como vampiros estaban más que encantados de que Ezra los tocase.

La penumbra y el sonido amortiguado de la zona donde estaba ubicada la barra más pequeña me supusieron un alivio enorme. Aquella zona de la discoteca, no obstante, también estaba abarrotada. Normalmente aquella parte la frecuentaban sólo unas pocas parejas, pero esa noche hasta el último centímetro estaba ocupado por vampiros que se estaban alimentando de humanos o se lo estaban montando entre ellos. Había incluso dos vampiros tumbados sobre la barra del rincón, pegándose el lote de forma provocadora. Milo, Bobby, Ezra y yo destacábamos por el simple hecho de no estar ni besándonos ni mordiéndonos.

—¿Por qué pasillo se ha ido? —le pregunté en voz baja a Milo.

De la sala partían siete pasillos y desconocíamos cuántas habitaciones había en cada uno de ellos. En una ocasión había recorrido uno de aquellos pasillos, y se me había hecho interminable.

—Creo que ha ido por ése —respondió Milo, señalando el pasillo más alejado.

—¿Estás seguro? —dijo Bobby, forzando la vista. Las luces rojas no facilitaban su visión en absoluto—. Yo creo que han ido por el que está a la izquierda del que tú dices.

—Me estáis tomando el pelo —refunfuñé.

—¡Ezra Townsend! —chilló Olivia, empujando al suelo a una chica semiinconsciente que gimoteó un poco al golpearse la cabeza, el único signo visible de que seguía viva.

El uniforme de cuero ceñido de Olivia resultaba de lo más apropiado para la festividad y saludó a Ezra con su habitual sonrisa drogada. Yo de algún modo me esperaba que él se quedara atónito al verla, pero no fue eso lo que sucedió, sino que le devolvió la sonrisa y, cuando ella extendió los brazos, Ezra se fundió en un abrazo con Olivia.

—¡Qué alegría verte!

—Lo mismo digo —dijo Ezra cuando dio por terminado el abrazo. Miré de reojo a Milo y a Bobby y los sorprendí también boquiabiertos.

—Hacía ya muchísimo tiempo. —Olivia le tocó el brazo y se echó a reír—. ¡Ni siquiera estaba al corriente de que seguías por aquí! Creía que que te habías marchado hace años.

—Lo intenté, pero mi mujer tiene sus raíces aquí —dijo Ezra, encogiéndose de hombros.

—No será... —dijo Olivia, mirándome con suspicacia.

—No, no, Alice no es mía. Es de mi hermano Jack —dijo Ezra, y Olivia asintió sonriéndome.

—Está buena, ¿verdad? —Olivia me miraba de un modo que me habría hecho subir los colores de no estar tan preocupada pensando en cómo daríamos con Jane.

—Tal vez —replicó Ezra mirándome, y me gustó percibir que lo hacía con cariño. Pienso que en el fondo esperaba que me odiase después de todos los problemas que había causado entre Jack y Peter, pero Ezra no parecía guardarme rencor.

—Deberías haberme dicho que estabas con Ezra —dijo Olivia, a la vez que me acariciaba el brazo—. Te habría concedido un trato especial. —Tenía la sensación de que ya estaba dándome un trato especial, pero me limité a sonreírle.

—Lo siento, no sabía que os conocíais —dije. No quería seguir hablando con ellos, sino que Ezra me ayudase, pero tampoco quería mostrarme grosera con Olivia. Al fin y al cabo, ella me había ayudado ya un par de veces.

—Típico de Ezra —dijo Olivia, poniendo casi los ojos en blanco—. Jamás habla sobre su pasado.

—No pretendo parecer maleducado, pero debemos localizar a una amiga que se nos ha perdido —se interpuso Milo, salvándome de aquella larga y ebria conversación. Tal vez Olivia no bebiera alcohol, pero bebía más sangre de la necesaria y por eso se comportaba y parecía como si estuviese borracha.

—¿La misma de la otra vez? —preguntó Olivia, con una ceja levantada.

—Sí, y tenemos que encontrarla. Así que, si nos disculpas.
—Milo tenía a Bobby cogido por una mano y me agarró a mí con la otra. Olivia se quedó viendo cómo nos marchábamos, pero Ezra se quedó con ella. Me habría gustado que nos acompañara, pero no quería obligarlo.

—¿Recuerdas por fin el pasillo? —le pregunté a Milo, mientras corríamos hacia el lado opuesto de la sala.

—No, pero tiene que ser uno de estos dos. —Milo me soltó la mano, pero continuó dándosela a Bobby. En otras circunstancias, habría resultado muy gracioso ver una hada negra y reluciente llevando de la mano a un Han Solo más bien bajito.

Cogieron la delantera, pero en cuanto llegamos al pasillo, aminoraron el paso considerablemente. En realidad, Milo no tenía ni idea de cómo seguirle la pista a Jane, y tampoco yo, y empezaba a pensar que sería imposible dar con ella con la enorme cantidad de gente que llenaba el local aquella noche.

Todo olía a sangre y estaba impresionadísima con el nivel de autocontrol del que estaba haciendo gala. Notaba un poco de ardor de estómago, y tenía mucha sed, pero nada que no pudiera soportar. Me costaba, sin embargo, diferenciar entre los distintos olores y sonidos. La sangre lo dominaba todo.

Estaba a punto de darme por vencida cuando por fin capté algo. Me quedé inmóvil en medio del pasillo y Bobby tropezó conmigo. Estaba tan oscuro que no había visto que me había parado. Olía muy débilmente el aroma del perfume de Jane. No distinguía tan bien el olor de su sangre, pero el perfume era inconfundible.

—Es ésta —susurré, señalando la puerta que quedaba enfrente. Milo se situó delante de Bobby, interponiéndose entre el chico y un posible ataque.

Teniendo en cuenta cómo había reaccionado Jonathan la otra vez que lo habíamos sorprendido con Jane, pensé que en esta ocasión había que tomar todas las precauciones que fueran necesarias. Decidí no irrumpir por sorpresa. De modo que giré el pomo muy lentamente y empujé la puerta para abrirla.

Jonathan no nos oyó entrar porque estaba alimentándose de Jane. Estaba arrodillado sobre la cama, royéndole el cuello, con el cuerpo flácido de ella entre sus brazos. Pero no eran los mordiscos delicados que Olivia daba a sus chicas, ni tenían nada que ver con los que a buen seguro Milo le daba a Bobby.

Aquello era tremendamente animal, y me recordó al instante los ataques del tiburón que había visto en aquel programa de televisión. Jane estaba inconsciente y, cuando presté atención para escuchar su latido, no oí nada. Sólo el sonido del corazón del vampiro, que latía con fuerza y a gran velocidad.

Me abalancé sobre él sin pensarlo. Estaba matándola y tenía que detenerlo mientras aún estuviera a tiempo, si aún no era demasiado tarde. Salté sobre su espalda y el vampiro rugió y tiró a Jane al suelo. Le habría resultado más fácil dejarla caer sobre la cama, pero la había lanzado contra el suelo a propósito, como si fuese basura.

Lo agarré por el cuello, pero él levantó los brazos y me tiró del pelo con tanta fuerza que me puse a gritar. Empecé a patearlo y a arañarlo, y entonces él me arrojó contra la pared.

El dolor desapareció al instante. La lesión que me había producido el impacto contra la pared había sido terrible, pero al segundo la sensación se había esfumado y estaba de nuevo en pie. Me abalancé de nuevo contra él, y la emprendí a puñetazos esta vez. Jamás me había peleado con nadie, así que atacaba simplemente con lo que se me ocurría.

En teoría, debería ser rápida y fuerte, pero no me parecía que lo fuera. Aquel vampiro bloqueaba todos mis movimientos incluso antes de que los realizara, y si recurría a simples arañazos y puntapiés, en seguida se recuperaba. El vampiro consiguió por fin agarrarme y me presionó contra su pecho, lo que consiguió inmovilizarme.

—¡Suelta la carne! —rugió Jonathan, dirigiéndose a Milo, y miré para ver qué pasaba. Milo había recogido a Jane del suelo pero no quería dejarme sola con Jonathan.

—¡Vete de aquí! —le grité. En realidad no quería que me dejase sola, pues tenía la sensación de que jamás conseguiría ganar aquella pelea, pero era la única oportunidad de salvar a Jane—. ¡Llévatela!

Milo se mostraba indeciso y Bobby permanecía en el pasillo junto a la puerta, pálido y muerto de miedo. Yo continué batallando con Jonathan, pero sin conseguir demasiados avances. El vampiro empezaba a cansarse de aquella situación de punto muerto y, en una iniciativa ridícula, me dio un mordisco en el hombro.

Solté un gañido y empecé a sentir que la sangre manaba extraña y caliente de la herida. No bebió de mí, sin embargo. Podría haberme mordido el cuello y haberme hecho con ello daño de verdad, pero comprendí que lo había hecho simplemente para ponerme trabas y fastidiarme. Perder sangre me debilitaba y yo no era, ni mucho menos, una luchadora fuerte.

—¡Alice! —gritó Milo.

—¡Suelta a la chica! —gruñó Jonathan, a la vez que me tiraba al suelo. El hombro ya había dejado de dolerme y me escocía debido al proceso de curación, aunque notaba que la sangre aún rezumaba. Resultaba increíblemente nauseabundo.

—¡Corre, Milo! —chillé, y Jonathan se volvió para lanzarme una mirada feroz.

Estaba de pie a mi lado, mientras yo seguía tendida en el suelo, y se me ocurrió una idea. El vampiro me arreó un puntapié y se lo permití, mientras Bobby me gritaba que me levantara. De no haber estado Jane inconsciente, seguramente Milo se la habría entregado a Bobby y habría corrido a ayudarme.

En cuanto Jonathan avanzó hacia Milo, me abalancé hacia adelante y le mordí el tobillo con todas mis fuerzas. Le rasgué con ello el tendón de Aquiles y Jonathan lanzó un alarido y cayó al instante al suelo. A pesar de que el dolor remitiría pronto, la lesión en el ligamento lo retrasaría un poco.

Me incorporé. Jonathan, que seguía en el suelo, me agarró por el tobillo. Le pisoteé la mano antes de que tuviera oportunidad de morderme como yo acababa de hacer con él, y él resopló pero sin acabar de soltarme. Enseñó entonces los dientes como un animal y le arreé un puntapié en la cara. Pero él tiró otra vez de mi pierna y acabé cayendo al suelo.

El vampiro tenía la boca llena de sangre causada por mi patada y, cuando rompió a reír, la sangre me salpicó. Lo peor de todo era que aquella sangre seguía oliendo a Jane. Volví a darle un puntapié en plena boca y me soltó por fin. Me apresuré a incorporarme.

Milo estaba dejando a Jane sobre la cama para ayudarme en mi lucha contra Jonathan, pero vi que éste estaba distraído tapándose la boca para detener la hemorragia. Corrí a ayudar a Milo aunque, la verdad, mi hermano no necesitaba ayuda: Jane estaba en los huesos. Tenía el cuello rajado. Esta vez, Jonathan se había empleado a fondo con ella. La herida parecía más bien el mordisco de un perro, nada que ver con la incisión que realizaban normalmente los vampiros.

Me esforcé en contener las náuseas y cogí a Jane en brazos. No tenía pulso y tanto la cabeza como las extremidades le colgaban con flacidez. Milo la miró horrorizado. Si aún seguía con vida, no sería por mucho tiempo más. Y justo en aquel instante, vi un movimiento con el rabillo del ojo y Bobby sofocó un grito. Levanté la vista, pero ya era demasiado tarde.

Jonathan tenía a Bobby entre sus garras.

26

Milo salió corriendo tras ellos al pasillo, donde no se veía nada. Pensé en dejar de nuevo a Jane en la cama, pero si estaba muriéndose, no quería ser yo quien le diera de ese modo la puntilla. Sólo se oían gruñidos, golpes, puñetazos y los gritos de Bobby.

Finalmente, llegué a la conclusión de que salvarle la vida a Jane no merecía la pena si a cambio de ello Bobby o mi hermano acababan muriendo, de modo que la dejé con cuidado en la cama.

—Lo siento, Jane. —Le aparté el pelo de la frente y noté que estaba completamente fría.

Llegué al pasillo al mismo tiempo que Ezra. No estaba segura de hacia qué lado estaba decantándose la pelea entre Milo y Jonathan, pero la primera intervención de Ezra consistió en agarrar a Jonathan por el cuello y empotrarlo contra la pared de hormigón.

Milo tenía su disfraz hecho jirones y le costaba respirar. Se había plantado enfrente de Jonathan y lo miraba rabioso. Jonathan empezó a pelear con Ezra pero entonces apareció Olivia y la acción se detuvo de repente.

—Ya basta —resonó la voz de Ezra. Y lo soltó. Jonathan se relamió la sangre de los labios y alisó su vestimenta.

Yo también tenía la boca manchada de sangre de mi anterior mordisco y me la limpié con el dorso de la mano. A pesar de que podía haberla saboreado, me negué a hacerlo. Era la sangre de Jane y no deseaba probarla.

—No quiero verte nunca más por aquí —dijo Olivia, y su voz sonó sorprendentemente imperativa—. ¿Queda claro?

Jonathan no dijo nada. Bajó la vista y desapareció por el pasillo cojeando. Su tendón no se había recuperado aún. No comprendía en absoluto por qué había obedecido a Olivia de aquella manera, pero no tenía tiempo para darle más vueltas al asunto.

—¿Estás bien? —Milo se había arrodillado en el suelo junto a Bobby.

Bobby se había dejado caer contra la pared y estaba sangrando, aunque no sé por qué parte de su cuerpo. Asintió a modo de respuesta y vi que contenía las lágrimas. Por lo demás, estaba bien.

Me habría gustado quedarme con ellos para asegurarme de que ambos estaban bien, pero tenía que ocuparme de Jane. Entré corriendo de nuevo en la habitación y la cogí en brazos. Era como una muñeca de trapo. Su minúsculo vestido brillante dejaba entrever las costillas y podía palparle todos los huesos de la columna. La herida del cuello empezaba a coagular, lo que significaba que algo de vida debía de quedarle, aunque el único indicio de ello fuera ése.

—¿Es tu amiga? —Ezra acababa de entrar en la habitación y se quedó mirando a Jane con expresión consternada.

—Sí. ¿Puedes hacer algo para ayudarla? —Extendí los brazos hacia él, como si yo fuera una niña y Jane un juguete roto que esperaba que Ezra me arreglase.

—La llevaremos a casa —respondió Ezra simplemente. La cogió con cautela y, sólo con saber que Jane estaba en manos de Ezra, empecé a sentirme mejor. Desde mi punto de vista, Ezra era capaz de solucionar cualquier cosa.

—Salid por detrás —sugirió Olivia al ver a Jane—. ¿Os acordáis de cómo llegar hasta allí?

—Sí. Y gracias por toda tu ayuda —dijo Ezra.

—Siempre a vuestro servicio —dijo Olivia sonriéndome—. Cuídate. Y mantente alejada de los problemas, ¿entendido?

—Lo intentaré —dije, echando a correr ya por el pasillo tras Ezra. Milo y Bobby nos seguían más despacio. Milo intentó coger a Bobby en brazos, pero él insistió en que no era necesario, aunque creo que le habría ido bien.

Salimos del club y el callejón estaba desierto. Ezra había previsto de antemano que saldríamos por allí, pues había aparcado cerca. Ordenó a Milo y a Bobby que fueran directamente a casa y quedamos en que ya nos encontraríamos allí.

Depositó a Jane en el asiento trasero del Lexus y yo me instalé a su lado. Le sujeté la cabeza para descansarla en mi regazo. La herida del cuello cicatrizaba muy despacio y noté que respiraba débilmente. Aún seguía con vida.

—¿Por qué la habrá mordido en el cuello de esta manera? —pregunté, más para mí misma que dirigiéndome a Ezra. Le retiré el pelo de la cara, intentando limpiarle la sangre, y contuve las lágrimas—. ¿Qué era lo que pretendía, matarla?

—No exactamente —dijo Ezra, y me miró por el retrovisor—. Intentaba obtener más sangre, pues empieza a tener muy poca. —Sorbí por la nariz y me quedé mirando a Jane—. ¿Estás bien, Alice? ¿Te ha hecho daño ese vampiro?

—No, estoy bien. —Observé de reojo la herida del hombro, que había cicatrizado casi por completo—. ¿Y tú? ¿Estás bien?

—Sí, estoy bien. —Ezra no tenía ni un rasguño, a pesar de haber intervenido en el último minuto de la pelea. Y no pude evitar preguntarme si la lucha se habría prolongado por más tiempo de no haber aparecido Olivia.

—¿Por qué le tenía ese vampiro tanto miedo a Olivia? A mí no me parece tan intimidante como para eso —dije. La mayoría del tiempo, Olivia estaba tan borracha y confusa que parecía inofensiva. Sin embargo, ésta era ya la segunda vez que me salvaba la vida.

—Veamos, para empezar la discoteca es suya y, en segundo lugar, en su día fue una cazavampiros —dijo Ezra—. Aunque intenta mantener ambas cosas en secreto.

—Espera un momento. ¿Cómo? —dije, mirándolo con incredulidad—. ¿Que es la propietaria del local y que además es una cazavampiros? ¡Pero si ella misma es vampira! ¡Eso que dices no tiene ningún sentido!

—Normalmente, un humano no puede matar a un vampiro, ni siquiera con una estaca de madera o con un Uzi —dijo Ezra—. Y también nos cuesta matarnos entre nosotros. De modo que los únicos que pueden mantener el orden y actuar a modo de policías son otros vampiros. Carecemos de un sistema legal, pero de vez en cuando aparecen vampiros renegados y alguien tiene que llamarlos al orden. Ese alguien solía ser Olivia, pero hace ya años que se jubiló y fue entonces cuando adquirió el local.

—¿Por qué tengo la sensación de que te lo estás inventando? —le pregunté.

—Porque subestimar a Olivia es muy fácil, y ahí radica en parte su poder —dijo Ezra—. Es una de las vampiras más fuertes y más antiguas que conozco. Debe de tener… casi seiscientos años. —Me miró por el retrovisor—. Y me parece que se ha encaprichado de ti.

El comentario debería haberme hecho gracia, pero en aquel preciso momento Jane emitió un gemido. Ezra aceleró, comprendiendo tal vez que aún había esperanzas para ella. Al llegar a casa, la cogió en seguida en brazos para entrar y llamó a Mae a gritos en cuanto cruzamos la puerta. Por segunda vez en cuestión de pocos días, se hacía imprescindible la experiencia de Ezra con el manejo de la sangre.

Para consternación de Peter, Ezra lo echó de su habitación. Mae y Ezra se ocuparon rápidamente de acomodar a Jane. Yo intenté ayudarlos, pero estaba tan trastornada que comprendí que no sería de ninguna utilidad y decidí dejarlos solos. Vi entonces que Milo estaba en el baño principal, ocupándose de las magulladuras de Bobby, y entré con el pretexto de ayudarlo aunque, en realidad, lo único que quería era distraerme con algo.

Tomé asiento en el borde de la bañera y los observé. Bobby tenía algún que otro arañazo en el pecho y los hombros, además de un mordisco en la nuca. La herida provocada por el mordisco estaba ya en vías de cicatrización gracias a las propiedades sanadoras de la saliva de los vampiros, aunque la lesión no era grave. Pero, con todo y con eso, era la herida que más preocupaba a Milo. Le lavó con agua y jabón todas las heridas, pero la del cuello la desinfectó además con agua oxigenada.

Bobby hizo una mueca de dolor. Estaba sentado en la encimera del lavabo con la cabeza inclinada sobre el lavamanos y Milo restregaba sin piedad la inflamada marca del mordisco. El agua oxigenada burbujeó y Milo la frotó con una gasa.

—¡Eso escuece de verdad!

—Hay que limpiarlo —dijo Milo, apretando los dientes.

—Pues a mí no me parece que tenga el cuello sucio —dijo Bobby con una mueca—. Tú siempre me muerdes y nunca lo limpias después. —Milo no hizo ningún comentario al respecto y Bobby, harto ya de tanta desinfección, se apartó—. Creo que ya está bastante limpio.

—¡No, a mí me parece que no! —Milo se abalanzó de nuevo sobre el cuello de Bobby, pero Bobby lo agarró por la muñeca y se lo impidió. Milo podía doblegarlo sin el más mínimo esfuerzo, y me dio la impresión de que se lo estaba planteando—. Por favor. Deja que te lo limpie un poquito más.

—¡Milo! ¡No! ¡Duele, y no me dolía hasta que tú has empezado a hurgar en la herida! —Bobby seguía sujetando a Milo por la muñeca pues sabía que, si lo soltaba, Milo empezaría a frotar de nuevo.

—¡Quiero limpiar del todo la saliva! —dijo Milo, retirando la mano de Bobby, pero éste se deslizó hasta el rincón y se apoyó con fuerza contra el espejo para que Milo no pudiera alcanzarlo—. ¡Bobby! ¡Déjame limpiarlo! —Si empezaba a ponerse agresivo, tendría que intervenir—. ¡Sigues oliendo a él y tengo que eliminar ese olor!

—¡No! —chilló Bobby—. ¡Tendrás que aguantarlo! ¡Acaba de atacarme un vampiro y ya me encuentro bastante mal sin necesidad de que tú me claves tus zarpas en la nuca!

—De acuerdo. —Milo suspiró y tiró la gasa ensangrentada al lavabo; había cambiado de idea—. Tienes razón. Lo siento. Has pasado una noche terrible y me alegro de que estés vivo y quieras seguir conmigo. —Avergonzado por su conducta, Milo bajó la vista.

—Siempre querré estar contigo —dijo Bobby sonriéndole y acariciándole la cara.

Milo levantó la cabeza y se besaron, un beso lo bastante largo como para que yo me sintiera incómoda encerrada allí con ellos. Tosí para aclararme la garganta y Milo se separó de Bobby, ruborizado.

—Lo siento. —Milo secó los cortes que tenía Bobby en el pecho y el hombro para poder aplicarle unas tiritas.

—Y todos esos arañazos ¿te los ha hecho Jonathan con las uñas? —dije, moviendo la cabeza para indicar el pecho de Bobby.

—Sí, creo que sí —respondió Bobby, observando como Milo se ocupaba de un arañazo especialmente desagradable que le recorría toda la clavícula. Por suerte, no le quedaría ninguna cicatriz que pudiera estropear sus tatuajes.

—Es extraño. Defenderse a arañazos me parece cosa de chicas —dije, arrugando la nariz. Por supuesto, era el arma que yo había utilizado contra Jonathan, pero yo era una chica y, evidentemente, como luchadora era nefasta.

—Tal vez tengas razón, pero piensa que nuestras uñas son como garras —dijo Milo sin darle importancia—. Es una arma más de la que disponemos, ¿por qué no utilizarla?

No fue hasta que dijo aquello que me miré las uñas. Antes de sufrir mi transformación, me las mordía continuamente, pero aquella manía había desaparecido. Ahora las tenía más largas que antes, pero no me había detenido a pensar que fueran además más fuertes. Me clavé una en el brazo para experimentar y no pude evitar una mueca de dolor.

Milo y Bobby siguieron hablando, cada vez con más romanticismo y coqueteos, de modo que decidí desconectar. Milo se había asustado un montón y había mostrado su lado más posesivo porque Jonathan había mordido a Bobby, y eso que ni siquiera le había chupado la sangre. Me sorprendía, porque Milo nunca había sido posesivo, aunque me imaginaba que eso no tenía nada que ver con su personalidad humana. Todo aquello formaba parte del hecho de ser vampiro, aunque yo nunca lo había experimentado porque nadie había mordido a Jack desde que estábamos juntos.

Al menos, que yo supiera. Tal vez alguien estaría mordiéndolo en aquel momento. Podrían hacerlo muchos, de igual manera que él podría estar mordiendo a mucha gente. Jack podía estar haciendo cualquier cosa, y yo no tenía ni idea de cuándo regresaría o de si algún día lo haría.

Cuando Milo terminó con la limpieza y desinfección de Bobby, se marcharon los dos a su habitación para quitarse los disfraces y para que Milo se desmaquillara. Ezra y Mae seguían todavía arriba en la habitación de Peter ocupándose de Jane, así que decidí sentarme en la escalera y esperar allí a que alguien me pusiera al corriente de los acontecimientos. La noche se me estaba haciendo eterna, pero al final apareció Ezra y vino a verme.

—¿Qué tal está? —Me levanté pero me apoyé en la pared, preparándome para recibir la mala noticia.

—No lo sé —dijo Ezra, moviendo la cabeza de un lado a otro—. Lleva mucho tiempo metida en esto. El aspecto tan nefasto de ese mordisco se explica en parte porque era tejido cicatrizado y él ha tenido que roerlo para alcanzarle la vena.

—¡Oh, qué horror! —grité, asqueada.

—Pero lo bueno es que no ha perdido tanta sangre como yo creía en un principio. —Esbozó una débil sonrisa—. No le he realizado ninguna transfusión de sangre, pero le hemos administrado líquidos por vía intravenosa.

—¿Tenéis también líquidos para administrar por vía intravenosa? —pregunté, enarcando una ceja.

—En una casa llena de vampiros, y con algún que otro humano de vez en cuando, siempre hay alguien que acaba perdiendo demasiada sangre y es mejor estar preparado para cualquier eventualidad —dijo—. Tu amiga está descansando, pero sólo el tiempo nos dirá si sale de ésta. Mae está administrándole vitaminas y mucha agua. Es todo lo que podemos hacer.

—¿Por qué no le has hecho una transfusión? ¿No se habría recuperado con eso? —le pregunté.

—No. Como te he dicho, lleva demasiado tiempo metida en esto —dijo—. Su sangre no se combinaría ni coagularía correctamente con sangre fresca. Tiene un exceso de saliva de vampiro en el cuerpo, lo que interfiere con el funcionamiento de su organismo. Aunque, de hecho, eso podría beneficiarla. Nuestra saliva puede resultar muy útil durante el proceso de curación, y lo único que la ha mantenido con vida estos últimos días ha sido la cantidad de esa saliva que tiene en su organismo.

—¿Estás tratando de decirme que el hecho de que haya sufrido tantos mordiscos es lo que está matándola y, a la vez, es también lo que está salvándole la vida? —le pregunté, mirándolo dubitativa.

—Es posible —dijo suspirando—. Puedes subir a verla si quieres, pero está inconsciente.

—¿Inconsciente como si estuviera dormida, o inconsciente como si estuviera en coma?

—Sólo el tiempo lo dirá —dijo Ezra.

—¿De verdad? —Lo había preguntado más bien para restarle importancia al asunto, pero si existía una posibilidad de que pudiese estar en coma, no me parecía bien mantenerla simplemente en una habitación, sin más ayuda—. ¿No deberíamos llevarla a un hospital?

—Si creyera que allí pueden hacer por ella algo más de lo que estamos haciendo nosotros, ya la habría llevado. Pero tan sólo necesita descansar y regenerar su propia sangre.

—Sin ánimo de ofender, pero tú no eres médico. ¿Cómo puedes estar tan seguro de eso? Si se está muriendo, podrían mantenerla con vida artificialmente —dije.

—No se está muriendo, todavía no, pero si crees que estaría mejor atendida en un hospital, o que se sentiría más feliz viviendo el resto de su existencia conectada artificialmente a una máquina, la llevaremos allí —dijo, con amabilidad—. Pero mira, llevo casi trescientos años intentando mantener con vida a las víctimas humanas de los vampiros. Dudo mucho que alguien en un hospital pueda reivindicar lo mismo, pero sí, es verdad que sus aparatos son más avanzados que cualquier cosa de la que yo disponga.

—Lo entiendo —dije, bajando la vista—. Supongo que, mientras se mantenga estable, es mejor que la dejemos aquí. Pero me reservo el derecho a ingresarla en el hospital si su condición empeora.

—Siempre tendrás ese derecho, empeore o no —dijo Ezra acariciándome el hombro, intentando consolarme y aliviar mi pudor—. ¿Por qué no subes a verla?

Si estaba discutiendo con él era sólo, precisamente, para no subir a verla. Ezra siempre procuraba lo mejor para todo el mundo, y yo lo sabía de sobras. De no haber podido atender a Jane en casa, no la habría llevado allí.

Pero no quería verla, consciente de lo frágil y enfermizo que era su aspecto. Jane se comportaba a menudo de un modo superficial e inmoral, pero siempre había sido una persona fuerte. Se comportaba con determinación, y lo último que querría sería que la viesen débil y empequeñecida.

Abrí con cuidado la puerta de la habitación de Peter. Jane parecía aún más pequeña acostada en aquella gigantesca cama. Mae estaba sentada a su lado, controlándole las pulsaciones y la presión arterial valiéndose simplemente del oído y el tacto. Jane se veía menuda y delicada en el centro de la cama. Tenía los brazos extendidos por encima de las sábanas, y no eran más que piel y huesos.

Sus uñas, habitualmente con una manicura perfecta, estaban rotas y desconchadas. La herida del cuello quedaba oculta por un vendaje, así que al menos no tenía que verla de nuevo. Seguía llevando el pelo cortito, pero se le veían las raíces sin teñir. Jane ya ni siquiera encontraba tiempo para ir a la peluquería.

Mae le había puesto un pijama cómodo y había dejado el vestido de diseño que Jane llevaba puesto cuando la encontramos a los pies de la cama. Estaba sucio y descolorido. Lo único que había tenido siempre importancia para Jane había sido su aspecto, e incluso esto lo había descuidado.

Mae me dirigió unas palabras de consuelo, pero era inútil. Tendría que haberme llevado a Jane de la discoteca la primera vez que la vi por allí, aunque hubiera sido a rastras y a la fuerza.

O mejor aún, no tendría que haberle contado nada sobre los vampiros, ni haberle dejado ver a Milo después de su transformación. Si Milo no la hubiese mordido, si ella no hubiese conocido esa sensación, si nunca me hubiera conocido... Comprendía que no era yo quien la había obligado a frecuentar aquella discoteca una noche tras otra en busca de una dosis que calmara su mono, pero sí que era yo quien había puesto en marcha todo aquel asunto. De haber tomado una decisión distinta en repetidas ocasiones, mi amiga no estaría ahora en ese estado, llamando a las puertas de la muerte.

271

Permanecí erguida a los pies de la cama, observando el subir y bajar de su pecho al ritmo de la respiración. Cada vez que soltaba el aire tardaba una eternidad en volver a aspirar, y entre latido y latido el tiempo se hacía interminable. Cada segundo de más que vivía parecía que fuera a ser el último. Apenas me di cuenta de que Peter entraba en la habitación. Estaba absolutamente concentrada en Jane.

—Lo siento. Sólo venía a recoger un par de cosas —dijo, y se dirigió rápidamente al baño. Dado que Jane ocupaba su habitación, aquella noche se vería obligado a dormir en el sofá y, puesto que se estaba preparando para acostarse, imaginé que debía de ser tarde.

—Tú también tendrías que descansar —me dijo Mae—. Yo me quedaré con Jane y vigilaré que todo vaya bien. No le hará ningún bien que te pases el día levantada y cansándote.

—¿Me avisarás si sucede algo? —le dije, mordiéndome el labio. No sabía por qué, pero pensaba que en cuanto dejara de mirarla, ella dejaría de respirar.

—Estoy justo al otro lado del pasillo —dijo Mae, sonriéndome—. Se pondrá bien, cariño. Lo presiento.

Salí al pasillo a regañadientes y cerré la puerta de la habitación a mis espaldas. Me quedé un minuto escuchando y cuando comprobé que el corazón de Jane seguía latiendo, empecé a creer que tal vez no fuera a morirse si yo me marchaba de su lado.

Solté un suspiro de alivio sospechosamente parecido a un sollozo, y volví a respirar hondo para contener las lágrimas. Peter salió de su habitación en aquel preciso momento y casi tropieza conmigo, ya que yo ni siquiera me había tomado la molestia de apartarme de la puerta.

—¡Oh, Alice, lo siento! —Me puso la mano en la espalda,

como si yo estuviera tambaleándome y necesitara que alguien me estabilizara.

—No, no pasa nada —dije, moviendo la cabeza y tragando saliva.

—¿Estás bien? —Bajó la cabeza para tratar de mirarme a los ojos, pero aparté la vista.

—Sí, no, todo va estupendamente. —Forcé una sonrisa y las lágrimas me nublaron la vista—. ¿Por qué no debería estarlo? Han estado a punto de matar a mi mejor amiga y a mi hermano. Eso por no mencionar que no tengo ni idea de dónde está mi novio, que se ha marchado por mi culpa. ¡Pero sí, todo va fabulosamente! —Las lágrimas empezaron a resbalar por mis mejillas y me las sequé con la mano.

—Lo que le ha sucedido a Jane no es culpa tuya —dijo Peter en voz baja.

—¡Sí que lo es! ¡Soy yo quien la metí en el mundo de los vampiros! —Hice un gesto abarcando la casa—. ¡Destruyo todo lo que toco! ¡Tú tenías una familia estable pero llegué yo y lo destrocé todo! ¡Jack y tú, y ahora Mae y Ezra, y ya sé que no es directamente culpa mía, pero sí que lo es! ¡Es culpa mía por asociación! ¡Soy la precursora de todos los males!

Esperaba que Peter me dijera que estaba siendo excesivamente melodramática y que con condescendencia me confirmara que nada de aquello era culpa mía. Incluso yo misma reconocía que asumir que todo lo malo que sucedía en la vida se debía a mí era ser bastante egocéntrica.

Pero lo que hizo, en cambio, fue quedarse mirándome con compasión y cariño. Jamás lo había visto con una expresión tan tierna como aquélla y me resultó cegadoramente atractivo.

Cuando extendió los brazos para acogerme, supe que debía apartarme, pero no tenía fuerzas para hacerlo. Me atrajo hacia él y enterré la cara en su pecho. Lo único que quería era llorar y deseaba sentirme abrazada. Los brazos de Peter eran maravillosamente fuertes y la sensación de seguridad que me proporcionaban era tan deliciosa que casi me perdí entre ellos.

—De verdad, Alice, todo irá bien —murmuró entre mi cabello.

—Ojalá pudiera creerte —musité. Las lágrimas empezaban a apaciguarse, pero seguí descansando la cabeza contra su pecho, escuchando su latido.

—¡Peter! —De repente, la voz de Ezra resonó como un trueno desde el pie de la escalera.

Aquel instante con Peter se rompió con brusquedad y en seguida me di cuenta de lo terriblemente inadecuado y peligroso que había sido dejar que me abrazara, por mucho que yo necesitara un abrazo. Me aparté de él y bajé la vista. Peter dio media vuelta para bajar a ver qué quería Ezra y yo, avergonzada, entré en la habitación de Jack.

Matilda estaba acostada en la cama de Jack, con expresión de apabullada tristeza. Me tumbé a su lado, apoyé la cabeza sobre su lomo y empecé a acariciarla. La perra gimoteó y comprendí que también ella echaba de menos a Jack. Pero no podía hacer nada para solucionarlo.

Por otra parte, empezaba a pensar que tal vez fuera mejor que se hubiera ido. Era evidente que yo no era lo suficiente buena para él.

Mae me despertó unas horas más tarde. Me senté sobresaltada en la cama, pero distinguí su sonrisa en la oscuridad.

—Jane se ha despertado.

27

El aspecto de Jane seguía siendo terrible y no me dio la impresión de que estuviera del todo despierta. Mae la había incorporado un poco con la ayuda de un par de almohadas. Sus ojos tenían un tono azul apagado, casi vidrioso, y su expresión era completamente ausente. No se la veía ni feliz ni enfadada por seguir con vida, pero me miraba con una fascinación contenida. Creo que le costaba hacerse a la idea de que yo, incluso recién levantada, fuera ahora más guapa que ella.

—Hola —le dije. Me situé incómoda a un lado de la cama y me retiré el pelo por detrás de las orejas—. ¿Qué tal te encuentras?

—¿A ti qué te parece? —preguntó Jane.

—Oh, ha mejorado mucho —dijo Mae antes de que me diera tiempo a responder. En la mesita de noche había un vaso de agua y Mae se lo acercó. Jane la miró con cara de aburrimiento, pero lo aceptó de todos modos y bebió un buen trago—. Últimamente lo ha pasado muy mal.

—Sí, lo sé —dije. Mae le apartó el pelo de la frente y no comprendí que se mostrara tan solícita con ella. Jane necesitaba muchos cuidados, pero no me gustaba que Mae me hiciese quedar como una incompetente.

—Tú no sabes nada. Hace meses que no hablamos —espetó Jane, mirándome con rabia.

—Pero no por mi culpa —dije con indignación—. Te he llamado y te he enviado mensajes infinidad de veces. ¡Eres tú la que no quería hablar conmigo!

—¡Pues claro! ¡Te has convertido en vampira! —Jane se incorporó un poco más en la cama y percibí la inquietud de Mae.

—No es necesario que te alteres así —dijo Mae, cogiéndole el vaso de agua antes de que lo derramara encima de la cama.

—¿Y qué, si soy una vampira? —le pregunté, ignorando por completo a Mae—. ¡Por lo que he visto, disfrutas tanto con su compañía que casi acaban matándote!

—Sí, porque son divertidos y tienen algo que ofrecerme. Tú eres la inmortal más aburrida de todo el planeta. ¡No hay más que verte! —Jane agitó hacia mí su flaco brazo—. ¡Con una camiseta de Blink 182 y pantalón de chándal! —Bajé la vista hacia mi vestimenta y sacudí una bola de pelo de *Matilda* que tenía en la camiseta donde aparecía el nombre de un grupo musical.

—¡Es un pijama! —Me crucé de brazos a la defensiva y señalé luego a Jane—. ¿Y has visto tú cómo ibas vestida anoche? ¡Llevabas el vestido sucio y lleno de manchas!

—No tuve tiempo de cambiarme —dijo Jane, bajando la vista.

—¡Chicas! —dijo Mae—. ¡Tenéis que calmaros! A Jane no le conviene tanta excitación.

—Da igual —dijo Jane, restregándose los ojos—. ¿Puedo coger mi ropa y largarme de aquí?

—No puedes irte, cariño —le dijo Mae con delicadeza—. Estás enferma. Primero necesitas ponerte bien.

—¿Y no puedo ponerme bien en mi casa? —dijo Jane, tratando de mostrarse enfadada, aunque en realidad empezaba ya a ceder y se recostaba de nuevo en la cama—. ¿Sabe Jonathan que estoy aquí?

—Hum... más o menos. —Intercambié una mirada con Mae—. ¿Le has explicado cómo ha llegado hasta aquí?

—Le he explicado que la encontrasteis en la discoteca y que estaba muy mal —dijo Mae, evitando la verdad hábilmente una vez más, lo que me llevó a preguntarme con qué frecuencia nos mentiría a nosotros.

—No parará hasta que descubra que estoy aquí. —Jane no nos amenazaba, y por la mirada que le lanzó a Mae, diría que lo que en realidad pretendía era protegernos. Su «novio» tenía un problema de gestión del malhumor, era evidente.

—Lo sabemos, pero queremos que estés segura —dije.

En realidad no comprendía la animosidad que reinaba entre nosotras. Jane había llevado una vida peligrosa y de desenfreno y yo quería ayudarla a cambiar y, tal vez con ello, conseguir que volviéramos a ser amigas. Sería fantástico mantener amistad con alguien que no viviera en aquella casa. Aunque lo más probable era que Jane se instalara allí, al menos por una temporada.

—Lo comprendo. —Jane empezó a rascar el esmalte de una uña y se quedó mirándolo fijamente durante un minuto—. Estás guapa de verdad. Te ha crecido el pelo.

—Sí, el pelo nos crece muy rápido —dije, jugueteando con un mechón. Le sonreí—. Y tú estás..., bueno, no puedo mentirte. En estos momentos estás fatal.

—Lo sé —dijo, encogiendo sus huesudos hombros—. Pero ahora estoy aquí. Y supongo que eso ya es algo, ¿no?

Estuvimos hablando un rato más, pero Jane estaba agotada. Mae me ordenó que saliese de la habitación porque Jane necesitaba descansar. A pesar de que hacía ya tiempo que me habían mordido, recordaba haber estado muy cansada durante los días posteriores. Jane debía de ser más fuerte que yo, pues era capaz incluso de permanecer sentada y hablar.

En cuanto se puso el sol, convencí a Milo para que me acompañase al supermercado. Quería comprar comida para Jane, sobre todo productos ricos en grasas y carne roja, además de bebidas energéticas y vitaminas. Antes de irnos fuimos a preguntarle si le apetecía alguna cosa en especial, y nos dijo que no, aunque nos pidió que le compráramos tinte para el pelo.

Milo le preparó la comida al volver a casa y Jane bajó a comer. Bobby se sumó a ella, y Jane se mostró medianamente interesada por él hasta que descubrió que era gay y salía con Milo. A partir de aquel momento, pasó a convertirse en un cero a la izquierda. En el fondo, me encantaba ver de nuevo en acción a la vieja Jane.

Peter decidió aparecer mientras Jane comía su bistec (que me pareció excesivamente poco hecho, incluso para mi gusto, pero como Milo era el chef, no había que llevarle la contraria). No lo hizo expresamente. Había estado en el estudio trabajando con Ezra y quería subir a su habitación para ducharse.

Jane le clavó el láser en cuanto lo vio. Naturalmente, él no le hizo ni caso, pero ella estuvo a punto de caerse de bruces por intentar levantarse y correr tras él. Milo se apresuró a explicarle que Peter estaba completamente fuera de su alcance, lo que sólo sirvió, a buen seguro, para que ella lo deseara aún más. Pero en cuanto se dio cuenta de que no estaba todavía en condiciones de encontrar un nuevo novio, lo dejó marchar sin acosarlo.

Jane engulló unas diez latas de refresco energético y subió de nuevo a la habitación. Había conseguido convencer a Mae de que, a pesar de que me sentía algo sedienta, Jane estaría a salvo en mis manos. Jane no me resultaba apetitosa porque su sangre no era sana y porque estaba impregnada con el olor de otro vampiro. Pero sabía, de todos modos, que tendría que comer algo antes de acostarme.

—Mira, no lo entiendo, de verdad —dijo Jane. Estaba removiendo en mi vestidor, buscando ropa que pudiera prestarle, ya que no se me había ocurrido pasar por su casa para cogerle algo que ponerse. Mi vestuario era nuevo y mejorado y, por primera vez desde que nos conocíamos, tenía ropa de su gusto.

—¿Qué es lo que no entiendes de la ropa? —Me senté en el banquito que tenía junto a la estantería de los zapatos.

Estar en el vestidor, rodeada de las cosas de Jack, era abrumador. Me veía obligada a entrar allí cada día para coger mi ropa, pero lo hacía a toda velocidad. Me tumbé en el banco para mirar el techo y evitar tener que ver las prendas de Jack.

—La mitad de este vestidor está ocupado con cosas de Jack —dijo Jane, tocando una de sus camisas—. Pero nadie lo ha mencionado desde que estoy aquí. ¿Dónde está?

—No lo sé. —Tenía el teléfono en la mano y miré la pantalla, rogándole que me llamara... Ese día no había intentado aún llamarlo ni le había enviado un solo mensaje, pues confiaba en que dejarle un poco de espacio lo ayudara a volver a casa. La ausencia hace el cariño, y esas cosas.

—¿A qué te refieres con eso de que no lo sabes? —Jane dejó de husmear entre mi ropa y me miró fijamente—. ¿No estabais enamorados o alguna ridiculez de ese estilo?

—Algo así —murmuré, y dejé el teléfono boca abajo sobre mi vientre, para no sentir más tentaciones—. Tuvimos una pelea y se marchó.

—¿Y por qué os peleasteis? ¿Quién fue el que dejó el dentífrico sin cerrar? —preguntó Jane secamente.

Cuando encontró lo que le gustaba, se quitó la camiseta que llevaba puesta. Los pantalones los había despedido hacía un buen rato. Alisó el vestido antes de ponérselo cubierta sólo con unas braguitas verde lima, que al menos eran de tipo biquini, y no un tanga. Los huesos de la columna sobresalían de forma evidente, y aparté la vista antes de darle más vueltas al tema.

—No, fue algo un poco más grave —dije con un suspiro. Me imaginé el destello de los ojos verde esmeralda de Peter y moví la cabeza de un lado a otro.

—No te imagino haciendo nada grave —dijo Jane, sin darle importancia.

Estaba concentrada en observar su imagen reflejada en el espejo, luciendo el vestido de cóctel sin tirantes que acababa de ponerse. A pesar de que me había estilizado, también ella había perdido peso y mi ropa seguía yéndole grande. Y diría que también corta, pues Jane era cinco centímetros más alta que yo y el bajo le quedaba muy por encima de la rodilla, aunque seguramente a ella ya le iba bien así.

—¿Qué opinas del vestido?

—Te queda estupendo —mentí. Por una vez, me quedaba a mí mejor que a ella. Los omóplatos le sobresalían como alas y la parte superior era para un pecho más voluminoso, lo que hacía que la parte delantera le cayera de una forma extraña.

—¿Tienes unos tacones para acompañarlo? —Jane se volvió para admirarse en el espejo desde otro ángulo—. Todo buen vestido necesita un buen calzado.

—Seguramente. Busca por ahí —dije, indicándole las estanterías de los zapatos.

—¿Y qué hiciste para que tu príncipe encantador saliera huyendo? —Jane no estaba aún demasiado preparada para ponerse tacones y decidió continuar con su robo de ropa.

—Besar a Peter. —Cerré los ojos e hice una mueca de dolor.

Al instante de decírselo me pregunté por qué le había contado la verdad. No me sentía orgullosa de ello y, desde que sucedió, no lo había hablado con nadie.

Milo apenas había comentado el tema, en parte porque había estado absorto con el drama que había vivido con Bobby, y Mae y Ezra no lo habían mencionado. Además, Jane era en realidad mi única amiga. Todos los demás eran mi familia. Excepto Bobby.

—¿Qué? —Jane se volvió en redondo para mirarme con los ojos abiertos de par en par—. ¿Que besaste a Peter? ¿A ese tío tan increíblemente bueno que he visto antes? ¿Que lo besaste? ¡Ni siquiera me lo había planteado como una posibilidad!

—Y no lo es —dije, negando con la cabeza—. Fue un error estúpido. Ni siquiera sé por qué lo hice.

—Yo sí. Es irresistible. —Jane pensó en él con nostalgia—. Yo, de ser tú, enviaría a Jack a paseo y lo cambiaría por Peter.

—¡No quiero cambiarlo! —Y me di cuenta demasiado tarde de que contarle todo aquello a Jane no había sido buena idea. Me senté y negué de nuevo con la cabeza—. Quiero a Jack, y deseo estar con él. Lo de Peter fue un accidente.

—De acuerdo. Entendido, te creo —dijo Jane, dubitativa. Pero continuó mirándome, mordiéndose el labio—. ¿Eso significa... que está soltero?

—¡Jane! —refunfuñé—. ¡Peter es un mal rollo! Y debes mantenerte alejada de cualquier vampiro durante una temporada. Mira lo que te han hecho.

—Sí —dijo Jane con un gesto de indiferencia—, pero mira lo que te han hecho a ti.

Tenía bastante razón. Los vampiros le estaban chupando la vida, literalmente, pero a mí me habían dado inmortalidad, belleza, poder y dinero. Aunque, en honor a la verdad, Jane ya tenía todo eso, excepto lo referente a la inmortalidad.

—Pero sigo siendo una desdichada. Para que veas. —Le saqué la lengua y ella hizo un gesto de negación.

—Oh, Alice, siempre serás desdichada, tengas lo que tengas. —Jane volvió a concentrarse en mi guardarropa y eligió un exiguo modelito rosa fucsia que yo no me había puesto jamás—. Es lo que te ha tocado en esta vida.

—Tal vez —dije, con resignación—. ¿Y qué te ha tocado a ti?

—A mí me ha tocado estar guapa. —Sujetó el vestido pegado a su cuerpo y se miró al espejo—. ¿Tienes algún accesorio?

Jane era pesada y egoísta, pero era curiosamente reconfortante tenerla allí conmigo. Con ella, siempre sabía qué esperar. Aunque no quisiera reconocerlo, me gustaba su compañía.

Durante toda la hora que pasé con ella, ni siquiera miré el teléfono para ver si tenía alguna llamada perdida de Jack. No era que me hubiera olvidado de él. El dolor continuado que sentía en el pecho me lo impedía, pero no estaba tan obsesionada como antes.

Cuando Jane se acostó, bajé a comer algo. La lenta sensación de ardor había empezado a extenderse lentamente por mi cuerpo desde el estómago y pronto se convertiría en un auténtico tormento. Jane no me incitaba en absoluto, pero Bobby sí, lo que significaba que era hora de comer. Engullí una bolsa de sangre, regresé a mi habitación y me acurruqué en la cama.

Soñé que un calor increíble se apoderaba de mí. No era abrasador, como el fuego, sino algo distinto y más maravilloso. Como una luz blanca y brillante que se cernía sobre mí, hasta que se tornó tan potente que no pude soportarla más y abrí los ojos.

Cuando me desperté, lo hice con la respiración entrecortada, pero la sensación del sueño no se había disipado. Me senté y sofoqué un grito. Había alguien a los pies de la cama, pero cuando vi de quién se trataba, me quedé sin habla.

—No era mi intención despertarte —dijo Jack en voz baja.

28

No podía ni respirar. Jack estaba pensativo y mantenía la boca cerrada con fuerza.

A medida que fui despertándome, sus emociones se apoderaron de mí, y no eran precisamente agradables. Estaba nervioso y dolido, y lo comprendía. Después de disculparse por haberme despertado, Jack se limitó a quedarse inmóvil donde estaba, cruzado de brazos y mirándome. Me incorporé un poco más e intenté pensar en algo que decir, pero mi boca se negaba a entrar en acción.

—Tengo que reconocer que me ha sorprendido un poco no encontrarte en la habitación de Peter —dijo Jack por fin.

Sus palabras eran hirientes, y mucho más por venir de él. No solía decir jamás cosas que pudieran hacer daño a nadie, pero en aquel momento quería hacerme daño a mí.

—Nunca he estado con él. —Mi boca estaba entumecida y el corazón me aporreaba el pecho—. Lo que sucedió fue un error estúpido. No significó nada.

—¿Qué pasó exactamente? —Los ojos azules de Jack, habitualmente tan cálidos, parecían de hielo y me taladraban con fuerza.

—No lo sé. —Todos los discursos que había ensayado para explicar aquel beso se esfumaron de repente. Me había quedado en blanco.

—¿Que no sabes qué pasó? —Apretó los dientes y respiró hondo—. ¿Cómo es que no sabes qué pasó cuando besaste a Peter? ¡Besarse no es tan complicado! Estoy seguro de que empezaste acercando tu boca a la de él...

—¡No, sí sé lo que pasó! —Levanté la mano. Me rasqué la frente y solté el aire, temblorosa—. Lo que no sé es por qué pasó.

—Muy bien, quizá si empezaras contándome qué fue lo que pasó exactamente podría ayudarte con el porqué —sugirió con frialdad.

—¡Nos besamos! —chillé, exasperada por completo. Lo único que deseaba era llegar a la parte en la que yo lloraba y le pedía perdón y, al final, él me perdonaba.

—¿Quién besó a quién?

—No-no lo sé —tartamudeé, bajando la vista. Doblé las rodillas contra mi pecho, deseosa de ocultar la cara entre mis manos.

—¿De verdad? ¿No tienes ni idea? ¿Pretendes decirme que estabas tan tranquila y de repente te encontraste montándotelo con él? Me parece de lo más espontáneo.

—Nadie se lo montó con nadie. —No podía ni mirarlo. Estaba siendo mucho más duro de lo que me imaginaba.

—Y bien, ¿quién besó a quién? —repitió Jack, y viendo que yo seguía sin responder, subió el tono de voz—. ¿Alice?

—Creo... que... que tal vez fui yo —murmuré, y tragué saliva.

Podría haberle mentido, pero sabía que lo hubiera notado,

y que eso sólo serviría para empeorar la situación. Apoyé la frente en la mano y doblé las rodillas. Jack necesitaba un momento para procesar lo que acababa de contarle y su dolor era incluso más vivo ahora.

—¿Estás enamorada de él? —Me habló tan bajo que apenas distinguí lo que me decía.

—¡Dios mío, no! —grité con fuerza, mirándolo fijamente—. ¡No! ¡Te quiero a ti, Jack! ¡Y eso es todo! —Una lágrima caprichosa resbaló por mi mejilla. Deseaba abalanzarme sobre él y besarlo, pero sabía que me rechazaría.

—¿Y por qué lo besaste? ¡Después de todo lo que hemos pasado! —Estaba casi suplicándome, y rompí a llorar.

—¡No lo sé! ¡Te soy sincera, Jack! ¡Ojalá lo supiera! —Me sequé las mejillas—. Tenía mucha sed y estaba intentando no comer para aprender a controlarme mejor. Y entré en su habitación con la simple intención de charlar, de distraerme y... no sé. Estábamos hablando y... y le besé. Fue sólo un segundo, y entonces paré y dije que no podíamos hacer aquello. ¡Y lo siento mucho, Jack! ¡Lo siento muchísimo! ¡Si pudiera dar marcha atrás, lo haría! ¡Jamás pretendí hacerte daño!

—He estado dándole vueltas y más vueltas. —Jack se rascó las sienes y bajó la vista. Tenía los ojos húmedos, pero no lloraba—. No dejo de pensar si podría perdonarte por haberlo besado. Y si podría perdonarte por acostarte con él.

—¡Jamás me he acostado con él! —insistí, sentándome sobre mis rodillas.

—No, sólo estaba contándote lo que he pensado. —Negó con la cabeza—. ¿Y sabes de qué me he dado cuenta? ¡De que te perdonaría cualquier cosa! —Lo que estaba diciéndome era bueno, pero él no se sentía bien, ni mucho menos. Sufría una verdadera agonía y yo era la causante de todos sus males.

»No entiendas que te doy permiso con esto, pero podrías hacer cualquier cosa y siempre te perdonaría. No podría no hacerlo. —Jack se quedó con la mirada perdida, pensativo—. No sé si entiendes lo que trato de decirte. Aunque lo que hicieras pudiera matarme, yo te... —Me quedé mirándolo con ansiedad.

»Podrías matarme, Alice —dijo muy serio—. Con eso te digo todo lo que significas para mí. ¡Por idiota y masoquista que pueda parecer, significas tanto para mí que estaré contigo aunque eso signifique mi destrucción!

»Y me trae sin cuidado por qué lo besaste o lo que hiciste. En realidad, ni siquiera quiero saberlo. Pero te suplico, por favor, que nunca vuelvas a hacer algo así. ¡Porque te quiero mucho, porque confío demasiado en ti y porque no sé ser de otra manera! Pero... pero no lo hagas nunca más, ¿de acuerdo? ¡Por favor!

—¡Te lo prometo! ¡Jamás volveré a hacerlo! —Salté de la cama y corrí hacia él, incapaz de reprimirme más. Le cogí la cara entre las manos y observé sus dolidos ojos azules—. Lo siento mucho. Nunca quise hacer lo que hice, y nunca, jamás, volveré a hacerlo. Te lo prometo. Te quiero muchísimo, Jack.

—Más te vale —susurró.

Y me besó por fin. Había creído por un momento que lo había perdido de verdad y el beso tuvo una insistencia lindante al pánico. Entrelacé las manos por detrás de su cuello y lo atraje hacia mí. Su boca era cálida y maravillosa y supe que nada en el mundo era más sabroso que él.

Con aquel pensamiento, mi sed alcanzó su punto culminante y el corazón empezó a latir de hambre, pero lo ignoré. Sólo deseaba estar con él, físicamente, y vivir aquel momento.

—Huye de aquí conmigo. —Apoyó la frente contra la mía y enredó los dedos entre mi pelo.

—¿Qué? —pregunté, pensando que no lo había oído bien.

—Huye de aquí conmigo —repitió, y se retiró un poco para poder mirarme a los ojos—. No quiero seguir aquí. Todo el mundo me ha mentido. Peter continúa acosándote y Mae intentó matarme. No hay nada que me retenga aquí. Huyamos juntos.

—¿Y Milo? —Mi cabeza estaba hecha un lío. La idea de huir con él me resultaba excitante, pero no podía coger mis bártulos y largarme de allí sin más—. ¿Y Jane?

—¿Jane? —Jack frunció el ceño—. ¿Qué pasa con Jane?

—Está aquí, en la habitación de Peter. —Había olvidado por completo que Jack no estaba al corriente de aquello—. Milo la vio la noche de Halloween, y estaba fatal. De modo que estamos ayudándola, supongo.

—¿En la habitación de Peter? —Jack estaba horrorizado.

—Sí, él duerme en el estudio. Es como el juego de las sillas musicales, pero con camas —dije, restándole importancia al asunto con un gesto.

—Esta casa es demasiado pequeña para tanta gente —observó Jack—. Un motivo más para que nos vayamos de aquí.

Huir me sonaba muy extravagante. Yo no trabajaba y Jack lo hacía con Ezra y con Peter. No quería abandonar a Milo, pero tampoco creía que Jack pudiera mantenernos a los cuatro, ya que probablemente debería incluir a Bobby en la ecuación. Tal vez sí que podría hacerlo, pero si lo que pretendía era alejarse de Peter y de Ezra, no sabía muy bien si eso significaría además renunciar a su actual trabajo.

Eso sin mencionar que yo aún no controlaba debidamente mi ansia de sangre, un hecho que podía acabar siendo fatal para todo el mundo.

—¿En qué piensas? —dijo, retirándome un mechón de pelo de la frente.

287

—En que alejarme de Peter me da lo mismo, pero no sé si estoy preparada para separarme de todos los demás —dije por fin.

—No puedo seguir viviendo con Peter, y creo que tú tampoco deberías hacerlo —dijo Jack—. Y tampoco quiero estar cerca de Mae.

Me mordí el labio, mirándolo. Acababa de volver y no me apetecía perderlo de nuevo, pero no estaba preparada para sacrificarlo todo sólo por estar con él.

—Entendido —dijo—. ¿Y qué te parecería esto? Sigo trabajando con Ezra y empezamos a buscar algo para nosotros en el centro, con espacio suficiente para que Milo y Bobby se queden con nosotros siempre que les apetezca. Seguiremos estando cerca de todos, Milo puede ir y venir como le plazca y nosotros tendremos por fin un poco de intimidad.

—De acuerdo —dije, asintiendo, aunque la idea me ponía nerviosa.

Después de ver lo que Milo le había hecho a Bobby y lo que Jonathan le había hecho a Jane, la idea de disfrutar de intimidad con Jack ya no me atraía tanto. Sí, deseaba con todas mis fuerzas hacer cosas con él, pero lo quería demasiado como para matarlo.

—Llevo casi tres días sin apenas dormir —dijo Jack, bostezando—. Y ni siquiera es mediodía. ¿Qué te parece si dormimos un poco?

Se despojó de la camiseta y las bermudas para dormir en calzoncillos, una idea que a mí ya me parecía bien. Pocos hombres había en el mundo capaces de superar a Jack en ropa interior. Me acomodé en la cama y Jack se acostó a mi lado, boca arriba, para que pudiese acurrucarme entre sus brazos y descansar la cabeza sobre su pecho.

—Te he echado mucho de menos —dijo, acariciándome el cabello.

—Y yo a ti —repliqué, apretujándome contra él—. ¿Dónde has dormido estos tres días?

—En un hotel —dijo Jack, riendo entre dientes—. Cogí una habitación en un hotel del centro y no he salido de allí hasta hace una hora. No soportaba estar más tiempo lejos de ti y por eso he vuelto a casa.

—Tendrías que haber vuelto a casa el primer día.

—Lo sé, pero necesitaba pensar. —Suspiró—. Y ha salido bien. Me refiero a que ahora estoy aquí contigo, ¿no?

—Sí, claro. —Le di un beso en el pecho y volví a recostar la cabeza.

Jack no debía de estar de broma al comentar que no había dormido, pues cayó en un sueño profundo en cuestión de segundos. Yo permanecí despierta más rato que él, pensando en todo lo que me había dicho e intentando encontrar una solución.

Le había prometido que jamás volvería a hacerle daño, y sabía que seguir viviendo con Peter era una tentación demasiado grande para mí. Era una sensación inexplicable, y eso precisamente la hacía más peligrosa si cabía. Si Jack consideraba que lo mejor era irse de aquella casa, tal vez estuviera en lo cierto. Y aunque no lo estuviera, era lo que Jack quería y, teniendo en cuenta lo que yo le había hecho pasar, eso era lo mínimo que podía hacer.

Nadie pareció sorprendido de ver a Jack cuando nos levantamos. A diferencia de lo que yo pensaba, todos sabían que iba a volver. Jane saludó a Jack con una indiferencia escandalosa, y Jack trató a Mae de la misma manera. Ella se apresuró a pedirle perdón, pero él la rechazó sin miramientos. Por mucho que ella se viniera abajo, yo no podía hacer nada para animar a Jack a que la perdonara. Todo llegaría a su debido tiempo.

Peter había salido ya a pasar la noche fuera y nadie sabía muy bien adónde había ido. Sospeché que se había enterado del regreso de Jack y había decidido desaparecer antes de que las cosas se pusieran feas.

Jack, envuelto en un halo de misterio, se encerró con Ezra en el estudio para «discutir» sus asuntos. Seguramente hablarían de negocios y del cambio de domicilio pero, por lo visto, Jack no quería que nadie estuviera de momento al corriente de sus intenciones.

Mae superó el desaire de Jack gracias a que tenía a Jane para distraerse. Había extendido una toalla gigante en el suelo del comedor y lo había convertido en una improvisada peluquería. Mae era la encargada de cortarle el pelo a todo el mundo.

Jane estaba sentada en una silla, con la cabeza envuelta en papel de aluminio y cubierta de tinte, hojeando lánguidamente un número de *Cosmo*. Mientras esperaba a que le subiera el tinte, Mae estaba cortándole el pelo a Milo. Parecía feliz por primera vez en muchas semanas. Una discusión sobre distintos tipos de brillos de labios había conseguido lo que entre todos no habíamos logrado en semanas.

—¿Te apetece que te corte el pelo, cariño? —dijo Mae, sonriendo por encima de la cabeza de Milo. También ella se había lavado el pelo y se lo había peinado en un pulcro recogido. Jane hizo algún comentario sobre zapatos y Mae se echó a reír, con una mirada luminosa—. ¿Qué me dices, Alice?

—Hum... no, ya estoy bien así —dije.

—El calzado de chica es mucho mejor que el de chico —se lamentó Milo. Levantó la cabeza para echarle un vistazo a la revista de Jane, pero Mae lo empujó hacia atrás con delicadeza para poder seguir cortándole el pelo.

—Al menos vosotros no tenéis que llevar tacones —dijo Jane—. Me refiero a que los tacones quedan estupendos, pero son criminales. Son como cámaras de tortura en miniatura para los pies. —Mae rió de nuevo, la segunda vez que lo hacía en tan sólo dos minutos.

Cuando asimilé la escena que se desplegaba delante de mí, comprendí qué sucedía: Mae tenía una hija, y una nieta, y una nieta enferma, pero siempre se había ocupado de chicos. Peter y Ezra no la necesitaban para nada.

Mi aparición la llenó de ilusión porque pensó que por fin tenía la chica con la que poder charlar y compartir cosas, pero yo me pasaba el día en vaqueros. Jack estaba de vuelta y mi intención era estar más atractiva de lo normal, pero con todo y con eso, me había decantado por unos vaqueros y una elegante camiseta verde de tirantes.

Tal vez fuera por eso que Mae estaba más unida a Milo que a mí. Él era más femenino que yo, a buen seguro, y curiosamente, parecía más necesitado que yo, aunque fuera mucho más autosuficiente.

Pero entonces había hecho su aparición Jane, la muñeca Barbie andante. Ella sólo hablaba de ropa, de chicos, de moda, y reclamaba una constante atención, justo lo que Mae necesitaba. No sabía muy bien si sería la solución para la crisis que sufría Mae como consecuencia de la enfermedad terminal de su biznieta, pero al menos estaba sirviéndole para levantarle un poco los ánimos.

Por su parte, también Mae estaba a su vez colaborando de forma impresionante en la mejora de Jane. Había conseguido que engordara ya un poco, no lo bastante como para que Jane empezara a quejarse por ello, pero sí lo suficiente para que empezase a no parecer anoréxica.

La herida del cuello se había curado, dejándole una fea cicatriz. Los mordiscos de vampiro no suelen dejar cicatrices ni marcas de ningún tipo, pero si el tejido está muy castigado, acaba dejando señal. Era probable que su padre tuviera que acabar pagando una intervención de cirugía estética para solventar el tema aunque, por el momento, Jane ni siquiera se quejaba al respecto.

Me sentía extraña viéndolos a los tres con sus carcajadas y sus risitas hablando de chicos y de ropa. Podía entender que Mae y Jane congeniaran, pero jamás me habría imaginado que Milo y Jane pudieran pasárselo tan bien juntos.

Uno de los aspectos positivos que tenía el hecho de que Jane hubiera pasado tanto tiempo en compañía de vampiros era que se había vuelto inmune a los encantos de nuestras feromonas. No la veía bebiendo los vientos por estar con Milo, con Jack o con Ezra, como habría hecho antes, aunque me daba la impresión de que estaba encaprichándose de Peter.

Decidí instalarme en el salón y esperar allí a que Jack finalizara su discusión con Ezra. Bobby estaba sentado en el suelo con un bloc de dibujo en el regazo y viendo la televisión sin perder detalle. Era la primera vez que encontraba a alguien que no fuera la perra prestando atención a la nueva pantalla plana. Pero en lugar de entretenerse viendo una de esas películas de acción que destacan al máximo las características de la pantalla de alta definición, Bobby estaba viendo las noticias de la CNN.

Me imaginé que quería hacerse el interesante. Llevaba unas gruesas gafas negras que nunca le había visto. Observándolo con más detalle, me fijé en que la pelea del otro día le había dejado como recuerdo un desagradable ojo morado que intentaba camuflar con aquellas gafas modernas y con el flequillo peinado de lado. En la barbilla tenía otra magulladura, de menor importancia, pero lo peor de todo quedaba oculto bajo la camiseta, en el pecho y el abdomen.

—¿Qué estás viendo? —le dije, dejándome caer en el sofá. Los noticiarios no eran mis programas favoritos, pero siempre eran mejores que la reposición de *Magnolias de acero* de la televisión del comedor.

—Es el noticiario «Anderson 360» —respondió Bobby, distraído—. Es para la escuela.

—¿Cómo que es para la escuela? —pregunté, levantando una ceja—. Creía que ya no estudiabas.

—Acudo a clase durante el día, mientras vosotros dormís. Durante el día suceden muchas cosas de las que ni os enteráis —dijo Bobby. Dibujó algo en la libreta sin dejar de mirar la pantalla. Vi en el suelo, a su lado, una caja con carboncillos, y como se había subido las mangas de la camiseta, observé que tenía los tatuajes de los brazos emborronados de negro—. Tengo que ver una hora las noticias y luego dibujar lo que siento.

—¿Y qué sientes? —le pregunté.

—Que el mundo llega a su fin. —No me pareció que la idea le inquietara demasiado. Me enderecé en el sofá para ver sus dibujos, pero desde aquel ángulo me resultaba imposible visualizar el bloc, así que decidí tumbarme de nuevo.

Lo que sí podía ver era la televisión, de modo que decidí verla para comprender qué era lo que tanto preocupaba a Bobby. La pantalla aparecía dividida en dos. En el cuadradito más pequeño aparecía el reportero Anderson Cooper explicando la noticia, que se desarrollaba en el cuadrado más grande. Se veía un barco gigantesco, un trasatlántico o un petrolero, que al parecer había colisionado contra la costa. El barco estaba escorado hacia un lado y había un montón de helicópteros y barcos más pequeños pululando a su alrededor. En la parte inferior de la pantalla se leía: «Cabo Spear, Terranova», pero, aparte de esto, no entendía nada.

—¿Y qué ha pasado? —le pregunté a Bobby.

—Un petrolero ha sufrido un accidente en Canadá —dijo Bobby, haciendo un ademán en dirección a la pantalla—. El casco tiene fisuras pero, según cuentan, el vertido de petróleo es mínimo. Dicen que es un milagro, porque de haberse producido habría sido cuatro veces peor que el provocado por el naufragio del *Exxon Valdez*, ya que este petrolero es mucho mayor.

—No sé de qué me hablas. —El nombre me sonaba y, teniendo en cuenta el contexto de la conversación, debería haberlo captado.

—Era un petrolero que se accidentó frente a las costas de Alaska en 1989 —me explicó Bobby, mirándome—. No es que yo lo supiera. Pero han estado hablando mucho sobre el tema.

—Pero dices que no se ha producido vertido, ¿no es eso? ¿Verdad? —Forcé la vista para ver mejor la pantalla, intentando vislumbrar un brillo extraño sobre la superficie del agua que rodeaba el petrolero—. ¿Y por qué estás entonces tan horrorizado? ¿Por qué tienes la sensación de que es el fin del mundo?

—Por la causa del accidente. —Dejó de dibujar y se quedó con la mirada fija en la pantalla, ensimismado—. Ha muerto toda la tripulación.

—¿A qué te refieres? —Me enderecé un poco más—. ¿Al chocar contra tierra?

—No, ya estaban muertos antes. No había nadie al timón, y de ahí el accidente. Las transmisiones de radio no eran las adecuadas y enviaron barcos a ver qué pasaba, pero nadie sabe qué sucedió. Finalmente, hará cosas de dos días, perdieron el contacto por completo y entonces, ¡bum!, el barco se estampó contra la isla. —Bobby movió la cabeza en dirección a la pantalla—. Es lo más espeluznante y extraño que he oído en mi vida, como cuando en *Alien* rescatan aquel barco en pleno desierto. Pero real.

—Pero ¿qué dices? ¿Cómo murió la tripulación? ¿Se quedaron sin comida, o sin oxígeno, o algo por el estilo?

—No se quedaron sin oxígeno. Están en la Tierra. Aquí no te quedas sin oxígeno —dijo Bobby, poniendo los ojos en blanco—. Nadie sabe cómo murieron. Parte de la tripulación sigue desaparecida, pero los botes salvavidas continúan en su sitio, por lo que no se explican cómo pudieron salir de allí.

»Por lo que parece, están intentando mantener el tema en secreto, pero corren rumores de que fueron mutilados. Como en una sangrienta película de terror. Las gargantas destrozadas y cosas así. Anderson estaba entrevistando a un tipo que había estado en el lugar de los hechos y ha estado a punto de vomitar mientras lo explicaba.

—Santo Dios. ¿De verdad? —Me incliné hacia delante para ver mejor la tele—. Es imposible. Estas cosas no suceden en la vida real. ¿Creen que la tripulación tuvo algo que ver con el asunto?

—Tal vez, pero no cuentan con encontrar supervivientes a estas alturas —dijo Bobby—. La tripulación constaba de treinta hombres, pero sólo han localizado veinticuatro cuerpos.

—Vaya lío. —Noté un escalofrío recorriéndome la espalda y sacudí la cabeza—. Es espeluznante.

—Sí, lo sé —concedió Bobby sombríamente.

—¿De dónde provenía el petrolero?

—No tengo ni idea —dijo Bobby, encogiéndose de hombros—. Creo que de Europa, de Rusia.

—Decidme la verdad —dijo Milo, haciendo su entrada en el salón e interrumpiendo nuestra intensa fascinación por la pantalla—. ¿Qué os parece mi pelo? —Se pasó la mano por su cabello castaño y realizó un pequeño giro. No le veía mucha diferencia. Mae se lo había recortado un poco, simplemente.

—Sexy, como siempre —dijo Bobby, sonriéndole. Dejó a un lado su bloc de dibujo, olvidando por un momento sus deberes. Milo se sentó en el suelo a su lado y, entre besos y coqueteos, empezaron a comentar el accidente del petrolero, del que continuaban hablando en el informativo.

Personalmente, la noticia me ponía los pelos de punta, así que decidí salir al jardín a jugar con *Matilda*. Tuve que sobornarla con tres golosinas para perro para conseguir que se separara de Jack. Ya empezaba a pensar que tal vez la perra lo quisiera incluso más que yo.

La nieve fangosa que caía estaba dejando resbaladizo el suelo enlosado del patio de la parte trasera de la casa. Estábamos en noviembre y era la primera nieve de la temporada, por lo que sabía que no duraría mucho. *Matilda* patinaba, pero le daba lo mismo. La verdad es que, con la evidente excepción de la ausencia de Jack, todo en la vida le sonreía.

No podía quitarme de la cabeza la noticia del petrolero. Miré a través de los ventanales y vi a Mae y a Jane charlando y riendo en el interior, y se me ocurrió que estar allí sentada con ellas debía de resultar casi tan espeluznante como seguir oyendo novedades sobre la muerte de la tripulación. Dejé que los copos de nieve se fundieran en mi pelo e intenté olvidarme de todo aquello.

29

Jack decidió dormir de nuevo en el estudio, pero me despertó mientras era todavía de día para preguntarme si me apetecía acompañarlo a mirar apartamentos. Sabía que debía ir con él, pero aún me costaba mucho tolerar la luz diurna.

Además, en realidad no me apetecía. La idea de mudarme de casa no me apasionaba, por más que fingiera lo contrario. Le dije que hiciera muchas fotos para enseñármelas luego y volví a quedarme dormida.

Soñé sin interrupción con el accidente de aquel petrolero en Canadá. Un monstruo desconocido cometía una masacre y descuartizaba a la tripulación. Todo estaba salpicado de sangre y vísceras. Eran escenas horrorosas. Tenía ganas de gritar y vomitar.

Los miembros de la tripulación gritaban y suplicaban por su vida, pero nadie oía sus lamentaciones. No podían hacer nada para salvarse. Cuando la tripulación entera hubo muerto, una negrura absoluta envolvió silenciosamente el barco. Y aquello fue transformándose en una imagen: la de unos ojos castaños enormes, como los de Milo.

A pesar de que aquella última visión no era en absoluto espeluznante, me desperté con deseos de gritar. Me había espantado, y de la peor manera posible.

Mientras intentaba recuperar el aliento y recordarme que no pasaba nada, pensé en lo extraño que era que los vampiros soñáramos. Desde luego, *Jóvenes ocultos* no me había preparado para aquello. De hecho, empezaba a pensar que quienquiera que hubiera escrito el guion de esa película no había conocido a un vampiro en su vida.

Como no podía quitarme de encima el recuerdo del sueño, decidí buscar ayuda. Pensé en Jane, pero mi amiga necesitaba descansar. Lo más seguro era que Mae estuviera haciéndole compañía, y la verdad era que tampoco me apetecía hablar con ella. Entré en la habitación de Milo, y lo hice sin llamar. De todas maneras, pegué antes la oreja a la puerta y, como deduje que Bobby no estaba, me pareció natural entrar.

—Hola, despierta —dije.

La habitación estaba algo más desordenada de lo que me esperaba, y me imaginé que era debido a Bobby. La ropa tirada parecía ser suya y vi también material artístico por el suelo. Milo estaba acostado en la cama, y su cuerpo formaba un ángulo extraño, con los pies colgando por el lateral.

—¿Por qué? —murmuró Milo, con la cara enterrada en la almohada.

—Porque sí. —Salté sobre la cama a su lado, con más fuerza de la que debía, y Milo saltó a su vez.

—¿Qué haces ya levantada? Si nunca te levantas antes que yo. —Se volvió para quedarse boca arriba y poder mirarme—. ¿Qué hora es?

—Las seis. Tampoco es tan temprano —dije—. ¿Dónde está Bobby?

—En su escuela. Tenía clase nocturna —me explicó Milo, bostezando—. ¿Y dónde está tu media naranja?

—Ha... ha salido —respondí con vaguedad. Milo ni siquiera se dio cuenta de que le escondía algo, pero decidí que no podía ocultarle lo que pasaba—. Oye, si te cuento una cosa, ¿me prometes que no se lo dirás a nadie?

—No. —Por lo visto, la idea de compartir un secreto conmigo no le resultaba atrayente, y lo odié por ello.

Y siempre había sido igual. Cada vez que había querido contarle un secreto, a él le había traído sin cuidado, por lo que nunca había tenido que acatar mis condiciones. Su apatía resultaba truculenta.

—La verdad es que te gustará saberlo, pero no se lo puedes contar a nadie. Todavía no. Aún no estoy preparada para que todo el mundo lo sepa —dije.

—Pienso contárselo a Bobby igualmente —dijo, reprimiendo un bostezo.

—¡De acuerdo! Cuéntaselo a Bobby —dije con un suspiro—. Pero vamos. Ahora tienes que fingir que te emociona la idea.

—¿Por qué? —Levantó una ceja—. No puedo imaginarme qué podrías contarme a mí que fuese emocionante. Mi habitación está pared con pared con la tuya y sé que has dormido sola. Por lo tanto... no puede ser nada demasiado estupendo.

—¡Aj! —refunfuñé—. La verdad es que me alegro de que nos marchemos de aquí. Estoy harta de tu actitud.

—¿Que qué? —Ahí lo sorprendí. Se sentó en la cama y se quedó mirándome—. ¿Qué has dicho?

—Jack quiere que nos mudemos a otro lugar. —Bajé la voz para que Mae no pudiera oírme por casualidad—. En este momento está viendo apartamentos.

—¿Y cuando dices «marchemos», te refieres a...? —Se quedó a la espera de que yo terminara la frase.

—Él y yo, y Bobby y tú si queréis. —Ladeé la cabeza—. ¿Crees que podría decirse que Bobby vive aquí? ¿O piensas que tiene su lugar de residencia en otra parte?

—Teóricamente vive en una residencia de estudiantes, pero no ha pasado ni una sola noche allí desde que nos conocimos.

—¿No crees que vais demasiado rápido? —le pregunté—. Eres muy joven para convivir con un novio.

—¿Hablas en serio? —replicó Milo, enarcando una ceja.

Pensé en tratar de argumentarle que su situación era bastante distinta a la mía, pero lo dejé correr. Si fuéramos chicos normales y corrientes, si llevásemos una vida normal, estudiásemos en el instituto y viviésemos con nuestra madre, sí, seguramente habría resultado extraño y equivocado. Pero no era nuestro caso.

—Da igual. Ése no era el tema que quería comentarte.

—¿Así que de verdad os vais a vivir a otra parte? —me preguntó Milo.

—No lo sé. Eso es lo que quiere Jack, y tiene buenos motivos para quererlo. La casa se nos está quedando pequeña, aunque parezca una locura, y ninguno de los dos debería vivir bajo el mismo techo que Peter.

—Sí, pero... ¿de verdad queréis que vayamos a vivir con vosotros? —preguntó Milo con cautela.

—Sí. Jack está buscando apartamentos por la zona que sean lo bastante grandes para todos nosotros.

—Pero... ¿y tú? —Me miró muy serio—. Sé que aún te cuesta controlar el ansia de sangre, que no confías todavía lo suficiente en ti misma como para acostarte con él. ¿Cómo os las apañaréis si vivís juntos? Sin la presencia de Ezra, que soluciona cualquier cosa cuando algo va mal...

300

—No lo sé. —Suspiré—. Yo también lo he pensado. Pero no sé qué otra cosa podemos hacer.

—Quedaros aquí —sugirió Milo.

—Tampoco veo cómo podría funcionar si nos quedamos aquí. —Me había resignado a ir a vivir a otro sitio aun sin estar segura de que fuera de verdad lo que prefería. Cualquier otra alternativa carecía de sentido, simplemente.

Milo se recostó de nuevo en la cama y se pasó un buen rato sin decir nada. Siempre había sido estupendo encontrando soluciones lógicas. Mis actos se basaban normalmente en las corazonadas y el momento, razón por la cual él controlaba mucho mejor que yo lo de ser vampiro.

Seguía sorprendiéndome que hubiera sido él, y no yo, quien hubiera estado a punto de matar a su novio. Que hubiera sucedido una cosa así, puesto que Milo controlaba mucho mejor que yo. Todo el mundo confiaba tremendamente en él. El hecho de que yo no controlara mis impulsos era en realidad lo que me impedía asesinar a Jack. Nadie confiaba en mí lo bastante como para dejarme a solas con él y, en consecuencia, no había tenido oportunidad de morderlo, a diferencia de lo que sucedía con Milo y Bobby.

—No, no necesito tu ayuda —dijo Peter con fatiga en el pasillo, y oí la puerta de su habitación cerrándose un instante después—. Jane, te sugiero que vuelvas a la habitación y descanses. —Miré de reojo a Milo y, por la cara que ponía, adiviné que también él los estaba oyendo.

—No necesito descansar más. Estoy aburrida —replicó Jane con aquella voz de niñita que fluctuaba entre el tono de una fulana y un gimoteo. Peter debía de haber ido a su habitación para buscar alguna cosa y, luego, ella debía de haber salido al pasillo con él.

—Pues lee alguno de los libros que tengo ahí —dijo Peter—. O si no te apetece leer, puedes ponerte una de las películas de Jack. O a lo mejor podrías darle la lata a cualquiera de las otras seis personas que viven en esta casa para que te entretengan un rato.

—Vamos, apuesto a que tú conoces un montón de maneras de entretenerme. —Jane estaba en el pasillo y no podía verla, pero la conocía lo bastante como para saber que estaba tocándolo por algún lado. Acariciándole el brazo o poniéndole la mano en el pecho.

—Te aseguro que no soy muy bueno entreteniendo a la gente —dijo Peter, sintiéndose de lo más incómodo, y Milo sonrió socarronamente.

—Pues a lo mejor yo sí puedo entretenerte. —La voz de Jane había bajado el volumen y adquirido un tono más sensual.

—Precisamente para eso había venido a coger un libro. Para entretenerme —dijo Peter, con palabras casi entrecortadas.

—¿Y no te cansas de entretenerte solo?

—Jane, vuelve a la habitación —le rogó Peter, suspirando. Si estaba tocándolo, en aquel momento retiró la mano.

—No a menos que me acompañes —dijo Jane, ignorando el rechazo.

—No, no pienso hacerlo —le espetó Peter—. El papel de niñita perversa tal vez te funcione con cierta gente, pero no conmigo. Estás tan sucia y mugrienta que no te mordería ni aunque estuviera muerto de hambre. El único motivo por el que te permito permanecer en mi habitación es por lo mucho que significas para Alice, aunque ni que me maten comprendo dónde te encuentra la gracia. Eres tan sosa y tan engreída que jamás me hubiera imaginado que un humano pudiera alcanzar tales niveles y te recomiendo que no te cruces más en mi camino.

—Por Dios —susurró Milo.

Jane no dijo nada, pero oí que se abría la puerta y que empezaba a llorar incluso antes de cerrarla a sus espaldas. Cuando Peter se puso en marcha, salí al pasillo dispuesta a darle mi opinión. Debería haber salido antes y defender a mi amiga.

—¡Peter! —dije en voz baja para que Jane no pudiera oírme. Peter se volvió hacia mí, suspirando—. ¿No te parece que eso ha sido un poco duro?

—No, la verdad es que no —dijo Peter sin mirarme a los ojos. Oí la ducha en el baño de Jane, su intento de apaciguar el llanto, por lo que decidí recuperar un tono de voz normal—. No pretendía que oyeras mi discurso.

—No me parece que eso solucione el asunto —dije, cruzándome de brazos y mirándolo furiosa—. Jane es una pesada, pero es inofensiva. Y está convaleciente. Se supone que tenemos que ayudarla y animarla, no machacarla.

—No pretendía machacarla. —Se restregó un ojo—. Pero es que no has visto cómo andaba detrás de mí. Era un acoso constante, era mucho peor que pesada.

—Que Dios coja confesada a la pobre que se enamore de ti, Peter —dije, poniendo los ojos en blanco—. Cuando me gustabas, también te comportaste conmigo como un cabrón. ¿Es que no eres capaz ni de aguantar que una chica te mire boquiabierta cinco segundos?

—Pues claro que soy capaz. Lo aguanto constantemente —dijo, poniéndose a la defensiva—. Todo el mundo se comporta así conmigo, y lo llevo bien.

—¡Oh, qué vida más dura la tuya! —exclamé en tono burlón—. ¿Sabes? Jane no es la única engreída y egoísta. —Fue Peter quien puso entonces los ojos en blanco—. ¿Pretendes hacerme creer que tu gran desgracia es que todo el mundo te encuentra irresistible?

—Si te respondiera que sí, tal vez te parecería que soy un gilipollas, pero es verdad. —Se rascó la sien y negó con la cabeza—. Siento mucho no aguantarla. Es que no para de mirarme, y... y tú ni siquiera me miras.

—¿Castigas a Jane porque estás enfadado conmigo? —le pregunté, levantando una ceja—. No me parece en absoluto justo.

—¡La vida no es justa, Alice! —Peter me miró con una intensidad tremenda con sus verdes ojos brillantes—. ¡Si la vida fuera justa, tú no estarías con Jack!

—¡No! ¡No tienes por qué enfadarte conmigo por eso! —dije, con un gesto de negación—. ¡Tuviste tu oportunidad! ¡Yo te quise a ti primero, y tú no quisiste saber nada de mí!

—¡Jamás tuve la más mínima oportunidad! —gritó Peter—. ¡Siempre lo quisiste a él! ¡Te vi en el jacuzzi con Jack!

—Pero ¿de qué hablas?

—La noche que nos conocimos, subiste a mi habitación y no quise ni saludarte. No quería amarte, pero en el instante en que te vi... —Apartó la vista—. Incluso antes de verte. Te percibí en el instante en que entraste en casa, y fue una sensación abrumadora.

»Cuando nos conocimos reaccioné muy mal y por eso Mae se te llevó, al jacuzzi de fuera, con ella y con Jack. Estuve observándote cuando no mirabas. Estabas sentada a su lado, riendo, y lo mirabas de una manera... A mí nunca me miraste así.

—¿Y cómo te miraba? —le pregunté con una voz turbia.

—Como tenías que hacerlo, como si yo fuese un imán hacia el que te sentías atraída. No tenías otra elección —dijo—. Y cuando miras a Jack, es porque cuando él está no necesitas mirar a nadie más. Jamás podrías quererme a mí de la misma manera que lo quieres a él.

Tragué saliva, consciente de que Peter estaba diciendo la verdad. Y a pesar de que debería sentirme reconfortada, todo aquello me dolía mucho. Tenía la sensación de haberle hecho daño a Peter por no haberle siquiera dado una oportunidad.

—En cambio, yo te quiero como él nunca podrá quererte.

—No, Peter, tú no me quieres —dije, haciendo un gesto de negación.

—Alice, podré ser muchas cosas, pero no soy un ingenuo —dijo Peter, casi sin aliento. Su voz había adquirido un matiz que no había oído jamás en él, desesperado y ansioso, y levanté la vista para mirarlo—. Te amo, mucho más de lo que jamás pueda haber amado a otra mujer, ni siquiera a Elise. Y por mucho que acabe matándome con ello, no puedo impedirlo.

—Yo no puedo estar contigo —dije con voz temblorosa.

Sus ojos eran maravillosos, suplicantes. En parte deseaba estar con él, pero sabía que no podía volver a hacerle daño a Jack. Me negaba. Y Peter tenía razón. Por mucho que pudiera sentir por él, seguía amando más a Jack.

—Jamás te lo pediría —susurró Peter.

—Pero te encantaría si me ofreciera a ello —dije, sonriéndole con tristeza.

—Sí, me encantaría. —Se quedó mirándome un largo momento y soltó el aire, tembloroso—. Pero no puedes. —Bajó por fin la mirada y se pasó la mano por el pelo—. Y yo tampoco puedo volver a hacer esto. Creo que voy a empezar a recoger mis cosas.

—No, no tienes por qué marcharte. —Extendí la mano con la intención de tocarle el brazo y consolarlo, pero en cuanto caí en la cuenta de lo peligroso que era tocarlo, la retiré—. Ésta es tu casa. No tenemos ningún derecho a echarte de aquí.

—¿Qué quieres decir con eso?

—Jack y yo nos mudamos. Puedes quedarte en casa. —Le sonreí, intentando con ello demostrarle que estaba esperanzada, pero su expresión cambió de repente y se tornó lúgubre, sin comprender nada. Confiaba en que lo hubiera tomado como una buena noticia, pero no fue así.

—Claro —dijo Peter, mirando en dirección a la habitación de Jack, nuestra habitación, con celos y repugnancia—. Lo teníais todo planeado. Os marcharéis y viviréis felices para siempre, y yo me quedaré aquí. Con ellos. Eternamente.

—¡Esto no pretende ser un castigo! —dije, sorprendida al ver que estaba haciéndole daño cuando lo que deseaba era ayudarlo.

—Tampoco pretendía serlo mi existencia, pero lo es. —Negó con la cabeza y dio un paso hacia la escalera—. Tengo que irme. Ni siquiera deberíamos estar hablando. Si Jack nos sorprende, sería desastroso, y no quiero ser un obstáculo para vuestra luna de miel.

—¡Peter! —grité, pero él siguió andando. Me quedé paralizada en el pasillo, intentando recuperar el aliento y aclarar mis ideas.

—Y bien... —Milo asomó la cabeza detrás de la puerta de su habitación. Me ruboricé, pues había olvidado por completo que mi hermano estaba allí y que lo habría oído todo—. Por lo que veo, no te queda otro remedio que mudarte.

—¿Tú crees? —dije, y solté una carcajada hueca.

Después de aquella conversación, Peter se esfumó, y lo agradecí. Otra disputa con él hubiera resultado insoportable, sobre todo con Jack rondando por la casa. Me instalé en el salón con Milo y Jane y estuvimos viendo películas románticas malas hasta que Jack y Bobby nos obligaron a dejarlo.

Cuando me quedé un momento a solas con Jack, le pregunté qué tal le había ido su búsqueda de apartamento y me dijo que no había encontrado aún nada que le entusiasmara, aunque para el día siguiente tenía programadas algunas visitas que parecían prometedoras. Me dijo que cruzara los dedos, aunque yo no estaba segura del todo de querer hacerlo.

Jane no hizo la más mínima mención de su pelea con Peter, pero estaba rara. Inquieta y desasosegada. Se quejó más de lo habitual de tener calor o frío, y añadió a ello quejas sin sentido. Como que el tejido del sofá era demasiado áspero para su piel, o que la atmósfera de la casa le producía picores.

Sus cambios de humor eran también pronunciados. Podía estar riéndose a carcajadas y al instante siguiente amenazar con asfixiar a Bobby con un cojín.

Bobby había puesto *Sid y Nancy* en la televisión del salón porque afirmaba que era una historia de amor con connotaciones para todos nosotros. Como encuentro que Gary Oldman está buenísimo en esta película, no protesté y me acurruqué junto a Jack en el sofá para verla.

Milo extendió una manta en el suelo y *Matilda* intentó apoderarse de ella, pero Jack la convenció para que se recostara a sus pies. Milo no mostró en ningún momento el más mínimo interés por la película y se tumbó atravesado en la manta, mientras Bobby descansaba la cabeza en su regazo, de cara a la tele.

Jane se estiró en el sillón reclinable, lamentándose ahora de que sus pulseras le apretaban demasiado. Y Mae no quiso saber nada de la película y optó por un baño de espuma.

—¿Están todas las puertas cerradas? —Ezra apareció de repente en el salón. No se lo veía ansioso, pero algo no iba del todo bien.

—Pues no lo sé —dijo Jack, encogiéndose de hombros y mirándolo—. ¿Acaso cerramos con llave las puertas?

—¡Tenéis que cerrar las puertas con llave! —gritó Jane, tremendamente preocupada—. ¡Os lo robarán todo! —Imagino que todo lo que teníamos en casa debía de ser mucho para ella.

—Tal vez, pero en casa siempre hay alguien, y además somos vampiros, y por lo tanto... —Jack se interrumpió.

—Yo he cerrado la puerta de la cocina al jardín cuando he sacado a pasear a *Matilda* —dijo Milo.

—¿Por qué? Son de cristal. Si alguien quisiera entrar, le bastaría con romperlas —observó Bobby.

—No obstante, quiero que empecéis a adquirir la costumbre de cerrarlo todo —dijo Ezra.

—Entendido. ¿No teníamos una alarma? —preguntó Jack—. Hiciste instalar una cuando construimos la casa, ¿no?

—Sí, así es —dijo Ezra, rascándose la cabeza—. Y la desconecté en cuanto vinimos a vivir aquí. Soy incapaz de recordar la contraseña. Tendré que reiniciarla y daros a todos los nuevos códigos.

—Lo veo muy complicado. —Noté cierta tensión en el brazo de Jack que me rodeaba por el hombro—. ¿Ha pasado algo? ¿Qué sucede?

—No, seguramente no sea nada —dijo Ezra, moviendo negativamente la cabeza—. Sólo que se han producido varios robos en el vecindario. —No sé cómo, pero adiviné que nos estaba mintiendo.

—Oh, Dios mío —dijo Jane, casi sofocando un grito, y se llevó las manos a la boca.

—Seguimos siendo vampiros —dijo Jack, señalándose a sí mismo, a Milo y a mí—. Estoy seguro de que pillaríamos a cualquiera que se atreviese a entrar aquí.

Jane estaba desmesuradamente aterrorizada, pero Bobby seguía como si nada. Cuando eres humano, los vampiros te parecen invencibles. Pero como vampiro, sabía que no era mucho más fuerte o fabulosa que los demás.

—Siempre es mejor pecar de precavido que tener que lamentarlo después —dijo Ezra, como si quisiera con ello cerrar el tema—. Voy a buscar el manual de la alarma y cuando haya codificado la nueva contraseña, os la comunicaré.

—De acuerdo. —Jack me miró extrañado, tan escéptico como yo con respecto a las verdaderas intenciones de Ezra.

—¡No sé cómo podéis seguir ahí sentados tan tranquilos! —exclamó Jane, levantándose en cuanto Ezra salió del salón.

—Relájate, Jane. No te pasará nada —dijo Milo, tratando de calmarla.

—¡No! ¡No me refiero a esto! ¡Sino a que la vida aquí es aburridísima! —Tiró de una de las esclavas que me había cogido y miró furiosa a todos los presentes—. ¡Os pasáis el día aquí sentados!

—Jane, son las cuatro de la mañana. ¿Qué sugieres que hagamos? —le preguntó Jack con total sinceridad.

—Y no nos pasamos el día aquí sentados —interfirió Bobby—. Yo he ido a clase, Jack ha salido, estoy seguro de que Milo también va por ahí. Si tú no lo has podido hacer es porque aún no te encuentras bien.

—¡Me encuentro bien! —Jane pataleó e intentó sacarse las pulseras—. ¡Si no fuera por estas malditas pulseras! ¡Parecen esposas!

—¡Jane! Cálmate y continúa viendo la película —dije—. Mañana por la noche saldremos un rato. ¿Te parece bien? Pero ahora ya es muy tarde. Así que relájate.

—Lo que tú digas. —Consiguió librarse de las pulseras y las lanzó al otro lado de la sala. *Matilda* se asustó y empezó a ladrar.

—¡¿Va todo bien por ahí?! —gritó Ezra desde su estudio, que estaba en el extremo opuesto del pasillo.

—En serio. ¿Qué sucede? —dije, mirando a Jack—. ¿Hay una fuga de monóxido de carbono o qué? Me parece que hoy todo el mundo se comporta como un bicho raro.

—¡Yo no soy ningún bicho raro! —protestó Jane, y se dejó caer de nuevo con fuerza sobre el sillón reclinable—. Estoy bien. De acuerdo, veamos la película. Quiero ver qué le sucede a ese imbécil de Sid.

Pero antes de que aparecieran los títulos de crédito, Jane se había quedado dormida, con un sueño muy inquieto. De hecho, mirarla producía escalofríos. Nos quedamos todos contemplándola embobados hasta que Mae salió del baño y nos pegó la bronca por mirarla de aquella manera. Subió a Jane en brazos a la habitación de Peter y luego volvió a bajar, pues Ezra la había reclutado para seguir buscando el manual desaparecido de la alarma. Era la primera vez en muchos días que tenían algún tipo de interacción y me dio la impresión de que ella le guardaba rencor por todo lo sucedido.

El resto seguimos viendo películas un rato más, hasta que Ezra intentó convencernos también de que lo ayudáramos a buscar un manual que no habíamos visto en la vida. Y nos fuimos cada uno a nuestra habitación para eludirlo.

—Ya sabes que Ezra está en el estudio —le dije a Jack cuando llegamos a nuestra habitación. Él se había quitado la camiseta para ponerse el pijama, pero cuando se volvió para mirarme, empecé a despojarme de los vaqueros del modo más seductor del que fui capaz—. Así que no puedes dormir aquí.

—Mira tú qué gracia —dijo Jack sonriendo y aproximándose a mí. Había entrado en la habitación y había ido directo al vestidor para cambiarse, pero yo tenía otros planes para esa noche, de modo que permanecí junto a la cama—. Ya no estoy en absoluto cansado.

—¿De verdad? —Retrocedí un poco, pero choqué contra la cama—. En ese caso, no querrás meterte en la cama.

—Oh, no, claro que quiero meterme en la cama —replicó Jack, sonriendo con malicia. Dio un nuevo paso hasta situarse justo delante de mí y posó sus manos sobre mis muslos desnudos. Ascendió lentamente hasta adentrarse por debajo de mi camiseta y se detuvo al llegar a la cintura—. ¡Dios, qué preciosa eres!

Enlacé las manos por detrás de su cuello y me puse de puntillas para darle un beso. Me besó con pasión, agarrándome por el trasero y presionándome contra él. Me empujó con delicadeza sobre la cama. Uní las piernas por detrás de su cuerpo para atraerlo hacia mí. Se impulsó entonces él y yo gemí. Noté sus labios recorriéndome el cuello y entonces, de repente, lo deseé.

—Muérdeme —dije, jadeando, enterrando los dedos entre su cabello.

—¿Qué? —Jack interrumpió sus besos para mirarme. Intentaba hacerse el frío, pero su excitación era inequívoca—. ¿En serio?

—Sí. —Me quedé mirándolo. La sensación del mordisco era asombrosa y Jack controlaba lo bastante como para que no resultase peligroso. Yo quedaría debilitada, pero acababa de comer y no me sentiría famélica.

—¿Cuándo has comido por última vez?

—¡Jack! —exclamé—. No rompas el romanticismo con tu lógica. Estoy bien, ¿entendido?

Se mordió el labio y me miró. Quería asegurarse de que todo iría bien, aunque era evidente que deseaba hacerlo. El hambre, caliente y ansiosa, inundaba mi cuerpo. El corazón le latía con fuerza y lo tenía justo encima del mío, lo percibía. Sus ojos se volvieron casi transparentes, como sucedía siempre que me deseaba de verdad. Cuanta más pasión, más claros se volvían sus ojos.

Cuando sus labios ejercieron presión sobre mis venas, gemí sin poder evitarlo y arqueé la espalda, pegándome a él.

—¡Alice! —gritó Mae, abriendo de golpe la puerta de la habitación.

—¡Debes de estar de cachondeo, ¿no?! —gritó Jack con incredulidad, sentándose. Se volvió y la miró con rabia—. ¡No estábamos haciendo nada malo!

—Me trae sin cuidado lo que hagáis —dijo Mae. Estaba acongojada, de modo que me senté también en la cama y aparté a Jack—. ¡Jane ha desaparecido! ¡Creo que le ha pasado algo!

30

Con el pánico ante la posibilidad de que Jane hubiera sido secuestrada, ni siquiera pensé en ponerme un pantalón como tampoco Jack pensó en ponerse una camiseta, y ambos recibimos una mirada de reprobación por parte de Milo, que había salido corriendo de la habitación al oír los gritos de Mae. Y le devolví la mirada de reprobación cuando vi aparecer a Bobby sin camiseta y con expresión de culpabilidad.

Nos apiñamos en la habitación de Peter para investigar la desaparición de Jane. Mae se había hartado de buscar el manual de la alarma y había subido para volver a charlar de sandeces con Jane, y al entrar en la habitación había descubierto que Jane había desaparecido. No había nada más que explicar.

—¿Han saqueado la habitación? —preguntó Bobby al observar el desorden que reinaba en la habitación de Peter. No sé cómo, pero la mitad de mi guardarropa había migrado allí y la ropa yacía esparcida por todas partes.

—No, siempre ha sido así —dije. Hacía tiempo que no entraba en la habitación de Jane, pero ella era así por naturaleza.

—No me gustaría parecer un ser sin corazón —dijo Jack—, pero ¿acabas de sacarnos de la cama para enseñarnos el desorden que hay en la habitación de Jane? Esto no es ninguna urgencia, Mae.

—¡Jane no está! —dijo Mae, abarcando con un gesto aquel lío—. Y eso sí que es una urgencia.

—Lo repito, no me gustaría parecer un desalmado, pero no considero que esto sea una urgencia —dijo Jack.

—¡Podría haberle pasado algo! —insistió Mae—. ¡Jane no nos habría abandonado de esta manera!

—O tal vez sí —dijo Milo—. Antes se ha pasado el rato quejándose de que somos unos aburridos.

—Pero no me ha dicho adónde ha ido. —Mae nos miró con incredulidad. Le había cogido cariño a Jane y no estaba dispuesta a dejarla marchar tan fácilmente.

—¿Sabéis qué? Estoy segura de que lleva el teléfono encima —dije—. La llamaré y así saldremos en seguida de dudas.

—Buena idea —dijo Mae, aliviada con la sugerencia.

—Pues yo me vuelvo a la cama —dijo Milo con un bostezo—. Estoy seguro de que aparecerá.

Corrí por el pasillo hasta mi habitación, con Jack pisándome los talones. Mae se quedó en el pasillo discutiendo con Milo sobre la ingenuidad de Jane mientras yo cogía el móvil que había dejado olvidado en el bolsillo de mi pantalón. Jack se rascó los brazos con inquietud y movió la cabeza de un lado a otro.

—No pensarás en serio que a Jane le haya podido pasar algo, ¿verdad? —preguntó Jack en voz baja.

—La verdad es que no lo sé, y creo que es mejor salir de dudas. —Busqué su número y pulsé la tecla de llamada.

Mientras el teléfono sonaba, vi que Milo y Bobby regresaban a su habitación. Mae me miró con expectación y justo estaba diciéndole que Jane no me respondía, cuando se puso al aparato.

—Sí, ¿qué pasa? —respondió Jane con voz de aburrimiento.

—¿Jane? —pregunté para tantearla—. ¿Dónde estás?

—Fuera. Tu casa es un rollo —dijo bostezando.

—¿En serio? ¿Estás diciendo que somos un «rollo»? —le pregunté. Mae me miró preocupada, pero Jack puso los ojos en blanco y se retiró hacia el otro extremo de la habitación.

—No, no lo sois —respondió Jane, y suspiró—. Mira, sé que os habéis portado muy bien conmigo, y aprecio mucho vuestra hospitalidad. Pero... la cuestión es... que necesito un bocado.

—En casa hay comida, Jane. No era necesario que...

—No, no me refiero a ese tipo de bocados —me interrumpió Jane—. Necesito que me den un bocado.

—Pero... No —dije, negando con la cabeza—. Acabamos de sacarte de allí. Esa vida es mala para ti, y lo sabes.

—Jonathan es malo para mí, y el día de Halloween iba un poco pasada de vueltas. —Jane lo expuso como si hubiera bebido algo más de la cuenta en una fiesta del trabajo, cuando la realidad era que había estado a punto de morir porque un vampiro le había estado chupando la sangre—. Pero la sensación me sigue encantando y me moría de ganas.

—¡Jane! —grité, sin poder creer lo que estaba escuchando—. ¡No! ¡Si sigues metida en eso, morirás!

—No lo creo, pero qué le vamos a hacer si es así. —Se oyó entonces un ruido de fondo y, cuando tomó de nuevo la palabra, me pareció que Jane tenía prisa—. Tengo que irme. Pero gracias por todo, Alice. Estoy segura de que volveremos a vernos.

—¡No, Jane! ¡Espera! —dije, pero ella ya había colgado.

—¿Qué sucede? ¿Dónde está? —preguntó Mae.

—No lo sé. —Intenté llamarla otra vez, pero saltó directamente el buzón de voz—. Maldita sea. Ha apagado el teléfono.

—¿Y qué te ha dicho? ¿Por qué se ha marchado? —preguntó Mae.

—Quería... —Me planteé decirle una mentira a Mae, pero ¿qué sentido tenía hacerlo?—. Quería que la mordiesen. Supongo que quiere volver a ser una prostituta de sangre.

—¡No! —Mae abrió los ojos de par en par, aterrorizada—. ¡No puede hacerlo! ¡Morirá!

—Lo sé. Ya se lo he dicho. —La intensidad de la respuesta de Mae me pilló desprevenida y miré a Jack en busca de ayuda.

—Es una yonqui, Mae —dijo Jack, sin perder su habitual amabilidad. Teniendo en cuenta la opinión que tenía en ese momento sobre Mae y Jane, llevaba el asunto bastante bien—. El efecto del último mordisco se ha esfumado y necesitaba un nuevo chute. No puedes tenerla aquí encerrada un par de días y esperar que con eso se cure su adicción.

—No. Pero estaba mejorando tanto... —Mae negó con fuerza con la cabeza—. Me niego a creer que haya regresado allí voluntariamente. Tengo que encontrarla.

—Está a punto de salir el sol, Mae —dije, señalando hacia las ventanas. La luz no se filtraba todavía entre las cortinas, pero podía percibir a la perfección tanto la salida como la puesta del sol. Era como un extraño reloj interno que todos los vampiros poseíamos—. Lo más seguro es que haya ido a dormir a algún lado. No podrá encontrar un vampiro hasta que anochezca de nuevo.

—¡Eso no lo sabes! —insistió Mae—. Pienso salir a buscarla. —Y se puso en marcha.

—¡Mae! —Iba a impedirle que saliera de la habitación, pero Jack me retuvo sujetándome por el brazo.

—Déjala ir —dijo—. No atiende a razones, igual que Jane.

Me pasé las manos por el pelo, mirando en dirección a la puerta. Mae había dejado abierta la puerta del dormitorio de Peter, al otro lado del pasillo, y el desorden de lo que había sido el espacio de Jane en la casa era inmenso.

—¿Crees que deberíamos ir en busca de Jane?

—¿Adónde? —dijo Jack, mirando al otro lado del pasillo, igual que yo—. ¿Sabes adónde ha podido ir?

—No. Pero me resulta raro resignarme a que Jane se haya ido y no hacer nada —dije, mordiéndome el labio.

—Si ella no quiere salvarse, tú no podrás hacerlo —dijo Jack, sonriéndome con tristeza.

Sabía que tenía razón, pero aquella sensación no me gustaba en absoluto. Nos había costado mucho llegar a aquel punto, y Bobby había arriesgado incluso su vida. Tenía la impresión de que Jane había comprendido que su conducta era equivocada, que simplemente necesitaba un lugar donde quedarse a dormir. Jack me acarició la espalda. Me recosté en él y apoyé la cabeza sobre su hombro.

—Tal vez esté repitiendo esto demasiadas veces, pero todo irá bien, Alice. De verdad.

—Lo sé. —No estaba muy segura de creérmelo, pero confiaba en que fuera cierto. Jack me dio un beso en la coronilla y se apartó de mí—. ¿Adónde vas ahora?

—Dejaremos lo de esta noche para otro día. —Entró en el vestidor para ponerse el pijama. Cuando volvió a salir, se estaba pasando la camiseta por la cabeza—. Digamos que el ambiente se ha esfumado.

—Volver a donde lo habíamos dejado no me costaría nada —apunté con una sonrisa, que me pareció falsa incluso a mí misma. Deseaba estar con él, pero mi corazón no estaba por la labor. Jack vino hacia mí y le puse la mano en el pecho, corrigiendo mis sentimientos—. Podría ser una distracción estupenda.

—Seguramente —reconoció Jack, sonriendo—. Pero me gustaría que fuese algo más que una distracción. —Me dio un beso en la frente antes de abandonar la habitación—. Estaré en el estudio por si me necesitas.

Permanecí despierta hasta mucho después de que Jack se hubiese marchado. Debería haberlo convencido de que se quedase conmigo, aunque no hubiéramos hecho nada. En una casa llena a rebosar de gente, me sentía extrañamente sola. Después de todo lo que había tratado de hacer por Jane, había fracasado.

Y aun en el caso de que ese día la hubiera salvado, ¿qué habría sucedido al día siguiente? ¿O al otro? Jane moriría de todos modos y mis esfuerzos se habrían reducido a un cuerpo en descomposición bajo tierra. De repente, nada tenía sentido, pero intenté dejar de pensar en aquello y dormir un poco.

Jack decidió iniciar de nuevo la jornada siguiente con su búsqueda de apartamento y yo, una vez más, decliné su invitación. Me había costado un mundo conciliar el sueño y no me veía con ánimos de acompañarlo. Ni siquiera tenía claro que quisiera cambiar de casa aunque, por el momento, sabía que no me quedaba otra elección.

Peter había dejado perfectamente claro que la cohabitación con él era imposible y, considerando que Jack tenía más de cuarenta años de vida, me parecía normal que hubiera llegado el momento de que se planteara vivir por su cuenta.

Cuando Jack regresó, llevaba poco rato levantada. Decidí darme una ducha, pero me fijé entonces en el estado de nuestro cuarto de baño. Mae seguía ausente, decidida a localizar a Jane, y pensé que estaría bien que se sorprendiera a su regreso con el detalle de que hubiéramos limpiado el baño y bajado las toallas.

Me recogí el pelo en un moño suelto, fui a buscar los productos de limpieza y me puse manos a la obra. Estaba enfrascada en frotar del lavabo los restos de dentífrico y de crema de afeitar, cuando oí a Jack subiendo a toda prisa por la escalera.

—¡Alice! —gritó Jack—. ¡Traigo noticias estupendas!

Salí del baño, consciente de mi terrible aspecto. Me había puesto unos guantes de goma amarillos para no ensuciarme las manos de porquería e iba armada con un estropajo. Tenía el pijama salpicado con agua y detergente y el moño prácticamente deshecho.

—¿Qué estás haciendo? —me preguntó Jack, que se había plantado ante mí y me miraba con perplejidad y encantado a la vez con la situación.

—Limpiar, pero no tiene importancia. —Dejé el estropajo en el lavabo, pues dudaba de que fuera a necesitarlo durante mi conversación con Jack—. ¿Cuál es esa noticia tan estupenda?

—¡He encontrado piso! —anunció Jack, radiante y refrenándose de empezar a dar saltos de alegría. Sonreí porque él también sonreía, pero empecé a percibir una fuerte tensión en el estómago.

—¿Tan pronto? —pregunté, consiguiendo que mi voz no reflejara mi inquietud.

—¡Sí! ¡Sé que no lo has visto, pero es perfecto! ¡Es absolutamente perfecto! ¡Te encantará! —Ya se había enamorado del lugar—. He tenido que dejar un depósito porque es complicadísimo encontrar un espacio que satisfaga todas nuestras necesidades y no quería correr el riesgo de que nos lo quitaran de las manos. Y he concertado una cita para que puedas visitarlo mañana y, si no te gusta, queda todo anulado. No pienso obligarte a mudarte a un sitio que no te guste, pero ese lugar es perfecto.

—No, seguro que es estupendo. Si a ti te gusta, estoy segura de que también me gustará a mí. —Y era cierto, razón por la cual no entendía por qué me sentía de aquella manera. Su felicidad empezaba a apoderarse de mí, aunque seguía corroída por las dudas.

—Nos dejan tener a *Matilda*, y es realmente complicado encontrar un lugar donde permitan tener perros grandes, y hay un parque para pasearla al lado mismo. Tiene tres habitaciones, una para nosotros, una para Milo y una para... no sé. ¿Por qué no? —dijo Jack encogiéndose de hombros—. ¡Y además tiene una terraza fantástica!

—¿Acaso salimos ahora a la terraza? —pregunté. Las tres habitaciones de la planta superior de la casa tenían terraza, pero estaba segura de que nunca había salido a ninguna de ellas, y la única persona a la que había visto que utilizara la de su dormitorio era Peter. Después de que nos besáramos. Lo que me recordó que tenía que mudarme—. Estoy segura de que la utilizaremos más que ahora, puesto que no tendremos jardín.

—Sé que renunciaremos al espacio que tenemos ahora y a algunas comodidades infantiles, pero tengo la intuición de que será estupendo. —Jack se había apaciguado un poco y me miró con franqueza—. Podremos tener nuestra propia vida, ¿sabes?

—Sí, claro que sí —dije, asintiendo.

—Mientras venía de vuelta a casa, me he parado a coger unas cuantas cajas para que podamos empezar a embalar nuestras cosas. —Echó a andar hacia la puerta—. En seguida vuelvo.

—De acuerdo. Me daré una ducha rápida para quitarme de encima esta sensación pegajosa de los productos de limpieza

—dije. Jack no debió de oírme siquiera, pues ya había echado a correr escaleras abajo.

En cuanto se hubo ido y se llevó sus emociones con él, apareció la ansiedad. Me quité aquellos asquerosos guantes de goma y entré en el vestidor para coger la ropa. Necesitaba un momento para serenarme. Todo era tan repentino que no conseguía explicarme qué era lo que me aterraba de aquella manera.

Se trataba de un simple traslado, no muy lejos de mi actual domicilio, y tanto Milo como Ezra como todos los demás seguirían formando parte de nuestra vida. Jack se ganaba bien la vida trabajando con Ezra. Me daba corte preguntarle exactamente cuánto cobraba, pero estaba segura de que podría mantenernos a los dos. En realidad, no había nada que temer.

Excepto sentirme sola. Por mucho que deseara estar con Jack, estaba muerta de miedo. Además del problema vampírico que podía incluso llevarme a asesinarlo, seguía teniendo las inseguridades normales de cualquier adolescente. Jamás había estado antes con nadie, mientras que Jack sí. Y si algo iba mal, estaríamos solos. Milo no sabría cómo solucionarlo y Ezra no llegaría a tiempo.

Caí por fin en la cuenta mientras rebuscaba en el cajón de la ropa interior. No me cabía la menor duda de que quería pasar el resto de mi vida con Jack, y estaba clarísimo que deseaba mantener relaciones sexuales con él. Sucedería algún día, y seguramente ese día llegaría muy pronto si acabábamos yéndonos a vivir juntos. ¿Por qué no probarlo ahora?

Ezra estaba abajo en el estudio, y Milo, en la habitación contigua a la nuestra. Si sucedía alguna cosa, podrían acudir en mi ayuda. Y, la verdad, estaba harta de esperar. Estaba harta de interrupciones. Amaba a Jack y sentía que había llegado el momento.

31

Cuando salí del vestidor iba cubierta con la ropa para que Jack no se diese cuenta, aunque seguramente no se habría dado cuenta ni aunque la hubiera ondeado como una bandera por delante de mí. Había puesto en el equipo de música un CD de mezclas que, según él, tenía un montón de «descargas optimistas» que ayudaban a crear el ambiente de mudanza.

En condiciones normales, habría discutido con él para entender por qué necesitaba un CD de mezclas para crear el ambiente necesario para hacer algo tan concreto y excepcional como preparar una mudanza, pero recordé que acababa de imponerme una misión. Cuando entré en el cuarto de baño, lo dejé disfrutando del ritmo de Robert Palmer y metiendo sus novelas gráficas en una caja de cartón.

Salí de la ducha y me puse un conjunto de lencería muy sexy. El mes anterior, Mae me había proporcionado una tarjeta de crédito y me había desmelenado comprando por Internet. Aquella monada la había localizado en una de las páginas. De color morado, con encaje y transparencias, era un salto de cama con braguitas a juego. Con un nudo en el estómago, excitada y nerviosa, abrí por fin la puerta del cuarto de baño.

La puerta secreta de la pared estaba abierta, dejando entrever el escondite donde Jack almacenaba miles de DVD. Estaba llenando una caja con ellos y se hallaba tan entretenido cantando y bailando al ritmo de la música que ni siquiera se percató de mi presencia. Me recosté contra el umbral de la puerta adoptando una postura sexy y esperé a que se fijara en mí.

—Seguramente acabaré comprándome un equipo gigante de cine en casa para ver todas estas películas —dijo Jack, contemplando sus DVD. La cantidad era abrumadora y, con un suspiro, se volvió por fin hacia mí. No tenía ni idea de qué pensaba decir, pero se quedó boquiabierto y con los ojos abiertos como platos—. Santo cielo.

—¿Te gusta este «santo cielo»? —dije, poniéndome colorada como un tomate. Jamás en toda mi vida me había sentido tan cohibida. Tal vez mi idea no fuera tan buena como me imaginaba.

—Sí —dijo, recuperándose un poco y sonriéndome—. ¿Para qué es todo esto?

—Ya lo sabes. —Me mordí el labio y me quedé mirándolo, confiando en que captara la indirecta tan descarada que acababa de lanzarle y no me obligara a decirlo en voz alta. Di un paso hacia él, pero una pegajosa balada de Savage Garden rompió el encanto del momento—. ¿Puedes cambiar de canción?

—Oh, sí, claro. —Cogió torpemente de encima de la cama el mando del equipo, que estuvo a punto de caerle de las manos, y pasó a la siguiente canción. Esta vez era un tema discotequero, y a pesar de que no estaba segura de que fuera precisamente una «descarga optimista», me gustaba mucho más—. ¿Mejor?

—Mucho mejor.

Jack se aproximó. Sentía tantas mariposas en el estómago que era complicado que sus emociones llegaran a dominarme, aunque al final lo lograron. La sensación de hambre irradiaba cálidamente de Jack, intensa y anhelante. Se situó delante de mí, y se apoderó de mi ser de tal manera que me resultó incluso incómodo, y soltó el aire con fuerza. Yo ya no podía más y me crucé de brazos para ocultar mi cuerpo, tratando de esconderme.

—¡No, no lo hagas! —dijo Jack, y el volumen de su voz sonó más potente de lo que pretendía. Bajé los brazos y me acarició la mejilla primero y a continuación su mano se deslizó hacia mi cabello—. Eres tan atractiva... ¿Qué estás haciendo conmigo?

—Te amo —susurré.

—Soy un hombre muy afortunado —murmuró Jack, y se inclinó para besarme.

En cuanto su boca encontró la mía, experimentó la oleada de pasión acostumbrada. Era Jack, y lo amaba por encima de todo. El miedo al sexo me había obsesionado de tal manera que había olvidado por qué quería hacerlo con él.

Sus besos, aquel sabor que tan bien conocía, la caricia de sus labios sobre los míos... Lo deseaba con desesperación. Lo atraje con fuerza hacia mí y caímos sobre la cama. Me quedé mirándolo.

—¿Estás segura de que quieres hacerlo? —me preguntó Jack con voz ronca.

Mi respuesta fue quitarle la camiseta. Jack era impresionante. Besé su torso desnudo y lo miré con una sonrisa. Su piel abrasaba ya mis labios, y con eso fue suficiente.

El peso de su cuerpo ejerció presión sobre el mío. El corazón retumbaba en su pecho y latía al ritmo del mío. Por puro instinto, mi cuerpo se impulsó contra el suyo y tensé los dedos entre su cabello, atrayendo su boca hacia la mía. Me besó con entusiasmo y empecé a temblar al imaginarme lo que estaba a punto de suceder.

Me recorrió el cuello a besos y gemí. Y no fue hasta que sentí su boca pegada a mis venas que comprendí hasta qué punto ansiaba que me mordiera. Me deseaba con tal voracidad que eché la cabeza hacia atrás, dejando mi cuello completamente al descubierto.

La punzada de dolor del mordisco se esfumó incluso antes de sentirla y un cálido éxtasis se apoderó de mí. Empecé a percibir su corazón latiendo en mi propio pecho, por encima del mío, y aquel doble latido me hacía sentirme como si él estuviera dentro de mí.

Una compleja sensación de placer me permitía percibir en la boca el sabor meloso y picante de su sangre y, con ello, el ansia de su sangre se apoderó de mí. Desearlo con tanta desesperación mientras él bebía de mí era a la vez una agonía y una bendición. Sentía mi persona languideciendo, oscureciéndose. Mi cuerpo amenazaba con perder totalmente el control, con apagarse por completo y ceder a la sed.

Pero lo que me impedía claudicar era saber lo mucho que él me amaba. Era una sensación que fluía por mis venas. Venía de él, pero era como si viniera de dentro de mí misma. Yo lo era todo para él, y él era felicidad en su estado más puro. Nunca me había sentido tan próxima y tan enamorada de Jack.

Experimenté una minúscula sacudida y jadeé dolorosamente. De repente, cuando Jack dejó de morderme, la separación dejó mi cuerpo frío y abandonado. Y antes incluso de que pudiera explicar lo vacía que me sentía, su boca cubrió la mía. El sabor de mi propia sangre en sus labios me provocó extrañas sensaciones. Me presioné con más fuerza si cabía contra él, desesperada por el calor abrasador de su piel.

Noté su mano, firme y segura, en la cadera, cómo sus dedos se enlazaban con mis braguitas y las deslizaban hacia abajo. Me incorporé mínimamente para ayudarlo a despojarme del salto de cama. Me abrazó con fuerza, presionando su piel desnuda contra la mía. La intensidad abrumadora de sus gestos sólo servía para incitar aún más mi deseo. Me recosté de nuevo en la cama y él me miró a los ojos.

—Te amo de verdad —dijo Jack, casi sin aliento, retirándome el cabello de la frente.

Y entonces lo sentí, deslizándose dentro de mí, cortándome casi la respiración. Dolía más de lo previsto pero, en cuestión de segundos, la sensación de dolor no fue más que un recuerdo. Le clavé las uñas en la espalda y lo empujé contra mí. Me besó en la boca, en el cuello, en los hombros, en cualquier parte de mi cuerpo que quedara a su alcance, y gemí de placer.

Jamás en mi vida me había sentido tan entera o tan completa como en aquel momento. Tenía la impresión de estar hecha única y exclusivamente para él, única y exclusivamente para aquello. El placer explotó en mi interior y me mordí el labio para no gritar.

Haciendo esfuerzos por respirar, Jack se relajó, pero se incorporó un poco para no caer con todo su peso sobre mí. Descansó la frente sobre mi hombro e intentó recuperar la compostura. Cuando me besó con suma delicadeza la clavícula, mi piel tembló bajo sus labios.

Mi cuerpo entero resplandecía de felicidad y me sentía débil y mareada. Mi visión se había vuelto borrosa y sabía que mi estómago debía de estar rugiendo de hambre, pero era incapaz de notarlo.

—¿Te ha gustado? —me preguntó Jack, mirándome.

—Sí. Ha sido lo más increíble que he sentido en mi vida.

—Le sonreí y le acaricié la cara. De pronto, Jack me parecía demasiado maravilloso para ser real—. ¿Has disfrutado?

—¿Qué? —Se echó a reír, sus carcajadas sonaban maravillosamente exhaustas. Lo había dejado agotado y su risa me produjo un hormigueo—. Dios mío, Alice. No sabía que podía llegar a ser tan estupendo. —Se derrumbó en la cama a mi lado y me atrajo entre sus brazos. Reposé la cabeza sobre su pecho—. Dios. No puedo creer que haya estado perdiéndome esto.

—Lo sé —dije con una risita; me sentía como una chiquilla emocionada. Me acurruqué todo lo posible contra él, disfrutando del contacto de su piel.

—Caray —dijo Jack, repitiendo su risa agotada—. Tal vez no lo sepas, pero eres la persona más asombrosa que he conocido en mi vida y estoy locamente enamorado de ti.

—Eso es maravilloso. —Le di un besito en el pecho y lo miré sonriendo—. Porque yo siento exactamente lo mismo por ti.

La pérdida de sangre y el agotamiento del placer me habían dejado exhausta. Mi visión empezaba a aclararse y noté una punzada de dolor en el estómago, pero estaba tan cansada que ni siquiera le presté atención. Lo único que deseaba en aquel momento era quedarme para siempre entre los brazos de Jack escuchando el sonido de su corazón. Nuestros cuerpos iban recuperando poco a poco su temperatura normal y Jack tiró de la colcha para taparnos y me envolvió con cuidado en ella.

Acababa de adormilarme cuando oí que sonaba mi móvil. Me pareció que lo había dejado en el cuarto de baño, y decidí que el sonido era tan débil que podía ignorarlo. Dejó de sonar y me acomodé de nuevo entre sus brazos. Cuando un segundo después empezó a sonar de nuevo, refunfuñé.

—¿Quieres que vaya a por él? —me preguntó Jack.

—No, ya parará —dije, abrazándome a él con más fuerza. Si

se levantaba tendría que separarse de mí, y no estaba preparada para aquello.

Dejó de sonar, pero empezó nuevamente al cabo de un instante.

—Lo siento, pero tengo que cogerlo —dijo Jack. Se deshizo de mí y murmuré una protesta, pero le permití separarse. Se puso los calzoncillos y lo observé entrar en el baño, siguiendo el sonido del móvil.

Durante un segundo, maravillándome con su atractivo, mi corazón se llenó de orgullo al darme cuenta de que tenía que estar con él. Él me pertenecía y aquello era una sensación deliciosa.

El teléfono dejó otra vez de sonar y Jack suspiró.

—Lo cogeré igualmente, por si acaso vuelven a llamar. ¿Dónde está?

—No lo sé —dije, sentándome en la cama y tapándome con la colcha.

—Deja de sonar justo cuando me pongo a buscarlo. —Hurgó en el interior de la cesta de la ropa sucia, pues sabía que yo tenía la costumbre de dejar el teléfono en el bolsillo del pantalón, pero empezó a sonar otra vez. Jack se acercó al armario que usábamos de botiquín y lo abrió—. Alice, ¿qué hace tu móvil en el botiquín?

—Lo habré dejado ahí al coger el enjuague bucal —dije, encogiéndome de hombros—. Apágalo y vuelve a la cama.

—Vaya, vaya —dijo Jack, saliendo del cuarto de baño y tendiéndome el teléfono—. Es Jane.

—Pues creo que tendría que responder —dije, alargando el brazo para cogerlo. Respondí antes de que saltara el buzón de voz y Jack se sentó en la cama a mi lado—. ¿Sí?

—¿Alice? ¡Oh, menos mal que por fin lo coges! —dijo Jane aliviada, aunque con voz temblorosa—. Tengo problemas, y...

Oh, Dios mío. Lo siento. No sé... —Parecía absolutamente aterrada y su actitud acalló por completo mi euforia anterior.

—¿De qué hablas? ¿Qué sucede? —le pregunté.

—¡No lo sé! ¡Me han obligado a llamarte! —dijo Jane, y entonces chilló y su voz se alejó del aparato.

—¿Jane? ¡Jane! —grité.

—No, no soy Jane —respondió una voz masculina, y de repente se me erizó el vello de la nuca. Era una voz fuerte y profunda con un acento que no lograba ubicar. Casi británico, o tal vez alemán, aunque más suave—. Supongo que tú eres Alice.

—¿Dónde está Jane? —pregunté, negándome a responder a su pregunta hasta que me explicara qué estaba pasando. Vi con el rabillo del ojo que Jack empezaba a vestirse. No estaba segura de si era capaz de oír la conversación o si simplemente se había percatado de mi pánico.

—Si quieres volver a verla, te sugiero que vengas a por ella —dijo la voz. Tenía un matiz siniestramente juguetón y a lo lejos se oían los chillidos de Jane—. ¿Que dónde estamos? Tienes que decírnoslo si quieres que tu amiga venga a rescatarte.

—¡Hijo de puta! —gruñí—. ¡Déjala en paz! ¡Cuando demos contigo, te mataremos!

—¿Hablas en plural? —dijo, riendo entre dientes—. Mucho mejor. —Jane seguía gritando.

—¡Loring Park! —sollozó Jane a lo lejos—. ¡Estamos en Loring Park! ¡Pero, Alice, no vengas! ¡Van a...! —Volvió a gritar, interrumpiendo con ello el resto de la frase.

—Como puedes apreciar, tenemos prisa, así que actúa en consecuencia —dijo. Y el teléfono se quedó en silencio.

32

Intenté llamar a Jane inmediatamente después de colgar el teléfono, pero me saltó el buzón de voz. Jack ya se había vestido con su característico conjunto de bermudas y camiseta y estaba peleándose con sus zapatillas deportivas. Mi estómago daba bandazos como consecuencia de una extraña combinación de pánico y hambre que me hacía sentir volátil y frágil.

—¿Alice? —preguntó Jack—. ¿Dónde está?

—En Loring Park —le respondí, completamente aletargada—. No tengo ni idea de con quién estaba, pero creo que tienen intención de matarla. Y quieren que vaya yo. La han utilizado de cebo para llegar a mí. —Jack hizo una mueca y me miró pensativo un instante.

—Tú te quedas aquí. Seré yo quien vaya a por ella —decidió Jack, dirigiéndose a la puerta.

—¡No! —dije, levantándome de un brinco y sin soltar la colcha—. Esto es cosa mía; no permitiré de ningún modo que vayas sin mí.

—No es seguro, Alice.

—¡Precisamente por eso! —Entré corriendo en el vestidor para ponerme algo encima antes de que Jack se fuera. Creo que jamás en mi vida me había vestido a tanta velocidad—. Ahora soy una vampira. Puedo cuidar de mí misma. —Y dije todo eso mientras luchaba por ponerme unos vaqueros, y estuve a punto de caerme al suelo con las prisas—. Ya conseguí derrotar a aquella especie de novio de Jane. Si tú puedes solucionarlo, también puedo yo.

—No, yo tengo mucha más experiencia que tú, y además acabas de perder sangre. —Se cruzó de brazos en un intento de demostrar que la decisión estaba tomada.

—Me da igual. —Me calcé y me acerqué a él—. Ahora estamos juntos, para siempre. Y eso significa que si tú corres peligro, yo también corro peligro. Jane necesita ayuda, y vamos a ir juntos.

—No me gusta la idea —dijo Jack, que estaba empezando a ceder.

—Me da igual. —Lo aparté de un empujón, a sabiendas de que teníamos que darnos prisa si pretendíamos salvarla y que tenía que apresurarme antes de que Jack cambiara de idea. Jack no me impediría ir, pero el tiempo que perdiéramos con discusiones innecesarias era un tiempo precioso.

—¿Alice? —Milo abrió la puerta de mi habitación antes incluso de que pudiera llegar yo a ella. Estaba perplejo y asustado—. ¿Va todo bien? —Abrió la puerta un poco más y entró finalmente—. ¿Qué pasa?

—Nada. ¿Por qué? ¿Y a ti qué te pasa? —le pregunté, entrecerrando los ojos.

—¡Nada! Sólo..., sólo he tenido la sensación de que pasaba algo —respondió Milo, vacilando.

Entonces comprendí lo que había sucedido. Del mismo

modo que yo estaba sintonizada con su corazón, él estaba sintonizado con el mío. Y Milo estaba inquieto porque mi corazón había estado latiendo presa del pánico durante los últimos minutos. Seguramente habría venido antes a ver qué pasaba, pero al principio lo había malinterpretado imaginándose que Jack y yo estábamos simplemente tonteando.

—Jane está metida en problemas. —Me mordí el labio, mirándolo, y Jack me miró a su vez con extrañeza. Milo era mi hermano pequeño y haría cualquier cosa para protegerlo. Pero era también un vampiro, más poderoso que yo, y me había dado la impresión de que a Jane la retenía más de un agresor. Necesitábamos toda la ayuda que pudiéramos conseguir—. Está en el parque. No sé con quién, pero creo que pretenden matarla. Nos han pedido que nos presentemos allí lo antes posible.

—Pero ¿de qué estás hablando? —dijo Milo, poniéndose tenso, y vi incluso sus músculos flexionándose por debajo de la camiseta. Tenía la sensación de que, gracias a su autocontrol, llegaría un día en que sería más fuerte incluso que Jack.

—No lo sé. Y no hay tiempo para explicaciones. Si quieres venir, tenemos que irnos ahora mismo. —Lo miré con insistencia, consciente de que acababa de sorprender a Jack con mi invitación. Esperaba que le pidiese a Milo que se quedara en casa, y a lo mejor era lo que debería haber hecho. Pero la vida de Jane corría peligro, y consideré que no me quedaba otra alternativa.

—Contad conmigo —dijo Milo en seguida—. Vámonos.

Apenas habíamos salido de la habitación, cuando tropezamos con otro obstáculo. Bobby salía de su dormitorio pasándose un jersey por la cabeza. Nos vio con tantas prisas, que decidió seguirnos.

—¿Qué pasa? —preguntó.

—Nada. Vuelve a la habitación. —Milo intentó bajar la escalera, pero Bobby lo seguía. Jack y yo nos paramos al llegar abajo, pero no podíamos esperar mucho tiempo.

—¿Adónde vais? ¿Por qué estáis tan asustados? —Bobby se había despeinado al ponerse el jersey e intentó recomponer su peinado sin despegar en ningún momento los ojos de Milo—. ¿Qué ha pasado?

—Será mejor que te quedes arriba —dijo Milo—. ¡No puedes venir!

—¿Por qué? —Bobby estaba cada vez más asustado—. ¿Qué vais a hacer?

—Es demasiado peligroso para un humano. ¡Vete! —Milo señaló en dirección a la escalera como si Bobby fuese un perro desobediente.

—¿Peligroso? —Bobby se quedó blanco—. ¡No! ¡Si hay posibilidad de que sufras algún daño, quiero estar a tu lado!

—¡No podemos perder tiempo en discusiones! ¡Nos vamos! —Agité las manos para restarle importancia a la discusión, y me dirigí al garaje. Jack iba por delante de mí y Milo nos seguía, con Bobby pisándole los talones.

—¡Bobby! —explotó Milo en cuanto llegamos al garaje—. ¡No puedes venir!

—¡No! —Bobby agarró a Milo por el brazo y me dio la impresión de que iba a romper a llorar. Me pregunté si en mis tiempos de mortal habría puesto también esa cara—. No pienso quedarme aquí solo mientras tú no estés...

—Sube al coche —dijo Jack, mirando a Bobby por encima del techo del Lexus.

—¿Qué? ¡No! —exclamó Milo. Jack se negó a mirarme a los ojos y comprendí que estaba pensando algo, aunque no sabía qué.

—Haz lo que te digo —dijo Jack, ocupando el asiento del conductor.

Milo y Bobby subieron al coche, aunque eso no impidió que Milo siguiera comentando la tontería que cometía Bobby al insistir en acompañarnos. Yo estaba completamente de acuerdo con él, aunque mantuve la boca cerrada. Jack puso el coche en marcha y salimos del garaje a toda velocidad, de camino al parque.

No fue hasta que me encontré atrapada en el espacio cerrado del coche en compañía de Bobby que me di cuenta de lo hambrienta que estaba. El novio de mi hermano estaba asustado y, en consecuencia, su corazón latía más rápido. Empezó a hacérseme la boca agua. Tuve que sujetarme a la manilla de la puerta para impedir que me temblara la mano. Jack se dio cuenta de mi situación, me miró con el ceño fruncido y bajó la ventanilla. El aire fresco de la noche me vino bien, pero poca cosa más podíamos hacer.

Gracias a la estúpida climatología, las calles estaban resbaladizas, pero Jack no aminoró la marcha. Cuando nos detuvimos en la entrada del parque, el coche derrapó y Jack dio una sacudida al volante para enderezarlo. El Lexus subió al bordillo dando bandazos y patinó por la nieve fangosa que cubría el césped antes de detenerse a escasos centímetros del tronco de un árbol.

—¿Estáis todos bien? —preguntó Jack, mirándonos. Bobby se había golpeado la cabeza contra la parte trasera de mi asiento pero, por lo demás, habíamos salido ilesos.

—Eres un conductor horroroso —murmuré. Abrí la puerta, me apeé del coche y resbalé al instante en la hierba. Me sujeté a la puerta justo antes de caer al suelo, un detalle que no presagiaba nada bueno de cara a una encarnizada pelea.

—Con cuidado —dijo Bobby al salir del coche.

—¡No! —gritó Jack. Había salido también y señalaba a Bobby—. Tú. Vuelve adentro.

—¿Qué? ¡No!

—Si nos acompañaras no harías otra cosa que estorbar —dijo Jack—. Quédate aquí para que no acaben matándonos por tu culpa. —Bobby abrió la boca dispuesto a discutir, pero comprendió que Jack tenía razón.

—Estaré de vuelta lo antes posible —prometió Milo. Bobby subió de nuevo al coche a regañadientes y Milo se inclinó para darle un fugaz beso de despedida.

—¡Te quiero! —dijo Bobby, pero Milo ya había salido corriendo detrás de Jack y de mí. Recorrimos un serpenteante camino que conducía a la zona central del parque. Habían echado sal y arena y era, por lo tanto, mucho menos traicionero que caminar por la hierba.

—¿Dónde está? —preguntó Milo en cuanto nos alcanzó.

—No lo sabemos —dijo Jack mirándome, confiando en que yo dispusiera de más información.

Vi que Milo estaba a punto de formular una pregunta lógica, sobre el modo en que pensábamos localizar a Jane, y le dije que callara. Estaba intentando captarla de alguna manera, pero resultaba complicado. Incluso a las tantas de la noche y con mal tiempo, la ciudad de Minneapolis seguía teniendo una actividad frenética y diferenciar los sonidos se hacía muy difícil.

Además, el hambre empezaba a obsesionarme. No hacía más que concentrarme en olores y sonidos erróneos que eran mucho más apetecibles que lo que estaba buscando.

—Uffff —dije, arrugando la nariz al captar algo. Olía a sucio y no precisamente bien.

—¿Qué? —Jack se detuvo en seco y me miró.

—No lo sé. Acabo de oler algo. —Se levantó en aquel momento un aire gélido que se llevó aquel olor e hice un gesto de negación—. Seguramente debía de ser la zona destinada a los perros. Lo que es evidente es que no era Jane.

Seguimos caminando por el sendero y percibí de nuevo aquel olor. No era olor a excrementos, aunque olía a terroso, como a tierra y árboles. Un matiz de pino y algo más, algo que me resultaba familiar. Me recordaba a cuando había feria en la ciudad y me pasaba el día dando de comer a las cabras del zoo infantil.

Continué andando. Había empezado a seguir aquella pista olfativa, y ninguno de mis acompañantes me cuestionaba al respecto. No me dijeron nada ni cuando nos apartamos del camino.

Finalmente, ubiqué aquel aroma en mi memoria, aunque demasiado tarde. Me detuve en seco y el corazón dejó de latir en mi pecho.

—¿Qué pasa? —preguntó Jack con un susurro nervioso.

—Renos. —Apenas podía decirlo en voz alta.

—¿Qué? —preguntó Milo con incredulidad, e incluso Jack me miró sin comprender nada.

Ninguno de los dos entendió a qué me refería. Empecé a observar frenéticamente entre los árboles. Sabía que eran rapidísimos. Lo más seguro era que estuvieran allí. Y era muy posible que nos hubieran rodeado ya. Giré en círculo y resbalé sobre la nieve fangosa. Jack me atrapó antes de que pudiera caer al suelo.

Se levantó de nuevo el viento y alejó aquel olor, la única pista que podía indicarme su paradero. La sensación de sed empezaba a combinarse con el pánico, y un matiz rojizo nubló mi visión. Me temblaban las manos, aunque no estaba segura de si era de hambre o de miedo.

Milo miró a su alrededor, tratando de entender qué era lo que me asustaba de aquella manera. Jack seguía sujetándome por el brazo y, de repente, el olor se hizo más intenso a mis espaldas. Me volví en redondo.

Vi a un vampiro sentado en un banco a treinta metros escasos de donde estábamos nosotros. Acababa de mirar en aquella dirección hacía unos segundos y no había visto a nadie, pero allí estaba. Llevaba la típica chaqueta de trabajo de color azul abierta que dejaba al descubierto un torso velludo, y unos vaqueros sucios y harapientos que debían de llevar meses sin ver una lavadora. A pesar de la gélida nieve embarrada que cubría el suelo, iba descalzo.

Y aunque el viento azotaba con fuerza y agitaba su pelo oscuro de tal manera que le cubría la cara, distinguí sus ojos negros mirándome fijamente, y aquello me produjo el mismo escalofrío que había sentido cuando lo vi por primera vez en Finlandia. Era Stellan, el licano que no hablaba inglés, y ya había detectado nuestra presencia.

—Jamás debería haberos traído aquí —dije, dirigiéndome tanto a Jack como a Milo. Dejarlos ir allí conmigo equivalía a una sentencia de muerte, pero no me di cuenta de ello hasta que ya era demasiado tarde.

—¿Qué sucede? —preguntó Milo.

—¿Quién es? —Jack siguió mi línea de visión hasta llegar a Stellan, y Milo se volvió también hacia él. Stellan estaba solo y no parecía amenazador, pero estaba segura de que había más licanos por los alrededores.

—Un licano. —No podía apartar la vista de Stellan porque sabía que se pondría en movimiento en cuanto yo lo hiciese, razón por la cual no vi la reacción de Jack, aunque sí percibí su tensión.

—Volved al coche —dijo Jack, apretando los dientes. Pensé en Bobby, solo en el coche y sin vigilancia, y reprimí las náuseas. Lo más seguro era que ya lo hubieran localizado.

—No. —Miré a Milo. El coche era una trampa mortal y no podía permitir que regresara allí—. Corre, Milo.

Miré de nuevo hacia Stellan y descubrí que había desaparecido. El corazón me dio un vuelco. No teníamos la más mínima oportunidad. Milo jamás conseguiría correr más que él.

—¡Salid de aquí! —gritó Jack. Acababa de presenciar la desaparición de Stellan y sabía a qué nos enfrentábamos—. ¡Alice, Milo, largaos de aquí!

—¡No pienso dejarte aquí! —Lo agarré por el brazo y me quedé mirándolo. Jack deseaba protegerme por encima de todas las cosas, pero nos habían tendido una emboscada—. ¡Y, de todos modos, es a mí a quien quieren!

—¡No, no te quieren a ti! —dijo Jack, negando con la cabeza—. ¡Quieren a Peter! ¡Tú eres lo más importante para él! Te están utilizando para intentar hacerlo salir de su escondite.

—Qué astutos. —La voz que había escuchado al teléfono interrumpió nuestra conversación.

El vampiro estaba justo delante de nosotros, con el pecho descubierto, era puro músculo. Tenía el pelo oscuro y lo llevaba peinado hacia atrás, sus ojos castaños eran tan fríos y su mirada tan vacía, que parecía un muñeco diabólico. Nada más verlo supe que era Gunnar, el líder de los licanos.

Avanzó un paso de modo que sus pies descalzos hicieron crujir la hierba, y Jack se situó en seguida delante de mí. Milo intentó colocarse a su lado, pero Jack levantó el brazo para impedirle el paso. Gunnar se echó a reír ante sus débiles intentos de protegernos. Estaba solo, lo que significaba que sus camaradas debían de estar escondidos entre los árboles de los alrededores.

—¿Dónde está Jane? —le pregunté, esforzándome por mantener la voz inalterable.

—Anda por aquí. —Gunnar miró a su alrededor con una sonrisa socarrona—. En la ciudad es muy fácil extraviar cosas. Por eso siempre he preferido la intimidad del campo.

—No sabemos dónde está Peter —le explicó Jack—. No sabe que estamos aquí.

—Estoy al corriente. Sé que él jamás haría un intento de saludo tan patético como el tuyo. —Su expresión cambió, y se tornó más sombría y rabiosa, horripilante—. Perseguirte a ti no tiene ninguna gracia, sin embargo Peter nunca aburriría a sus invitados.

—No es necesario que nos persigas —dije—. Entréganos a Jane y te dejaremos tranquilo.

—¿Sabéis lo que creo que sería divertido? —La sonrisa diabólica reapareció en su cara—. Que tengas que buscarla y traerla hasta nosotros.

—Pero ¿no está con vosotros? —pregunté, cada vez más confusa.

—Sí, por supuesto, porque sé que un buen invitado siempre trae alguna cosa para compartir con su anfitrión —dijo Gunnar; sus ojos centelleaban. El estómago me dio un vuelco, consciente de que cualquier cosa que a él lo hiciera feliz sería horrible para mí—. Tienes cara de hambre, Alice, y sé que tu amiga sería un bocado sabroso.

Dodge salió de detrás de un pino, a escasa distancia de donde estábamos. Su pelo rubio estaba alborotado y no parecía estar pasándoselo tan bien como la otra vez que había coincidido con él en el bosque. Llevaba a Jane en brazos y le tapaba la boca con la mano para que no gritara.

El corazón de Jane latía frenéticamente y lo habría oído antes de no haberme distraído Gunnar. Tenía los ojos desorbitados y atizaba a Dodge con todas sus fuerzas, pero era inútil. Él la controlaba sin el menor problema.

—¡No pienso tratar de cazarla! —dije, mirando fijamente a Gunnar—. ¡No lo conseguirás!

—Tal vez, pero puedo hacer que resulte más tentador. —Gunnar hizo un gesto en dirección a Dodge, que dejó caer a Jane sobre la hierba helada.

—¡Lo siento mucho, Alice! —dijo Jane, sollozando. Iba descalza y con aquel minivestido verde que me había tomado prestado del vestidor—. ¡Yo no quería llamarte, pero ellos me han obligado!

El vestido estaba rasgado y Jane tenía las rodillas y las mejillas llenas de arañazos y sucias. Se incorporó en el suelo hasta quedar de rodillas, con las manos en la gélida nieve fangosa. Por frío que pudiera estar el suelo, Jane se encontraba tan débil y asustada que ni siquiera podía levantarse.

—No pasa nada, Jane. No te preocupes por eso —dije, intentando consolarla. Me habría gustado acercarme a ella, pero sabía que Gunnar no me lo permitiría. Jack y Milo tampoco sabían qué hacer y permanecieron allí a mi lado, a la espera de que Gunnar nos dijera qué quería.

—Dodge, prepara la comida para que resulte más apetitosa —ordenó Gunnar. Dodge hurgó en el bolsillo de su pantalón y, antes de que me diera tiempo a asimilar lo que sucedía, se inclinó sobre Jane y le abrió el brazo desde el codo hasta la muñeca.

33

—¡Jane! —Eché a correr hacia ella para salvarla, pero Jack me rodeó con el brazo y me detuvo.

—No, Alice —me dijo entre dientes al oído mientras me debatía para liberarme. Me sujetaba con la fuerza de una barra de hierro y me sentí frustrada al ver lo poco que podía hacer para superarlo. Era más débil incluso de lo que me imaginaba.

Habría seguido debatiéndome con él de todas maneras, pero entonces olí la sangre. Jane había levantado el brazo para intentar detener la hemorragia, pero su sangre continuaba fluyendo, dulce y caliente. La sensación de hambre se intensificó, se retorcía con un doloroso ardor por mis entrañas.

Cerré los ojos y tragué saliva. No quería morderla, y no lo haría. En pocos segundos había conseguido calmarme lo suficiente como para que Jack me soltara, pero no lo hizo.

—Presiona la herida —le dije a Jane, y me sorprendí a mí misma al escuchar la tranquilidad que transmitía mi voz—. Rasga el vestido y hazte un torniquete en el codo. De lo contrario, te desangrarás.

Jane siguió mis instrucciones con manos temblorosas, mientras las lágrimas resbalaban por sus mejillas. Cuando estaba envolviéndose el brazo con el trozo de tela, Dodge se adelantó para impedírselo.

—No, deja que lo haga —dijo Gunnar, y Dodge se enderezó. Se quedó, sin embargo, a su lado, viendo como Jane seguía sollozando y se derrumbaba casi en la hierba—. Si se desangra y muere, esto perderá toda la gracia.

—No pienso morderla —dije, mirándolo—. No lo hará ninguno de nosotros.

—Veo que el reto es cada vez mayor —dijo Gunnar, sonriéndome y mostrándome la dentadura.

Oí pasos que se aproximaban y me volví en dirección al sendero. Ningún licano sería tan tonto como para acercarse haciendo ruido. Se trataba a buen seguro de un humano que había decidido dar un paseo por el parque a medianoche. Había que reconocer que era un humano estúpido, e inocente, por supuesto. Descubrí entonces que no era más que un veinteañero regordete con gafas oscuras.

Paseaba uno de esos ridículos perros carlinos de cara arrugada, que intuyó el peligro antes que él. El perro, que venía olisqueando por el sendero, levantó la cabeza de pronto y empezó a ladrarnos. En cuanto el chico nos vio, Stellan apareció como salido de la nada y se abalanzó sobre él.

Abrí la boca para gritar, pero no conseguí emitir sonido alguno. El chico ni siquiera tuvo oportunidad de defenderse antes de que Stellan le desgarrara la garganta. Jane chilló, la única capaz de emitir un sonido. El perrito ladró enfadado, pero en cuanto se dio cuenta del peligro que corría, se marchó por donde había venido.

Stellan empezó a devorarle con ansia el cuello y la sangre

salpicó por todos lados, esparciendo su aroma. El cuerpo de la víctima se convulsionaba y temblaba, y se oyó incluso el sonido del hueso partiéndose cuando Stellan le arrancó el cuello por completo. El cuerpo del chico dejó entonces de moverse.

Me encogí al ver aquello, pero no podía dejar de mirar. Deseaba vomitar y me odiaba a mí misma por la sed que me incitaba el olor a sangre. Cuando sentí la mano de Milo, estuve a punto de dar un brinco. Mi hermano me había cogido la mano y me la apretaba.

Jamás en mi vida había visto algo tan horrible como Stellan descuartizando a un ser vivo, y cuando por fin conseguí dejar de mirar, vi que Milo tenía los ojos llenos de lágrimas. De pronto, parecía un niño asustado y se pegó a mí. Deseé abrazarlo, pero ante la incierta reacción de Gunnar, decidí simplemente seguir dándole la mano.

—Todo saldrá bien —mentí, mirando a Milo a los ojos—. Como mínimo, ha sido rápido. Estoy segura de que no ha sentido nada.

—Lo más probable es que no —reconoció Gunnar—. Aunque podría ser que sí. Stellan ha actuado con demasiada prisa, pero puede hacerlo mucho más lentamente. ¿Queréis que os lo demuestre?

—¡No! —dije en seguida, y Gunnar estalló en carcajadas. Jack se adelantó para protegernos a Milo y a mí de Gunnar y nos quedamos detrás de él, cogidos de la mano y temblando como dos niños asustados.

—¡Stellan! —gritó Gunnar sin mirarlo.

Stellan dejó de devorar al chico y levantó la cabeza. Tenía la cara y el pecho cubiertos de sangre y se limpió distraídamente con el dorso de la manga mientras se acercaba a nosotros.

—¿Qué quieres de nosotros? —preguntó Jack. Estaba tan

asustado y asqueado como nosotros, pero casi conseguía transmitir la imagen de hombre tranquilo y confiado.

—¿Qué te parecería... un juego? —dijo Gunnar, sonriendo.

Stellan regresó a su lado, abandonando el cadáver en medio del camino como si fuese un desecho, como una manzana a medio comer. Gunnar clavó entonces la vista en algo detrás de mí y, cuando me volví, ya era demasiado tarde.

Detrás de nosotros acababa de aparecer un gigantesco vampiro que había atrapado a Milo entre sus brazos. Mi hermano gritó sorprendido y se debatió para quitarse de encima al vampiro, pero era inútil. Era el ser más alto que había visto en mi vida, una altura, además, complementada con la fuerza de un vampiro. Milo no me había soltado aún la mano y tiré de él para tratar de liberarlo de aquellas tremendas zarpas.

—¡Alice! —Jack me cogió entre sus brazos, negándose a permitir que el vampiro me arrastrase junto con Milo, pero yo no quería soltarlo—. ¡Alice! ¡Suéltalo! ¡Alice!

—¡Milo! —chillé, pero mis dedos acabaron separándose de los suyos y no tuve más remedio que soltarlo.

Las lágrimas resbalaban sin cesar por sus mejillas y seguía con el brazo extendido hacia mí. Jamás había visto en sus enormes ojos castaños una expresión tan triste y asustada. Cosí a Jack a patadas, pero ni con ésas me soltó.

—Como bien puedes ver, Alice, mi buen amigo Oso no está haciéndole ningún daño —dijo Gunnar.

Oso, el colosal vampiro, tenía a Milo preso entre sus brazos, pero ni siquiera parecía estar apretándolo. Milo continuaba chillando y tratando de resistirse, pero no daba la impresión de que estuviera haciéndole daño, sino que simplemente estaba aterrorizado.

—Milo... Te llamas así, ¿no? —preguntó Gunnar. Milo no

dijo nada y continuó resistiéndose—. ¿Te duele algo, Milo? ¿Acaso te hace daño?

—No —refunfuñó Milo, y se tranquilizó un poco. Lo decía por mí, para que dejara de intentar escaparme del abrazo de Jack. Miró hacia mí y me dijo—: Estoy bien.

Dejé finalmente de resistirme a Jack aunque él, con mucha inteligencia, decidió no soltarme. Habría salido corriendo al rescate de Milo un segundo después de que me hubiera liberado.

—¡Suéltalo! —grité, y me dirigí entonces a Gunnar—: ¡Él no tiene nada que ver con todo esto! ¡Suéltalo! ¡Ni siquiera le cae bien a Peter!

Gunnar se rió con mi comentario, aunque yo no sabía muy bien qué tenía de gracioso. Jack no dijo nada, pero intuí que estaba calibrando la situación. Jack sabía que Gunnar había urdido un plan y estaba intentando descubrirlo. Pero yo, aun sabiéndolo, era incapaz de controlar mis emociones.

—Hum..., sí, seguro, pero es posible que Peter aún tarde un rato en llegar —dijo Gunnar con fingida tristeza—. Por eso he pensado que podríamos practicar un juego antes de que llegue. ¿Adivinas cuál? —Lo miré encolerizada—. Al pilla pilla..., pero al estilo vampiro.

»Se trata del pilla pilla de toda la vida pero con la variante de que debes matar al pillado. Como no lo habéis practicado nunca, lo haremos fácil y empezaremos con dos jugadores. ¿Qué os parece... tú —señaló a Jane— y tú? —Me señaló entonces a mí—. Y dado que tú eres vampira, Alice, serás la perseguidora.

—¡No! ¡Ya te he dicho que no pienso morderla jamás! —le grité, asqueada.

—Lo que pasa es que aún no conoces el premio —dijo Gunnar, sonriéndome con malicia—. Es ese tal Milo. Si ganas, te lo devuelvo. Si pierdes, se lo queda Stellan, y ya hemos visto todos cómo las gasta. —Gunnar indicó con un gesto el cadáver que yacía en el sendero—. De todos modos, como soy un tipo generoso, te daré un regalo de despedida. Después de que Stellan destripe a Milo, te entregaré personalmente su corazón.

Me quedé mirándolo boquiabierta un instante, incapaz de hacer otra cosa que reprimir mi vómito. Estaba obligada a asesinar a mi mejor amiga pues, de lo contrario, ellos asesinarían a mi hermano. Lo único bueno de todo aquello era que no viviría mucho tiempo para poder arrepentirme de mi decisión, fuera la que fuese.

—No —dijo Jack—. Deja que juegue yo. Soy mucho más rápido que Alice. —No estaba muy segura de si tenía un plan para salvar a Jane, o si simplemente intentaba evitarme el dolor de tener que matarla haciéndolo él mismo.

—La verdad es que no veo a Jane con muchas ganas de correr, por lo que no me parece que la velocidad represente un problema —dijo Gunnar, y tenía razón.

Jane había conseguido por fin atarse el torniquete, pero no sin antes haber perdido una buena cantidad de sangre. Su único consuelo era que su organismo estaba acostumbrado a funcionar con poca sangre y que había pasado los últimos días recuperando reservas. Pero apenas se tenía en pie, y ni siquiera había gritado ni protestado cuando Gunnar me había dicho que la matara. Estaba pálida y la sangre de su brazo empezaba a coagularse.

—¡Tiene que haber otra solución! —gritó Jack.

Me soltó para avanzar hacia Gunnar y desafiarlo. Stellan avanzó a su vez en dirección a Jack, dispuesto a defender a su líder, pero Gunnar alargó el brazo para detenerlo. Su mano fue lo único que impidió que Stellan le sacase el corazón a Jack allí mismo, y todos lo sabíamos.

—¡Tengo otras ideas, pero estoy seguro de que no te gustarían mucho más que ésta! —rugió Gunnar.

Intercambié una mirada con Milo, que tenía los ojos abiertos de par en par y se mostraba indeciso. De tener que elegir, me decantaría por él. Sin duda alguna, lo quería tanto que haría cualquier cosa por él. Pero no quería matar a Jane. Mi amiga no había hecho nada para merecerse aquello. De todos modos, no me imaginaba acabando con la vida de nadie, y mucho menos con la de seres que tanto significaban para mí.

—Hazlo, Alice —murmuró Jane, con una voz apenas audible. El corazón le latía tan despacio que no comprendía cómo seguía consciente. Se incorporó apoyándose en el brazo bueno y levantó el brazo herido, tratando de mantener el corte por encima de la altura del corazón—. Estoy muriéndome de todos modos.

—No, no puedo —dije, negando con la cabeza y con los ojos llenos de lágrimas—. No puedo hacerlo.

—Pues que así sea. —Gunnar movió la cabeza hacia Milo con un gesto de indiferencia. Stellan se adelantó y empecé a gritar.

—¡No! ¡Espera! —chillé. Oso empezaba a estrujar a Milo y mi hermano le clavó las uñas—. ¡Milo! ¡No! ¡Para! ¡Suéltalo! ¡Lo haré! ¡Milo!

—Hazlo y lo soltaremos —dijo Gunnar, apretando los dientes.

—¡De acuerdo! ¡Deja ya de hacerle daño! —supliqué—. ¡Para! —Gunnar puso los ojos en blanco y volvió a dirigir un gesto a Oso. Éste, al instante, dejó de estrujar a Milo, que respiró por fin.

Mis gritos de pánico habían llegado más lejos de lo que me imaginaba. Lo oí antes de verlo. Bobby corría por la hierba hacia nosotros. En aquel momento, cayó y resbaló por el suelo, y deseé gritarle. Pero recé para mis adentros para que, antes de que fuera demasiado tarde, se diese cuenta del peligro al que se enfrentaba.

—¡Milo! —gritó Bobby. Hice una mueca sólo de pensarlo. Su única esperanza de supervivencia habría sido pasar desapercibido, pero con aquel grito acababa de llamar la atención hacia su persona. Se puso de nuevo en pie—. ¡Milo!

—¡Corre! —gritó Milo con todas sus fuerzas, pero ya era demasiado tarde.

Stellan echó a correr hacia Bobby, pero justo una décima de segundo antes de que llegara a alcanzarlo, apareció otro licano y se lo arrebató. Bobby gritó sorprendido, pero el licano lo sujetó con fuerza. Stellan gruñó. De haber alcanzado a Bobby a tiempo, lo habría descuartizado.

El licano que sujetaba a Bobby se quedó mirándome. La expresión de sus ojos castaños era de tristeza y desilusión. Era Leif, el licano bondadoso que nos había ayudado a Ezra y a mí a encontrar a Peter. Y entonces comprendí su acción. Leif acababa de salvarle la vida a Bobby interceptándolo antes de que lo hiciera Stellan.

—Todo esto empieza a aburrirme —dijo Gunnar con voz cansina. Miró a Oso—. Ya me he cansado del juego. Mata al chico.

Sin que Jack pudiera impedírmelo, me abalancé sobre Oso. Salté sobre su espalda, le clavé las uñas y lo mordí. Dodge corrió hacia mí, pero Jack lo interceptó. Milo, entretanto, le mordió la muñeca a Oso y, en una osada iniciativa, empezó a chuparle la sangre. Oso aulló y, pese a que estaba debilitado, poco pude hacer contra él.

En seguida tuve a Stellan sobre mí para separarme de Oso. Me arrojó al suelo y se me sentó encima, retorciéndome las muñecas. Tenía la boca manchada de sangre y me enseñó los dientes, sus ensangrentados incisivos en los que aún había restos de carne.

—¡Stellan! ¡No mates a la chica! —gritó Gunnar—. ¡La necesitamos! ¡Limítate a impregnar el suelo con el olor de su sangre! —Con sus ojos sin vida clavados en mí, Stellan le respondió algo a Gunnar en finés.

Intenté quitarme a Stellan de encima a patadas, pero no se movía y seguía aplastándome las muñecas contra la gélida nieve del suelo. Dodge y Jack continuaban peleando, aunque por ahora Dodge le impedía a Jack alcanzar a Stellan. Milo, por su lado, había conseguido tumbar a Oso, aunque no había logrado liberarse de sus zarpas.

Gunnar no había participado en la lucha hasta el momento. Se limitaba a acecharnos a cierta distancia y a vigilar nuestros vanos intentos de huida. Bobby gritaba sin cesar, pero dudo que Leif estuviera haciéndole daño.

Stellan se inclinó y me arreó un cabezazo increíble. El dolor me taladró el cráneo y me quedé inconsciente un segundo. De haber sido humana, el golpe me habría matado. Oí que me decía algo en finés, pero ni lo veía ni lo entendía.

Cuando mi visión empezó a mejorar, sostuve la cabeza en alto, un reflejo natural. Con retraso me di cuenta de que aquello quería decir que me dejaba marchar. Estaba de pie a mi lado, repitiendo la misma palabra una y otra vez.

—Está diciéndote que eches a correr, Alice —me explicó Gunnar. Yo estaba acurrucada en el suelo y veía a Gunnar a través de las piernas abiertas de Stellan. Su expresión era vacía, y por ello resultaba extrañamente inquietante—. Te sugiero que le hagas caso. A Stellan le encanta cazar y, créeme, más te vale que esté contento cuando te pille.

Me daba igual cómo estuviera Stellan, pero si echaba a correr, acabaría pillándome. En realidad, era a mí a quien querían, y era evidente que acabarían persiguiéndome a dondequiera que fuera. De este modo, dejarían en paz a Jane y a Bobby, ya que para ellos sería una carga tener que llevarse a los humanos, e incluso también a Milo y a Jack. Y aun en el caso de que no fuera así, no había otro plan posible.

La cabeza dejó de dolerme, aunque seguía aturdida. Intenté ponerme en pie, pero resbalé y caí de rodillas. Stellan rompió a reír a carcajadas y volví a intentarlo. Esta vez, lo conseguí, y eché a correr.

34

Deslizándome por la hierba, caí una y otra vez mientras intentaba correr. Comprendí que, pese a que Stellan había decidido darme ventaja, no conseguiría llegar muy lejos. Se quedaría terriblemente decepcionado cuando me atrapara, pero no sabía qué otra cosa podía hacer. Estaba corriendo al máximo de mis posibilidades. De no haberme dado aquel cabezazo tan fuerte, y de no estar el terreno tan resbaladizo, tal vez hubiera conseguido avanzar más de prisa.

Había recorrido poco más de cinco metros cuando se abalanzó sobre mí. Siempre me había imaginado que el ataque de un tigre sería una cosa así. Clavó sus zarpas en mi espalda y, cuando me derribó, me quedé sin aire. Aplastó mi cara contra el suelo, ahogándome casi en la nieve fangosa.

Cuando por fin me permitió levantar la cabeza, escupí briznas de hierba y tierra. Intenté incorporarme cargando con él sobre mi espalda, pero pesaba demasiado y el suelo estaba excesivamente resbaladizo.

Oí a lo lejos sirenas de coches de policía. Parecían venir de muy lejos, pero era simplemente porque mi nivel de consciencia se estaba alterando. La adrenalina y el pánico habían transformado mi sed hasta convertirla en una sensación distinta. No era que hubiera quedado inconsciente, pero me sentía como si estuviera peleando bajo el agua.

Stellan rió a carcajadas y sentí su peso separarse de mí. Deslizó la mano entre mis piernas y me revolví para gatear y tratar de alejarme de él, pero lo único que conseguí fue que escarbara aún más la cara interna del muslo con sus zarpas.

Y cuando digo «escarbar», me refiero a escarbar, en el sentido más literal de la palabra. Atravesó con las uñas el tejido de los vaqueros y mi carne y a continuación hundió los dedos en el músculo. Grité de dolor. Me volví, dispuesta a quitármelo de encima, y retiró la mano, llevándose con ella un buen pedazo de mi pierna. Se echó a reír, me mostró la carne, y desapareció.

Intenté sentarme y observar la herida de la pierna, y fue entonces cuando comprendí lo que acababa de hacerme. La arteria femoral recorre la cara interna del muslo y, en caso de sufrir un desgarro en ella, un humano se desangraría en poquísimo tiempo. Por desgracia, la gravedad de una herida así es casi similar para los vampiros.

En circunstancias normales, mi corazón habría aminorado su latido, lo que daría a mi cuerpo la oportunidad de curarse antes de que la situación se descontrolara. Pero estaba tan asustada que el corazón me latía en consecuencia. Mi sangre empezaba a derramarse por el suelo, y noté que me estaba desangrando.

Jamás me había sentido de aquella manera cuando, por alguna razón, había perdido sangre mientras aún era humana. Era una sensación de presión, de dolor, de debilitamiento. Era casi una sensación de vacío, como si estuvieran chupándome la vida a cada gota de sangre que perdía.

Jack apareció de repente a mi lado. Me habría dado cuenta de que se acercaba de no haber estado tan concentrada en la pérdida de sangre. Presioné el muslo con las manos, para intentar detener la hemorragia, pero el orificio era tremendo. Ni siquiera conseguía abarcarlo con la mano. La sangre salía a borbotones y a una velocidad tan elevada, que la cicatrización era imposible.

—Alice, Dios mío.

—¿Dónde está Milo? —pregunté con voz débil. Jack colocó la mano sobre la mía para intentar detener la hemorragia—. ¿Está bien?

—Sí, está con Bobby. Se encuentran bien. —Jack se mordió el labio y miró por encima del hombro—. Los licanos se han largado en cuanto ha aparecido la policía. Tenemos que salir de aquí antes de que den con nosotros.

La herida en sí no era mortal. O al menos no creía que lo fuese. Intenté recordar si los vampiros podían morir desangrados. Sabía que podían morir de hambre, pero tenía que ser como resultado de pasar muchísimo tiempo sin comer. De todos modos, por el aspecto del charco de sangre que tenía bajo mi cuerpo, había perdido casi toda mi sangre.

Las entrañas me ardían y parecía como si estuvieran marchitándose. Tenía esa extraña y dolorosa sensación de estar deshinchándome. Tenía la cabeza tan difusa que no entendía nada de lo que estaba diciendo Jack y todo lo veía envuelto en una neblina rojiza.

Estaba tan débil que no sentía ni ansia de sangre. Las fuerzas me habían abandonado por completo para ser sustituidas por la sensación de dolor más intensa que era capaz de recordar. Empecé a chillar y Jack me tapó la boca con la mano. Cuando olí y percibí el sabor de mi propia sangre en su mano, el estómago me dio un vuelco.

Noté que el suelo se movía, que desaparecía a mi alrededor. Sabía que soplaba un aire gélido, pero apenas lo notaba. No veía nada. El dolor lo superaba todo.

Olía a sangre, y la frenética parte de animal que había en mí irrumpió con fuerza. Intenté moverme, esforzarme para alcanzar la sangre, pero mis brazos se negaban a reaccionar. Temblaban con violencia y me pregunté aturdida si estaría sufriendo un ataque epiléptico.

El mundo se bamboleaba y combaba a mi alrededor y estaba prácticamente dispuesta a matar a Jack con tal de obtener su sangre. El dolor era tan atroz que habría matado a cualquiera para acabar con él.

—Bebe, Alice. —Escuché la voz de Jack en mi oído, pero no sabía de qué me hablaba.

Lo olía, pero no era su sangre. Era caliente y fresca y latía con rapidez. Deseaba beberla, pero no lograba localizarla. No podía ni hablar ni moverme.

Sentí la cálida piel junto a mis labios y el pulso de las venas palpitando en mi boca. Sin pensarlo un instante, clavé los dientes y bebí. Casi al instante, mi fuerza regresó a mí y me agarré con energía a quienquiera que estuviese chupando. Lo presioné más hacía mí y bebí sin hacer ruido.

Recordé por un instante la imagen de Milo mordiendo a Jane, su apariencia animal, y comprendí que en aquel momento bebía igual que él lo hizo en aquella ocasión, pero no me quedaba otra alternativa.

El dolor desapareció y un intenso placer se apoderó poco a poco de mí. La sensación de calor era deliciosa. Una explosión de gozo inundó mi cuerpo y bebí con más ansia. Quienquiera que fuese era bondadoso, lo percibía, así como el ácido regusto de la adrenalina. Quienquiera que fuese había pasado miedo, pero ahora ya no. Confiaba en mí, me apreciaba, aunque estuviera dejándolo seco.

Una parte de mí sabía que debía parar ya. Había bebido lo suficiente para reponerme, y aquella cantidad era casi más de la que un humano podía permitirse perder.

Pero otra parte de mí se negaba. No podía parar. Era demasiado fabuloso, era un sabor excesivamente maravilloso. Lo necesitaba, y no podía parar, hasta que lo hubiera agotado por completo.

—¡Alice! —gritó Jack. Noté un fuerte dolor en la nuca, pero me daba lo mismo, hasta que la sensación de dolor empezó a tirar de mí. Jack me tiraba del pelo para soltarme, pero yo no tenía ni la más mínima intención de hacerlo, y si seguía tirando, acabaría desgarrándole el cuello a él—. ¡Alice! ¡Suelta!

—¡Jack! —gimoteó Milo—. ¡Dile que pare!

Jack seguía tirando de mí y le gruñí, literalmente, como un perro con un hueso en la boca. Me agarró entonces por el cuello y me lo apretó. No podía respirar pero, lo que era más importante, tampoco podía tragar.

Me solté, con la sola intención de morder a Jack para que me dejara en paz de una vez, pero en cuanto me separé, empecé a pensar de nuevo con cordura. Estaba mareada y borracha, pero había dejado de sentir aquella locura animal.

Jack, sin embargo, no lo sabía, y me rodeó con sus brazos para impedir que me abalanzara de nuevo sobre la sangre. El cuello que había estado chupando ya no estaba allí. Había desaparecido en el mismo instante en que dejé de morderlo. Milo estaba llorando y acunaba a Bobby entre sus brazos y así fue como lo descubrí.

—¿Bobby? —murmuré. La sensación de cansancio y aturdimiento que seguía a la comida se apoderó de mí. Sentía hormigueo y picores en la cara interna del muslo, lo que significaba que ya estaba curándose.

—¡Has estado a punto de matarlo, Alice! —me gritó Milo.

—¡Tenía que hacerlo, o habría muerto! —gritó a su vez Jack. Seguía sujetándome, pero con más delicadeza. Sólo deseaba tenerme cerca.

Me limpié la sangre de Bobby que todavía manchaba mi boca e intenté sentarme. Estábamos sobre el asfalto junto a un edificio blanco, y cuando levanté la cabeza vi que se trataba de la gigantesca catedral que se alzaba en las proximidades del parque. Jack me había llevado hasta allí, lejos de la policía, y me había curado.

Tenía la sensación de que iba a desmayarme de un momento a otro, pero me resistí a ello. Aún no estábamos a salvo, pues los licanos seguían tras nosotros, y tenía que hacer algo.

Oía el latido del corazón de Bobby, y seguía siendo fuerte. No lo había matado, pero estaba completamente inconsciente. Por no mencionar el hecho de que Bobby pertenecía a Milo y a los vampiros no les gustaba nada compartir sus humanos con otros vampiros. Por mucho que me quisiera, Milo debía de estar volviéndose loco después de haberme permitido morderlo.

—Nunca debería haber dejado que nos acompañara —dijo Milo, acariciándole a Bobby el pelo.

—Fue por eso que lo dejé venir —dijo Jack.

—¿Qué? —Milo lanzó una mirada furiosa a Jack—. ¿Que lo trajiste para que le diera de comer a ella?

—Le ha salvado la vida a tu hermana, ¿no? —replicó Jack—. La hemorragia no la habría matado, pero la debilidad le habría impedido enfrentarse a los licanos. Necesita estar fuerte para combatir.

—Lo siento —dije con voz débil, disculpándome. Intenté incorporarme de nuevo, pero me fue imposible. Los brazos de Jack eran fuertes y cálidos, y finalmente cedí a la tentación. La oscuridad se apoderó de mí y quedé inconsciente.

Me desperté en el suelo. Después de todo lo que había pasado, me sentía asombrosamente bien. Cuando abrí los ojos vi los preciosos techos dorados y blancos de la catedral.

Bobby estaba tendido a mi lado, dormidísimo, y sentí en el corazón una extraña atracción hacia él. No era amor, ni enamoramiento, sino simplemente una conexión. Bobby había compartido su sangre conmigo y, a cambio, había recibido también algo de mí. Nunca antes había bebido directamente de un humano y me sorprendía descubrir que sintiera algo especial por él después de haberlo hecho.

Pero no tuve tiempo de seguir reflexionando sobre los detalles de nuestra relación, pues oí voces.

Me levanté, y descubrí que aún me sentía mareada y borracha. Estábamos en el coro de la iglesia, rodeados de bancos y cruces, y Jack, Milo, Peter, Ezra y Olivia estaban en el otro extremo. Habían intentado dejarnos dormir, lo que me parecía ridículo. Yo necesitaba estar despierta y fuerte. Hablaban sin levantar la voz e intenté acercarme sigilosamente hasta donde se encontraban, pero tropecé y choqué contra un banco.

—Oh, estupendo. Se ha despertado —murmuró Milo, que al parecer no estaba todavía dispuesto a perdonarme.

—¿Qué sucede? —pregunté cuando llegué junto a ellos. Estaban reunidos formando un círculo y me apretujé entre Jack y Ezra—. ¿Qué hacéis vosotros aquí?

—Los hemos llamado —dijo Jack, aunque me costaba creer

que hubiera llamado a Peter. Podía entender que hubiera llamado a Ezra, pero estaba segura de que en estos momentos odiaba a Peter más que nunca—. No pudimos llegar al coche por la policía, y no queríamos que los licanos nos siguieran hasta casa.

—Y yo he llamado a Olivia porque es la única que realmente dispone de todos los medios necesarios para enfrentarse a ellos —dijo Ezra.

—Y yo haría cualquier cosa por ti, cariño —dijo Olivia, guiñándome un ojo.

Llevaba unos pantalones de cuero y un minúsculo chaleco, de cuero también, sin nada debajo. Y encima, cruzada sobre su pecho, una especie de ballesta. El estuche de cuero que cargaba a la espalda estaba lleno a rebosar de flechas metálicas.

—El titanio es lo bastante fuerte como para atravesar el esternón de un vampiro y llegarle al corazón —comentó con una sonrisa cuando me vio admirar su armamento—. Lo de la estaca de madera nunca ha funcionado, y ni siquiera esto es infalible, pero como mínimo servirá para restarles celeridad.

—Estupendo. —Suspiré y miré a mi alrededor. Caí entonces en la cuenta de que faltaba alguien—. ¿Dónde está Jane? —Jack hizo una mueca y nadie dijo nada—. ¿Jack? ¿Qué le ha pasado?

—Se la han llevado los licanos —me respondió Jack en voz baja.

—Dios mío —dije, pasándome las manos por el pelo—. Todo esto es una jodida pesadilla.

—La recuperaremos —me prometió Peter. Sus ojos verdes se clavaron en los míos y supe que a Jack se le ponían los pelos de punta, pero no hizo nada—. Haremos un intercambio, yo por ella. No podrán negarse.

—No vamos a sacrificarte —dijo Ezra con firmeza.

—¿Por qué no? —observó Jack empleando un tono sarcástico—. ¡Estamos metidos en este lío por su culpa! ¡Casi consigue que maten a Alice y ahora quién sabe lo que le habrá pasado a Jane!

—No vamos a entregarlo a nadie —dijo Ezra, mirando a Jack con seriedad—. Los detendremos.

—¿Y si no lo logramos? —preguntó Peter—. ¿Morir todos por culpa de mis errores? No. No pienso permitirlo. La culpa es mía. Ésta es mi guerra.

—Ahora estamos todos involucrados —dijo Ezra—. ¿Piensas de verdad que nos dejarán marcharnos tan tranquilos por más que te entreguemos? Sería demasiado fácil para ellos.

—¡Deberías haberme dejado morir en Finlandia! —gritó Peter, con una expresión de puro dolor—. ¡Te dije que me dejaras allí! ¿Por qué no me hiciste caso?

—Estaría encantado de que hubieras muerto allí —observó Jack.

—¡Aquí no morirá nadie! —dije, levantando los brazos para acallarlos—. ¡Pensaremos algo! No sé qué puede ser pero... algo haremos.

—¿Veis? Con un par de narices —dijo Olivia, sonriéndome.

—Necesitamos un plan mejor que andar discutiendo constantemente entre nosotros —dijo Ezra—. Los licanos no tardarán en localizar nuestra pista.

—Y tal vez sea antes de lo que te imaginas —dijo Olivia, y cogió una de sus flechas.

Mientras preparaba la ballesta, asomé la cabeza por la barandilla del coro y vi a un licano sucio y desgreñado avanzar por el pasillo central de la iglesia. Oí el clic de la flecha al insertarse en el artilugio y entonces el licano levantó la vista hacia nosotros, con los ojos castaños grandes e inocentes. No podría explicarlo, pero en cuanto lo vi supe que no estaba con ellos.

—¡Para! —grité, y mi voz reverberó en el techo. Entonces coloqué la mano frente a la ballesta. Era Leif quien nos miraba desde la zona central de la iglesia, dispuesto a aceptar el destino que le hubiéramos preparado.

—¿Qué? ¿Por qué? —Jack me miró como si me hubiese vuelto loca.

—No, tiene razón —dijo Peter—. No es como los demás.

—¡Leif! —Me incliné por encima de la barandilla, como si creyera que ese gesto me ayudaría a dirigirme a él.

—¡No estoy con ellos! —gritó Leif desde abajo—. ¡He venido a avisaros! Les resultará más complicado encontraros sin mí. Soy el mejor rastreador que tienen, pero estáis muy cerca, y Stellan conoce el sabor de tu sangre. Les he sacado una ventaja de escasos minutos.

—¿Por qué quieres ayudarnos? —preguntó Ezra. Leif se quedó mirándolo un instante y me miró a continuación a mí.

—¿Será posible? —dijo Milo en tono burlón—. ¿Acaso todos los vampiros del mundo quieren tirarse a mi hermana?

No era eso, y lo sabía, pero no podía explicarlo. La forma de mirarme de Leif no escondía ninguna intención sexual, y yo no estaba en lo más mínimo interesada por él. Era algo completamente distinto.

—No, no pretendo... «tirarme» a nadie. —Leif se había sentido extraño al repetir aquella palabra—. Pero ya estoy harto. Son crueles y sádicos, y sé que los vampiros pueden vivir de otra manera. No quiero continuar con ellos. No deberían seguir con vida. Son verdaderas abominaciones.

—¿Y cómo propones que los detengamos? —preguntó Ezra.

—Si quieres que te sea sincero, no lo sé —dijo Leif con tristeza—. Pero os ayudaré como pueda. Incluso si queréis que actúe a modo de cebo. Si con eso puedo salvaros, lo haré.

—¿Confías en él? —me preguntó, muy serio, Jack.

—Sí —afirmé, y Peter asintió para demostrar que estaba de acuerdo conmigo.

—Parece sincero —dijo Milo.

—¿Y cómo localizasteis a Jane? —le pregunté a Leif. Comprendía que hubieran podido dar conmigo porque ya nos conocíamos, pero no entendía cómo habían llegado a relacionar a Jane con nosotros.

—Se paseaba por la ciudad vestida con tu ropa —dijo Leif, casi avergonzado—. Y te olí en su cuerpo. Os seguimos la pista hasta Minneapolis preguntando. Gunnar conocía a gente que conoce a Ezra. —Se sonrojó, sintiéndose culpable—. Nunca tendría que haber venido con ellos, pero de no haberlo hecho me habrían matado, y luego os habrían matado a vosotros. Pero en cuanto subimos a aquel barco, comprendí que tenía que encontrar la manera de ayudaros. Aquello fue una carnicería increíble.

—Dios mío. —Me quedé boquiabierta en cuanto relacioné los hechos—. ¿Fuisteis vosotros? ¿Los autores de lo del petrolero que se accidentó en Terranova?

—No me siento orgulloso de lo que hicieron, y pagaré por mis pecados —dijo Leif, levantando la barbilla y mirándome—. Te aseguró que repararé esos daños.

Un estrépito de cristales rotos resonó en la catedral, pero Leif permaneció inmóvil. Las vidrieras decorativas se hicieron añicos cuando los licanos entraron en el edificio a través de ellas, y una lluvia de cristales de colores envolvió a Leif. Los licanos avanzaron lentamente entre los bancos; Gunnar iba en cabeza.

35

—Oso me ha dicho que eres un traidor —le dijo Gunnar a Leif—. Y he pensado que tal vez tuviera razón, pero sabía que de todos modos acabarías guiándonos hasta ellos. Ni los has matado, ni los has salvado. Eres un inútil redomado, ¿no crees?

—¡Morir ahora sería mucho mejor que continuar a tu servicio! —rugió Leif.

—¡Parad! —grité, inclinándome por encima de la barandilla. Los licanos ya sabían dónde estábamos, lo que significaba que con mi grito no había revelado nuestra posición, pero Jack me miró furioso de todas maneras—. ¡No es a él a quien quieres!

—No tienes ni idea de lo que quiero —dijo Gunnar, levantando la vista hacia mí. Su rostro era pura maldad y sentí un escalofrío.

Siguió caminando por el pasillo central y los otros tres licanos se acercaron a Leif, que no se movió de donde estaba. Iban a matarlo, pero él permaneció inmóvil y con la cabeza muy alta.

—Lo matarán —dije, mirando a Ezra—. ¡Tenemos que hacer algo!

Me miró con expresión de impotencia, pues ni siquiera sabíamos todavía cómo conseguiríamos salvarnos nosotros. Jack estaba mirando a Leif y casi podía ver su cerebro cavilando a toda velocidad. Deseaba que se le ocurriese alguna cosa, pero la idea estaba tardando demasiado en surgir.

Salté por encima de la barandilla del coro y oí a Jack gritar mi nombre. Esperaba haberme roto las piernas al impactar contra el suelo, pero apenas me dolían. Aterricé incluso de pie, y de no estar inmersa en una situación tan aterradora como aquélla, me habría sentido estupenda por haber realizado un aterrizaje con tanto estilo.

Ninguno de los licanos se volvió para mirarme ya que, y aquello era evidente, no suponía una amenaza para ellos. Me incorporé y oí el sonido de la ballesta de Olivia al cargar ésta una flecha, pero no fui la única que lo percibió.

Dodge y Stellan ladearon la cabeza en dirección al coro, pero Oso seguía con la mirada clavada en Leif. Dodge fue el primero que se desplazó, aunque sin la rapidez de Stellan, y la flecha le atravesó el corazón. Se desplomó sobre el suelo y, a pesar de que me imaginé que su cuerpo ardería como en las películas, se quedó simplemente allí tendido.

Tenía a Stellan delante de mí, sonriéndome, pero su figura se tornó difusa y desapareció. Olivia le había disparado una flecha, que continuó su trayectoria hasta clavarse en un banco. Con la inercia de su velocidad, Stellan se impulsó sobre el respaldo de un banco para saltar hasta el coro. No había vampiro tan veloz como él, ni siquiera Ezra, e incluso aunque eran cinco allá arriba, vi que a duras penas podían defenderse contra su ataque.

En un momento de distracción, Leif aprovechó para contraatacar a Oso, lanzándolo contra los bancos. Volaron astillas de maderas por todas partes y comprendí demasiado tarde que Leif tenía controlada la situación.

Miré de nuevo hacia el coro, sintiéndome inútil mientras ellos seguían esforzándose para acorralar a Stellan. Ezra intentaba defender a Olivia para que ella pudiera cargar de nuevo su ballesta, pero incluso cuando logró disparar, le fue imposible alcanzar a Stellan.

—Hola, Alice —susurró Gunnar, y su voz sonó demasiado cerca de mi oído.

Estaba tan concentrada observando a Stellan que no me había dado cuenta de que Gunnar se me había acercado por detrás. Intenté levantar la vista para mirarlo, pero Gunnar me había agarrado ya por el cuello y estaba clavándome las uñas con fuerza en la yugular. Y mientras trataba de quitármelo de encima, él fue obligándome a recular hacia el altar.

Pensé en gritar, pero no quería que nadie se diera cuenta de lo que me estaba pasando. Abandonarían su pelea por un instante para prestarme atención y eso sería mortal para ellos. Milo estaba agazapado encima de Bobby, tratando de protegerlo, y empezaba a oler la sangre fresca de las heridas de Jack y de Peter. Sólo Olivia se mantenía ilesa, pues esquivaba los ataques con una velocidad prácticamente equiparable a la de Stellan.

De manera que dejé que Gunnar siguiera arrastrándome. Sabía que con toda probabilidad me mataría, pero me hiciera lo que me hiciese, decidí soportarlo en silencio. Era la única oportunidad de salvar la vida de los demás.

Leif seguía peleando con Oso y parecía llevar las de ganar. Había derribado a Oso y acababa de coger un pedazo de madera de entre los restos de los bancos. Debió de haber sido en su día un respaldo, pero había quedado partido por la mitad y tenía un extremo afilado. Leif lo levantó por encima de su cabeza y lo dejó caer con todas sus fuerzas sobre la garganta de Oso.

El gorgoteo que se oyó fue nauseabundo y cerré los ojos para no ver la sangre. Oí también el sonido del hueso partiéndose y, de repente, el corazón de Oso quedó en silencio. Leif lo había decapitado.

—Todo el mundo anda muy ocupado —dijo Gunnar, chasqueando la lengua—. ¿No crees que es muy aburrido que estemos aquí nosotros dos solos?

—Gunnar —dijo Leif sin levantar mucho la voz. Tenía la camiseta y la cara manchadas de sangre y avanzaba con cautela por encima de los bancos en dirección a nosotros—. Suéltala. No es a ella a quien quieres.

—Tienes razón —dijo Gunnar con un suspiro—. Pero por lo visto, sí que la quieren todos los demás, así que si das un paso más, le rajo el cuello. —Leif se detuvo en seco y se quedó mirándolo fijamente. Cuando Gunnar tomó de nuevo la palabra, lo hizo a voz en grito, para que todo el mundo pudiera oírlo—. ¡¿Qué opinas, Peter?! ¡¿Cuánta sangre puede perder tu dulce Alice en un solo día?!

Peter y Jack se quedaron paralizados al instante, y Stellan aprovechó para ir a por Jack. Lo placó con dureza, impactando contra los bancos, y ambos cayeron al suelo por debajo del nivel de la barandilla del coro, lo que me impedía ver la acción. Olivia preparó la ballesta, pero dudaba que consiguiera un tiro limpio si estaban rodando por el suelo enzarzados en una pelea. Ezra saltó sobre ellos, tratando de hacerse con Stellan, pero éste seguía moviéndose a una velocidad increíble, incluso agarrado a Jack.

—¡No, Peter, ayuda a Jack! —grité—. ¡Él te necesita más que yo!

Peter se quedó mirándome, con los ojos encendidos, y comprendí que no salvaría a Jack.

Peter saltó por encima de la barandilla del coro, sin separar en ningún momento los ojos de mí. Después de aterrizar, empezó a recorrer el pasillo con una lentitud deliberada y yo levanté la vista hacia el coro. Se oían los gritos de la pelea, los gruñidos de Jack, su corazón latiendo aceleradamente, pero yo seguía sin poder ver nada.

Milo se limitaba a proteger a Bobby para que no lo mataran. Vi a Ezra volando por el coro, cayendo con fuerza contra la pared, junto a Olivia. El corazón de Jack, al menos, continuaba latiendo. Seguía vivo, como mínimo.

Peter consiguió acercarse a nosotros más que Leif, pero se detuvo a los pies de la escalera que subía al altar. Gunnar se había quedado justo debajo del crucero. Cuando levanté la vista, lo único que pude ver fue el demacrado cadáver de Jesús. Era una visión inquietante, y tampoco ayudaba a mejorar la situación que un vampiro estuviera a punto de rajarme el cuello.

—Suéltala —le ordenó Peter.

—¿Y por qué tendría que hacerlo? —dijo Gunnar riendo—. ¡Con lo divertido que resulta verte sufrir!

—Sé muy bien lo que pretendes —dijo Peter, colocando el pie en el primer peldaño de acceso al altar—. Piensas todavía que saldrás de ésta con vida, aunque en realidad te da igual. Lo único que te importa es ganar, y para ti ganar equivale a destruirme.

—Completamente cierto —reconoció Gunnar, que hizo un gesto hacia Leif—. Y después lo destruiré a él. Los demás me traen sin cuidado, en realidad. —Me apretó con más fuerza—. Y sabes muy bien por qué no puedo soltarla.

—Porque es el medio para destruirme. —Peter subió otro

peldaño y Gunnar me clavó la uña en la vena, rasgándome lo piel lo justo para que rezumara un poco de sangre. Peter se detuvo en seco—. Quieres hacerla sufrir para que yo lo vea. Matarla es tu forma de torturarme.

—Sí, y hasta el momento funciona, por lo que parece. —Gunnar sonrió, pero su sonrisa escondía cierta inquietud.

—Si yo muero, tú pierdes. —Peter se agachó para recoger una flecha de titanio que había caído en el último peldaño de acceso al altar. Olivia había estado disparando por todos lados y una de las flechas había aterrizado a escasos centímetros de nosotros. Por vez primera, percibí que la confianza de Gunnar flaqueaba—. Quiero morir. Si muero antes que ella, no veré nada. No sufriré.

—La mataré de todos modos —insistió Gunnar con nerviosismo.

—Por lo que dices, la matarás pase lo que pase. —Peter dirigió la flecha hacia su corazón y presionó la punta contra su pecho—. Pero de este modo, no seré destruido. Yo habré conseguido justo lo que deseo, y tú no.

—Morirás sabiendo que ella va a morir también, y con eso tendría suficiente —dijo Gunnar con falsa alegría. La idea de Peter le crispaba los nervios. Para ponerlo a prueba, Peter presionó aún más la punta de la flecha contra su pecho, no con la profundidad necesaria para atravesarse el corazón, pero sí lo bastante como para sangrar levemente—. ¿Cómo propones entonces que te haga sufrir?

—Suéltala y pelearemos, cuerpo a cuerpo —dijo Peter—. Como luchan los hombres de verdad. Si consigues superarme, permitiré que ese secuaz tuyo acabe con ella mientras yo miro. Y sufriré más si cabe, pues habrá sido idea mía.

Era una idea horrorosa, y por esa razón Gunnar la encontró

atractiva. Yo no veía que fuese a funcionar, ni aun en el caso de que cualquiera de nosotros sobreviviera, pero comprendí que Peter pretendía ganar tiempo. Le daba igual vivir o morir, pero quería darme una oportunidad de escapar. Aunque yo no pensaba hacerlo mientras la vida de Jack y de todos los demás siguiera corriendo peligro. Jamás me iría de allí sin ellos.

—¡No, Peter! Es una estupidez —dije. Hasta el momento había estado esforzándome para librarme de Gunnar, pero ahora me aferraba a su brazo para que no me soltara.

—Por eso me gustabas, Peter —dijo Gunnar riendo—. Porque eras brillante. Es una lástima que mataras a mi mano derecha. Habríamos sido muy felices juntos. —Y después de decir eso, Gunnar me arrojó al suelo y rodé por él hasta detenerme junto a los bancos.

Leif me ayudó a levantarme y me olvidé del dolor. Desapareció rápidamente, pero la situación seguía resultando dolorosa. Peter y Gunnar habían asumido ya una posición de combate, se miraban fijamente y Gunnar estaba empezando a provocar a Peter, que exhibía escasa emoción. Confiaba en que tuviera algún plan.

El estrépito del coro no había mejorado, pero me daba la impresión de que seguían todos con vida. Leif y yo permanecimos entre los bancos destrozados, sin saber muy bien qué hacer.

—¡Vamos, Peter! —rugió Gunnar—. No le he perdonado la vida a la chica precisamente para celebrar un concurso de miradas.

—Siento defraudarte —replicó Peter secamente.

Peter continuaba en los peldaños de acceso al altar. Gunnar pretendía que se acercara a él, pero al ver que no se movía, se cansó de esperar. Se abalanzó sobre Peter, más para iniciar la pelea que con afán de hacerle daño, y Peter, con gran habilidad, se apartó de su trayectoria. Saltó sobre el altar y, en cuanto aterrizó sobre el mismo, se impulsó de nuevo hacia arriba para encaramarse a la gigantesca cruz que colgaba de la pared. Trepó por ella, utilizando la figura de Jesús como punto de agarre, y Gunnar se lo quedó mirando boquiabierto.

—¿Eso va eso en serio, Peter? ¿Tan cobarde eres? —Gunnar lo miró con expresión dubitativa, y yo me pregunté lo mismo—. Esperaba de ti mucho más que esto.

Gunnar estaba de espaldas a nosotros, de modo que di un paso al frente con la intención de atacarlo, pero Leif me agarró por el brazo. Lo miré y articuló un «Todavía no». Por lo visto, Leif había entendido los planes de Peter mucho mejor que yo.

Peter siguió escalando la cruz y, en un gesto que me confundió aún más, tiró de los tornillos que la fijaban a la pared. Empezó por el brazo derecho de la cruz, y cuando los hubo retirado todos, pasó a la parte superior.

—¿Qué haces? —le preguntó Gunnar—. ¿Pretendes suicidarte?

—Más o menos —dijo Peter, que se disponía ya a desclavar el brazo izquierdo de la cruz.

—Puedo matar a la chica ahora mismo, si lo prefieres —se ofreció Gunnar.

Peter me miró de reojo, pero no dejó en ningún momento de quitar tornillos. La cruz empezaba a balancearse y a crujir, pero él siguió enfrascado en su labor. Cuando consiguió liberar por completo el brazo, la cruz quedó unida a la pared única y exclusivamente por su base. Peter se colgó entonces de uno de los brazos, ejerció presión con los pies contra la pared y se puso a empujar.

Dado que la cruz estaba unida al muro solamente por la base, debería haberse movido como las agujas de un reloj hasta quedar colgando boca abajo, con la parte superior descansando en el suelo, como si marcara las nueve. Pero Peter seguía empujando con fuerza contra la pared, obligándola de ese modo a balancearse y a separarse del muro. La cruz crujió al despegarse y caer, como un péndulo enloquecido.

Gunnar dio un paso atrás y Leif se abalanzó sobre él con un gruñido. No lo atacó, de hecho, pero Gunnar se acercó de nuevo a la cruz y se distrajo mirando a Leif.

Peter saltó entonces de la cruz y cuando Gunnar se volvió para ver qué sucedía, la cruz cayó sobre su cuello y le cortó la cabeza. Chillé al ver la cabeza volar por la iglesia y cómo su cuerpo se derrumbaba un segundo después. Peter saltó por los aires antes de que la cruz cayera al suelo y corrió hacia donde estábamos Leif y yo.

—¡Gunnar! —gritó Stellan.

Se detuvo un instante y Olivia le disparó una nueva flecha, pero falló por los pelos. Stellan mostró su intención de saltar por la barandilla del coro y Ezra lo interceptó antes de que pudiera hacerlo.

Mientras Ezra lo sujetaba, Jack saltó por la barandilla. Aterrizó en el suelo y rodó por el suelo en una pirueta de mucho cuidado. Cuando se incorporó, sostenía en la mano una de las flechas de titanio de Olivia y apuntaba hacia la barandilla del coro.

Como salido de la nada, Stellan apareció junto a Jack, con la flecha clavada en el pecho. Había saltado desde el coro con la mirada centrada únicamente en Peter y con la intención de vengar la muerte de Gunnar, y no se había percatado de que Jack le apuntaba desde el pasillo. La flecha lo había atravesado. Farfullaba alguna cosa y empezó a echar sangre a borbotones por la boca, hasta que finalmente se derrumbó en el suelo.

Corrí hacia Jack con los brazos abiertos. Me abrazó con fuerza y me recosté contra él.

Olivia saltó desde el coro y se aproximó a Stellan. Le dio un puntapié y extrajo un machete de su cinturón. Le cortó la cabeza con un veloz movimiento y el surtidor de sangre nos salpicó a Jack y a mí.

—Lo siento —dijo Olivia, sonriéndome—. Tenía que asegurarme. Estoy convencida de que no os apetecería que este condenado vampiro se os volviera a echar encima.

La verdad era que ni siquiera me importaba. Notaba los ojos de Peter clavados en mí y sabía que me había salvado la vida. No estaba enfadada con él, pero no lo amaba. Amaba a Jack y estaba feliz por sentirme de nuevo entre sus brazos. Me puse de puntillas para besarlo.

—¡¿Qué demonios ha pasado?! —gritaba Bobby.

Jack se echó a reír, dando por finalizado el beso. No me importó, pues me encantaba oírlo reír. Por lo visto, Bobby acababa de despertarse y estaba inspeccionando los resultados de la carnicería que acababa de tener lugar en la iglesia.

—Oye. ¡Ese tipo ha intentado matarme! ¿Qué hace aquí? —preguntó Bobby, señalando a Leif, y Milo intentó explicarle que Leif estaba de nuestra parte. La respuesta lo dejó satisfecho, pero seguía confuso—. ¿Dónde está Jane?

36

Después de registrar a fondo la catedral, a Milo se le ocurrió cruzar la puerta principal, que era lo que tendríamos que haber hecho de entrada. Jane estaba tendida en la escalera de acceso a la iglesia, temblando e inconsciente, pero todavía viva.

El parque de enfrente era un enjambre de policías y ambulancias como consecuencia del cuerpo mutilado que los licanos habían dejado a su paso. Milo llevaba una sudadera con capucha por encima de la camiseta y se la quitó para cubrir con ella a Jane. Realizó una llamada anónima al teléfono de urgencias informando de que en la escalinata de la iglesia había una chica herida.

Consideré que la mejor solución para ella, en aquellas circunstancias, era mantenerse alejada de cualquier vampiro. Necesitaba mucha más ayuda de la que nosotros podíamos ofrecerle.

Nos marchamos corriendo de allí. Olivia regresó a su local y Leif desapareció en la noche. No estoy muy segura de adónde fue, pero me aseguró que estaría bien y que volveríamos a vernos. Peter había venido con su Audi, y Milo y Bobby se ofrecieron voluntarios para acompañarlo. Era un coche biplaza, pero a Bobby no le importó sentarse sobre el regazo de Milo.

Como habíamos llegado hasta allí en el Lexus conducido por Jack, Ezra no había tenido otro remedio que coger el Lamborghini, que consideraba excesivamente llamativo para su gusto. Jack ocupó el asiento del acompañante y me acurruqué en su falda, descansando la cabeza contra su pecho.

Durante el recorrido de vuelta a casa, caí en la cuenta de que en la catedral tenía que haber un servicio de vigilancia durante las veinticuatro horas. Ezra me explicó que al llegar había camelado al personal para que se fuera. Con su carisma y su atractivo era capaz de convencer a los humanos de cualquier cosa. Sospechaba que, además, tras todo ello, podía haber también cierta magia vampírica, pero no se lo pregunté.

—Oh, Dios mío, nunca me había sentido tan feliz de volver a casa —dije con un suspiro en cuanto llegamos. Jack me sonrió y me apretó la mano. Había sido la noche más larga de mi vida. Y lo que más deseaba era dormir en la cama a su lado.

—Mañana nos espera también una larga jornada —dijo Ezra, que entraba justo detrás de nosotros—. Tendré que pasarme el día tratando de convencer a la policía de que no hemos tenido nada que ver con los sucesos. —Ezra fue directo a la nevera y cogió una bolsa de sangre del cajón inferior. Solíamos guardar la sangre en el sótano, pero Milo y yo éramos muy perezosos.

—¿Y por qué tendrían que sospechar de nosotros? —pregunté. Estaba de espaldas a Jack, que me pasó el brazo por los hombros. Me recosté en él y Jack me dio un beso en la cabeza.

—Porque el Lexus sigue allí. —Ezra abrió la bolsa de sangre y le dio un buen trago—. Lo habrán incautado y tendré que ir a recogerlo. Sólo espero que me dé tiempo de dormir un poco

376

antes de que se presenten en casa. —Su expresión cambió y se volvió de perplejidad—. Resulta gracioso. He visto el coche de Mae en el garaje. Creí que estaría preguntándose dónde nos habíamos metido todos.

—A lo mejor está durmiendo —dije con un gesto de indiferencia. El cielo empezaba ya a clarear.

—A lo mejor —dijo Ezra, poco convencido. Apuró rápidamente la bolsa de sangre y ladeó la cabeza. Agucé el oído, pero no oí nada. Ni siquiera a Mae, pero la noche me había dejado tan agotada que tenía los sentidos embotados.

Oí la puerta del garaje y Peter entró en la cocina segundos después, restregándose los ojos. A continuación aparecieron Milo y Bobby. Gracias a su larga y agradable siesta, Bobby no mostraba los signos de debilidad que compartíamos todos los demás. Iba pegado a los talones de Peter, y le formulaba un millón de preguntas.

—¿Y le has cortado la cabeza con la cruz? —Bobby tenía los ojos como platos—. ¡Soy judío, e incluso así lo encuentro increíble!

Bobby se percató entonces de mi presencia y me miró de forma extraña. No era exactamente una mirada de adoración, pero yo lo miré también con un sentimiento especial. Me di cuenta de que el intercambio ponía nervioso a Milo, que rodeó posesivamente a Bobby con el brazo.

—Sólo necesito darme una ducha caliente y ponerle punto final a esta noche —refunfuñó Peter, saliendo de la cocina. No había cruzado ni una sola mirada con Jack ni conmigo desde que todo había terminado, y me pregunté si algún día volvería a hacerlo. Esta noche habían estado a punto de matarme por culpa del amor que Peter sentía por mí, aunque tampoco era que fuera la primera vez que aquello sucedía.

—Yo también —dijo Milo. Enlazó a Bobby por la cintura para marcharse con él de la cocina, pero Bobby se detuvo, confuso—. ¿Qué pasa?

—¿Dónde está la perra? —preguntó Bobby—. Siempre se me cruza entre las piernas para jugar cuando llegamos a casa.

—¿Dónde está la perra? —repetí, y Jack se puso tenso. *Matilda* siempre salía a recibirlo cuando volvía a casa; nunca había manera de despegarla de él.

—¿*Matilda*? —dijo Jack, y se separó de mí—. ¿*Mattie*? ¿Dónde estás, pequeñuela?

Matilda ladró a lo lejos, como si estuviera encerrada en la habitación de Mae y de Ezra. Empezó a rascar la puerta y Jack y Ezra intercambiaron una mirada. Mae la hizo callar y abrió la puerta del dormitorio, dejando que *Matilda* corriera a recibirnos con su habitual entusiasmo. Y luego cerró de inmediato la puerta.

—Es muy extraño —dije. Jack estaba agachado acariciando a *Matilda*, pero estaba tan sorprendido como el resto de nosotros.

—Algo pasa —dijo Ezra, más para sí mismo que dirigiéndose al resto de los presentes. Tiró la bolsa de sangre vacía a la basura y se encaminó a su habitación—. ¿Mae? —Quiso abrir la puerta, pero ella la empujó desde el interior para impedírselo—. ¿Mae? ¿Qué sucede?

—¡Nada! —gritó Mae—. ¡Vete!

—Mae, abre la puerta ahora mismo, o tendré que abrirla yo por ti —dijo Ezra. Cuando hablaba de aquella manera, su voz se transformaba en uno de los sonidos más intimidantes que había oído en mi vida.

La puerta se abrió muy lentamente y Ezra entró en la habitación. El silencio era absoluto y Bobby dio un paso al frente, para intentar ver qué pasaba. Milo lo detuvo para que no avanzara más.

Miré a Jack para comprobar si veía alguna cosa, pero negó con la cabeza. Nos quedamos esperando expectantes, pero Ezra seguía callado. Un minuto después, salió corriendo de la habitación.

—¡Saca eso de mi casa! —gruñó Ezra, alejándose por el pasillo.

—¡Ella no es eso! —gritó Mae, que había echado a correr tras él, casi suplicándole . ¡Y no podemos irnos en este momento! No mientras ella esté así.

—¡Me da igual! —rugió Ezra, sin tan siquiera mirarla—. ¡La quiero fuera de aquí!

—¡Necesitamos solamente dos días, tres como máximo, y desapareceremos de tu vista para siempre! —insistió Mae con desesperación. Él le daba la espalda, estaba furioso—. ¡Ezra, por favor! ¡Si me amas, concédeme tres días! ¡Por favor!

—De acuerdo —dijo Ezra de mala gana—. Pero si después de eso te quedas aquí un solo día más, me encargaré personalmente de ella. —Echó a andar hacia el garaje—. Me voy a comisaría a solucionar lo del coche. No me esperéis levantados.

—¿Qué os ha pasado? —dijo Mae, jadeando, al fijarse por fin en nosotros. Estábamos harapientos y ensangrentados y Bobby estaba lleno de arañazos y moratones.

Milo se puso a explicarle los sucesos de la noche, pero yo eché a correr hacia su habitación. Creía saber qué había allí dentro, pero tenía que comprobarlo personalmente. Mae intentaba prestar atención al relato de Milo, pero noté sus ojos posados en mí. Abrí la puerta del dormitorio y encontré justo lo que me imaginaba.

Una niñita temblaba nerviosa sobre la mullida cama de Mae,

con los rizos rubios pegados a la frente por el sudor. Estaba pálida y parecía muy enferma, pero aun así, resultaba adorable. Parecía una réplica en miniatura de Mae, con mofletes de angelito.

Estaba todavía en las primeras fases del cambio, y lo peor estaba aún por llegar. *Matilda* pasó corriendo por mi lado y saltó sobre la cama. Empezó a lamerle la carita y la pequeña sonrió débilmente. *Matilda* acabó instalándose junto a ella.

—Le gusta *Matilda* —dijo Mae, que estaba justo detrás de mí. Rodeó la cama para situarse junto a la niña. Jack apareció a mi lado. Estaba intentando asimilar aquello y permanecía en silencio—. Me gustaría presentaros a mi biznieta Daisy. A partir de ahora voy a ocuparme de ella.

—Oh, Mae —dije, mirándola con tristeza.

—No, no digas eso —dijo Mae, haciendo un gesto de negación. Se sentó en la cama junto a la niña y le retiró el pelo sudado de la frente—. He hecho lo correcto, estoy segura. Tenía que salvarla. Cuando Jane se marchó, me di cuenta de que mi malestar no se debía a ella. Tenía que salvar a Daisy.

—Jane está bien, por cierto —dije, suspirando—. Pero... has hecho lo que tenías que hacer.

—Sí. ¿No os parece preciosa? —Miró a la niña con adoración y comprendí que siempre lo había tenido muy claro. Aunque tuviera que abandonar a Ezra y a todos nosotros, aquella niña significaba muchísimo más para ella.

—Pero conste que no te llevarás a mi perra —dijo por fin Jack—. Ven, *Matilda*. —A regañadientes, *Matilda* bajó de la cama de un salto y siguió a Jack fuera de la habitación.

—¿Así que te marchas? —le pregunté.

—Eso parece —dijo Mae con cautela—. Pensaba que Ezra cambiaría de idea cuando la viera, pero... No pasa nada. Ya tengo un plan.

—¿Y cuál es?

—Australia —dijo Mae, sonriéndome—. No he estado nunca allí. A los vampiros no les gusta porque hace calor, pero es un lugar agradable y hay todavía muchas zonas deshabitadas en el interior donde podremos ocultarnos. Además, hay allí ciudades como Sydney, donde hay bancos de sangre de los nuestros, de modo que con un coche podremos abastecernos sin problemas.

—¿Así que vais a pasaros el resto de vuestra existencia escondidas en la región interior de Australia? —le pregunté, levantando una ceja. Siempre había querido ir allí, pero me parecía un escenario horroroso para vivir toda la eternidad.

—Sólo una temporada. —Mae volvió a mirar su tesoro—. Pero no estaremos solas, al menos de entrada. Peter va a venir con nosotras.

—¿Peter? —No sabía que la relación de Peter con Mae fuera tan estrecha, aunque había que tener en cuenta que quería mantenerse alejado de mí y que le gustaban las misiones suicidas, como cuidar de una niña vampira.

—Se ofreció a acompañarme hace unos días —me explicó Mae—. Todo irá bien, cariño. No te preocupes por nosotros.

Tal vez estuviera hablando conmigo, pero estaba mirando a Daisy, y creo que eso era lo único que le importaba. Todos nosotros habíamos dejado de existir desde el momento en que tuvo a Daisy con ella. Me quedé observándola un momento más, haciéndole carantoñas a la pequeña, y salí de la habitación para dirigirme al lugar donde realmente tenía que estar.

Cuando subí, Jack ya estaba disfrutando de una ducha caliente. Yo me moría de ganas de ducharme también, de modo que me desnudé y me metí en la ducha con él. Me sonrió al verme, pero se limitó a abrazarme por la cintura. Descansé la cabeza contra su pecho. El gesto carecía por completo de intención sexual. Me encantaba estar pegada a él, sentir su piel desnuda junto a la mía, escuchar el latido de su corazón.

Me besó la coronilla y me abrazó con fuerza. Después de la tensión de la noche, no pude evitar romper a llorar. De tristeza, de agotamiento y de alivio. Jamás había visto nada tan brutal como lo que acababa de presenciar aquella noche, y confiaba en no tener que volver a verlo nunca.

—Todo irá bien, Alice —me aseguró Jack, acariciándome la espalda.

—¿Cómo puedes decir eso después de todo lo que ha pasado esta noche? —Levanté la cabeza para mirarlo. Sus cálidos ojos azules no reflejaban otra cosa que no fuese amor y optimismo, y me sonrió.

—Porque estás aquí conmigo —dijo Jack—. Una noche que acabe así no puede ser demasiado mala.

—Desde luego, tu lógica es irrebatible —reconocí, y se echó a reír, lo que me provocó un hormigueo maravilloso. Me abracé a él con más fuerza, presioné la cabeza contra su pecho y me dejé llevar por la agradable sensación de sus brazos rodeando mi cuerpo. No había otro lugar donde deseara estar con más intensidad.

Otros títulos de la colección

1. Instinto

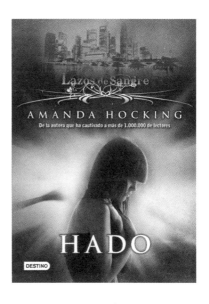

2. Hado